ANDREA SCHACHT

Die Spionin im Kurbad

Buch

Bad Ems, 1872. Sina, eine schwarz-weiße Streunerkatze, hat alle Pfoten voll zu tun, ihren Wurf von vier Katzenkindern durchzubringen. Sie kränkelt, ist schwach und weiß sich nicht mehr anders zu helfen, als gegen ihre Angewohnheit die Gärten der Menschen aufzusuchen, um dort nach Nahrung zu stöbern. Im Garten eines Gästehauses trifft sie auf die dösende Altea. Neben der jungen Dame liegt ein belegtes Brötchen – Sina glaubt schon, die Gunst der Stunde nutzen zu können, als die Frau die Augen aufschlägt. Doch wider Erwarten lässt diese den Diebstahl geschehen, und Sina kann mit dem Braten türmen. Sie fasst ein vorsichtiges Vertrauen zu der Dame, die an einem Stock humpelt. Auch mit dem behäbigen grauen Kater Bouchon, der sich immer wieder verläuft und nicht zu seinem Menschen zurückfindet, schließt sie peu à peu Freundschaft. Seinem Neffen jedoch – dem steifen Offizier Vincent – begegnet sie mit Misstrauen. Er scheint etwas zu verbergen, und seltsamerweise beobachtet er Altea heimlich.
Eigentlich sollten Sina diese menschlichen Verstrickungen gleichgültig sein, doch dann findet sie im Badekabinett einen Toten in einer der Badewannen … Ihre kätzische Neugier ist geweckt.

Autorin

Andrea Schacht war lange Jahre als Wirtschaftsingenieurin und Unternehmensberaterin tätig, hat dann jedoch ihren seit Jugendtagen gehegten Traum verwirklicht, Schriftstellerin zu werden. Ihre historischen Romane um die scharfzüngige Kölner Begine Almut Bossart gewannen auf Anhieb die Herzen von Lesern und Buchhändlern. Mit *Die elfte Jungfrau* kletterte Andrea Schacht erstmals auf die *SPIEGEL*-Bestsellerliste, die sie seither mit schöner Regelmäßigkeit immer neu erobert. Sie lebt mit ihrem Mann und zwei Katzen in der Nähe von Bonn.

Andrea Schacht

Die Spionin im Kurbad

Roman

blanvalet

MIX
Papier aus verantwortungsvollen Quellen
FSC® C014496

Verlagsgruppe Random House FSC® N001967

2. Auflage
Taschenbuchausgabe Juni 2013 bei Blanvalet,
einem Unternehmen der
Verlagsgruppe Random House GmbH, München.

Redaktion: Dr. Rainer Schöttle
Umschlaggestaltung: Johannes Wiebel/punchdesign,
unter Verwendung von Motiven von Shutterstock.com
lf · Herstellung: sam
Satz: Buch-Werkstatt GmbH, Bad Aibling
Druck und Einband: GGP Media GmbH, Pößneck
Printed in Germany
ISBN: 978-3-442-37668-1

www.blanvalet.de

Dramatis Personae

Sina – derzeit eine ziemlich heruntergekommene, abgemagerte und struppig schwarz-weiße »Kuh-Katze«, die Menschen für leicht zu beklauende Opfer hält.

Bouchon (eigentlich Erasmus) – ein behäbiger, phlegmatischer Kartäuser, jedoch gelehrig und neugierig, wie sein Mensch. Manchmal abenteuerlustig und ein bisschen tollpatschig.

Dr. Dorotheus Natalis, Freiherr von Poncet – ein kranker Gelehrter, der sich Heilung von seinen Gallensteinen erhofft.

Vincent von Poncet – sein Neffe, ein knurriger preußischer Offizier, der vorgibt, krank zu sein, um einem Verräter auf die Spur zu kommen.

Altea von Lilienstern – im Krieg Krankenschwester gewesen und hat ihren Verlobten, den Arzt Levin Rothmaler, verloren. Sie begleitet ihre Mutter zur Kur.

Hermine von Lilienstern – eine verarmte Gräfin, hypochondrisch, vorwiegend auf der Suche nach einem Gatten für ihre Tochter.

Egmont Tigerstroem – ein Photograph mit Ambitionen und einem tiefblickenden Auge.

Rudolf Oppen – Tigerstroems Freund, einst Kriegsberichterstatter, jetzt leidend.

Hermann Runkel – der Kurkommissar, ein unfähiger Trottel.

Bette Schönemann – ein Malermodell für Heiligenbilder, das von den verklärten Darstellungen ihrer selbst dazu verleitet wird, sich zu überschätzen.

Olga Petuchowa – eine heisere Opernsängerin, die weder Katzen noch die Oper liebt.

Louis Fortunat de Bisconti – ein Heiratsschwindler, Fernglasvertreter und Verräter, kommt recht frühzeitig zu Tode.

General Rothmaler, Alteas Fast-Stiefvater, ein rauer Knochen, doch verständig.

Wenzel Goertz – ein Zeitungsredakteur, der den Mund hält.

Lord Jamie Fitzmichael – verschrobener Junglord auf Kavalierstour.

Chevalier de Mort – ein einäugiger Spieler im weißen Anzug.

Ein Badearzt, der nur mit Wasser kocht.

Ein Kaiser, ein Zar und ein Fabrikant.

Bad Ems im Sommer 1872

Diebstahl

Ich streckte vorsichtig meine Nase durch die Hecke. Alles ruhig hier in diesem Garten. Weit ruhiger als in dem Haus nebenan. Und meine vorsichtige Nase traf ein feiner, zarter Hauch von Futter. Was meinen Magen sofort zum Zwicken brachte.

Er war sehr, sehr leer.

Trotzdem – Gier war schädlich und Vorsicht immer geboten, wenn man in ein fremdes Revier trat. Menschenrevier in diesem Fall.

Ich schnüffelte.

Futter, fettes Futter.

Es war ein Risiko wert.

Leise kroch ich unter dem schützenden Laub hervor, um einen größeren Überblick zu erhalten. Da – auf einem langen Stuhl lag eine Frau. Ihr weißgrau gestreiftes Kleid hing bis zum Boden, die rechte Hand hielt ein Buch fest, in das sie aber nicht hineinschaute. Üblicherweise blätterten Menschen in diesen Papierbündeln. Wenn sie es nicht taten, war das meist ein Zeichen dafür, dass ihre Aufmerksamkeit erloschen war.

Ein paar Schritte näher, und ich konnte erkennen, dass dieser Zustand auch hier eingetreten war. Sie hielt die Augen geschlossen, ihr Atem ging ruhig.

Und neben dem Stuhl stand ein Tablett auf dem Boden.

Und auf dem Tablett stand ein Teller.

Und auf dem Teller lag ein Brötchen.

Und auf dem Brötchen lag eine dicke Scheibe Braten.

Futter, das nicht bewacht wird, gehört der Allgemeinheit. Und diese Allgemeinheit waren derzeit meine vier hungrigen Kinder.

Ich schlich geduckt näher. Ganz leise, ganz vorsichtig. Dann ein blitzschneller Tatzenschlag, und das Fleisch war meins. Ich packte es mit den Zähnen – köstlich! Der Geifer trat mir ins Maul. Aber mein Hunger war weniger wichtig als der der Kinder. Ich raste davon.

Als ich durch die Hecke schlüpfte, sträubte sich mein Schwanz.

Hatte die Frau mich etwa doch bemerkt?

Egal, hurtig den kleinen Hang hinauf, dann zu der Baumhöhle und gemaunzt.

Vierstimmiges Antwortmaunzen erklang, und ich zerrupfte mit den Krallen die Beute. Meine Kleinen machten sich darüber her. Sie hatten schon Zähne und brauchten nicht mehr ausschließlich meine Milch. Was eine gewisse Erleichterung darstellte, denn sie zu ernähren hatte mich viel Kraft gekostet. Die Jagdlage war schlecht dieses Jahr, die Mäuse waren weniger geworden, und meist starben sie ohne mein Zutun.

Aber die Kinder würde ich durchbringen. Es gab ja noch das Menschenrevier. Obwohl ich mir eigentlich geschworen hatte, ohne die Aufrechten zurechtzukommen. Das Leben einer wilden Streunerkatze war meine Wahl. Es bedeutete Unabhängigkeit und Herausforderung.

Aber wenn man Kinder hatte, musste man für sie sorgen. Notfalls sogar kurzfristig gegen eigene, hohe Prinzipien verstoßen.

Darum hatte ich meinen Nachwuchs auch schon etwas dichter an die Gärten getragen. Eine nette Höhle in einem alten, morschen Baumstamm diente uns derzeit als Heim. Und der Weg zu den Häusern war nicht allzu weit. Dennoch bereitete er mir einige Mühe. Ich war schlapp, ein böser Tritt in die Rippen schmerzte mich, wenn ich lange laufen musste, und manchmal tat mir mein Gedärm weh vor Hunger. Mein Fell war auch nicht mehr vom Feinsten. Struppig war es geworden, und etliche Zecken hatten sich hineinverirrt. Sie juckten, und wenn ich sie herauskratzte, fielen mir an den Stellen die Haare aus. Aber was bedeutet schon Schönheit. Schön war ich nie gewesen. Ein Mensch hatte bei meinem Anblick mal gelacht und mich Kuh-Katze genannt. Konnte schon stimmen, diese Viecher waren auch weiß mit dunklen Flecken.

Jedenfalls gab es da ein großes Haus, in dem Menschen verköstigt wurden. Hotel nannten sie es, und *Gasthof zur goldenen Traube*. Es wurde reichlich Futter dort verteilt, aber dennoch war es schwierig, unbemerkt etwas zu ergattern. Zu viele Leute belebten die Tische, zu schnell waren sie mit ihren Füßen, um einem die Rippen zu demolieren.

Eine Erfahrung, die ich nicht zu oft wiederholen wollte.

In dem Haus daneben ging es ruhiger zu, allerdings waren auch die Mahlzeiten karger. Die Frau, die dieses Logierhaus führte, war mir ein-, zweimal in die Quere gekommen. Sie war eine zänkische, geizige Witwe, die meinesgleichen vermutlich am liebsten in der Lahn ertränkt hätte. Seit zwei Wochen wohnte in den unteren Räumen eine Frau, die irgendwie ihre Stimme verloren hatte. Sie war furchtbar heiser, und auch das gute Wasser, das man hier schlabbern konnte, schien ihr nicht zu helfen. Sie war ebenfalls keine freundliche Person, und ein Blick auf ihre Schuhe mit den spitzen Absätzen hatte mich davor gewarnt, allzu sehr in ihre Nähe zu kommen. Dann war vor einigen Tagen allerdings diese andere Frau oben in die Mansarde eingezogen, zusammen mit einer älteren Begleiterin. Bisher waren die beiden mir nicht unangenehm aufgefallen. Und wahrscheinlich hatte mich mein Schwanz vorhin genarrt – sie hatte mich gar nicht bemerkt.

Immerhin, diesmal war der saftige Braten ein Fest für meine Kinder.

Und wieder zwickte und zwackte mich mein Magen. Vielleicht sollte ich noch mal zurückgehen und schauen, ob auch für mich noch ein Happen abfiel.

Die vier kuschelten sich jetzt gesättigt zusammen, ich schlappte ihnen fürsorglich über die Gesichter und trabte dann Richtung Hecke.

Die Frau lag noch immer da, das Buch nutzlos auf dem Schoß.

Wieder näherte ich mich dem Teller. Das Brötchen selbst war mir egal, solches Zeug aus Körnern vertrug ich nicht. Aber man hatte reichlich Butter daraufgestrichen, wunderbar fette Butter. Ich leckte sie mit Behagen ab.

Und war fast ganz fertig damit, als meine Nackenhaare sich warnend aufrichteten.

Ein schneller Blick nach oben, und ich sah in ihre Augen.

Grüne Augen.

Die mich anstarrten.

Ich erstarrte.

Und starrte zurück.

Brummte drohend.

Sie brummte auch.

Aber nicht drohend. Komisch.

»Na, Kleine, so hungrig?«

Ähm – ja.

Ich konnte mich aus dem Bann ihres Blickes nicht lösen.

»Du siehst ein bisschen zauselig aus. Zum *Haus Germania* gehörst du sicher nicht. Unsere Witwe Bolte wirkt auf mich nicht wie eine Tierliebhaberin.«

Ähm – nein.

»Eine kleine Streunerin? Drüben aus dem Wald?«

Ähm – ja.

»Werden die Mäuse knapp?«

Ich schaffte es, ein paar Schritte rückwärtszugehen.

»Du brauchst keine Angst vor mir zu haben. Ich mag Katzen. Früher hatte ich mal eine. Sie sah dir ein bisschen ähnlich. Eine hübsche Weiße mit roten Ohren.«

Ähm – hübsch?

Ich blieb stehen. Sie hatte sich aufgesetzt, das Buch war zu Boden geglitten. Jetzt streckte sie ganz langsam die Hand aus. Nein, das war mir nicht geheuer. Ganz und gar nicht. Wenn die mich packte!

»Arme Kleine, du hast ja Löcher im Pelz.«

Ähm – ja.

Die Hand hing locker vor meinem Gesicht.

Ich setzte mich vorsichtig nieder und betrachtete die Frau. Sie war auch ziemlich mager, aber Löcher im Pelz hatte sie nicht. Also, das Gewand war hübsch sauber und roch ein wenig nach Blumen. Die Haare auf ihrem Kopf lockten sich irgendwie und schimmerten braun und etwas rötlich. Rötlich schimmerte auch ihre Nase. Das passiert den Menschen ja oft, wenn die Sonne scheint. Ansonsten wirkte ihre Haut zart und hell. Ich wollte gerade den Versuch wagen, ihre Finger zu beschnüffeln, als ein Knall aus dem Haus ertönte.

Mit einem Satz war ich in der Hecke.

Das Gekeife klang mir noch bis zum Waldrand hinterher.

Menschen, vor allem weibliche, können ein schreckliches Getöse machen.

Ich rettete mich zu meinen Kindern, putzte sie ein bisschen, ließ sie noch das Restchen Milch nuckeln, das ich für sie hatte, und schlief ein.

Begegnung mit Bouchon

Die Sonnenstrahlen kitzelten mich, als sie ihren Weg durch das Laub der hohen Bäume fanden. Die Kleinen waren meiner mütterlichen Obhut entschlüpft und spielten Haschen mit den braunen Blättern. Sie machten sich gut, zumindest drei von ihnen. Eines wirkte ein wenig müde. Ich ging hin und stupste es an.

»Hunger«, maunzte es leise.

Tja, Hunger hatte ich auch. Die Butter hatte nicht lange vorgehalten. Ich sah mich um. Mäuse waren nicht in erreichbarer Nähe, und die brütenden Vögel saßen zu hoch auf den Ästen. Ich vertröstete das Kleine etwas und machte mich auf meinen Rundgang. Vielleicht ergab sich ja etwas.

Langsam, weil ich mich auch schlapp fühlte, trottete ich zu der Menschenansiedlung hinunter, um die Grenzen meines Reviers zu kontrollieren. Das musste man auch tun, wenn es einem nicht so gut ging. Sonst kamen andere, vornehmlich kräftige Kater und machten sich in den

Jagdgründen breit. Also lieber die Besitzansprüche deutlich machen, statt anschließend die Kräfte in bösen Raufereien zu verschwenden.

Also wieder an der Hecke zum Garten vorbei – ein kurzer Blick hinein zeigte, dass er nun leer war – runter Richtung Fluss. Zwar musste ich dazu eine Straße überqueren, die von Pferden und Wagen benutzt wurde, aber der Park war ein meist lohnenswertes Gebiet. Ich würde vermutlich irgendeinen Happen für mich finden können. Beute für die Kinder zu machen und sie auf dem langen Weg mitzuschleppen, war jedoch zu viel der Anstrengung.

Es kam aber nicht dazu, denn auf meiner Reviergrenze saß ein Fremder.

Ein dicker grauer Fremder.

Ich plusterte mich auf und grollte ihn an.

Er drehte sich um und sah mich mit großen, erstaunten und sehr goldenen Augen an.

»Bin ich dir im Weg?«, fragte er.

»Du bist in meinem Revier«, fauchte ich zurück.

»Entschuldige, das wollte ich nicht.«

»Dann verzieh dich!«

»Ja, ist gut.«

Na, der war aber seltsam zahm. Oder frech. Denn nach drei Schritten blieb er wieder stehen, setzte sich und blickte sich um.

»Hey, du bist noch immer in meinem Revier!«

»Verzeih, aber ich muss hier warten.«

»Warten? Dass dir eine Ente ins Maul fliegt?«

Unten am Ufer landeten zwei von den Vögeln laut schnatternd im Wasser.

»Das tun die nicht«, sagte der Kater ganz ernsthaft.

»Ach nee. Hast du sie wohl nicht nett genug drum gebeten, was?«

»Ich weiß nicht. Zu Hause bekomme ich sie auf einem Teller serviert.«

Oje, ein Stubentiger. Ein verweichlichter, verfetteter, verblödeter Zimmerheld. Ich gönnte ihm einen Blick voller Verachtung. Der wusste vermutlich gar nicht, was ein Revier war.

»Dann sieh zu, dass du an deine gefüllten Näpfe zurückkommst, und lunger nicht in meinem Jagdgebiet herum.«

»Ich nehm dir nichts weg. Nur … ich, ich weiß nicht …«

Nein, der wusste nicht. Ich sah ihn mir noch mal genauer an. Er zitterte ein wenig unter seinem Fell. Und mir dämmerte was. Der Kater hatte sich verlaufen!

Klar, in diesen Ort hier kamen immer wieder neue Menschen von überallher, um sich von ihren Krankheiten zu kurieren. Deshalb nannte man es auch Kurort. Sie brachten auch immer allerlei Bagage mit. Meist Koffer, Kisten und Dienstboten, manchmal auch verwöhnte, aufgeputzte Hunde. Katzen weniger. Aber der hier war vermutlich so ein Teil der Bagage.

Und jetzt hatte er sich verlaufen.

Keine ernst zu nehmende Gefahr also für mich, und so setzte ich mich hin und übte mich in Konversation. Ich mag zwar eine Streunerin sein, aber hin und wieder ist mir nach Unterhaltung.

»Bist du zu Besuch?«, fragte ich ihn und zwinkerte, während ich zu ihm blickte, besänftigend mit den Augen.

Er schloss die seinen auch kurz und sagte dann: »Vor drei Tagen eingetroffen. Und heute bin ich zum ersten Mal aus dem Zimmer geschlüpft. Aber es ist alles so verwirrend. Zu Hause haben wir nur einen kleinen Garten. Dieses Haus hier ist so groß und hat so viele Gänge. Dummerweise habe ich nicht alle Ecken markiert, weil so ein Junge mich da wegscheuchte.«

»Kurzum, du hast dich verlaufen.«

»Ja. Peinlich, nicht? Dir passiert so etwas bestimmt nicht.«

Nein, das tat es gewiss nicht. Aber der dicke Trottel tat mir leid.

»Kann schon vorkommen, in fremdem Gebiet. Verkriech dich an einen ruhigen Platz, und heute Nacht suchst du dann den Rückweg. Dann sind nicht mehr so viele Menschen unterwegs. Kannst in meinem Revier bleiben. Da, unter den Büschen ist ein gutes Versteck.«

»Danke, aber ich bleibe besser sichtbar. Man wird mich suchen, denke ich.«

»Meinst du?«

»Ja. Mein Mensch mag mich. Er wird sich Sorgen um mich machen.«

Solche gab es, stimmt.

Der Kater stand auf und kam etwas näher. Er hielt mir seine schwarze Nase entgegen. Na gut. Dann war eben Höflichkeit angesagt. Ich stupste meine kurz dagegen.

»Ich heiße Bouchon«, grummelte er.

Wie passend. Ein Stopfen war er ganz gewiss.

»Ich heiße Seraphina.«

Plumps!

Bouchon saß verdattert auf seinem Hintern.

»Große Bastet! Verzeih!«

»Schon gut. Ich sehe nicht so aus. Sina reicht. Ich habe mich für ein Leben in Unabhängigkeit entschieden.«

»Sehr mutig. Mhm – ich habe es gewöhnlich recht bequem.« Und plötzlich zuckten seine Ohren, und die Barthaare bebten. Ich folgte seinem Blick. Ein Mann kam auf uns zu.

»Dein Mensch?«, fragte ich.

»Nein, aber sein Neffe Vincent. Mein Mensch ist der Freiherr von Poncet. Er ist ein großer Gelehrter. Aber er sagt, seine Galle zwickt ihn. Hier will er wieder gesund werden, und darum hat ihn sein Neffe hierherbegleitet.«

Dieser Neffe – menschliche Verwandtschaftsbeziehungen sind mir immer etwas rätselhaft geblieben, Katzen haben es nicht so mit Familie – war ein jüngerer Mann, sehr aufrecht, sehr ernst, sehr steif, doch mit einem äußerst scharfen Blick. In einem offiziellen Anzug mit etwas Klimbim dran.

Dennoch, seine Stimme klang sanft, als er Bouchons Namen rief.

»Ich muss gehen, Seraphina. Es hat mich sehr gefreut, deine Bekanntschaft machen zu dürfen. Fürderhin werde ich dir nicht mehr in die Quere kommen.«

Was für ein höflicher Kater!

»Nun, macht nichts, Bouchon. Man sieht sich vielleicht wieder.«

Er schnurrte leise und trabte mit erhobenem Schwanz auf den Mann zu. Der bückte sich überraschend geschmeidig und nahm ihn auf den Arm.

Ich schlenderte zum Lahnufer hinunter, nahm ein paar Schluck Wasser zu mir und fing doch tatsächlich eine magere kleine Maus. Beides zusammen gab ein gewisses Gefühl von Sättigung, und darum setzte ich mich an einen sonnigen, vor Blicken geschützten Platz und beobachtete eine Weile das Treiben im Kurpark. Ich habe mich zwar keinem Menschen angeschlossen, aber als Studienobjekte finde ich sie interessant. Sie haben so eigenwillige Verhaltensweisen.

Zum einen, weil sie ihre haarlose Haut mit schützenden Stoffen bedecken müssen, um nicht zu frieren oder sich ständig Schrammen zu holen, zum anderen machen sie es aber auch, um damit zu balzen. Einige Vögel tun das auch, wenn sie sich paaren wollen. Es ist lustig zu beobachten, dass vor allem die weiblichen Menschen sich besonders prächtig herausputzen. Mit Gefieder im Haar, Pelzchen hier und da, ohne dass sie wärmen würden, schimmernden, bunten Stoffen, die rascheln und rauschen und knistern, sodass sie sich nie lautlos bewegen können. Überhaupt – bewegen konnten einige von ihnen sich sowieso nicht richtig, weil sie derartige Mengen von Stoff um sich herumgewickelt trugen, dass sie wie Tonnen über die Wege dümpelten. Dann mussten immer die Männer zur Stelle sein, um ihnen Ziel und Richtung zu geben.

Das waren aber nur die der einen Klasse, die, die sonst nichts taten außer umherwandeln, schwatzen und balzen. Diejenigen, die arbeiteten, die Futter besorgten und schrubbten und schleppten und wuschen und so, die trugen weniger Zeug um sich herum. Eigentlich sollten sie glücklich darüber sein.

Waren sie aber wohl nicht, denn oft sahen sie den Aufgeputzten mit sehnsüchtigen Blicken nach, und wenn es irgendwie ging, versuchten sie sie nachzumachen.

Hier im Kurpark flanierten zur nachmittäglichen Stunde diejenigen, die nichts zu tun hatten. Oder dringend Abwechslung suchten. Die bot ihnen, wie ich mit gewisser Belustigung feststellen konnte, ein Herr in weißen Hosen und einem bunt karierten Jackett, der im Gegensatz zu den anderen Herren keine schwarze Röhre auf dem Kopf trug, sondern einen flachen weißen Deckel. Er bot den Vorbeigehenden Wetten an. Was mal wieder zeigt, dass die Menschen recht irrwitzige Ideen verfolgen. Warum sollte man eine Meinung dazu haben, ob heute zwei oder vier Schwäne unter der Brücke durchschwammen? Aber die Leute blieben stehen und tauschten sogar Münzen dafür aus. Zwei Damen, eine in Rosa, die andere in Dunkelgrün, beobachteten das Schauspiel jedoch, ohne zu wetten, und wurden dabei von einem beflissenen Herrn umschmeichelt. Wäre er ein Kater gewesen, hätte er vermutlich seinen Kopf an ihren Beinen gerieben. Er war ohnehin schon nahe daran. Sie standen so nahe an meinem Versteck, dass ich mitbekam, wie er ein Döschen aus der Tasche zog und den Damen den Inhalt anbot.

»Emser Pastillen, meine Damen. Nehmen Sie, sie schmecken zwar nicht wie Honigbonbons, doch man schwört auf ihre Wirksamkeit bei allerlei Halsbeschwerden.«

»Tatsächlich? Nun, mein Hals fühlt sich seit einigen Tagen ein wenig rau an. Ich werde eine probieren.«

»Ich verzichte, Herr Bisconti. Dieses eingedampfte Salzwasser will mir gar nicht munden. Aber ein hübsches Döschen haben Sie da.«

Er reichte es der Dame in Rosa, und ich erhaschte einen Blick auf ein messingfarbenes, mit blauen und roten sternförmigen Ornamenten verziertes Ding.

»Einem maurischen Muster nachempfunden und meisterlich emailliert. Ich fand es bei meinen Reisen in den Orient.«

»Wirklich? So weit sind Sie gereist?«

»Meine Tätigkeit führt mich weit herum.«

Er setzte sich wieder in Bewegung, nachdem er das

Döschen in seiner Tasche verstaut hatte. Die Pastillen darin schienen wirklich nicht sehr wohlschmeckend zu sein, wenn man den Gesichtsausdruck der Dame in Grün richtig deutete. Sie hustete einmal kurz, und mir schien, dass sie dabei das Ding ausspuckte, das sie sich in den Mund gesteckt hatte.

Katzen nehmen nichts ins Maul, was scheußlich schmeckt – Menschen schon. Sie glauben, dass es sie gesund, glücklich, begehrenswert oder was weiß ich macht. Menschen glauben viel dummes Zeug.

Ich verließ meinen Beobachtungsplatz, um noch mal die Mäuselage zu prüfen, aber just als ich ein vielversprechendes Loch belauerte, gab es eine Unterbrechung. Eine säuselnde Frauenstimme forderte, man möge sie hier an dieser Stelle ablichten.

Ablichten – was war das nun schon wieder?

Neugier, mein Laster, ließ mich das Mausen unterbrechen, und ich begutachtete, wie an einem Rosenspalier voller gelber Blüten eine blau schillernde Person, weiblich natürlich, dahinschmachtete. So sahen sie aus, wenn sich große Gefühle in ihrer Brust bewegten. Weit größere als die, die Katzen verspürten. Aber darin kann ich mich auch täuschen. Sie können manche Verhaltensweisen auch mit großen Gesten übertreiben, ohne überhaupt was zu fühlen.

»Bette, keine solch elegische Pose. Sie steht Ihnen nicht.«

Der Mann fiel auch etwas aus dem Rahmen der üblichen schwarz eingehüllten Herren mit den schwarzen Röhren auf dem Kopf – er trug eine braune Jacke und einen weichen grünen Kopfputz, unter dem sich braune Locken ringelten.

»Aber sicher, Tigerstroem. Sie steht mir ausgezeichnet. Rosenduft muss Sehnsucht wecken, tiefste Sehnsucht nach dem Schönen, Reinen, das Herz Berührenden – ah, nach himmlischer Liebe gar!«

Ihre Hände hoben ihren Busen, der fast oben aus dem Kleid quoll. Nicht alles bedeckten die Menschen mit Stoff.

»Das ist keine himmlische Liebe, Bette, das grenzt an Pornographie. Betrachten Sie eine Blüte, lächeln Sie dabei. Eine Rose ist ein Wunderwerk der Natur. Die verdient Achtung, nicht Schmachtung!«

»Sie sind hässlich, Tigerstroem. Ich bin das Modell, das Ihrer Achtung würdig ist. Nicht diese kleine, alberne Blume.«

Sie schnippte mit dem Finger dagegen, und ein gelbes Blatt fiel zu Boden.

»Wie Sie wünschen, Bette«, sagte der Mann, und der Ton in seiner Stimme sagte mir, dass etwas geschehen würde, das der Blauschillernden zum Nachteil gereichen würde. Was allerdings, das konnte ich nicht beurteilen, denn der Mann hatte inzwischen ein Gestell aufgebaut und auf das Gestell einen Kasten gesetzt. Nun verkroch er sich unter einem schwarzen Tuch und gab komische Laute und Handzeichen von sich.

Ich stahl mich davon, um nicht in die zu erwartenden Auseinandersetzungen zu geraten.

Zu einem Abstecher in den *Gasthof zur goldenen Traube* zwang mich der nagende Hunger doch noch. Ein Stückchen Käse fand ich. Ein winziges. Dann zurück zu den Kleinen. Die hatten sich müde gespielt und schliefen in der Höhle. Ich betrachtete sie mit einer gewissen Sorge. Sie wuchsen so schnell, sie brauchten mehr Futter. Und ich fühlte mich so ausgelaugt. Ich konnte nicht jeden Tag nach unten laufen und das, was ich erbeutete, zu ihnen tragen.

Ich musste es wohl andersherum versuchen.

Auch wenn ich damit im Menschenrevier Einzug halten musste.

Aber bevor ich mich an die Arbeit machte, die Kleinen in den Garten zu schleppen, musste ich eine Weile ausruhen.

Und mein struppiges Fell bürsten.

Es hatte sich schon wieder so eine widerliche Zecke eingeschlichen. Direkt hinter meinem Ohr.

Ich kratzte sie weg. Fellflusen flogen durch die Luft.

War ich wirklich für irgendjemanden noch eine hübsche Katze?

Ah bah – Eitelkeit.

Unterhaltung

Ein paar winzige Pfoten trampelten auf meinem Bauch herum. Ja, ja, ein Tröpfchen Milch konnte ich noch spenden. Dann aber war es gut, und ich schubste die Meute fort, um meinen Plan in Angriff zu nehmen. Ich forderte die Kleinen auf, mir zu folgen. Sehr weit war der Weg ja nicht. Sie waren auch gutwillig, nur eines mochte nicht aufstehen. Ich packte es also am Nackenfell und schleppte es mit mir.

Wir erreichten die Hecke. Ich befahl den Kindern, sich ruhig zu verhalten, und sondierte die Lage im Garten. Es war ein warmer Abend, und auf der Terrasse saßen die Frau, die ich heute Vormittag bereits kennengelernt hatte, und eine ältere, die sich mit ihr beim Essen unterhielt. Die Hausbesitzerin trat zu ihnen.

»Ist alles nach Ihrem Wunsch, Euer Gnaden?«, fragte sie, und die ältere Dame nickte. Die jüngere hob eine Braue.

»Es ist gut, Frau Wennig«, antwortete sie, und es hörte sich nicht eben begeistert an. Die Wirtin stapelte Schüsseln aufeinander und verschwand.

»Mama, es ist nichts nach Wunsch! Dieses Essen ist eine Katastrophe.«

»Ja, aber wir können es uns nicht leisten, groß speisen zu gehen, Altea. Das weißt du doch.«

»Hungern müssen wir aber auch nicht. Hier, ich habe heute Nachmittag etwas erstanden. Das wird uns munden.«

Altea wühlte in ihrer großen Beuteltasche und zog ein Päckchen hervor. Mein Magen krümmte sich vor Gier zusammen. Hühnchen! Ich liebte Geflügel!

Schluss, mahnte ich mich, das war ihr Futter, und sie war auch hungrig. Auf jeden Fall waren die beiden jetzt beschäftigt, und ich konnte unauffällig meinen kleinen Trupp zu dem Schuppen bringen, um den sich dichter Efeu rankte. Unter den Stämmen waren wir sicher, und wenn es regnen sollte, würde sich ein Einschlupf finden. Das Holz war morsch und wies Löcher auf. Vielleicht gab es sogar Mäuse darin.

Wieder musste ich das Vierte schleppen. Als ich alle untergebracht hatte, widmete ich ihm meine Aufmerksamkeit. Es sah nicht gut aus. Es jaunerte leise, und seine Augen waren trüb geworden. Außerdem roch es seltsam. So ein wenig bittersüß. Ich bürstete und massierte es noch einmal gründlich und schnurrte dabei leise. Einmal zuckte es leicht mit den Pfoten.

Dann forderten die anderen etwas zu futtern, und ich machte mich auf die Suche. Zwei Regenwürmer konnte ich aufstöbern. Die machten den Kleinen Spaß, und sie konnten daran das Jagen üben. Währenddessen sah ich nach, ob vielleicht von dem köstlichen Hühnchen etwas übrig geblieben war. Im Schutze der Dämmerung begab ich mich zu dem Tisch auf der Terrasse.

Hier hatte ich einen guten Blick auf die beiden Frauen. Als ich genauer hinsah, erkannte ich die Ältere wieder. Sie war es, die am Nachmittag die Pastille wieder ausgespuckt hatte. Eine verständige Person also.

»Iss du den Rest, Altea, ich brauche nicht so viel.«

»Mama, du wirst wieder hungrig zu Bett gehen, und die ganze Nacht wird mich dein Magenknurren wach halten.«

»Du übertreibst, Kind.«

»Ja, ich übertreibe. Es ist die Wärme unter dem Mansardendach, die mich nicht schlafen lässt.«

»Ich wünschte ...«

»Wir können uns viel wünschen. Ich wünsche mir vor allem, dass die Kur dir guttut. Und was die schäbige Verpflegung anbelangt, die die Witwe Bolte uns zubilligt – nun, die weiß ich schon zu ergänzen.«

»Aber sie wird es komisch finden, wenn sie Reste von irgendwas auf den Tellern findet, das sie gar nicht serviert hat.«

»Dann iss deinen Teller leer, Mama!«

»Ich kann doch die Knochen nicht aufessen.«

Altea lachte und legte die Knochen auf ihren Teller.

»Weißt du, wie gleichgültig mir das ist, was die alte Scharteke von Wirtin von mir denkt? Und mach dir keine Sorgen, Mama. So viel Geld haben wir noch, dass wir uns ein Zubrot aus der Garküche leisten können. Außerdem habe ich einen Metzger gefunden, der aus Resten prima Hundefutter herstellt!«

»Altea!«

Die kicherte.

»Nein, nein, so schlimm ist es nicht. Ich bin sicher, seine Buletten genügen auch höchsten Ansprüchen.«

»Das ist alles so peinlich, Altea.«

»Ja, Frau Gräfin.«

»Ach Gott, ach Gott, ach Gott!«

Die Gräfin holte ein Tüchlein hervor und tupfte sich die Augen ab. Menschen kriegen manchmal Wasseraugen. Meist, wenn sie traurig sind. Und traurig war sie wohl, weil sie nicht genug zu essen bekam. Verständlich. Aber wenigstens hatte ihr niemand in die Rippen getreten, und ihre Tochter war auch schon entwöhnt und konnte selbst jagen.

Altea versuchte sie also auch aufzumuntern. Das war recht so.

»Mama, du musst die Möglichkeiten ergreifen, die sich dir bieten. Hast du mir nicht erzählt, dass heute ein charmanter Mann mit dir geflirtet hat?«

»Na ja, richtig geflirtet war das ja nicht. Aber charmant ist der Herr de Bisconti allerdings. Und so gut aussehend!«

»Bisconti? Tatsächlich? Dunkler Typ, schwarze Haare, leichter Silberschimmer an den Schläfen?«

»Ja, Liebes. Kennst du ihn etwa?«

»Ich bin ihm begegnet. Vor dem Krieg. Auf einer Gesellschaft.«

»Was für ein Zufall. Dann solltest du die Bekanntschaft mit ihm erneuern. Er ist ein sehr distinguierter Herr.«

»Doch mehr deine Altersklasse, Mama. Um deinetwillen werde ich mich vielleicht zurückhalten.«

»Kind!«

»Ein reicher Gatte, Mama, wäre für dich die Lösung deiner Probleme.«

»Aber nein, nein, ich bin viel zu alt.«

»Unsinn, du bist dreiundvierzig und ein adrettes Weib.«

Die Gräfin rutschte unruhig auf ihrem Stuhl herum.

»Nein, nein, Altea, du bist diejenige, die heiraten sollte. Auch wenn die Trauer dich noch immer in den Fängen hält.«

»Weniger die Trauer, Mama, als die Tatsache, dass ich ein Krüppel bin.«

Wieder wurde das Tüchlein gezückt und an den Mund gedrückt.

Krüppel? Hatte sie vielleicht doch auch einen Tritt in die Rippen bekommen?

»Du bist kein Krüppel, Altea. Sag doch so was nicht«, schluchzte die Gräfin.

»Je nun, Mama, vielleicht kuriert das gute Wasser hier mein Leid. Ich werde morgen den Badearzt aufsuchen und fragen, ob Bäder mir meine Hüfte heilen.«

»Oh Gott, was bist du zynisch.«

»Nein, Mama, nur realistisch.«

Also wirklich einen Tritt abbekommen. Mich hatte auch mal einer an der Hüfte hinten getroffen. Etliche Tage musste ich humpeln, und es hatte widerlich wehgetan.

Mama streichelte die Hand ihrer Tochter. Das mochte als tröstendes Bürsten durchgehen. Dann erhob sie sich und sagte: »Ich ziehe mich zurück, Altea. Bleib nicht mehr zu lange hier draußen sitzen, die Nachtluft ist ungesund.«

»Ja, Mama. Ich folge dir gleich. Aber ich habe noch eine Verabredung.«

Kerzengrade fuhr die Gräfin auf.

»Mit wem?«

»Mit einer struppigen weißen Katze. Sie wird uns helfen, die anstößigen Reste unseres Mahls zu entsorgen.«

»Oh! Mhm – du und Katzen.«

»Ja, ich und Katzen. Gute Nacht, Mama.«

Als Mama gegangen war, sah Altea sich um. Ich erlaubte mir, mich bemerkbar zu machen, indem ich in den Lichtfleck trat, den die flackernde Lampe auf die Balustrade warf.

»Da bist du ja«, sagte Altea, und ihre Augen wurden zu einem Lächeln.

Ich blinzelte ihr zu.

Sie reichte mir mit spitzen Fingern ein Stück Hühnerfleisch.

Ich konnte nicht anders. Es war solch eine Gier in mir. Ich nahm es, ließ es über die Zunge gleiten, und schon war es unten. Wahrscheinlich war der Aufprall in meinem leeren Magen deutlich zu hören, denn sie reichte mir gleich darauf ein zweites Stückchen. Weg damit. Auch das dritte noch. Tat das gut!

Aber die Pflicht, die Pflicht rief mich.

Und ich nahm das nächste Stück nur zwischen die Zähne und trabte damit zum Schuppen. Die Kleinen hatten eine gute Nase. Sie waren sofort munter und balgten sich darum.

Ich zurück. Großer Bettelblick.

Indes, Altea war bereits aufgestanden und stützte sich auf einen Stock.

Stock? Das taten doch sonst nur ganz alte Menschen.

Hatte ich mich da so getäuscht? Nein, hatte ich nicht. Sie war noch jung.

»Wem bringst du denn das Futter, Kleine?«

Ich drehte meine Nase zum Schuppen. Dann sah ich sie wieder an und gab einen kleinen, auffordernden Maunzer von mir. Es wäre leichter, wenn sie das Fleisch zu den Kindern brächte. Und da sie, wie ihre Mama, eine recht verständige Frau zu sein schien, nahm sie auch den Teller in die Hand und humpelte mir nach. Ich verstand – der Tritt hatte ihr wohl die Hüfte ziemlich kaputt gemacht.

Mit ein paar mütterlichen Lauten beruhigte ich die Kleinen, damit sie sich nicht verkrochen. Aber das war eigentlich gar nicht nötig. Sie waren neugierig und hungrig, und ihre Nasen führten sie zum Futter.

»Wie niedlich. Das sind deine, nicht wahr, Kätzchen?«

»Mau!«, sagte ich stolz. Sie kniete nieder und zupfte Fleischreste von den Knochen auf dem Teller. Sie wurden ihr aus den Fingern gerissen. Nur das Vierte rührte sich nicht. Ich setzte mich daneben und beschnüffelte es. Schnurrte es an, bürstete mit der Zunge darüber.

Und dann würgte sich tiefe Trauer durch meine Kehle. Ein Jammerlaut wurde daraus, eine Klage um ein gestorbenes Kind.

»Kätzchen«, sagte Altea leise. »Ach, Kätzchen!«

Ihre Finger glitten sanft über das zarte Pelzchen, und Tränen rannen ihr aus den Augen. Wieder und wieder streichelte sie mein regloses Kind, dann sah sie mich an. »Nicht genug Futter? So mager, wie ihr seid, gibt es nicht genug zu essen für euch. Armes Kleines. Ihr sollt nicht hungern. Solange ich hier bin, werdet ihr nicht mehr hungern. Das verspreche ich. Ich kann kein Leid mehr sehen, Kätzchen.«

Und nun schmerzte mich nicht nur der Verlust meines Kindes, sondern auch das Mitleid mit ihr. Ich trat zu ihr hin und drückte meinen Kopf an ihre Hand.

Sie streichelte mich.

Es gefiel mir.

Auch wenn salziges Wasser auf meine Nase tropfte.

»Wie heißt du, kleine Freundin?«

Nun sind wir Katzen höchst eigen mit unseren Namen. Wir behalten sie gerne für uns. Sie sind wichtig, manche gar heilig. Ich trug einen der großen Namen, der unter meinesgleichen Gewicht hatte. Menschen ging er gewöhnlich nichts an.

Außer solche Menschen, die in der Lage waren, unsere Eigenart zu verstehen. Und darum sah ich sie an. Mit diesem ganz besonderen Blick, in dem jene, die wissen und lieben, lesen können.

Sie erwiderte meinen Blick mit ihren feuchten Augen, und ich sah, dass sie verstand.

»Sina?«

»Mau.«

Ich stupste mit meiner Nase ihre Finger an.

»Danke, Sina.«

Wieder streichelte sie mich. Doch dann wurde sie energisch.

»Die Toten müssen begraben werden. Warte einen Moment, Sina. Ich will eine Schaufel holen.«

Mühsam erhob sie sich, humpelte um den Schuppen und kam mit einer kleinen Schippe wieder. Damit hob sie ein Loch unter einem duftenden Rosenstrauch aus. Ich verstand. Ich packte mein totes Kind im Nacken und brachte es zu ihr. Wieder wurden ihre Wangen nass, und sie schluchzte, als sie die Erde über den kleinen Pelz deckte. Dann pflückte sie zwei Rosenknospen und legte sie auf die Stelle.

Ich setzte mich daneben und schnurrte. Schnurren half mir. Es löste die Bitternis auf und milderte die Trauer. Und ihr trocknete es die Tränen.

Schließlich erhob sie sich. Ihr Kleid hatte Gras- und Erdflecken bekommen, und sie stöhnte leise, als sie sich auf den Stock stützte.

»Nein, von jetzt an sollt ihr nicht mehr hungern«, sagte sie, und es hörte sich sehr ernst an. Dann humpelte sie ziemlich schnell Richtung Haus. Ich hingegen suchte meine drei Kleinen auf, die auch noch die letzten Fasern von den Knochen geleckt hatten und nun aneinandergeschmiegt schliefen. Drei hübsche Kinder. Zwei schwarze mit weißen Pfötchen – wie der ansehnliche Vater, eines weiß wie ich, mit einem geringelten Schwanz. Ich putzte sie ein bisschen, schnurrte auch dabei. Es tat mir gut.

Dann aber hörte ich Altea wiederkommen. Und ein verlockend süßer Duft umgab sie.

»Ich habe die Speisekammer der grässlichen Witwe geplündert«, flüsterte sie verschwörerisch und stellte eine Schüssel Sahne zwischen uns.

Schwupps waren die Kleinen wach. Ich zeigte ihnen, wie man Weißheit schlabberte. Sie taten es mit so viel Begeisterung, dass die Tröpfchen nur so flogen. Es war genug für alle, auch ich konnte mir nach einigen kräftigen Schlucken den Milchbart ablecken.

»Gut, nicht?«

»Mrrrrrauuu!«

Jagdzeit

Es ging mir nach dem reichen Mahl weit besser als seit Tagen. Und wenn sich auch ein Schatten über mein Herz gelegt hatte, so machte ich mich dennoch in der Dunkelheit auf den Weg, mein neues Revier gründlich zu markieren.

Menschen lieben die Dunkelheit nicht, sie sind blinde Schleichen, ganz anders als wir Katzen. Der halbe Mond warf silbernes Licht über Gärten und Häuser und beleuchtete meine Streifzüge entlang den Hecken und Zäunen. Im Garten des Gasthofs nebenan herrschte Ruhe, und ich schnüffelte nach Botschaften anderer Katzen. Hier und da fand ich eine Warnung, ignorierte sie und setzte meine dagegen. Mal sehen, was geschah. Meist können wir Regelungen finden, zeitliche oder räumliche, wie Jagdgründe zu betreten sind.

Hinter den Fenstern im Haus brannte da und dort noch Licht, andere waren geöffnet, und man hörte verschiedene Laute. Vor allem in dem unteren Bereich, wo sie zusammensaßen und Geselligkeit pflegten.

Ins Freie aber begaben sie sich nachts nicht.

Oder?

Rascheln, Wispern von Stoff, ein schwüler Geruch, dick und süß mit Schweiß vermischt, waberte durch die Dunkelheit. Ich suchte Deckung. Eben noch rechtzeitig. Die Schmachtende, die ich am Nachmittag an dem Rosenspalier gesehen hatte, jene Bette, ging zielstrebig auf das Haus zu und verschwand im Inneren. Wahrscheinlich wollte sie an der Geselligkeit teilhaben.

Ich kam aus meinem Versteck hervor und schnüffelte

hinter einem Futtergeruch her. Ein abgenagtes Kalbskotelett war unter einen Tisch gefallen. Daran hatte sich aber schon ein Hund vergnügt. Ich schlenderte zum Zaun und stellte erstaunt fest, dass die Frau wieder aus dem Gasthof trat. Lange hatte sie sich dort nicht aufgehalten. Vielleicht hatten die anderen sie rausgeschickt, weil sie sie nicht riechen konnten. Wie eine Schleppe zog sie ihr Parfüm hinter sich her. Sollte ich ihr folgen? Leute, die in der Nacht herumschleichen, haben manchmal Geheimnisse. Und Geheimnisse zu lüften bereichert das Katzenleben.

Ich entschied mich dagegen, der Duft betäubte meine empfindliche Nase. Ich streckte dieselbe in die leichte Brise, die von der Lahn herwehte. Das Wasser roch ein wenig modrig, aber wenigstens natürlich. Der Kurpark lag still vor mir, ein paar Laternen brannten noch und beleuchteten die Wege. Hier und da eine Markierung setzen, da eine Nachricht auffrischen – Kathy vom anderen Ufer war hier gewesen und hatte eine Botschaft hinterlassen. Wenn ich mich wieder kräftig genug fühlte, würde ich den Weg über die Brücke nehmen und sie besuchen. Kathy war ein Wurfgeschwister von mir, und wir waren in den drei Jahren, die wir auf der Welt waren, immer in Kontakt geblieben.

Eine Weile setzte ich mich ans Ufer und sah dem Mondlicht zu, das auf den Wellen tanzte. Ein beruhigender Anblick, und die Schatten auf meinem Herz lösten sich ein wenig darin auf. Es war mein zweiter Wurf: Im vergangenen Jahr hatte ich zwei Kinder geboren und beide durchgebracht. Aber da war die Mäuselage auch noch besser gewesen. Oder vielleicht war das Lager tiefer im Wald auch geschickter gewählt. Dumm war es vermutlich von mir, dass ich der Versuchung erlegen war, Menschenfutter zu naschen. Manchmal überkam mich so ein Heißhunger nach Sahne und Käse und Fleisch von großen Tieren. Weshalb ich mich in der Nähe des Gasthauses, das sie *Zur goldenen Traube* nannten, eingerichtet hatte. Ja, dumm, denn was hatte es mir außer Tritten eingebracht?

Andererseits – jetzt hatte ich Altea kennengelernt. Eine feinsinnige Frau mit tiefem Katzenverständnis. Und einer weit größeren Trauer in ihrer Seele, als sie zeigen mochte. Es drängte mich zu ihr. Und ich merkte schon, wie meine Grundsätze anfingen, fadenscheinig zu werden.

Ich wurde gebraucht.

Meine Kinder würden mich bald verlassen. Sie hatten die Grundbegriffe des Jagens und Klauens schon gelernt, übten sich untereinander im Rangeln und Kämpfen, im Putzen und Beschnurren. Noch einige Tage reichhaltige Nahrung, und sie würden ihre Ausflüge weiter und weiter ausdehnen.

Mich brauchten sie dann nicht mehr.

Altea hingegen schon. Und Menschen, die einsehen, dass sie eine Katze brauchen, geben gewöhnlich gute Bedienstete ab. Dieser dicke Kater, der Bouchon, schien das zumindest auch bemerkt zu haben.

Seltsam, dass ich gerade an ihn denken musste, denn die Schritte, die leise durch die Nacht erklangen, gehörten zu dem Mann, der ihn gesucht hatte. Der Neffe Vincent.

Noch ein Mensch, der die Dunkelheit nicht scheute.

Doch so zielstrebig wie die duftende Bette eilte er nicht den Weg entlang. Eher bummelte er, schlenderte und sog dabei an einer dünnen Zigarre. Der Rauch roch nicht unangenehm, wie brennende Kräuter, würzig, ein wenig bitter. Er mischte sich nett mit dem modrigen Wassergeruch des Lahnufers.

Als er vorüber war, beschloss ich, zurück in meine neue Schlafstelle zu ziehen. Nicht ohne nach zufälligem Futter Ausschau zu halten. Am Straßenrand lag ein angebissener Apfel, der mich kaltließ, ein Kanten Brot mit nur ein klein wenig Speck darauf lohnte auch nicht der Mühe, und als ich durch den Garten wanderte, fand ich noch ein Stück Kuchen. Manchmal ist Creme oder Sahne daran, aber das hier war trocken. Und es roch so seltsam bittersüß. Ich beschnüffelte es gründlich. Ja, das war genau der Geruch, den mein totes Kleines an sich gehabt hatte. Vermutlich war das arme Wurm so hungrig gewesen, dass es davon gefressen hatte. Und noch vermutlicher war das Zeug giftig für unsereins.

Ich scharrte heftig eine Kuhle in den Boden und vergrub das gefährliche Kuchenstück. Nicht, dass sich noch ein anderes Tier daran vergiftete.

Höchst gewissenhaft überprüfte ich dann meine drei schlummernden Kinder, aber die rochen allesamt sauber und gesund, und so legte ich mich zu ihnen und schlummerte in der atmenden Wärme mit ihnen ein.

Morgenstund hat Tod im Mund

Die Morgendämmerung brachte mir die Regenwürmer, die Kinder vergnügten sich damit. Ich mag die Dinger nicht so, ich hoffte auf ein spätes Frühstück und begab mich auf die Morgenrunde. Es ging bereits geschäftig zu. Die Brunnentrinker versammelten sich in dem großen Gebäude gegenüber, um von dem heilsamen Wasser zu nippen. Sie machten ein ungeheures Aufhebens darum. Die Frauen hatte sich bereits wieder aufgeputzt, die Männer sich steif und stramm gemacht in ihren Anzügen und Zylindern und aufgewirbelten Schnurrbärten. Was für ein Blödsinn, nicht wahr? Nie würde eine Katze auf die Idee kommen, ihre Schnurrhaare zusammenzudrehen und bis zu den Augen hochzuziehen.

Ich fand ein sehr schönes sonniges Plätzchen in der Nähe des Eingangs der Kurhalle und betrachtete die Gäste, die sich anschickten, aus den Gläsern, die ihnen die Brunnenmädchen reichten, kleine Schlucke zu nehmen, dabei umeinanderzuwandeln und sich gegenseitig ihr Leid zu klagen. Das musste eine so dermaßen befriedigende Beschäftigung sein, dass sie mich überhaupt nicht wahrnahmen.

Es ging also sehr gesittet zu, und ich döste so vor mich hin, als plötzlich ein schrilles Kreischen ertönte. Mein erster Impuls war: Fliehen!

Aber dann verstand ich das Geheul.

»Ein Toter! Ein Toter in der Badewanne!«, zeterte ein rotgesichtiges Weib in feuchter weißer Schürze. Diese Frauen beaufsichtigten die Wasserbäder. Manchen Menschen genügte es ja nicht, das Wasser zu trinken, die zogen sich sogar ganz und gar aus und legten sich in ein Becken voll nassem Wasser. Mich schüttelte es immer bei dem Gedanken. Und wie es schien, bekam es ihnen auch nicht gut.

Neugier, ach Neugier!

Ich wollte doch mal sehen, welche Folgen so ein Wannenbad hat.

Geschickt wuselte ich mich zwischen ausladenden Röcken und glänzenden Stiefeln hindurch und folgte den nassen Spuren, die die Badefrau hinterlassen hatte. Ich war schon einige Male in dem weitläufigen Gebäude gewesen, im letzten Winter, als es draußen so eisig war. Ein wenig kannte ich mich aus. Aber die Räume mit den Badewannen hatte ich noch nie aufgesucht. Verständlich, es war mir zu feucht dort. Aber diesmal überwand ich mich, und siehe da, in einer dieser mit Fliesen ausgelegten Wannen lag ein nackter Mann – mausetot.

Ein Mann mit dunklem Teint, jetzt aber rosig angehaucht, schwarzen Haaren, die an den Schläfen einen Hauch von Silber aufwiesen. Gestern noch hatte er im Park seine scheußlich schmeckenden Pastillen der Gräfin angeboten. Gut, dass sie die ausgespuckt hatte. Was scheußlich schmeckt, ist oft giftig.

Jemand brüllte nach einem Arzt, eine weibliche Stimme überschlug sich hysterisch, wurde weggedrängt, eine andere forderte herrisch Erklärungen.

Ich machte mich unsichtbar, so gut es ging, und sah mich um. Ja, diese Pastillen, die hatte der Mann wohl wieder an sich genommen. Das Döschen mit dem roten und blauen Sternenmuster lag auf dem Rand der Wanne. Ich schlich mich heran, um daran zu schnuppern. Es ist immer gut, wenn man weiß, wie etwas riecht, das schädlich sein kann und dazu führt, dass man nach dem Genuss mausetot ist. Kaum war ich auf den Wannenrand gesprungen, wehte mich wieder der bittersüße Geruch an, den ich schon am Tag zuvor an meinem Kind gerochen hatte.

Aha!

Das war also giftig, sogar für Menschen.

Ich hätte den Inhalt des Döschens gerne weiter untersucht und wollte es gerade mit der Pfote nach unten auf den Boden stupsen, als sich eine Frau in den Raum stahl. Heimlich, das merkte man ihr an, denn sie sah vorsichtig über ihre Schulter, ob sie auch niemand beobachtete. Ich zog mich höchst eilig in eine Ecke zurück, denn das war die heisere Dame, deren spitze Absätze mir Angst machten. Sie warf einen Blick auf den Toten, zischte leise und schnappte sich das Döschen. Es verschwand in den Falten ihres Rockes.

Seltsam. Sehr seltsam.

»Was machen Sie hier?«, herrschte ein offizieller Mensch sie an, der durch die Tür gepoltert kam.

»Ich hörte, es habe einen Unfall gegeben«, antwortete sie heiser. »Ich wollte helfen.«

»Hier muss ein Arzt helfen. Gehen Sie raus, Madame. Es schickt sich nicht, die Baderäume zu betreten.«

»Natürlich, Herr Kuraufseher.«

Sie bewegte sich sehr anmutig auf ihren spitzen Absätzen, das musste ich ihr lassen. Und als der polterige Mann ihr nachschaute, flutschte ich an seinen Stiefeln vorbei ebenfalls aus dem Raum. Was ich wissen wollte, hatte ich erfahren: Was bittersüß riecht, bringt einen um!

Im Kursaal herrschte ein ungewöhnliches Getümmel, und ich war diesmal ganz dankbar dafür, dass die Menschenfrauen so weite Röcke trugen. In Ansammlung ist das fast so gut wie ein dichtes Gebüsch. Man kann, wenn man geschickt ist, darunterschlüpfen. Aber man muss vorsichtig sein, denn anders als Sträucher und Hecken konnten die Damen auskeilen. Meist verbunden mit einem Schrecklaut namens »Huch!«.

Mir gelang es, unbeschadet aus dem Gebäude zu kommen, aber fast hätten mich die Räder einer Kutsche erwischt, die mit großer Geschwindigkeit die Straße hinunterkam.

Mit einem beherzten Sprung rettete ich mich unter die

Markise der Pension *Germania*, und von dort aus nahm ich meinen geheimen Weg in ihren Garten.

Hier war von der Aufregung noch nichts zu spüren, aber wie ich die Menschen kannte, würde sie bald auch in diesen stillen Garten schwappen.

Ich suchte meine Kinder auf, um sie zu warnen.

Und ich fand sie mit runden Bäuchlein in ihrer Blätterkuhle liegen, in der Schüssel neben ihnen noch ein recht ordentlicher Rest Quark.

Der tat mir gut.

Altea hatte sich an ihr Versprechen gehalten – wir würden nicht mehr hungern.

Zufrieden streckte ich mich neben den Kleinen aus, die ebenfalls zufriedene Maunzer hören ließen.

Verdauungswandeln

Lange währte die Ruhe der Kinder nicht – die Verdauung verlangte ihr Recht, und danach musste ich meinem Nachwuchs wieder eine Lektion im Jagen erteilen. Wir nahmen diesmal das Flugwild durch. Es brummelten einige dicke Käfer durch den Garten. Ich hieß sie danach haschen, machte sie auf die Unverträglichkeit von Wespen, Hornissen und Bienen aufmerksam, zeigte ihnen eine Spinnwebe samt Bewohnerin und ließ sie zu guter Letzt mit meinem Schwanz spielen. Das erfüllte sie immer mit Kichern.

Mich auch.

Danach fielen sie aber eins nach dem anderen, wo sie gerade standen, um und schliefen ein. Glückliche Kinderzeit.

Ich leckte noch die allerletzten Reste aus der blauen

Schüssel und beschloss dann nachzusehen, welche Folgen das Auffinden des toten Mannes gezeitigt hatte.

Nicht sehr viele, wie es schien, man wandelte wie üblich durch den Park. Auch den Menschen war Verdauung wichtig, obwohl sie so gar keine sichtbaren Scharrstellen hatten. Der einzige Unterschied gegenüber den sonstigen Vormittagen war, dass sie sich hin und wieder in Grüppchen zusammenrotteten und über den Vorfall Vermutungen anstellten. Mich interessierte das nicht sonderlich. Ich wusste ja, woran der Mann gestorben war.

Unter einer Rosenlaube mit Bank darin setzte ich mich nieder und ließ die mondäne Welt an mir vorüberziehen. Gestärkte Unterröcke, gerüschte Säume, staubige Schleppen, hier und da ein zart bestrumpfter Knöchel unter neckisch gehobenen Volants, spiegelnde Stiefel, Gamaschen, scharf gebügelte Hosenbeine zogen an mir vorbei. Auch ein paar Hunde, ebenfalls mit Schleifchen und Mäntelchen aufgeputzt, zerrten an ihren Leinen und kläfften nervös, wenn sie meine Witterung aufnahmen.

Dann aber bemerkte ich ihn.

Wirklich, da kam Bouchon neben einem älteren Herrn angetrottet. Sein Mensch, wie Bouchon, rundlich, grauhaarig und im grauen Anzug, wandelte gemächlich über den Kiesweg und hatte ein wachsames Auge auf den Kater.

Ich machte mich bemerkbar.

Bouchon hielt seine Schritte ein und setzte sich. Sein Mensch blieb ebenfalls stehen.

»Guten Morgen, Sina!«, brummelte Bouchon. »Darf ich dir meinen Menschen vorstellen? Das ist Dr. Dorotheus Natalis, Freiherr von Poncet. Er ist ganz harmlos.«

Manche Menschen haben auch wuchtige und wichtige

Namen, genau wie wir Katzen. Aber Bouchon hatte recht, der Mann schien freundlich zu sein. Er betrachtete mich mit einem Lächeln und gesenkten Lidern. Ihm war also bekannt, dass Anstarren eine unhöfliche Geste war. Ich erlaubte Bouchon, meine Nase zu berühren, und zwinkerte seinem Menschen zu.

»Du hast eine Freundin gefunden, Bouchon?«

Der Kater rieb seinen Kopf an dessen Hosenbein.

»Aha, das war also der Grund, warum du unbedingt mit nach draußen wolltest.«

Er beugte sich nieder und reichte mir die Hand, wie es sich gehört, mit den Fingern schlaff nach unten. Ich machte einen vorsichtigen Schritt auf ihn zu – es ist immer gut, wachsam zu bleiben, und schnupperte kurz daran.

Mich packte blankes Entsetzen!

Der Geruch! Schon wieder dieser bittersüße Geruch!

Ich hüpfte zurück und prallte an den dicken Bouchon.

»Bouchon, du musst auf deinen Freiherrn aufpassen. Der hat was gefressen, das giftig für ihn ist!«

»Meinst du?«

Ängstliche Goldaugen sahen mich an.

»Ja, der riecht so nach etwas Bittersüßem. Daran ist mein Kind gestorben.«

Bouchon schnüffelte. Gründlich und mit bebenden Schnurrhaaren. Dann meinte er: »Nein, alles ganz normal. Er hat nach dem Brunnengang Kaffee getrunken, ein Hörnchen mit Marmelade, ein weiches Ei und ein Stück Marzipankuchen gegessen. Und ich hatte Hühnerleber in Sahnesoße.«

Große Bastet, was für ein Leben …

»Aber irgendwas davon riecht bittersüß«, beharrte ich.

»Sicher. Süß war das Hörnchen, fruchtig die Erdbeermarmelade und der Marzipankuchen – ja, der war süß mit einem Hauch Bitterem darin. Aber er hat den schon oft gegessen, geschadet hat ihm der noch nie.«

»Seltsam. Dann muss es noch etwas anderes geben, das so riecht. Der Mann heute Morgen ...«

Ich wollte Bouchon gerade von dem Toten und den Pastillen erzählen, als ein aufgebrachter Kläffer sich losgerissen hatte und auf uns zustürmte. Der dicke Stopfen flutschte wie ein Sektkorken zwischen den Röcken und Stiefeln davon, ich sauste das Spalier hoch und fauchte den Hund herzhaft an. Er klemmte den Schwanz ein und winselte.

»Ach, herrje!«, sagte der Freiherr und sah sich hilflos um. Dann machte er sich auf die Suche nach Bouchon. Ich blieb noch eine Weile auf meinem erhöhten Sitzplatz und beobachtete, wie der kleine Aufruhr sich legte. Der Kläffer gehörte natürlich der schmachtenden Bette, heute grün schillernd, mit leicht umflorten Augen und nach dunklen Geheimnissen duftend. Kein Wunder, dass die Töle ausgerissen war.

Ein anderer Herr spazierte unter mir vorbei, der allerdings auch einen dunklen Geruch verströmte. Zwei Herren, die in seiner Duftwolke hinter ihm gingen, blieben unter dem Spalier stehen.

»Man könnte ihn für verrückt erklären, wäre er nicht ein so erfolgreicher Industrieller!«

»Wer, mein Bester?«

»Der Alfred Krupp, von dem wir ein wenig Abstand halten sollten. Er glaubt nämlich, seine eigenen Körperausdünstungen seien giftig, weshalb er sich mit Pferdeäpfeln kuriert.«

»Wahrlich?«

»Der Gestank inspiriere ihn, behauptet er.«

»Zu was? Zu guter Verdauung?«

»Kanonenbau?«

Die beiden lachten und gingen weiter.

Immerhin erkannten Menschen untereinander durchaus ihre Verrücktheiten.

Es ergab sich eine Lücke in den Flanierenden, und ich sprang vom Spalier herunter. Vermutlich sollte ich nach Bouchon Ausschau halten. Der arme Kerl würde sich wieder restlos verlaufen.

Ich richtete meine Instinkte auf den armen Stopfen und trottete über die Rabatten. Weit war er sicher nicht gelaufen. Auch der Freiherr streifte rufend durch den Park und zog verwunderte Blicke auf sich. Ich sah Altea und ihre Mama auf dem Pfad auf ihn zukommen, und just, als ihre Wege sich kreuzten, hielt der Freiherr inne, drückte sich mit einer heftigen Gebärde gegen den Bauch und knickte ganz langsam in den Knien ein. Altea machte einen großen Schritt auf ihn zu. Ihr Stock fiel ihr aus der Hand, sie sank neben ihm nieder und fing ihn auf.

Hatte er doch von diesem schrecklichen Gift gefressen?

Ich raste hinzu.

»Die Galle«, keuchte er. »Es ist meine verdammte Galle!«

»Ruhig, Herr. Ich bin Krankenschwester. Leiden Sie unter Gallensteinen?«, wollte Altea wissen.

»Ja, ver… Entschuldigen …«

»Still. Eine Kolik, ja? Kommen Sie, ich helfe Ihnen auf. Sie müssen sich bewegen, auch wenn es schmerzt.«

»Ja, junge Frau. Sagt mein Arzt auch immer.«

»Sie da, helfen Sie mir!«, forderte Altea mit strengem Blick einen jungen Mann auf. »Und Sie, rufen Sie einen Arzt. Drüben im Kurhaus werden Sie einen finden.«

»Zu Befehl, Mademoiselle!«, sagte der Angesprochene und schlug die Hacken zusammen.

»Lassen Sie den Quatsch!«, fauchte Altea.

Der andere Herr half dem Freiherrn aber vorsichtig auf die Füße. Der stöhnte und schnaufte. Altea nahm von ihrer Mama den Stock entgegen und redete sanft auf den Kranken ein. Er war blass, fast käsig, und dicke Schweißperlen standen auf seiner Stirn. Ich hoffte, dass er nicht sterben musste.

»Bouchon. Ich muss Bouchon finden«, murmelte der Freiherr.

»Ein Freund?«

»Mein Kater.«

»Er wird Sie schon wiederfinden. Gehen Sie ein paar Schritte. Bemühen Sie sich. Mama, stütze ihn!«

Mama sah verdattert drein, und der Freiherr nahm sich zusammen. Ja, Haltung und Stolz waren gute Heilmittel. Ein klein wenig wurde seine Gesichtsfarbe wieder rosig. Vom Kurhaus aus kam eiligen Schrittes ein weiterer Mann mit einer voluminösen Tasche heran.

»Ah, der Kurarzt. Gleich wird er sich um Sie kümmern, mein Herr.«

»Danke, junge Frau. Danke. Es geht schon.«

Also würde er nicht sogleich verenden. Ich wandte mich ab und widmete mich weiter meiner Suche nach Bouchon. Sie war nun dringlicher als zuvor geworden.

Ich fand ihn dann auch nach kurzer Zeit hinter einem Buchsbaum sitzen.

»Ah, Sina. Ich hatte gehofft, dass du mich findest. Darum bin ich einfach sitzen geblieben.«

»Vermutlich eine gute Idee.«

»War der Hund gefährlich?«

»Nein. Es hätte gelangt, ihm die Kralle über die Nase zu ziehen.«

»Ich bin ziemlich dumm, fürchte ich«, meinte er betreten und starrte auf seine Vorderpfoten.

Ja, ein bisschen dumm war der Graue. Aber wahrscheinlich sollte ich Nachsicht üben. Er kannte das Revier und seine Eigenheiten nicht. Da mochte Vorsicht angebracht sein.

»Dein Mensch hatte einen Anfall. Altea, die Frau, die mich füttert, hat ihm geholfen.«

»Oje, oje, der Arme. Er hat es an der Galle. Darum ist er ja hier und trinkt das Wasser aus dem Brunnen. Er sagt, das würde ihm helfen.«

»Könnte er recht haben. Ich trinke das Wasser auch gerne. Es schmeckt gesund. Du solltest es mal probieren. Aber jetzt bringe ich dich erst mal zu ihm zurück.«

»Ich wäre dir sehr dankbar dafür, Sina.«

Wirklich ein höflicher Kerl.

Aber als ich ihn zu der Stelle brachte, wo ich den Freiherrn verlassen hatte, waren weder er noch Altea und ihre Mama zu finden.

»Was machen wir denn jetzt?«

»Jetzt zeige ich dir mein Revier, damit du lernst, dich hier zurechtzufinden.«

»Ja, gut. Aber der Freiherr wird sich sorgen.«

»Dann werden wir Altea bitten, dich zu ihm zurückzubringen.«

»Versteht die das?«

»Die ist ziemlich verständig. Komm, folg mir.«

Von Kriegern und Heiligen

Ich führte Bouchon über die Straße und zeigte ihm den Einschlupf zur *Goldenen Traube.* Hier versammelte sich inzwischen schon eine Reihe Gäste, die dort ihr Mittagsmahl einzunehmen pflegten. Es roch herrlich. Einen Augenblick blieb ich stehen und sog den Duft von gedünstetem Fisch, gebratenem Fleisch und herzhaften Würsten auf. Ein Tablett mit allerlei Käse stand unbewacht auf einem Tisch unter der Markise. Der Camembert rief meinen Namen. Laut und deutlich. Ein kühner Sprung, ein Tatzenschlag, schon rollte er mir zu Pfoten. Ich packte ihn und trabte schnellstmöglich zur Hecke. Bouchon hinter mir her.

»Das tut man aber nicht!«, mahnte er mich, als ich auf der anderen Seite angekommen war und einen herzhaften Bissen von dem Käse nahm.

»Nein, du vielleicht nicht, Bouchon. Dir wird so etwas vermutlich auf deinem Teller serviert. Aber ich habe drei Kinder zu versorgen, da muss man nehmen, was man bekommt.«

Er tretelte mit den Vorderpfoten im Gras herum.

»Ja, ich bekomme mein Futter gereicht. Aber es ist streng verboten, etwas vom Tisch zu stibitzen.«

»Andere Leute, andere Sitten. Wenn sie mich erwischen, treten sie mich. Wenn nicht, gehört die Beute mir.«

»Sie treten dich?«

Blanke Panik stand in seinen Goldaugen.

»Tja, Bouchon, die Sitten sind rau im Revier. Aber nun komm, meine Kinder haben Hunger.«

Ich konnte dem armen Kerl nicht helfen – das wahre

Leben hatte er wohl noch nicht kennengelernt. Immerhin machte er mir jetzt keine Vorwürfe, sondern sah zu, wie die Kleinen sich die Bäuche vollschlugen, und ließ es anschließend gutmütig zu, dass sie ihm in den Nacken sprangen, ihn an den Ohren zupften und nach seinem Schwanz haschten.

Ich bekam auch noch ein paar Bissen von dem schönen cremigen Camembert. Danach streckte ich mich aus und genoss das Gefühl, einen wohlgefüllten Magen zu haben.

Nach einer Weile spürte ich an meinem Rücken einen weichen Pelz, hörte ein tiefes Brummeln und ein tiefes Schnaufen.

Ich schlief drüber ein.

Bouchon putzte sich – sehr gründlich. Aber er hatte auch ein wunderbares Fell – grau, dicht, weich und völlig ohne Löcher. Ich sah ihm zu und überlegte müßig, ob ich mich auch mal so gründlich waschen sollte. Vielleicht hier und da den Schorf von den kahlen Stellen wegbürsten und ein paar Kletten rauspolken. In der letzten Zeit hatte ich immer viel zu viel zu tun gehabt, als dass ich mich der gründlichen Körperpflege hätte widmen können. Aber es war wohl jetzt an der Zeit.

Ich begann mit der linken Flanke. Die Prellung dort war inzwischen verheilt, die Berührung tat nicht mehr weh.

»Wann wird mich deine Altea zu meinem Freiherrn bringen, Sina?«

Ich zog die Zunge ein und überlegte. »Wenn sie hier vorbeikommt. Wird sicher nicht lange dauern.«

»Gut. Vielleicht kommt auch Vincent und holt mich.«

»Der Neffe.«

»Mhm.«

»Ist der auch malad?«

»Ja. Zwar nicht außen herum, aber im Kopf.«

»Ach, erzähl mal.«

Ich putzte weiter und hörte zu. Das war eine gute Kombination.

»Ich bin seit vier Jahren bei dem Freiherrn. Er hat mich mitgenommen, als ich gerade anfing, selbstständig zu werden. Meine Mutter war eine Hauskatze in einem sehr vornehmen Heim. Ich war nie draußen gewesen – so wie deine Kleinen hier. Immer in warmen Zimmern und so. Na, jedenfalls, der Freiherr wohnt auch in schönen Zimmern, aber er hat noch einen kleinen Garten, in dem er gerne herumwuselt. Ich darf ihm dabei helfen. Doch über den Zaun bin ich nie geklettert. Obwohl ich eigentlich schon neugierig war. Wir sind auch manchmal gereist. Ich habe einen sehr bequemen Korb. Und so habe ich auch ein wenig von der Welt gesehen. Also, ich meine, andere Häuser und Gärten. Und andere Menschen. Nicht alle mögen Katzen, glaube ich. Ein paar haben immer mit mir geschimpft, selbst wenn ich gar nichts gemacht habe. Aber getreten hat mich nie einer.«

»Sind wohl ganz besondere Kreise, in denen du verkehrst.«

»Ja, das sehe ich inzwischen auch so. Wir führen ein ruhiges Leben, der Freiherr und ich. Er liest mir gerne vor. Das bildet.«

»Mhm.«

»Aber letztes Jahr wurde es unruhiger. Da kam Vincent, sein Neffe, zu ihm. Den kannte ich vorher nicht. Er ist Offizier und war im Krieg.«

Vom Krieg hatte ich gehört – klar, den Streit, der der

Emser Depesche vorausging, hatte ich im Kurpark selbst beobachtet. Ich unterbrach das Putzen der rechten Flanke und erzählte Bouchon kurz davon. Er kannte die Zusammenhänge auch, und in seinen goldenen Augen glomm so etwas wie Begeisterung auf.

»Du musst mir den Platz mal zeigen, wo sich der französische Botschafter Benedetti mit dem König getroffen hat.«

»Kann ich machen. Aber was hast du davon?«

»Vielleicht riecht man noch was davon. Es war ein historischer Augenblick.«

»Für die Menschen vielleicht. Ich hatte damals Zank mit einem Kater um meine Reviergrenzen.«

»Die Menschen zanken sich genauso um ihre Reviergrenzen. Nur dass es dabei häufig Tote gibt. Und Verwundete. Vincent ist verwundet worden, und er konnte lange Zeit nicht mehr sprechen. Das ist für Menschen ziemlich schlimm.«

Ich mühte mich mit meinem Rücken ab. Da gibt es Stellen, an die man nur mit äußersten Verrenkungen drankommt. Aber nötig hatte der Pelz das dort. Richtig verfilzt war er geworden. Erst als er einigermaßen glatt war, fiel mir auf, dass Bouchon nun auch schwieg.

»Er konnte nicht sprechen. Ist der auf den Mund gefallen?«

»Was? Wer? Ach so, der Neffe. Nein, der hat eine Kopfverletzung erhalten. Aber die scheint einigermaßen geheilt zu sein. Nur viel reden tut er noch immer nicht. Ich denke manchmal, er will gar nicht sprechen. Er hat viel Schreckliches erlebt, hat der Freiherr mal gesagt.«

Der graue Stopfen schien ein guter Beobachter der Menschen zu sein. Ich strich mir noch ein paar Mal über den Latz, fand einen kleinen Käsekrümel darin und entschied dann, dass ich Bouchon von dem Toten in der Badewanne erzählen wollte. Und über den bittersüßen Geruch.

Er hörte aufmerksam zu – ein gutes Zeichen.

»Ich glaube trotzdem nicht, dass der Freiherr was Falsches gegessen hat. Diese Gallenkoliken hatte er schon häufiger. Darum trinkt er ja Brunnenwasser. Es muss da keinen Zusammenhang geben, Sina. Auch der Mann in der Wanne könnte Mandeltörtchen gegessen haben. Und dazu noch was anderes. Oder er ist in dem Wasser ertrunken. Kann auch passieren, Wasser ist gefährlich.«

Letzterem stimmte ich zu. Aber ertrunken war der Tote nicht. Seine Haare waren trocken gewesen.

»Kann sein, dass es Zufall war. Es geht uns eigentlich nichts an. Nur weil mein Kind so ähnlich bittersüß gerochen hatte …«

Schlapp!

Bouchons Zunge fuhr über mein Gesicht, bürstete fest zwischen den Ohren – genau die Stelle, an die ich selbst nicht drankomme. Er bürstete gut und ausdauernd, und die Schatten in meinem Herzen wurden noch etwas kleiner.

Dann setzte er sich vor mich und schnurrte.

»Ist gut, Bouchon. Und danke.«

»Hab ich ja nicht gewusst …«

»Woher auch. So was passiert. Wären wir nicht so hungrig gewesen, hätte das Kleine nichts Böses gefressen. Und dass wir hungrig waren, war meine Schuld.«

»Du hättest ein anderes Leben wählen können.«

»Hätte ich, habe ich aber nicht. Und nun lass uns Altea begrüßen. Ich glaube, sie und ihre Mama sind gerade gekommen.«

Sie saßen wieder auf der Terrasse unter dem schattenspendenden Birnbaum, eine Karaffe und Gläser auf dem Tisch. Altea holte aus ihrer Beuteltasche eine Tüte heraus und legte Gebäck auf einen Teller. Mama betrachtete ein buntes Blatt.

»Seit wann sammelst du Heiligenbildchen, Mama?«

»Ich sammle sie nicht, ich habe es vor der Kirche aufgelesen. Kitschig, nicht wahr?«

Altea nahm es aus ihren Fingern entgegen.

»Heilige Sancta Maria.« Dann kicherte sie. »Ob das den Glauben beschwingt?«

»Würde man sie sonst ins Gebetbuch legen? Allerdings …«

»Richtig. Das verrutschte Dekolleté der Maria lactans lässt den phantasievollen Wünschen unserer frommen Herren einen reichen Spielraum.«

Sie legte das Blättchen auf den Tisch, und ich trat näher. Maunzte leise.

»Oh, hallo, Sina! Hat der Quark geschmeckt? Sind die Kleinen munter?«

»Mau!«

Mama beugte sich vor und betrachtete mich. Mit höflich gesenkten Lidern. Gut erzogen, die Frau Gräfin. Noch besser erzogen Altea.

»Sina, darf ich dir meine Mutter vorstellen: die Gräfin Hermine von Lilienstern.«

Mama kicherte, und es hörte sich lustig an.

»Du wahrst aber wirklich die Form, Altea.«

»Sicher. Steht nicht jede Katze weit über Kaiser und Königen?«

»In deinen Augen gewiss. Nun, ich freue mich, dich kennenzulernen, Sina.«

Fingerspitzen beschnuppert, für freundlich befunden.

»Sie hat hinten am Schuppen drei kleine Katzen zu versorgen, Mama. Und ich glaube, sie tut es vorbildlich.«

»Katzen sind ausgezeichnete Mütter.«

»Wie du, Mama.«

Mama sah gerührt aus und streichelte Alteas Hand.

»Du schmeichelst mir, Kind. Ich habe vieles falsch gemacht.«

»Niemand ist vollkommen. Oh, du hast einen Begleiter mitgebracht, Sina.«

Hinter mir war ganz vorsichtig Bouchon herbeigekommen. Ich drehte mich zu ihm um und forderte ihn auf, näher zu treten. Er setzte sehr bedächtig Pfote vor Pfote und setzte sich dann nieder.

»Ein grauer Kater? Und ganz offensichtlich kein Streuner. Wohlgenährt und ein Fell wie Samt. Mama, ich fürchte, wir haben einen Vermissten gefunden.«

»Du meinst, das ist Bouchon, den der Freiherr von Poncet gesucht hat?«

»Die Beschreibung, die er uns gab, passt auf diesen vornehmen Herrn hier. Bouchon?«

Bouchon hob seinen Kopf und sah sie an.

»Mein Gott, hast du schöne Augen, Bouchon!«, sagte Altea ehrfurchtsvoll.

Der Stopfen tretelte verlegen.

»Wir sollten ihn zu seinem Herrn zurückbringen, Altea.«

»Sogleich. Aber du bleibst hier und naschst dieses Blätterteiggebäck auf. Schwatz der Witwe Bolte dazu einen Teller Schlagsahne ab.«

»Sie wird wieder nörgeln und einen Preisaufschlag verlangen.«

»Betrachte es als Herausforderung, Mama. Üb dich im Handeln. Sei hart und unbarmherzig!«

Das Letzte, was die Gräfin sein konnte, vermutete ich, war hart und unbarmherzig. Anders als die Heisere, die jetzt auch auf die Terrasse kam. Altea grüßte sie kühl, Mama höflich.

Ich verdrückte mich unter einen Stuhl.

»Katzen? Jetzt sind es schon zwei! Füttern Sie die etwa an?«, fragte die Spitzhackige.

»Nein, Frau Petuchowa. Die Weiße gehört zum Grundstück, und Bouchon bringe ich jetzt zu Dr. de Poncet zurück. Er hat sich verlaufen, und der Freiherr sucht ihn schon seit heute Vormittag.«

Es lag eine ungewohnte Schärfe in Alteas Stimme. Offensichtlich mochte sie die Frau auch nicht. Sie stand auf.

»Bouchon, folgst du mir?«

»Pah, eine Katze ist doch kein Hund«, schnaubte die Petuchowa.

»Wir werden sehen.«

Altea beugte sich zu dem Kater. Der ließ sich von ihr kraulen. Sie hob ihn hoch und nahm ihn auf den Arm. Vertrauensvoll schmiegte er sich an ihre Schulter.

»Mama, meinen Stock, bitte!«

Langsam humpelte sie zur Fenstertür, verschwand im Haus.

Sie würde durch den Hauseingang auf die Straße gehen, wurde mir klar. Meinen Einschlupf kannte sie ja nicht. Ich sauste nach vorne, und genau wie ich vermutet hatte, trat sie auf die Straße. Der Weg war nicht weit, ich folgte ihr in einigem Abstand. Wie erwartet wohnte der Freiherr im Kurhotel. Das zu betreten wagte ich denn doch nicht.

Bouchon maunzte mir einen Abschiedsgruß zu, und seine Haltung versprach ein Wiedersehen.

Ich kehrte um und fand die Gräfin im Gespräch mit der Heiseren, aus dem ich entnahm, dass die eine berühmte russische Opernsängerin war, die betrüblicherweise ihre Stimme verloren hatte. Sie hoffte hier in Bad Ems Heilung zu finden. Sahne stand auch auf dem Tisch.

Ich hielt mich bedeckt – Unsichtbarmachen lernt man sehr früh, wenn man eine neugierige Katze ist. Neugier erweckte dann auch das bunte Blättchen, das Mama vorhin betrachtet hatte. Es war vom Tisch geweht worden, und ein weiterer Luftzug wirbelte es genau vor meine Nase. Nun weiß ich nicht so recht, was Menschen mit Kitsch bezeichnen, aber wirklich farbenprächtig war es. Eine schmachtende Frau mit einem leuchtenden Schein um den Kopf hatte ihre Brust halb entblößt und säugte ein rosiges Kind. Blau wallte ihr Gewand um sie herum, und um das Bild rankten sich Rosen, so rosa, wie die Natur sie nie hervorbrachte. Kitsch war also etwas Unnatürliches, genau wie die übertriebene Mütterlichkeit der Frau. Und, ach ja, den Ausdruck auf genau diesem Gesicht hatte ich schon mal gesehen. Bette, die Schmachtende, stellte das Bild dar. Womit meine Vermutung, was die Gefühle der Menschen anbelangte, wieder einmal bestätigt wurde. Wenn sie nicht echt sind, sind sie Kitsch.

Zufrieden mit meiner neuen Erkenntnis, schlenderte ich zu meinen Kindern und spielte eine heitere Runde Balgen mit ihnen.

Zur Belohnung bekamen wir dann die Sahne.

Fragen, Tritte und Erinnerungen

Am Nachmittag hatte ich mich von Olga Petuchowa ferngehalten, am Abend gelang mir das leider nicht.

Der Käse aus der *Goldenen Traube* hatte meine Gelüste geweckt, und dumm, wie ich in meiner Gier nun mal war, hatte ich gehofft, dort noch mal eine solche Beute machen zu können. Das Zeug, das dort serviert wurde, war wirklich weit reichhaltiger als im Hause *Germania,* weshalb die heisere Opernsängerin wohl auch hier ihr Futter zu sich nahm. Sie saß im Garten mit zwei Herren zusammen, einer ein schmucker Offizier, der andere ein Herr mit schwarzer Augenklappe. Er trug einen weißen Anzug, was noch viel mehr seine schwarzen Haare und den dunklen Schatten auf seinem bartlosen Gesicht betonte. Es gab solche und solche Menschen – der hier gehörte zu den gefährlicheren unter ihnen. Auch wenn er nicht fauchte oder brummte, ging doch eine düstere Drohung von ihm aus, die er hinter einem höflichen Lächeln verbarg.

Die drei parlierten français und hatten sich dicke Scheiben Braten auf die Teller gehäuft. Der Geifer sammelte sich in meinem Maul. Da einmal reinschlagen. Und dann die Soße auflecken! Ich war so gierig, dass ich näher und näher schlich, um zu prüfen, wann die Esser mal abgelenkt waren. Ein gewaltiger Fehler. Olga sah mich und trat zu. Und wie! Ich flog ein Stück in die Büsche und blieb benommen liegen. Meine Rippen jaulten. Ich unterdrückte das meine. Nicht dass sie noch mal hinterhertrat.

Vorsichtig versuchte ich aufzustehen und mich zu verdrücken, aber jede Bewegung schmerzte. Also blieb ich erst einmal liegen und wartete, bis es ein bisschen besser wurde. Immerhin hatte es mich unter die Zweige eines Kirschlorbeers verschlagen, der schön dicht war. Durch die dunkelgrünen Blätter aber drangen dennoch der Bratenduft und das Geschwätz der Menschen. Ich schalt mich blöde und unbeherrscht, dass ich so hinter dem Futter her gewesen war. Schließlich hatte sich doch meine Lage seit der Bekanntschaft mit Altea gründlich zum Besseren gewendet. Ich musste wohl meine alten Gewohnheiten aufgeben. Bouchon hatte ja leider recht – in menschlicher Gesellschaft gehörte sich Futterstehlen nicht.

Eine Weile schnurrte ich mir selbst besänftigend zu. Schnurren betäubte ein wenig die Schmerzen. Und als sie erträglich wurden, keimte die Neugier wieder auf. Die Nase streckte ich zwar nicht aus meinem Versteck, aber die Ohren spitzten sich. Man unterhielt sich über den Toten in der Wanne.

Nach dem Essen war nämlich ein offizieller Mensch erschienen. Menschen – so hatte ich beobachtet – gab es gewöhnliche und amtliche. Die amtlichen trugen Uniformen, also Kleider mit allerlei Schnickschnack darauf, der ihre Funktion deutlich machte. Überwiegend prunkten sie mit Gold und Silber und Sternen und Streifen, und sie achteten peinlich darauf, dass man sie mit ihrem Rang anredete. Manche knallten auch mit den Hacken. Warum auch immer sie das amtlich fanden. Ich hatte auch mal versucht, das mit meinen Hinterpfoten nachzumachen, und dabei festgestellt, dass man dabei den Hintern zusammenkneift. Vielleicht durften Amtliche keine Verdauung haben. Aber das war nur Spekulation.

Jedenfalls ließ sich dieser Offizielle mit Herr Kurkommissar anreden und stellte zahlreiche Fragen nach dem Toten. So erfuhr auch ich eine ganze Menge über ihn. Er hieß

Louis Fortunat de Bisconti und war als Vertreter eines Fabrikanten optischer Geräte bekannt. Optische Geräte, auch das lernte ich hierbei, waren Gegenstände, mit denen die Menschen ihre schwachen Augen aufrüsteten, um besser in die Ferne oder in die Nähe zu sehen. Fernrohre waren für die Weite, Mikroskope für das Betrachten von Kleingetier gedacht. Das fand ich einigermaßen spannend. Die Menschen wussten also um ihre körperlichen Nachteile und versuchten sie mit Geräten, so gut sie konnten, auszugleichen. Brillen waren auch solche optischen Hilfsmittel.

Aber neben dieser Exkursion in die Technik wurde auch bekannt, dass Bisconti seit drei Wochen ein Zimmer im *Gasthof zur goldenen Traube* bewohnte, jeden zweiten Tag ein morgendliches Bad im Kurhaus nahm, häufig Emser Pastillen lutschte, um seine angegriffene Kehle zu kurieren, regelmäßig im Kurpark seinen Spaziergang machte und sich abends hin und wieder mit einigen Herren zum Kartenspiel traf oder Damen zum Kurkonzert begleitete. Feinde, so versicherte man rundum, habe der Mann sich nicht gemacht.

Vielleicht irrte man da, ging mir durch den Kopf. Denn von allein war der Bisconti nicht gestorben. Oder vielleicht doch? Wenn das Bittersüße ihn nicht niedergestreckt hatte, wie Bouchon vermutete, dann möglicherweise der lange Aufenthalt im Wasser. Andererseits – gebadet hatte er auch zuvor schon etliche Male.

Ich erhob mich und streckte mich. Der Schmerz war erträglich geworden. Und was kümmerte mich eigentlich dieser tote Bisconti? Ich sollte mich meinen Kindern widmen. Allerdings war mir der Rückweg durch den Garten etwas zu gefährlich. Noch immer saßen die Leute an den Tischen herum, und die vielen Füße in Stiefeln und

Schuhen mit spitzen Absätzen galt es unbedingt zu meiden. Also besser an der Hauswand entlang zum Grundstücksende und von dort durch den Durchschlupf zu unserem Ruheplatz.

Es gelang mir, unbemerkt auf den Pfad zu kriechen, der Gärten und Wald voneinander trennte. Tagsüber benutzten ihn wagemutige Wanderer oder auch Lieferanten. Nun aber, in der Dämmerstunde, war er völlig unbelebt.

Oder zumindest fast. Der feine Duft einer dünnen Zigarre wehte mich an, warm und würzig.

Richtig, der steife Neffe, der nicht sprechen konnte oder wollte, stand an der Hecke und schaute zu den Fenstern hoch. Er verhielt sich ganz still, vielleicht lauschte er dem Gesang der Nachtigall in den Büschen. Dennoch war seine Miene unbewegt, aber plötzlich strich er sich mit der Hand über das Gesicht. Eine sonderbare Geste, fast als ob er einen Gedanken fortwischen wollte. Einen traurigen Gedanken. Ja, Menschen sind schon eine bemerkenswerte Rasse, und es bedurfte eingehender Studien, um sie richtig einschätzen zu können. Wo solche wie die schmachtende Bette Gefühle in großer Geste vorführten, verbargen andere sie hinter ausdruckslosen Mienen. So als ob die einen die Welt ihrer nicht vorhandenen Emotionen versichern mussten, die anderen aber, die tief empfinden konnten, bei ihren Mitmenschen den Eindruck erwecken wollten, dass sie gar keine hatten. Wir Katzen durchschauten die einen wie die anderen, natürlich. Nicht nur, weil wir schärfere Augen haben; unsere Schnurrhaare nahmen auch die Vibrationen auf, die die Gefühle auslösten. Oder eben nicht. Einzig was ich immer wieder schwierig finde, ist zu ergründen, *warum* die einen Gefühle vorspielen, die anderen sie unterdrücken. Aber das macht es ja so aufregend, sich mit ihnen zu beschäftigen.

War vielleicht doch keine so ganz gute Entscheidung, sich in diesem Leben gänzlich von ihnen fernzuhalten. Sie sind unterhaltsame Studienobjekte.

Und manche sehr nett.

Der steife Neffe bemerkte mich nicht, er war versunken in den Anblick des Gartens oder den Gesang der Nachtigall. Ich humpelte an ihm vorbei.

Altea hatte den Kindern einen Napf mit Ragout hingestellt. Ein Happen war noch übrig.

Ich schlappte ihn auf, und da Altea mit Mama im Licht einer Kerze noch auf der Terrasse saß, wollte ich mich bei ihr bedanken.

Sie waren in ihre Unterhaltung vertieft, also blieb ich zunächst einmal still unter dem Tisch sitzen. Der tote Bisconti war auch hier Gesprächsthema.

»Tja, Mama, da siehst du mal, wie gefährlich das Baden ist.«

»Meinst du wirklich, Altea? Sollte ich besser nur vom Brunnen trinken? Ich werde gleich morgen den Arzt konsultieren.«

»Auf die Idee werden viele kommen. Der Vorfall beschert den Badeärzten ein reichliches Honorar, vermute ich. Sie werden alles daransetzen, weitere kostspielige Therapien zu empfehlen.«

»Du nimmst das nicht ganz ernst.«

»Nein, Mama, das tue ich nicht. Wenn Bisconti in der Wanne einen Herzanfall erlitten hat, so wie die Gerüchte es sagen, dann deutet das nur darauf hin, dass er eine Herzkrankheit hatte. Die aber hätte ihn auch mitten auf der Promenade niederstrecken können oder beim Essen. Oder beim Flirten mit dir.«

»Oh Gott, das wäre mir aber peinlich gewesen.«

»Ja, nicht? Wenn dein feuriger Verehrer vor dir auf die Knie sinkt und, statt dir sein Herz vor die Füße zu legen, sein Leben aushaucht, ist das doch etwas degoutant. Gut, dass es nicht passiert ist. Und gut, dass er nun nicht mehr mein Stiefpapa werden kann.«

»Aber Altea! Du weißt ganz genau, dass ich nicht auf einen Gatten aus bin.«

»Ja, Mama. Weiß ich. Du bist nach einem Gatten für *mich* aus. Aber ich hätte Bisconti auch nicht genommen. Er hatte so etwas – mhm – Schleimiges an sich.«

»Fandest du?«

»Zumindest als ich ihn kennengelernt hatte. Glaubst du, dass sich Menschen mit den Jahren ändern?«

»Nein, Liebes, das tun sie nicht. Und wenn ich es recht bedenke – nun, er war sehr glattzüngig, das muss ich schon sagen.«

»Ganz richtig. Und wenn du dich ernsthaft in ihn verguckt hättest, hätte ich Mittel und Wege gefunden, eine Verbindung zwischen euch beiden zu verhindern.«

Das sagte sie sehr ernst, was mir andeutete, dass sie den Toten nicht sonderlich geschätzt hatte. Sie mochte zwar nicht seine Feindin gewesen sein, aber seine Freundin war sie offensichtlich auch nicht. Als sie einen Schluck Wein genommen und das Glas abgesetzt hatte, bemerkte sie mich. Ich machte ein paar Schritte auf sie zu.

»Oje, du hinkst ja, Kleine.«

Sie beugte sich von ihrem Stuhl hinunter und streichelte mir über den Kopf. Es ging eine Welle von Mitgefühl von ihr aus, und so ließ ich es mir gefallen. Es fühlte sich auch angenehm an.

»Bist du irgendwo runtergefallen, Sina?«

»Mirr.«

»Nicht, nein. Katzen fallen nicht so ungeschickt, nicht wahr? Dich hat jemand getreten, was?«

»Mau.«

»Die grässliche Olga vermutlich. Die hat so eine gehässige Ader.«

Sehr verständig, die Altea, sehr.

»Der zeige ich das nächste Mal die Krallen, wenn ich sie wieder treffe!«

Würde ich auch gerne.

Ich drehte meinen Kopf in ihrer Hand.

Aber dann hörte ich vom Schuppen aus meine Kinder nach mir rufen und verabschiedete mich von ihr mit einem kleinen Schnurren.

La Opera

Die Nächte waren kurz, jetzt, zur Sommerszeit. Aber die Menschen gingen dennoch zeitig schlafen. Oder zumindest begaben sie sich in ihre Gehäuse. Und krochen früh wieder hinaus. Während der Dunkelheit war es also für alle diejenigen, die nicht mit ihnen zusammenkommen wollten, die beste Zeit, um sich zu treffen. Ich führte meine Kinder durch den Garten, zeigte ihnen Wege, die sie ungefährdet nehmen konnten, andere, die sie meiden mussten. Lehrte sie Markierungen lesen, machte sie auf nächtliche Jäger aufmerksam, die es zu meiden galt. Im Wald lebten nämlich Eulen und Uhus, die auch einer kleinen

Katze gefährlich werden konnten. Vor allem aber machte ich sie auf die Beutetiere aufmerksam, die man des Nachts aufstöbern konnte. Wir untersuchten gerade ein vielversprechendes Mauseloch, als mich unerwartete Schritte und Röckerascheln alarmierten.

»Weg hier!«, scheuchte ich die Kleinen unter einen Busch. »Die Frau ist unsere Feindin.«

Olga Petuchowa rauschte zielstrebig zum Gartentörchen. Sie schloss es auf und wandte sich zu dem schmalen Pfad dahinter zum Nachbarhaus. Ich hinterher. Auch dort gelang es ihr mühelos, die Gartentür zu öffnen. Es gelang ihr ebenso, die Haustür aufzumachen. Das war ungewöhnlich. Die Menschen pflegten Türen und Fenster mit Mechanismen zu versehen, die es möglich machten, sie zu verschließen. Lästig, wenn Sie mich fragen. Mit Türklinken kommt eine Katze ja noch zurecht, aber mit Schloss und Schlüssel haben wir leider unsere Probleme.

Olga nicht. Sie war im Haus verschwunden. Aber lange blieb sie nicht. Sie kam wieder heraus, machte sehr leise die Tür hinter sich zu und fummelte an dem Schloss herum. Ich hörte es klicken. Dann kam sie über denselben Weg zurück, den sie gegangen war, und schlüpfte wieder in ihre Räume unten im Haus.

Aha, sie hatte Geheimnisse.

Aber die zu ergründen lag mir fern. Mir taten die Knochen von unserer letzten Begegnung noch immer weh.

Trotzdem war es an der Zeit, zumindest eine kurze Runde an den Reviergrenzen entlang zu machen. Langsam hinkte ich also zur Straße, überquerte sie und betrat den Kurpark. Unter einer Bank fand ich ein angebissenes Brot mit Wurst darauf. Die schmeckte noch einigermaßen frisch. Unten am Wasser verharrte ich wieder und beobachtete den Mond auf den Wellen. Er wanderte ein Stückchen weiter, und als er hinter einem Kirchturm verschwand, nahm ich die Gegenwart einer anderen Katze wahr.

Wurfgeruch.

Keine Bedrohung.

»Kathy«, brummte ich erfreut.

»Sina. Schön, dich zu sehen. Warst lange nicht mehr drüben.«

»Hatte zu tun, Kathy. Kinder, da sind lange Ausflüge nicht angebracht.«

»Ah, ich hatte auch drei. Sind gut durchgekommen und haben inzwischen nette Lebensumstände gefunden.«

»Schön für dich. Ich hab eins verloren.«

Kathy blickte verständnisvoll drein.

»Ist Mist. Du hättest meinem Rat folgen sollen.«

»Hätte ich. Immer noch ein gut geführtes Haus?«

»Oh ja. Wir haben vornehme Gäste im *Haus Panorama,* die Wert auf gutes Essen legen. Und die Wirtsleute erkennen meine Arbeit sehr löblich an. Vor allem seit im Frühjahr die Lahn so weit über die Ufer getreten ist. Damit sind nämlich die Ratten hochgekommen. Eine echte Plage, sage ich dir. Ich komme aus dem Jagen gar nicht mehr raus.«

Kathy war im Gegensatz zu mir eine große, sehr starke Katze. Unser Vater war ein ausgesucht kräftiger Kampfkater. Ich bin leider etwas schmächtig geblieben.

»Mit Ratten wollte ich es nicht so gerne aufnehmen.«

»Es sind verdammt schlaue Viecher. Und sie wehren sich. Aber das übt die Reflexe. Ich bin inzwischen recht gut darin. Und ich lege den Wirtsleuten die Biester auch immer da hin, wo sie sie finden.«

»Du frisst sie nicht?«

»Große Bastet, nein. Ich habe wirklich genug anderes Futter. Dieses Rindergulasch und die Fischfrikadellen – die Wirtin macht immer eine Portion extra für mich.« Und dann sinnierte sie: »In der letzten Zeit sind die Ratten träger geworden, und viele sterben von sich aus. Der Gärtner hat irgendein Zeug ausgestreut, das ihnen nicht bekommt.«

»Gift.«

»Vermutlich. Auch ein Grund, sie nicht anzurühren. Ich habe es meinen Kindern eingebläut.«

»Sind sie noch in deinem Revier?«

»Nein, die haben andere Menschen gefunden. Du weißt ja, manche geraten ganz aus dem Häuschen, wenn sie so kleine Rabauken sehen. Ich habe mir die Leute gut ausgesucht und meine drei ihnen dann vorgestellt. Eine Generalswitwe hat eines genommen, eine junge Professorengattin mit zwei Kindern eines, und das letzte hat sich einem Maler angeschlossen. Der hatte Bilder von ihnen gemalt, und eines hängt jetzt unten im Haus.«

Das war auch so eine Eigenart von Menschen – Abbilder zu schaffen. Von allem Möglichen. Mir fiel gerade das kitschige Heiligenbildchen ein.

»Hat der auch Menschen gemalt?«

»Ja, natürlich. Putzig, nicht? Sie brauchen Bilder von sich. Und meistens zeigen sie sie gar nicht so, wie sie wirklich sind.«

»Sondern?«

»Auf den Bildern, die er malte, sahen sie immer viel edler aus. So als würden sie nur hochherzige Schwingungen verbreiten.«

»Könnte sein, dass er nur die sieht.«

»Nö. Der hat auch ganz andere Bilder gezeichnet. Die hat er den Leuten aber nie gezeigt. Ich habe mal ein Skizzenbuch von ihm gefunden. Da hat er die Gesichter so abgebildet, wie ich die Leute auch einschätzte. Habgierig, hinterhältig, lüstern, neidisch, hochnäsig. Oder einfach dämlich.«

»Hast du mal diese Frau mit dem kleinen Kläffer getroffen – die immer so eine schwüle Duftwolke verbreitet?«

»Oh, Bette Schönemann. Die meinst du sicher. Die wohnt bei uns im Hotel.« Kathy schnurrte erheitert. »Der Töle hab ich schon eins übergezogen. Der traut sich nicht mehr allein in den Garten. Die schöne Bette ist auch so ein Fall für sich. Ich kann sie nicht riechen.«

»Verständlich.«

»Aber sie will, dass die Männer sie riechen.«

»Also ist sie hochgradig rollig, ja?«

»Ich denke schon. Sie ist ja ganz allein gekommen und sucht ständig Begleiter. Aber geklappt hat es wohl noch nicht.«

»Sie spielt ja auch nur Hingabe und Leidenschaft.«

»Mhm.«

Kathy betrachtete gedankenvoll den Fluss.

»Weißt du, was ablichten bedeutet?«, fragte ich sie.

»Mhm? Oh, ach ja, der Tigerstroem. Origineller Kerl, der. Der macht Lichtbilder. Das ist so ähnlich wie Malen. Bilder von Menschen und Landschaften und so weiter. Mit einem Gerät.«

»Dann hat er auch von ihr ein Bild gemacht. Aber ich glaube, er hat ihr Schmachten durchschaut.«

»Dann wird sie ärgerlich auf ihn sein. Das mag sie nämlich gar nicht. Der Tigerstroem hat gute Augen. Er beobachtet sehr gründlich. Fast hätte er auch eins von meinen Kindern genommen, aber die junge Frau hat es ihm abgeschwatzt. Aber jetzt erzähl von dir. Du hast ein neues Quartier?«

Ich berichtete ihr von *Haus Germania* und Altea, von der gehässigen Olga und Bouchon. Natürlich vergaß ich nicht zu erwähnen, dass es irgendwo etwas gab, das bittersüß roch und giftig war.

»Bouchon meinte, es sei der Geruch von Mandelkuchen.«

»Der ist für uns nicht bekömmlich. Das ist richtig. Ich meide alles, was so riecht, aber Menschen vertragen ihn. Die Wirtin reicht ihn oft nachmittags zum Kaffee.«

Das festigte meine Meinung, dass mein Kleines wohl aus lauter Hunger einen Rest von einem solchen Kuchen gefressen hatte.

Ach ja, meine Schuldgefühle wuchsen wieder ins Unermessliche.

Ich war eine schlechte Mutter. Meine Schnurrhaare sanken nach unten.

»Sina!« Kathy stupste mich an. »Sina, du kümmerst dich nicht nur um drei Kinder, sondern auch noch um eine traurige, hinkende Menschenfrau und einen dicken, unbeholfenen Kater«, schnurrte Kathy. »Du kannst es nicht lassen, nicht wahr?«

»Was soll ich tun? Ich habe ja versucht, mich als Streunerin unabhängig zu machen. Aber ich kann mich meiner Veranlagung nicht entziehen.«

»Nein, das kannst du vermutlich nicht, Seraphina.«

Ich legte das Kinn auf die Pfoten.

Verantwortungslosigkeit war gegen meine Natur – wenn ich spürte, dass mich ein Mensch brauchte, dann musste ich helfen. Und Altea brauchte mich.

»Ich muss wieder rüber, sonst kreuzt Romanow mein Revier«, sagte Kathy und stupste ihre Nase an meine. »Sieh zu, dass du deine Kinder gut unterbringst. Wenn du magst, komm mit ihnen mal zu uns rüber.«

»Ja, ich denke darüber nach. Danke, Kathy.«

Lautlos verschmolz meine Schwester mit den Schatten, die das Mondlicht warf. Ich blieb noch eine Weile liegen und dachte über meine Bestimmung nach. Und die Gründe dafür, dass ich dieses und kein anderes Leben gewählt hatte.

Ich lag im Widerstreit mit mir und fühlte mich unzufrieden. Das war kein angenehmer Zustand, also schob ich ihn beiseite und trottete heim. Dort legte ich mich in die weiche Kuhle zu meinen Kindern. Ihr friedlicher Schlaf betäubte mein Missbehagen.

In den Wandelhallen

»Hören Sie mit Ihren Anwürfen auf, Frau Wennig. Die Sahne habe ich aus eigener Tasche bezahlt.«

»Um lästiges Viehzeug anzufüttern. Bezahlt oder nicht, das dulde ich nicht. Ich habe vornehmere Gäste als Sie, Fräulein. Und denen kann ich keine verflohte Streunerkatze zumuten.«

»Nicht? Aber Mäuse unter den Dielen wissen Ihre Gäste zu schätzen, ja?«

»Es gibt hier keine Mäuse, Fräulein!«

»Und als was würden Sie dieses hier bezeichnen?«

Ich hatte Altea eine Spitzmaus unter den Stuhl gelegt, Resultat meines morgendlichen Mausespiels mit den Kindern. Spitzmäuse sind nicht genießbar, hatten wir dabei durchgenommen. Aber als ein Zeichen der Wertschätzung konnte man sie noch immer verwenden.

Und wie sich zeigte, war der kleine Kadaver höchst nützlich. Die Wirtin gab ein Quieken von sich und machte ein angeekeltes Gesicht.

»Also, Frau Wennig, seien Sie froh, dass eine geübte Jägerin sich Ihres Problems annimmt. Wie ich hörte, gibt es hier am Lahnufer auch Probleme mit Ratten, nicht wahr?«

Frau Wirtin schnappte nach Luft. Dann machte sie den Mund zu und sandte mir einen giftigen Blick. Altea legte die Maus auf ihren Frühstücksteller und erhob sich, die Schale Sahne in der Hand.

»In der Mansarde hört man es nachts verdächtig rascheln und nagen. Sollte mir auch nur eine einzige lebende Maus dort über die Füße laufen, werde ich die Katze mit nach oben nehmen.«

Damit stand sie auf und gurrte mir leise zu. Sie verstand sich auf die kätzische Lautsprache. Ich folgte ihr, als sie zielstrebig zum Schuppen ging. Der leise kollernden Wirtin schenkten wir beide keine Aufmerksamkeit mehr.

Die Kleinen fielen über die Sahne her, und ich musste sie unsanft mit der Nase zur Seite drängen, um auch ein paar Zungen voll abzubekommen.

»Ich bringe euch heute Mittag Schabefleisch mit«, versprach Altea, und ich rieb kurz meinen Kopf an ihrem Bein. An ihrem guten, um ihr nicht wehzutun. Meine Rippen schmerzten noch ein bisschen, aber es war auszuhalten. Darum machte ich mich nach dem Morgenmahl auch wieder auf in den Kurpark. Natürlich in der Hoffnung, Bouchon dort anzutreffen.

Dem war auch so. Er hielt sich dicht an den Beinen des

Freiherrn, der heute wieder ganz gesund aussah. Als er mich wahrnahm, lief der dicke Stopfen auf mich zu und streckte mir seine samtige schwarze Nase entgegen. Ich erwiderte seinen Gruß, indem ich ihm sacht meinen Atem entgegenblies.

»Alles in Ordnung in deinem Revier?«

»So weit ganz gut. Ich hatte Sahne zum Frühstück.«

»Ich ein aufgeschlagenes Eigelb in weißer Soße.«

»Sicher sehr bekömmlich.«

»Ja, und gut für das Fell. Solltest du auch mal versuchen.«

»Muss ich erst wieder in Bäume klettern, um Nester zu plündern. Das ist mir immer etwas zu mühsam.«

»Oh, ach, entschuldige.«

»Macht ja nichts. Und dass mein Fell so herunter ist, wird sich vermutlich mit der Zeit legen.«

Der Freiherr hatte uns erreicht und begrüßte mich freundlich.

»Sehr nett von dir, Sina, dass du dich um meinen Bouchon gekümmert hast. Deine Freundin, das Fräulein von Lilienstern, hat mir von dir erzählt.«

Fräulein von Lilienstern?

»Altea meint er. Er achtet sehr streng auf die Formen, weißt du«, klärte mich Bouchon auf.

»Möchtest du uns auf der Runde begleiten, Sina?«

Ich maunzte zustimmend und schloss mich den beiden an. Es gab einige erstaunte Blicke, doch wir waren nur wenige Schritte gemeinsam gegangen, da erspähte der Freiherr eine leere Parkbank. Ich spürte seinen Blick auf meinem lahmen Gang.

»Setzen wir uns ein wenig in die Sonne«, schlug er vor.

Sonnenwärme tat Prellungen gut, ich ließ mich in

Müffchenhaltung unter der Bank nieder, Bouchon tat es mir gleich.

»Er hat sich von seiner Gallenkolik wieder erholt?«

»Ja, es geht ihm gut, aber er muss Diät halten. Darüber murrt er ein bisschen.«

»Keinen Mandelkuchen?«

»Doch, den darf er. Aber keinen Gänsebraten und fetten Schinken. Dafür soll er reichlich Wasser trinken.«

An uns vorbei flanierten einige ältere Herrschaften, einige Schritte weiter baute Tigerstroem wieder sein Gerät auf, um irgendwas abzulichten. Aber die schillernde Bette war nicht in Sicht- und Riechweite. Dafür unterhielt der Mann im karierten Jackett die Leute wieder mit Wetten. Heute ging es um die Frage, ob Seine Majestät der Kaiser Wilhelm wohl bis zum Mittag am Brunnen erscheinen würde. Was für eine blödsinnige Beschäftigung. Ich plauderte mit Bouchon ein wenig über das, was ich von Kathy erfahren hatte, und Bouchon konnte eine weitere erhellende Tatsache beifügen.

»Lichtbilder oder Photographien nennt man diese Aufnahmen. Sie werden mit einem optischen Gerät gemacht.«

»Ah, ja, von optischen Geräten habe ich auch schon gehört. Mit ihnen verbessern die Menschen ihre Augen.«

»Nicht nur das, sie halten auch fest, was sie sehen.«

Ich gähnte einmal kräftig und ruckelte mich etwas gemütlicher zurecht. Bouchon brummte zufrieden.

Der Freiherr grüßte einige Herren, tauschte Belanglosigkeiten mit ihnen aus und schien die Sonnenstrahlen ebenfalls zu genießen. Er war auf seine Art ebenso ein gemütlicher Charakter wie Bouchon. Was mich auf die Idee brachte, dass ich nach Menschen Ausschau halten sollte, die dem Wesen meiner Kinder ähnlich waren. Sie waren zwar jetzt noch ziemliche Rabauken, aber es stand zu erwarten, dass die beiden Kater bald ruhiger wurden, wenngleich sie ihr Leben lang wohl zu Unsinn neigen würden. Die Kätzin würde eine sanfte Schmuserin werden, doch nicht ohne Intelligenz. Sie hatte schon an Alteas Fingern geschnuppert und würde sich gut auf Menschen einstellen können. Charmant – das war das Wort, das die Menschen dafür hatten.

»Schau, da kommt deine Freundin«, murmelte Bouchon.

Wirklich, Altea, allein in einem schlichten blassblauen Kleid, in dem sie gegen die aufgeputzten Damen wohltuend adrett aussah, kam energischen Schrittes angehinkt. Ich hatte schon bemerkt, dass sie trotz ihrer kaputten Hüfte gerne weit ausschritt. Es war so ihre Art – sie trippelte nicht wie andere junge Damen, sondern bewegte sich recht zielstrebig. An der Bank aber blieb sie stehen. Der Freiherr erhob sich und streckte die Hände nach ihr aus.

»Mein liebes Fräulein von Lilienstern. So kann man einen strahlenden Sommermorgen noch schöner machen.«

»Guten Morgen, Herr Dr. de Poncet. Wie geht es Ihnen? Ach, was frage ich! Sie sehen sehr munter und ausgeruht aus.«

»Das bin ich auch, und ich würde meine Promenade auch sicher weiter ausdehnen, hätte ich nicht zwei bequeme Begleiter bei mir.«

Er deutete auf uns, und Altea lachte.

»Nun, Bouchon könnte ein wenig Bewegung ganz guttun, aber Sina ist gestern getreten worden. Für sie ist es ganz gut, wenn sie sich etwas schont.«

»Dann setzen Sie sich doch eine Weile zu mir, Fräulein von Lilienstern, und unterhalten Sie einen gelangweilten, mit Wasser abgefüllten Mann mit kurzweiligem Geplauder. Wie geht es der gnädigen Frau Mama? Ich hoffe doch, wohl?«

»Sie genießt heute ein Bad. Mit großem Misstrauen, muss ich jedoch erwähnen. Der gestrige Unfall hat sie nachdenklich gemacht. Aber ich glaube, ich konnte ihre Bedenken zerstreuen.«

»Ach, sie sind ganz entspannend, diese Bäder. Und wenn man sich den Aufenthalt in einem Kurbad gönnt, sollte man auch die angebotenen Therapien nutzen. Wie lange haben Sie Ihren Besuch geplant, Fräulein von Lilienstern?«

»Insgesamt sechs Wochen. Eine gute Woche haben wir schon hinter uns gebracht und kennen uns inzwischen recht gut aus.«

»Dann verraten Sie mir doch mal, was dieser Herr dort vorn betreibt?«

Der Freiherr wies auf den Karierten.

»Ach, der. Das ist Lord Jamie Fitzmichael. Soweit ich hörte, absolviert der junge Mann seine Kavalierstour auf dem Kontinent.«

»Aber warum versammeln sich die Damen und Herren um ihn wie Tauben, denen man Körner hinwirft?«

»Er bietet Wetten an.«

»Bestimmt? Wie eigenwillig. Und man nimmt sie offensichtlich an.«

»Sehr lange sind Sie noch nicht hier, habe ich das Gefühl. Sie haben das große Manko der Kur noch nicht kennengelernt.«

»Das da ist?«

»Langeweile. Absolut niederschmetternde Langeweile. Und jeder hier versucht sie auf seine Art zu vertreiben.«

»Mit Wetten.«

»Zum Beispiel. Denn da Seine Majestät der Kaiser befunden hat, dass es der preußischen Lebensführung nicht entspricht, ein Spielkasino zu besuchen, wurde das hiesige soeben geschlossen. Damit ist eine Quelle der Belustigung und Aufregung versiegt.«

»Und gewandte Figuren wie jener Lord Jamie füllen diese Lücke selbstverständlich aus. Ja, das ergibt Sinn.«

»Man kann es den Kurgästen nicht verdenken, dass sie sich nun unter der Hand vergnügen. Ich fürchte, es werden auch in einigen Pensionen in den Hinterzimmern Glücksspiele betrieben.«

»Das fürchten Sie zu Recht. Sie haben im *Haus Germania* Quartier genommen. Sind Sie zufrieden dort?«

Ich drehte mein Ohr erwartungsvoll nach oben. Konnte Altea lügen?

»Es gibt einen wirklich schönen Garten dort, und Mama und ich nehmen gerne unsere Mahlzeiten auf der Terrasse ein. Und unsere Kartenspiele beschränken sich auf Canasta und Patiencen.«

Das war nicht gelogen. Aber die ganze Wahrheit war es auch nicht. Geschickt von Altea.

»Das hört sich wundervoll an. Wir müssen immer in dem stickigen Speisesaal unsere Mahlzeiten zu uns nehmen.«

»Besuchen Sie doch mal den Gasthof *Zur goldenen Traube*, dort serviert man auch im Garten.«

»Eine hervorragende Idee. Aber nur, wenn Sie und Ihre gnädige Frau Mama mich dabei begleiten.«

Altea lachte leise.

»Die gnädige Frau Mama wird entzückt sein. Dann kann sie sich einmal gepflegt satt essen, ohne sich immer peinlich berührt zu fühlen, weil ich unsere kargen Portionen mit Beigaben aus der Garküche ergänze.«

»Woraus ich schließen kann, dass die Wirtin knauserig ist.«

»Ja, man könnte die Bewirtung guten Gewissens als frugal bezeichnen.«

»Umso mehr wird es mir eine Freude sein, Sie zu einem üppigen Mahl einzuladen. Würde es Ihnen morgen Mittag genehm sein?«

»Ich nehme im Namen von Mama dankend an, Herr Dr. de Poncet. Wird Monsieur Bouchon Sie begleiten?«

Der Freiherr lachte auf.

»Monsieur wird es vorziehen, *en salon* zu speisen. Aber wenn es Ihnen recht ist, werde ich meinen Neffen mitbringen. Er ist viel zu ungesellig und bedarf dringend weiblicher Aufmunterung.«

Altea rutschte über mir leicht auf der Bank hin und her. War ihr der Neffe unangenehm?

»Überreden Sie ihn zu nichts, was ihm zuwider sein könnte«, sagte sie mit einer Stimme, in der eine gewisse Brüchigkeit mitschwang.

»Was sollte ihm an der Begleitung zweier reizender Damen zuwider sein? Ah – fragen wir ihn selbst. Da kommt er eben die Promenade hinunter.«

Der Freiherr stand auf und winkte dem steifen Neffen zu. Gehorsam kam der angetrabt. Und verlangsamte abrupt seine Schritte. Eine mehr als steife Verbeugung und ein gemurmeltes: »Onkel Dorotheus?«

»Vincent, mein Junge, ich meine mich erinnern zu können, dass du Fräulein von Lilienstern schon einmal erwähntest.«

»Verzeih, Onkel Dorotheus. Aber du weißt, mein Gedächtnis weist noch immer bedauerliche Lücken auf. Gnädiges Fräulein, ich hoffe, Sie entschuldigen, wenn es mir entfiel, sollten wir uns schon einmal begegnet sein.«

Ich drängte mich an Alteas Beinen vorbei und streckte meinen Kopf unter den Volants ihres Rockes hervor. Das war wichtig zu beobachten.

Der Neffe, stocksteif, in einer offiziellen Kleidung, die ihn als amtlichen Menschen auswies, zeigte keinerlei Bewegung in seiner Miene und schaute Altea auch nicht an.

Da stimmte etwas nicht.

Alteas Hände umklammerten die Kante der Bank und waren weiß an den Knöcheln.

Da stimmte aber irgendetwas ganz und gar nicht.

»Natürlich verzeihe ich Ihnen, Rittmeister.«

»Major, gnädiges Fräulein.«

Autsch, auch noch mit dem falschen Rang angeredet.

Gleich würde der auch noch mit den Hacken knallen. So einer war das wohl.

Andererseits – vorgestern hatte er Bouchon sehr geschmeidig aufgehoben und im Arm gehalten.

Nein, also da war eine ganz große Sache im Gange.

Die Neugier brodelte in mir auf.

»Nun sei doch nicht förmlicher als Bismarck selbst, Junge. Woher soll sich Fräulein von Lilienstern denn in euren komischen Rängen auskennen? Ich habe übrigens sie und ihre Mutter, die Gräfin von Lilienstern, morgen Mittag zum Essen eingeladen und wünsche mir sehr, dass du uns begleitest.«

»Bedaure, Onkel, aber ich habe bereits andere Dispositionen getroffen.«

Altea stand auf, ergriff ihren Stock und verbeugte sich leicht.

»Auch ich muss meinen Verpflichtungen nachkommen. Herr Dr. de Poncet, Major!«

Wenn einer am Stock davonrauschen konnte, dann Altea. Kurz schwankte ich. Sollte ich ihr folgen? Oder besser horchen, was der steife Vincent noch zu sagen hatte?

Ich blieb. Was sich als richtig erwies.

»Onkel Dorotheus, ich möchte dir raten, zu diesen beiden Damen Distanz zu halten. Sie sind nicht das, was sie scheinen.«

»Tatsächlich, mein Junge? So hat also dein Gedächtnis seine Lücken wieder geschlossen?«

Vincent knurrte: »Tu einfach, worum ich dich bitte.«

»Mitnichten, Neffe. Mitnichten. Selbstverständlich werde ich die Damen morgen zum Essen ausführen und mich für deine ausgesuchte Unhöflichkeit entschuldigen. Was ist nur in dich gefahren?«

»Du weißt sehr gut, was mich bindet.«

Der Freiherr erhob sich, und seine Stimme klang ungewohnt streng.

»Das entschuldigt nicht dein unbotmäßiges Verhalten. Und nun erlöse mich von deiner Gegenwart, bevor ich deutlicher werde.«

Vincent knallte tatsächlich die Hacken zusammen und marschierte störrischen Schrittes davon.

»Bouchon, verabschiede dich von Sina, ich möchte ins Hotel zurück.«

Bouchon stand auf und sah mich verlegen an.

»Ich erzähl dir das das nächste Mal. Komm heute Nachmittag hierher, da promenieren wir wieder. Tut mir leid, Sina. Der Neffe ist ein Stoffel.«

»Das war nicht zu übersehen. Bis bald, Bouchon.«

Nasenküsschen und Schluss.

Sleeping Beauty

Wir hatten zum Mittag wirklich Schabefleisch, und ein Eigelb war auch daruntergemischt. Köstlich war das, und meine Kinder fingen schon an, ein wenig verzogen zu werden. Was sich darin zeigte, dass sich einer der Kater ohne Erlaubnis davonstahl, um sich bei Altea einzuschmeicheln.

Sie hatte sich wieder beruhigt, lag auf einer gepolsterten Liege und schrieb etwas in ein Heft. Ich beobachtete sprungbereit das Geschehen, um notfalls sofort eingreifen zu können. Der Kleine hüpfte auf das Fußende der Liege. Noch hatte Altea ihn nicht bemerkt. Er bewegte sich bedächtig, das war schon mal gut. Er zupfte auch nicht an ihrem Rock, sondern schlich sich Pfötchen für Pfötchen nach oben. Ungefähr in der Höhe ihres Heftes hielt er inne, setzte sich und gab ein ganz leises Maunzen von sich.

Altea senkte das Heft und sah ihn an. Ein Lächeln stieg in ihren Augen auf.

»Ein Abenteurer!«

Er starrte sie an. Sehr unhöflich. Sie zwinkerte. Sehr höflich.

Dann hielt sie ihm die Finger hin.

Er machte einen Satz zurück.

Daraufhin geschah etwas völlig Überraschendes.

Altea schnurrte. Richtig gekonnt.

Mein Kleiner bekam kullerrunde Augen, und wie mit einem Fädchen gezogen trottete er auf sie zu. Sie umfasste seinen Hintern und hob ihn auf ihren Schoß. Dreimal drehte er sich umeinander, tretelte ein paarmal und ließ sich dann höchst zufrieden nieder.

»Na, gemütlich dort?«

Unsinnige Frage, das war es ganz gewiss. Aber der kleine Frechdachs war natürlich sofort eingeschlummert. Altea streichelte ihn mit einer Hand, Stift und Heft waren zu Boden geglitten. Sie schloss dabei die Augen und summte vor sich hin. Ich ließ mich neben dem Heft nieder und legte eine Pfote darauf, damit der Wind es nicht fortwehte. Ihr leises Summen machte auch mich dösig.

Aufmerksam wurde ich erst wieder, als hinten am Gartentörchen ein Mensch stehen blieb und uns mit großer Aufmerksamkeit musterte. Es war der Mann, der mit seinem Gerät Bilder machen konnte und auf den beinahe kätzischen Namen Tigerstroem hörte.

Er räusperte sich leise, und Altea schlug die Augen auf.

»Gnädige Frau«, sagte er leise. »Verzeihen Sie, wenn sich Sie so ungehörig anspreche.«

Altea beließ ihre Hand an dem kleinen Kater, lächelte aber leicht.

»Ein trauliches Bild, nicht wahr?«, sagte sie ebenso leise.

»Überaus. Gestatten Sie, dass ich mich vorstelle – Egmont Tigerstroem. Ich bin Photograph und immer auf der Suche nach eindrucksvollen Motiven.«

»Ich hörte von Ihnen, Herr Tigerstroem.«

»Ich hoffe, nicht in unerfreulicher Weise.«

»Nein, man spricht davon, dass Sie ein wahrer Künstler mit der Linse sind. Entschuldigen Sie, dass ich nicht aufstehe, aber – mhm – dies hier ist ein zu großer Vertrauensbeweis, als dass ich den Katzenkinderschlaf stören möchte. Und ich werde Sie auch nicht in den Garten bitten.«

»Das verstehe ich vollkommen. Aber, gnädige Frau, wenn ich die Bitte äußern dürfte – falls dieses kätzische Vertrauen sich so weit erstreckt, dass das possierliche Tierchen geneigt wäre, sich mit Ihnen ablichten zu lassen, würde ich Sie beide gerne als Modell engagieren.«

Altea wirkte einen Augenblick verwirrt. Und der Kater erwachte, streckte sich, plusterte seinen erbärmlich kleinen Schwanz auf und fauchte Tigerstroem an. Dann hopste er von seinem Lager und versteckte sich hinter mir.

»So viel zum Thema Vertrauen. Ich fürchte, Herr Tigerstroem, aus dem Modellsitzen wird nichts.«

»Es muss ja nicht gleich heute sein. Diese Mutterkatze …«

»Sie heißt Sina.«

»Also, Madame Sina scheint ein weit größeres Vertrauen zu haben. Vielleicht kann sie ein gutes Wort bei dem jungen Herrn einlegen.«

»Ist er ein Herr?«

»Das weiß man zwar nie so genau, aber ich möchte es fast annehmen. Er hat eine gewisse männliche Ausstrahlung.«

»Ah ja?«

Altea blickte zu uns hinunter.

»Sina, ist das ein Kater?«

»Mau«, bestätigte ich und leckte demonstrativ über den Kopf des Kleinen.

Tigerstroem gab ein erstauntes Lachen von sich.

»Sieht aus, als verstünde Madame Sina Sie.«

»Sie ist eine ausgesprochen kluge Katze, Herr Tigerstroem. Ich denke, ja, sie versteht sehr viel. Aber dass ich sie zum Modellsitzen überreden kann, bezweifle ich.«

»Könnte ich Sie, gnädige Frau, denn dazu überreden?«

»Mich, Herr Tigerstroem?«

»Sie haben ein ausdrucksstarkes Gesicht, gnädige Frau. Es fasziniert mich.«

Nun klang Alteas Lachen einen Hauch bitter. Sie erhob sich, ergriff ihren Stock und humpelte zum Gartentörchen.

»Ich bin wohl nicht ganz das, was ein Modell ausmacht.«

Er verbeugte sich.

»Sie glauben, nur das, was das gemeine Volk unter Vollkommenheit versteht, sei es wert, von einem Künstler abgebildet zu werden?«

»Ich glaube kaum, dass wer auch immer an dem Bild einer Hinkenden großen Gefallen findet.«

Tigerstroem erstaunte mich. Er sah Altea sehr ernst an.

»Madame, Sie unterschätzen sich maßlos. Offiziere schmücken sich mit funkelnden Orden, um ihre Tapferkeit der Welt unter die Nase zu reiben. Die Ihre wirkt weit eindringlicher.«

»Woher wollen Sie das wissen, Herr Tigerstroem?«

»Ich war in Frankreich. Ich habe Lazarette gesehen. Und die Frauen, die für die Verwundeten sorgten. Unter Einsatz ihres Lebens, Komtess von Lilienstern.«

»Die Komtess ist dort gestorben, Herr Tigerstroem.«

Ich wusste es doch. Ich wusste doch, dass sie ein tiefes Leid mit sich trug. Ich schubste den Kleinen zur Seite und schmiegte mich an ihr Bein.

»Wie Sie wünschen, gnädige Frau.«

»Und die ist ein Fräulein geblieben.«

Wieder verbeugte er sich, ziemlich tief.

Altea hatte ihre Hand auf das Gatter des Törchens gelegt und schaute in den Wald hinter den Gärten. Nein, ihre Miene war nicht ausdruckslos. Es spiegelte sich Kummer darin, Bitterkeit vielleicht und Trauer.

»Sie wollen vergessen, nicht wahr?«

»Ich kann es nicht.«

»Und doch gaben Sie zusammen mit dem Kätzchen ein Bild tiefen Friedens ab. Lassen Sie mich einige Photographien von Ihnen machen. Vielschichtige Menschen findet man selten. Ach, ich sollte hinzufügen, dass ich selbstverständlich ein entsprechendes Honorar zahle. Sie opfern Ihre Zeit nicht umsonst, gnädiges Fräulein.«

Altea neigte sich zu mir hinunter und kraulte mich zwischen den Ohren. Eine Übersprungshandlung – zwischen den Ohren kratzte ich mich auch immer, wenn ich nicht recht wusste, was ich von einer Sache zu halten hatte.

Dann richtete sie sich energisch wieder auf.

»Sie scheinen sehr viel über mich zu wissen, Herr Tigerstroem.«

»Ein wenig. Mein Freund Rudolf Oppen war Kriegsberichterstatter.« Tigerstroem verzog seine Lippen zu einem schiefen Lächeln. »Auch er hat ein Opfer gebracht. Eine Lungenverletzung – ihretwegen sind wir hier und hoffen auf Linderung.«

»Das tut mir leid zu hören. Allerdings kann ich mich an ihn nicht erinnern – und auch an Sie nicht.«

»Nein, als wir von Ihnen und Ihrer Arbeit hörten, lagen Sie selbst im Lazarett. Nichtsdestotrotz erschienen Sie uns eine bemerkenswerte Persönlichkeit, und – wissen Sie, Rudolf besitzt die Neugier einer Katze. Allerdings hat er sein Wissen nicht öffentlich gemacht. Das kann ich Ihnen versichern. Und er wird es auch nicht … mehr … tun.«

»Oh.«

Dem unsäglich traurigen Tonfall entnahm ich, dass jener Freund dem Ende seines Lebens entgegensah. Altea schien das auch so zu verstehen.

»Besuchen Sie uns, gnädiges Fräulein. Und bringen Sie, wenn Madame Sina es erlaubt, ein Kätzchen mit.«

Noch zögerte sie einen Augenblick, dann fragte sie: »Wo haben Sie Ihr Quartier genommen?«

»In der *Kaiserkrone,* Römerstraße 19 – nicht weit von hier. Und der Garten ist ebenso schön wie dieser.« Dann lächelte er. »Es wird sich auch ein Häppchen finden, das den jungen Helden mit seiner Aufgabe versöhnt.«

»Sahne und Quark werden sehr geschätzt.«

»Morgen Nachmittag? Man verspricht uns weiterhin sonniges Wetter, was die Arbeit mit dem Licht besonders erquicklich macht.«

»Gut, ich werde sehen, wieweit Sina bereit ist, mir eines ihrer Kinder anzuvertrauen.«

»Vielen Dank, Fräulein von Lilienstern. Wir freuen uns auf Ihr Kommen.«

Mit einer weiteren Verbeugung verabschiedete sich der Photograph. Altea ging langsam zu ihrer Liege zurück und hob Heft und Stift auf.

»Er gibt uns Geld für Futter, Sina. Ich werde abermals meinen Stolz hinunterschlucken und es annehmen.« Dann seufzte sie. »Was ist schon Stolz, nicht wahr?«

Stolz war etwas Lebensnotwendiges. Wer wüsste das besser als ich? Stolz auf die eigene Würde war eine Stütze, wenn man Tritte bekam. Besser vermutlich als ein Stock, wenn man eine kaputte Hüfte hatte. Aber wenn es um das nackte Überleben ging, dann war Futter doch noch wichtiger. Mir dämmerte allmählich, dass Altea und ihre Mama sich in einer mir nicht unähnlichen Lage befanden – am Rande des Verhungerns. Darum ging Altea auf die Jagd, um das Überleben zu sichern, damit Mama ihren Stolz bewahren konnte.

Die Gräfin kam eben aus dem Haus und winkte Altea mit einer Zeitung, sich zu ihr unter die schattige Laube zu setzen. Ich gab meinem Kleinen den Befehl, zu seinen Geschwistern zurückzukehren, und folgte ihr.

»Liebes, wieder ein herrlicher Artikel von diesem Aloisius Kattenvoet. Den musst du dir anhören!«

»Natürlich, Mama. Aber ich hole uns vorher noch eine Karaffe Limonade. Es ist warm heute.«

»Die Wirtin …«

»Die raffgierige Wirtin bekommt einen Groschen dafür«, knurrte Altea.

Mama sah mich an, als Altea im Haus verschwand, und meinte: »Sie beschützt und verwöhnt mich, wo sie kann, Sina. Aber ich habe Angst. Alles das kostet so viel.«

Viel kosten – das hatte was mit Wert zu tun. Menschen tauschten Dinge, die sie wertschätzten, gegen andere, die sie brauchten. Das hatte ich schon verstanden. Wer nichts von Wert hatte, konnte auch nichts tauschen und musste verhungern. Oder klauen.

Von meinem philosophischen Gedankengang wurde ich abgelenkt, denn Altea kam mit der Wirtin zurück, die ein Tablett mit Karaffe, Gläsern und einer Schüssel Erdbeeren mit Sahne trug. Mürrisch, wie üblich. Doch kaum war sie weg, stippte Altea ihren Finger in die Sahne und reichte ihn mir.

Schlapp!

Und dann las Mama den Artikel vor, der von dem Herrn namens Kattenvoet verfasst worden war. Der Name machte mich geneigt, ihr zuzuhören. Er war auch recht erheiternd, denn er stellte die Kurgäste und ihr Gebaren aus Sicht eines Blumenmädchens dar. Blumenmädchen gab es viele, ich hatte sie schon oft vor den Hotels und

Pensionen stehen und ihre Sträußchen anbieten sehen. Männer nahmen sie ihnen ab und schenkten sie den Frauen. Dabei gab es wohl sehr unterschiedliche Antriebe, das zu tun. Kattenvoet schien eine respektlose Beobachtungsgabe zu besitzen. Hier der ältere Geck, der einem kecken Mädchen Veilchen schenkte, um ein ebenso keckes Küsschen zu ergattern, da der schüchterne Jüngling, der von dem Blumenmädchen einen besonders hübschen Strauß erhielt, den er heimlich seiner Angebeteten auf das Fensterbrett legte. Ein Kavalier erstand rote Rosen, um sie jeden Tag einer anderen älteren Dame zu überreichen, ein kleiner Junge kaufte für seine Mama ein Bündchen Vergissmeinnicht von seinem Taschengeld, um sie von einem Lausbubenstreich abzulenken, ein Ehegatte mit sichtlich schlechtem Gewissen wollte mit Blumen sein Weib beschwichtigen. Ein fescher Offizier erwarb zwei rote Nelken, die ein hübsches Mädchen an ihrem Dekolleté befestigte, bereit, dafür einige Dummheiten zu begehen. Und dann war da noch der Zar Alexander, der dem armen Blumenmädchen aus Fachbach jeden Morgen einen Strauß abkaufte und ihr dafür immer ein Goldstück gab.

»Sehr hübsche Geschichte«, meinte Altea, während sie mir noch einen Finger voll Sahne reichte.

Sie log.

Warum?

»Ja, sehr hübsch. Und ich glaube sogar, dass das mit dem Zaren wahr ist.« Mama sinnierte noch ein wenig darüber, welche der genannten Persönlichkeiten sie wohl kannte, und kam dann aber über den feschen Offizier auf den steifen Neffen.

»Bedauerlich, Altea, dass er morgen seinen Onkel nicht begleitet, um mit uns zu speisen.«

»Er ist anderweitig verabredet.«

Kam sehr trocken von Altea. Ich merkte wieder auf.

»Das kann ich gar nicht verstehen. Damals in Rathenow habt ihr euch doch oft auf Gesellschaften getroffen. Und – ach – er war ein so gut aussehender junger Offizier. Diese Zieten-Husaren mit ihren prachtvollen Uniformen haben selbst mir, obwohl ich ja deinem Papa eine treue Gattin war, den einen oder anderen Seufzer entlockt.«

»In Feldgrau, in Schlamm, Pulverqualm und Blut verlor sich das dann, Mama.«

»Gott, oh Gott, ja, natürlich. Dieser Krieg … Aber dennoch, Liebes, du hattest damals ein *tendre* für ihn, nicht wahr?«

»Er aber nicht für mich, Mama. Und nun hat er augenscheinlich auch jede Erinnerung an mich verloren.«

»Die Kriegsverletzung …«

»Vielleicht. Zumindest liefert sie ihm auch nur eine bequeme Ausrede.«

Mama sah betrübt drein.

»Eine schöne Uniform, ein wohlklingender Titel, ein attraktives Aussehen sind nicht alles, was einen Mann anziehend macht. Vincent de Poncet ist ein arroganter Pinsel.«

Mhm – da klang doch eine derart verhaltene Wut mit, dass ich glatt einen Satz rückwärtsmachte. Ganz offensichtlich hatte der steife Neffe schon früher meine Altea auf das Gemeinste verletzt.

Bouchon würde mir dringend und umgehend Rede und Antwort stehen müssen.

Verdächtigungen

Die Gelegenheit bot sich am späteren Nachmittag. Wie verabredet, flanierte Bouchon mit seinem Menschen am Lahnufer entlang, und als ich mich zu ihm gesellte, lachte der Freiherr fröhlich auf.

»Na, Bouchon, dann wirst du jetzt eine Weile deines Weges gehen wollen.«

Der Stopfen rieb seinen dicken Kopf an dem Hosenbein und trottete auf mich zu.

»Ich muss mit dir reden.«

»Ich mit dir auch!«

Wir suchten uns einen Platz am Ufer, wo wir von den Menschen nicht gleich entdeckt wurden. Ich mochte das Wasser – also den Anblick. Die Pfoten machte ich mir nicht gerne darin nass. Bouchon war ebenfalls beeindruckt und sah staunend einem Nachen nach, in dem eine elegante Gesellschaft stromaufwärts gerudert wurde.

»Was gibt es, Bouchon?«

Ich fragte zuerst, vielleicht bekam ich ja schon ein paar erhellende Auskünfte über den steifnackigen Vincent.

Aber nein, der Tote aus dem Kurbad hatte des Freiherrn Aufmerksamkeit erregt. Er hatte mit dem Kurarzt über Biscontis Ableben geplaudert. Der Arzt war offensichtlich zu dem Schluss gekommen, dass ein Herzanfall, ausgelöst durch zu langen Aufenthalt in dem warmen Wasser, dessen Leben beendet habe. Aber der Freiherr war anderer Meinung und hatte das mit Vincent diskutiert.

»Also kann er doch reden, wenn er will?«, hakte ich nach.

»Ja, kann er. Sina, er ist gar nicht so krank, wie er vorgibt.«

»Ach nee!«

»Nein. Er bewohnt ja ein eigenes Zimmer, und ich bekomme ihn nicht oft zu Gesicht. Aber als er heute den Freiherrn aufsuchte, hat er ziemlich viel geredet. Er hat ein großes Interesse an diesem Bisconti bekundet, und er sagt, es könnte sein, dass ihn jemand getötet hat.«

»Es war aber kein Blut da.«

»Nein, deshalb meint er, er sei vermutlich vergiftet worden.«

Also war mein allererster Eindruck doch nicht ganz falsch gewesen.

»Dieser Geruch, dieser bittersüße Geruch. Dann war es wahrscheinlich doch ein Gift.«

»Möglich. Aber wir können da nicht sicher sein. Trotzdem behauptet Vincent, dass Bisconti umgebracht wurde.«

»Also hat er sich Feinde gemacht.«

»Das hat er wohl, und einer von ihnen ist ihm hierhin gefolgt und hat ihn vergiftet. Vincent sagt, dass Gift oft von Frauen verwendet wird.«

»So?«

»Ja, die Männer bringen sich gegenseitig blutig um. Er sagt, Frauen sind hinterhältiger.«

»Der hat aber eine üble Meinung von Frauen.«

»Ja, die hat er wohl. Aber eine noch üblere von Bisconti. Ich hatte den Eindruck, dass er seinen Tod nicht besonders betrauerte.«

»Vielleicht hat er ihn selbst umgebracht.«

»Nein. Oder …?«

Bouchon sah nachdenklich drein.

Ich auch. Töten gehörte zum Katzenleben – wir brauchten Nahrung, darum machten wir Jagd auf kleinere Tiere. Menschen brauchten ebenfalls Nahrung, deshalb töteten sie auch Tiere. Aber wir Katzen töteten nicht unseresgleichen. Wir kämpften zwar miteinander. Die Kater um Kätzinnen und Reviere, wir Kätzinnen verteidigten unsere Kinder und unsere Reviere. Es gab Kratzer und Bisswunden, und manchmal, wenn sie zu tief waren, starb man dran. Aber in einem Kampf ging es nicht um Leben und Tod. Außer in ganz seltenen Fällen. Und nur, wenn eine Katze verrückt wurde, tollwütig zum Beispiel, dann tötete sie wahllos.

Menschen töteten einander.

Warum, darüber hatte ich mir schon einige Gedanken gemacht. Ich teilte sie Bouchon mit.

»Die einen töten, weil sie zu viele Gefühle haben, die anderen, weil sie gar keine haben. Jene, die zu viele Gefühle haben, werden verrückt, wenn man diese verletzt, und werden dann tollwütig. Die, die keine haben, sind so verrückt, dass sie Freude am Töten haben. Also hat entweder Bisconti jemandes Gefühle verletzt, oder ein gefühlloser Verrückter hat ihn umgebracht«, sinnierte ich. »Was weißt du von Vincent, Bouchon?«

»Er ist Soldat, und Soldaten töten«, sagte er mit unglücklicher Stimme.

»Du willst aber nicht glauben, dass er den Mann vergiftet hat?«

»Nein, will ich nicht. Er ist eigentlich ganz nett. Er mag den Freiherrn. Und er mag mich. Ich darf neben ihm sitzen, und dann streichelt er mich. Und Leckerbissen gibt er mir auch.«

»Er versteckt seine Gefühle.«

»Ja, das tut er. Nach außen hin.«

»Also hat er viele davon. Und die sind verletzt worden.«

Bouchon bürstete seinen Schwanz. Heftig. Ein Zeichen dafür, dass er unschlüssig war. Doch dann hörte er auf damit und sah mit zwischen den Zähnen heraushängender Zunge über das Wasser.

Das passierte mir auch manchmal, wenn ich sehr angestrengt nachdachte.

»Er hat eine Kopfverletzung erhalten«, sagte Bouchon schließlich. »Vielleicht ist er dadurch verrückt geworden.«

»Du hast doch gesagt, er gibt nur vor, krank zu sein.«

»Und du sagst, seine Gefühle sind verletzt.«

»Sitzen die Gefühle der Menschen in ihrem Kopf?«

»Mhm.«

»Eben.«

Ich kratzte den meinen. Gefühle steckten überall in einem drin. Aber ich war beispielsweise sauer auf die heisere Olga, die mich getreten hatte, und würde ihr zu gerne mal die Kralle in die Wade schlagen.

Woraus ich schlussfolgerte: »Hat Bisconti ihn am Kopf verletzt?«

»Nein, das waren Soldaten. In Frankreich.«

»Wenn man sich den Kopf anstößt, wird man eine Weile duselig. Also könnte doch etwas daran sein, dass er sich nicht erinnern kann«, murmelte ich vor mich hin.

»Nein«, sagte Bouchon nachdrücklich. »Er hat sein Gedächtnis nicht verloren, Sina. Das erzählt er anderen nur.«

»Aber warum?«

»Damit sie ihn für harmlos halten!«

Meine Schnurrhaare zuckten.

»Also ist er gefährlich?«

»Ich glaube schon. Zumindest hat er einige gefährliche Aufgaben durchzuführen gehabt. Das hat zumindest der Freiherr so gesagt. Er war Aufklärer im Krieg, er musste heimlich herausfinden, wo ihre Feinde waren.«

Also unbemerkt in ein fremdes Revier eindringen und feststellen, wo die Gefahren lauerten – ja, das war eine riskante Sache. Und sie erforderte Mut.

»Aber der Krieg ist doch vorbei?«

»Ja, das ist er wohl.«

»So kommen wir nicht weiter, Bouchon. Bisconti ist tot, er braucht uns nicht mehr zu interessieren. Aber meine Altea macht mir Sorgen.«

»Warum?«

»Weil – sie kennt den steifen Vincent. Und er gibt jetzt vor, sich nicht an sie erinnern zu können. Und das macht sie unglücklich.«

»Ja, er kannte sie wirklich. Und darum hat der Freiherr ihn vorhin auch fürchterlich ausgeschimpft.«

»Vor diesem Krieg sind sie einander begegnet. Altea mochte ihn. Aber er sie nicht. Andererseits, Bouchon, hat er gestern Abend am Gartentörchen gestanden und traurige Gedanken gehabt.«

»Ja, er hat gestern Abend deine Altea und ihre Mama belauscht. Das hat er dem Freiherrn berichtet.«

Lauschen war höchst nützlich. Das konnte ich ihm nicht verübeln.

»Was hat er denn gehört?«

»Dass Altea nicht wollte, dass ihre Mama Bisconti heiratet. Und darum glaubt er, dass die beiden mit ihm vielleicht unter einer Decke stecken.«

»Altea mochte Bisconti nicht, das stimmt. Aber ihre Mama fand ihn ganz nett.«

»Er meint, sie könnte etwas mit dem Mord zu tun haben.«

Mit einem Satz war ich auf allen vier Pfoten und fauchte. Bouchon erschrak dermaßen, dass er fast in die Lahn gefallen wäre. Ich entschuldigte mich und setzte mich wieder. Aber sauer war ich trotzdem.

»Altea hat ihn bestimmt nicht umgebracht. Sie hatte ihre Mama ja schon davon überzeugt, dass er nicht der richtige Gefährte für sie sei. Wie kommt der dumme Vincent nur darauf?«

»Weil da wohl etwas in der Vergangenheit zwischen den beiden vorgefallen war. Ich meine Altea und Bisconti.«

»Oh.«

Stimmt, sie hatte gesagt, sie habe ihn schon früher getroffen.

Mich packte Unbehagen.

»Also, fassen wir zusammen – der steife Neffe begleitet den Freiherrn, weil er hinter Bisconti her ist, der etwas Unlauteres getan hat, und nun, da der Mann ermordet wurde, vermutet er, dass Altea und ihre Mama daran beteiligt waren.«

»Ja, ich glaube, so kann man das sehen.«

»Vermutlich kann man es auch anders sehen.«

»Ich will nicht, dass Vincent sie unglücklich macht, Bouchon. Sie hat viel Leid zu tragen.«

»Aber was sollen wir machen?«

Das war eine gute Frage. Ich konnte Altea trösten, ich konnte versuchen, die Schatten auf ihrem Herzen zu vertreiben, aber ich konnte nicht einen solchen bösen Verdacht von ihr nehmen.

Unten auf dem Wasser kamen die Enten angeschwommen und schnatterten lauthals. Ein kleiner Junge warf

Brotkrumen ins Wasser. Sie balgten sich darum. Ein Segelschiff glitt behäbig vorbei, ein alter Schuh wurde an eine Wurzel gespült und blieb daran hängen. Die ziehenden Wolken spiegelten sich in dem leicht gekräuselten Wasser.

Alles das betrachtete ich und ließ meinen Geist baumeln.

»Kannst du herausfinden, wer den Bisconti umgebracht hat, Sina?«

Verdutzt fing ich meinen bummelnden Geist wieder ein und blickte Bouchon an.

»Sollte ich wohl.«

»Dann mach das doch.«

»Hilfst du mir?«

»Wenn ich kann.«

»Lauschen, zuhören, herumstöbern. So wie ich es auch tun werde.« Und dann erhob sich ein böses Grinsen in mir. »Diese heisere Opernsängerin, die Olga Petuchowa, die hat Dreck am Stecken.«

»Dann finde du heraus, was das für einer ist. Ich schnüffele mich mal durch Vincents Sachen.«

»Gut. Treffen wir uns morgen früh wieder, wenn dein Freiherr seinen Verdauungsspaziergang macht.«

Bouchon streckte mir seine Nase entgegen, ich stupste sie an.

Der war gar nicht so dumm, der dicke Stopfen.

Brückensturz

Meine Kinder hatten einen Einschlupf in den Schuppen gefunden. Ich hörte sie darin herumrascheln und maunzen. Als ich sie rief, kamen sie heraus und präsentierten mir stolz eine Maus. Tot. Ich lobte sie ausgiebig. Wir hätten sie fressen sollen, aber ein Schüsselchen mit klein gezupftem gekochtem Fisch verlockte noch weit mehr.

Altea sorgte wirklich gut für uns. Ich erteilte den Kleinen noch eine Lektion im Anschleichen und Unsichtbarmachen, putzte ihre Bäuche und Ohren und schickte sie dann schlafen.

Der Abend war warm, aus den Gärten hörte man überall Stimmen, manchmal Gelächter. Von nebenan klang sogar etwas Musik zu uns. Ich schlich mich zur Hecke und spitzte die Ohren.

Olga hielt Hof in der *Traube,* erzählte von ihren ruhmvollen Auftritten an der Petersburger Oper und beklagte den Verlust ihrer Stimme. Da ich mir nun die Aufgabe gestellt hatte, mehr über sie herauszufinden, lauschte ich aufmerksam. Aus Tonfall und Haltung konnte man viel entnehmen, und die Heisere – nachdem ich nun den roten Schleier der Rachsucht von meinen Augen gezogen hatte – spielte ihren Zuhörern sehr gekonnt etwas vor. Man musste schon sehr aufmerksam sein, um herauszuhören, dass sich hier und da ein leichtes Zögern in der Sprache einschlich, ein klein wenig zu eindringliches Fixieren ihrer Gesprächspartner stattfand. Doch ein kleines Ansteigen der Tonhöhe, vor allem aber der deutlicher werdende Duft ihres Parfüms verriet sie. Er mischte sich mit dem feinen Geruch der Aufregung und Anstrengung.

Ihre Zuhörer bemerkten es nicht. Sie waren beeindruckt von ihren Schilderungen der Rollen, die sie gesungen hatte, und bekundeten immer wieder, wie bedauerlich es sei, dass die Heiserkeit nicht schwinden wollte. Alle hatten natürlich Vorschläge bei der Hand, mit welchen Kuren sie ihre Maladie heilen konnte. Offenbar aufmerksam hörte sie zu, nickte und bedankte sich und versprach, alles Mögliche auszuprobieren. Aber ihre Finger zupften dabei ruhelos an dem Tischtuch.

Aus einem ebenerdigen Zimmer floss zwischen vorgezogenen Portieren ein Streifen goldenes Licht auf die Blumenrabatten, und als ich in den Raum spähte, sah ich den Mann mit der Augenklappe wieder. Er saß mit sechs Leuten um einen Tisch und spielte Karten. Das war vermutlich das, was Altea gemeint hatte. Sie vertrieben sich die Zeit und amüsierten sich. Warum auch immer heimlich. Etwas überraschte mich, dass Alteas Mama mit in der Runde saß und in die bunten Blätter in ihrer Hand starrte.

Die Dämmerung füllte den Garten mit Schatten, einige Herrschaften erhoben sich und verkündeten, sie wollten sich nun zurückziehen. Der Bandoneonspieler packte sein Instrument ein, und auch Olga stand auf. Ich beschloss, ihr zu folgen. Auch wenn ich große Vorsicht dabei walten lassen musste. Die spitzen Absätze waren mir noch in viel zu schlechter Erinnerung. Madame Olga war umtriebig. Sie kehrte nicht in ihre Räume im *Haus Germania* zurück, sondern begab sich auf die Straße. Allein und im Dunkeln.

Das hatte sie schon einmal getan.

Im Schutz der Hauswände schlich ich ihr nach, und schon wenige Schritte weiter wurde ich belohnt. Allerdings war mein Erstaunen geradezu überwältigend, denn der steife Neffe trat unter der Markise des Kurhauses hervor, begrüßte sie und blieb an ihrer Seite, als sie den Weg zur Kurpromenade einschlug.

Was hatte Vincent denn mit der heiseren Olga gemein?

»Olga Petuchowa, welch Zufall!«, begrüßte er sie.

Sie lachte leise und hängte sich bei ihm ein.

»Natürlich!«

»Nein.«

»Nein, mein Lieber. Du hast Gewohnheiten – man findet sie schnell heraus. Nächtliche Spaziergänge gehören ebenso dazu wie der Geruch deines Zigarillos.«

»Eine gute Nase hast du schon immer gehabt. Was führt dich her?«

»Meine lästige Heiserkeit.«

»Sicher. Ich vermute, die Opernbühne in Sankt Petersburg beklagt den Verlust deiner kostbaren Stimme ebenso wie du.«

Wieder ließ sie ein leises Lachen ertönen. Sie schlenderten am Ufer entlang, langsam, gemächlich. Ich folgte ihnen mit aufmerksam aufgestellten Ohren. Vincent und Olga schienen sehr vertraut miteinander.

»Und dich vermissen die prachtvollen Zieten-Husaren gewiss auch«, sagte sie leise.

»Ohne Zweifel. Doch man gewährte mir Urlaub – Familienangelegenheiten.«

»Sicher. Dein Onkel, hörte ich, plagt sich mit Gallenbeschwerden und du dich mit dem Verlust deiner Erinnerung. Wird das Brunnenwasser sie wieder erfrischen?«

»Man gibt die Hoffnung nie auf, Olga.«

»Weshalb du nachts durch Bad Ems wanderst und sie suchst?«

»Nur ein wenig Bewegung. Mein Zigarillo schmeckt in der lauen Nachtluft besser als in meinem dumpfen Zimmer.«

»Ein dumpfes Zimmer im Kurhotel? Also ist das der Grund, weshalb du dich nach einer anderen Unterkunft umsiehst?«

»Tue ich das?«

»Dich interessiert das *Haus Germania*. Oder war ich es, der deine Aufmerksamkeit galt?«

»Du bist jede Aufmerksamkeit wert, Olga.«

»Schmeichler. Und Lügner. Sind es die abgehalfterte Gräfin und ihr Humpelbeinchen von Tochter, denen du nachstellst?«

»Abgehalfterte Gräfin?«

»Tu nicht so, als ob du das nicht wüsstest. Die Lilienstern haust oben in der Mansarde, kann sich kaum das Essen leisten und trägt dreimal gewendete Kleider.«

Sie hatten die Brücke erreicht und fast überquert. Vincent blieb am mittleren Pfeiler stehen und lehnte sich daran an.

»Nein, das wusste ich nicht«, sagte er, und es klang tonlos. Wieder verbarg er etwas. Ich setzte mich in den Schatten des Gittergeländers und lauschte.

»Du kennst die Tochter, nehme ich an. Rathenow, nicht wahr?«

Er sah über das Wasser. Dann drehte er sich abrupt um.

»Fast, Olga, fast wäre es dir gelungen. Aber vergiss nicht, ich kenne deine Methoden.«

Sie lachte wieder, es hörte sich fröhlich an.

»Ja, nützlich, nicht wahr?«

»Sehr. Du reist allein zur Kur?«

»Für eine Witwe wohl angemessen.«

»Gawril Mirinow starb?«

»Gewissermaßen. Seine Rolle ist ausgespielt.«

»Und nun suchst du einen neuen Gatten, verstehe. Bad Ems ist nicht der schlechteste Ort dafür. Zar Alexander ist mit großem Gefolge zu Gast.«

Vincent setzte sich in Bewegung, Olga hängte sich wieder bei ihm ein.

Ich hinterher. Das war ja rasend spannend. Da wurden mehr als kryptische Informationen ausgetauscht. Noch ergaben sie keinen Sinn für mich, also musste ich nahe dranbleiben.

»Nicht nur der Zar, Vincent, hält sich hier auf, nicht wahr? Auch Kaiser Wilhelm flaniert gerne in ziviler Kleidung die Straßen entlang.«

»Er hat so seine Schrullen, das ist richtig.«

»Du kennst ihn näher?«

Diesmal lachte Vincent und wirkte gar nicht steif.

»Du gibst nicht auf, was?«

»Du doch auch nicht. Vergiss nicht, auch ich kenne deine Methoden.«

»Auch sie bewährten sich – einst.«

»Aha. Nun nicht mehr.«

»Der Krieg ist vorüber.«

»Wenn du meinst.«

»Wir haben gesiegt.«

»Um einen hohen Preis. Und es gibt lose Enden, noch immer, nicht wahr?«

Vincent schwieg. Wir hatten das Ende der Brücke erreicht. Und hier sagte er plötzlich: »Touché!«

»Dacht ich es mir doch.«

»Du wirst gelegentlich in der Gesellschaft eines Herrn mit Augenklappe gesehen.«

»Tatsächlich.« Sie lachte heiser. »Möchtest du dich mit ihm duellieren?«

»Selbst wenn ich einen Grund hätte – doch nicht mit einem Einäugigen.«

»Chevalier de Mort ist auch mit einem Auge gefährlich.«

»Chevalier de Mort, der Ritter des Todes. Ein Name von Bedeutung, möchte man denken.«

Was er sich dachte, erfuhr ich leider nicht mehr. Denn in diesem Moment tauchte ein riesenhafter schwarzer Kater vor mir auf. Die Augen glühten, sein Gebiss leuchtete im Laternenschein, er knurrte mich an.

Rattenschiss, ich hatte die Reviermarke nicht beachtet.

Auf den Hinterpfoten machte ich kehrt und raste über die Brücke zurück. Er hinter mir her. Ich auf einen Baum. Er unten. Drohungen ausstoßend.

Nein, keinen Kampf. Jetzt nicht. Noch taten mir die Rippen weh nach der hastigen Flucht.

Ich kreischte ein paar Beleidigungen zurück, mehr der Form halber. Schließlich war ich der Eindringling.

Nachdem er mir im Gegenzug verbal das Fell über die Ohren gezogen hatte, machte er kehrt. Stolz, geschmeidig, gefährlich. Die weißen Pfoten schimmerten.

Romanow, der Vater meiner Kinder.

Freunde waren wir indessen nie gewesen. Aber zwei, drei atemberaubende Nächte lang hatte uns Leidenschaft verbunden.

Ich blieb eine Weile auf dem Ast sitzen und wartete, bis mein Keuchen sich gelegt hatte. Dann machte ich mich ganz vorsichtig an den Abstieg. Hier war ich auf eigenem Gebiet – zumindest bis zum Morgengrauen. Dann würden andere ihr Wege- und Jagdrecht geltend machen. Ich fand eine geschützte Stelle und bürstete erst einmal die wehe Stelle. Ich schnurrte ein bisschen dazu. Danach ging es mir wieder gut genug, dass ich das Belauschte überdenken konnte.

Olga und Vincent kannten sich von früher. Sie waren sehr vertraut miteinander – Menschen redeten sich nicht oft mit Du an. Sie hatten so ihre eigenen Formen und Hierarchien, zwar anders als Katzen, aber das musste man ihnen eben auch zubilligen. Nur enge Verwandte, kleine Kinder oder Dienstboten wurden geduzt. Dass die Heisere mit dem Steifnackigen verwandt war, glaubte ich nicht. Aber so etwas wie Romanow und mich verband sie vermutlich auch. Das Gespräch, das sie miteinander geführt hatten, handelte von Reviergrenzen. Auch wenn mir nicht ganz klar war, in welcher Weise diese Reviere existierten. Wir haben räumliche und zeitliche Grenzen, mir kam es aber so vor, als ob die beiden auch Interessengebiete verteidigten. Interessen, die sie vor einiger Zeit gemeinsam gehabt hatten. Und so, wie Olga gurrte, hatte auch Leidenschaft mal dazugehört.

Auf jeden Fall aber war Vincent vollkommen klar, dass Olga den Leuten etwas vorspielte. Und sie hatte ihn auch flugs durchschaut.

Und sie spielten beide der Welt etwas vor, weil sie hinter Beute her waren.

Möglicherweise hinter derselben. Schade, darüber hätte ich gerne mehr gewusst, und wahrscheinlich hatten sie drüben, am anderen Ufer, auch darüber gesprochen.

Das leise Plätschern der Wellen am Ufer machte mich schläfrig. Ich döste eine Weile vor mich hin, doch lange war mir die genussvolle Ruhe nicht vergönnt.

Ein Schluchzen ließ mich aufmerken.

Das Schluchzen einer Frau!

Altea?

Nein, nicht Altea. Ein anderes Weib stand an der Brücke und vergoss Tränen in ein Tüchlein. Bittere Tränen. Ich wollte eben um ihre Röcke streichen – nur so zum Trost –, als sie mit geschwinden Schritten auf die Mitte der Brücke zueilte. Dort blieb sie stehen und lehnte sich weit über das Geländer.

Ich trottete hinterher – die Neugier, Sie verstehen?

Das Schluchzen war in ein heiseres Stöhnen übergegangen, und mit einem Mal begann die Frau, das Gitter hochzuklettern.

Wollte sie schwimmen gehen?

Jetzt raffte sie die Röcke und versuchte ein Bein über das Geländer zu bringen. Das feuchte Tüchlein flatterte von der Brücke und wurde von der Strömung fortgespült.

Rennende Schritte kamen von der anderen Seite.

Vincent.

Allein.

»Lassen Sie das bleiben, Madame. Lassen Sie!«

Sie wandte sich ihm zu. Er hatte sie erreicht, fasste sie fest um die Taille und hob sie von dem Geländer.

»Lassen Sie mich los!«

»Nein, das werde ich nicht. Teuerste, das ist keine Lösung!«

Sie zappelte ein wenig, aber er hielt sie fest an sich gedrückt. Ihr Schluchzen wurde lauter.

»Ist ja gut. Ist ja gut, Liebes. Nichts ist es wert, sein Leben wegzuwerfen. Glauben Sie mir. Es gibt immer einen Ausweg. Ganz bestimmt.«

Wie sanft er sprechen konnte, der steife Vincent.

Sie lehnte an seiner Schulter, zitternd, schniefend. Er murmelte weiter auf sie ein. Allmählich beruhigte sie sich ein bisschen. Dann rückte sie von ihm ab. Er ließ sie los, doch er hielt weiter ihre Hände fest.

»Was ist passiert, meine Liebe? Wer hat Sie in solche Verzweiflung gestürzt?«

»Ich. Ich mich selbst.« Ganz gebrochen klang ihre Stimme. »Die Schande, ach, diese Schande!«

»Was ist schon Schande, Teuerste? Doch nur, was die anderen denken könnten.«

Sie schüttelte vehement den Kopf.

»Eine schöne junge Frau, die von Schande spricht, hat sich wahrscheinlich nur dumm benommen, nicht wahr?«

Jetzt nickte sie.

»Ein ungetreuer Liebhaber?«

Wieder nickte sie.

»Ein ungewolltes Kind?«

Sie stöhnte auf.

»Sie wollten nicht nur ein Leben beenden. Bedenken Sie das.«

Jetzt klammerte sie sich wieder an ihn.

»Es gibt keinen Ausweg.«

»Es gibt immer einen. Erzählen Sie, Fräulein.«

»Nicht Fräulein. Bin Witwe. Und er war meine letzte Hoffnung!«

Wieder weinte sie, und Vincent wiegte sie sanft in seinen Armen.

Hatte ich mich so in ihm getäuscht? War es so leicht, seine Steifheit zu durchbrechen?

»Wer war Ihre letzte Hoffnung, Madame?«

»Luigi! Er wollte mich heiraten«, seufzte sie an seiner Schulter.

Und schwupps – da war sie wieder, die ausdruckslose Miene. Nein, nicht ausdruckslos, sondern kalt und gefährlich. Doch sie verschwand in dem Moment, als sie ihren Kopf hob.

»Ein Bräutigam, der sich aus dem Staub gemacht hat und Sie mit einem Kind sitzen ließ?«

Sie schüttelte den Kopf.

»Das Kind ist von einem anderen«, flüsterte sie. »Er ist

verheiratet, von hohem Stand. Er weiß es nicht. Und unsere Familien würden … oh Gott, diese Schande!«

»Es ist keine Schande zu lieben. Es ist eine Schande, zu fliehen, Madame. Sie sind nicht unvermögend?«

Wieder schüttelte sie den Kopf.

»Ihr verstorbener Gatte …«

»Metz.«

»Ja, Metz. Ich war auch dort. Es starben viele tapfere Männer und ließen ihre Frauen trostlos zurück.«

»Ja, so trostlos.«

»Und wer Trost sucht, wird leicht ein Opfer seiner Gefühle.«

»Sie verstehen das?«

»Natürlich.«

»Sie haben auch jemanden verloren?«

»Wer hat wohl keine Verluste erlitten?«

Er streichelte ihre Arme, und sie schniefte noch einmal. Vincent reichte ihr ein Tuch, mit dem sie ihr Gesicht abtupfte.

»Haben Sie schon einmal daran gedacht, ins Ausland zu gehen, um sich von Ihrer Trauer zu erholen?«

»Nein. Nein, warum sollte ich?«

»Weil Sie die Mittel dazu haben. Sie könnten dort ein Waisenkind aufnehmen – Ihre Nächstenliebe wird Sie veranlassen, sich des mutterlosen Kindes – sagen wir, einer entfernten Cousine Ihres verstorbenen Gatten – anzunehmen.«

Ihr Gesicht kam aus dem Tuch hervor, staunend.

»Beispielsweise«, sagte Vincent und lächelte sie aufmunternd an.

»Ja, beispielsweise.«

»Denken Sie darüber nach.«

Sie drehte sich noch einmal dem Fluss zu. Dann seufzte sie tief auf.

»Das da wäre leichter gewesen. Aber Sie haben recht, Herr Major.«

»Glauben Sie mir, sterben ist nicht leicht.«

Er ließ sie los, öffnete zwei Knöpfe seiner Uniformjacke und zog aus seiner Brust – ähm, ja, aus seiner Brust – ein Papier hervor und hielt es der Frau unter die Nase. Das Laternenlicht mochte für menschliche Augen gerade noch ausreichend sein, dass sie erkannte, was sich darauf befand. Ich hätte es auch gerne gesehen, aber dazu hätte ich auf das Geländer springen müssen, und man hätte mich bemerkt.

»Ist das der flüchtige Luigi?«

»Ja. Gott, woher kennen Sie ihn?«

»Luigi Ciabattino. Ein notorischer Heiratsschwindler, Madame.«

»Heiratsschwindler?«

»Vermögende, leichtgläubige oder traurige Damen pflegt er mit Heiratsversprechen dazu zu bringen, ihm ihre Gelder anzuvertrauen. Ich hoffe, Sie haben das nicht getan.«

Mit einer angewiderten Gebärde drückte sie Vincent das Papier zurück in die Hand.

»Nein, aber ich war nahe daran.«

»Glück gehabt, Madame!«

»Oh!«

»Und nun erlauben Sie mir, Sie zu Ihrer Wohnung zurückzugeleiten. Was heute Nacht hier geschehen ist, habe ich bereits vergessen. Und Sie auch.«

Er nahm ihren Ellenbogen und führte sie von der Brücke.

Ich trottete hinterher. Als wir auf der Straße angekommen waren, wies sie nach rechts, ich nahm die entgegengesetzte Richtung, um in meinem Garten nach den Kindern zu schauen. Es war ein bewegter und bewegender Abend gewesen und ich rechtschaffen müde.

Aber was immer dieses Papier gezeigt hatte – es musste ein Bild von einem Mann gewesen sein. Ich würde morgen Bouchon danach fragen. Ich wollte wissen, wer Luigi war, denn offensichtlich war der einer der Gründe dafür, dass Vincent sich hier aufhielt.

Schlaflos in Bad Ems

Ich kuschelte mich an die Kleinen, fiel in ein tiefes Schlafloch und wurde schon wieder viel zu bald herausgerissen. Denn jemand streichelte über meinen Kopf.

Ein Auge bekam ich sofort auf. Das andere zögerte noch. Aber meine Nase war schon bereit und nahm den Geruch von Altea wahr. Flieder, Maiblumen, Lavendel. Eine schöne Mischung. Allerdings auch ein Hauch von verschwitzten Haaren.

»Es ist so heiß und muffig in der Mansarde, Sina. Ich kann und kann nicht schlafen.«

Das andere Auge ging auch auf. Ich putzte mit der Pfote drüber. Dann setzte ich mich auf. Sie hatte ein leichtes Kleid angezogen und die Haare zu einem langen Zopf geflochten. Nackte Füße fand ich neben mir in ausgetretenen Ledersandalen. Wieder streichelte sie mich, und das Ende ihres Zopfes wedelte vor meiner Nase. Ich tatzte danach.

Sie zog ihn weg. Ich tatzte hinterher. Das war wie

Schwanzhaschen mit den Kindern. Eine Weile spielten wir miteinander, dann richtete sie sich auf und sagte: »Ich gehe ein bisschen spazieren. Willst du mich begleiten?«

Zwar war ich schon ziemlich viel auf den Pfoten gewesen diese Nacht, aber für einen kleinen Bummel reichte es noch. Ich heftete mich an ihren Rocksaum und folgte ihr zu dem hinteren Gartentörchen und von dort den schmalen Pfad entlang. Sie ging zwischen den Häusern durch, überquerte die Straße und ließ sich dann auf der ersten Bank des Wandelganges nieder. Ich hüpfte zu ihr nach oben und setzte mich an ihre Seite. Eine leichte Brise wehte von der Lahn hoch, doch sie bewegte kaum die Blätter der Bäume.

»Ich sollte mein Bett hier aufstellen«, murmelte Altea.

»Mau.«

»Schön wär's. Die Kurgäste würden vermutlich die Polizei holen, wenn sie mich hier fänden. Manchmal beneide ich euch Katzen, Sina.«

Sie wollte plaudern, also gab ich zustimmende Laute von mir. Menschen brauchen das ja. Wir Katzen haben andere, etwas höhere Formen der Kommunikation entwickelt.

Sie reagierte auf meine Stimme mit einem Seufzen, das ganz tief unten aus ihrer Brust kam.

»Die Vergangenheit holt mich ein, Sina.«

Noch ein aufforderndes Gurren.

Wieder ein Seufzen.

»Übermorgen kommt General Rothmaler her. Er hat uns einen Brief geschickt und schreibt, dass er mich und Mama besuchen möchte. Es wird ihr nicht sehr recht sein. Und mir auch nicht. So wie wir uns jetzt stehen, sind wir keine gute Gesellschaft für den General. Mama wird sich wieder Sorgen um ihre Kleider machen, und ich werde mich mit seinem Mitleid herumschlagen müssen.«

Altea strich mir über den Rücken. Sehr angenehm, dieses Gefühl. Kleines, lobendes Schnurren.

Leise Schritte näherten sich, und an uns vorbei ging der Herr im weißen Anzug und mit schwarzer Augenklappe, der Ritter des Todes – Chevalier de Mort. Er verlangsamte seinen Gang ein wenig, verbeugte sich elegant vor Altea und ging dann weiter.

»Ach, du liebe Zeit. Dass der mich hier so gesehen hat.«

Ich brummelte sie an. Es hatte doch nichts zu sagen. Aber sie schwieg eine ganze Weile, bis sie wieder leise mit mir zu reden begann.

»Ich habe Levin gemocht, Sina. Er war ein anständiger Mann, ein guter Arzt und ein verständnisvoller Freund. Wir hätten sicher eine angenehme Ehe geführt. Vielleicht nicht allzu leidenschaftlich, aber ganz gewiss harmonisch. General Rothmaler hat unsere Verlobung begrüßt, und er hat sogar gutgeheißen, dass ich dem Rat seines Sohnes gefolgt bin, um mich in der Krankenpflege ausbilden zu lassen. Ja, als Levins Weib hätte ich ihm hilfreich zur Seite stehen können.«

Sie schwieg, und ihr Gesicht spiegelte Trauer wider. Ich schnurrte lauter.

»Er ist tot.«

Ich verschluckte mich am Schnurren.

»Ein Arzt. Ein Mann, der den Opfern dieses unsäglichen Krieges helfen wollte. In einem Zug voller Verwundeter ist er gestorben. Durch Verrat, Sina.«

Sie nahm ihre Hand von meinem Fell und verschlang die Finger auf ihrem Schoß.

»Und nun taucht Vincent hier wieder auf. Was habe ich dummes Hühnchen einst für romantische Gefühle für ihn gehegt. Mama hat schon recht, die Husaren in ihren prachtvollen Uniformen können einem den Kopf verdrehen. Aber sie sind Gift für junge Mädchen. Der junge Leutnant war Gift für mich. Bittersüßes Gift. Eine Weile hatte ich mir tatsächlich eingebildet, auch er habe ein *tendre* für mich entwickelt. Damals in Rathenow, zwei Jahre bevor ich Levin kennengelernt habe. Aber Vincent de Poncet hat eine unvergleichlich schroffe Art, einem schwärmerischen Gänschen zu zeigen, wie wenig ihm an seiner naiven Anhimmelei gelegen war.«

Altea musste fürchterlich durcheinander sein. Erst Hühnchen, dann Gänschen. Was kam noch? Ente, Schnepfe, Fasan?

Ich drückte mich etwas fester an ihr Bein, damit sie merkte, dass ich ihr noch zuhörte. Ihre Hand kam wieder in mein Fell, jetzt in den Nacken. Ihre Finger kraulten mich. Ich fuhr mit dem Schnurren fort.

»Ja, ich habe meine Lektion gelernt, Sina. Keine feschen Offiziere mehr. Levin trug keine Uniform. Er war auch nicht richtig fesch. Aber liebevoll, aufmerksam und vernünftig. Trotzdem, vergessen konnte ich Vincent nicht, verstehst du das?«

Konnte ich Romanow vergessen? Jene drei Nächte betörenden Gesangs, jenes Werben um meine Gunst? Fünf andere Kater hatte er fast massakriert, um meine Gunst zu gewinnen. Meine, die einer schäbigen Kuh-Katze.

Plötzlich ließ sie mich los und wühlte in den Falten ihres Kleides. Ein Tüchlein kam hervor, und das Tüchlein tupfte an ihren Augen.

»Nach Metz, nach Levins Tod, im Lazarett, da habe ich

ihn wiedergesehen. Seine prachtvolle Uniform war einer grauen gewichen, zerrissen und blutig, wie so viele andere auch. Er hat mich kaum eines Blickes gewürdigt.«

Sie schniefte.

Verstand einer die Menschen. Einer völlig Fremden hatte der steife Vincent noch vor wenigen Stunden Hilfe und Unterstützung geboten. Hatte sie liebevoll in den Arm genommen und getröstet.

»Und jetzt gibt er vor, sich gar nicht mehr an mich zu erinnern«, murmelte Altea in ihr Tüchlein.

Er erinnert sich, Altea. Ach, ich würde es ihr so gerne sagen. Ich würde dem steifnackigen Vincent so gerne die Kralle zeigen. Doch das Einzige, was ich tun konnte, war, mich näher an Altea zu schmiegen. Ich stand auf und krabbelte auf ihren Schoß.

Sie sah mich an, tränenumflort die Augen. Doch ihre Hände vergruben sich wieder in meinem Pelz.

»Wir müssen was für dein struppiges Fell tun, Kätzchen«, sagte sie leise. Dann lehnte sie sich zurück und schloss die Augen. Schlafen – ja, schlafen half oft. Auch da konnte ich etwas tun. Ich grummelte leise, holte die tiefsten Wellen des Schlummers aus meinem Bauch, formte sie in meiner Kehle zu einem wunderweichen Schnurren, und wie meine Kinder schlief auch sie darüber ein.

Ich döste, wenngleich ein halbes Ohr und fünf Barthaare aufmerksam blieben. Katzen können das, aber das wissen Sie ja. Die Morgendämmerung kroch herauf, die leichte Brise wurde kühler. Die ersten Morgensänger erwachten im grauen Licht und zwitscherten ihre Lieder.

Sie schlief, sehr aufrecht, die Hände um meinen Leib gefaltet. Doch ihr Zopf war zerzauselt, das Kleid an den Nähten verschlissen, die Füße in den Sandalen staubig. Abgehalfterte Gräfin und ihr Humpelbeinchen von Tochter, hatte Olga gesagt. Abgehalftert standen die Esel abends da, die tagsüber die Karren mit den Besuchern zu Ausflügen zogen. Magere, müde Tiere, die ihr dürftiges Futter malmten. Wer abgehalftert war, war zu nichts mehr nütze.

Was war mit der Gräfin geschehen, dass Olga einen so bösen Vergleich verwendet hatte? War sie früher einmal nützlicher gewesen? Wichtiger? Einflussreicher?

Vermutlich.

Und dann ist etwas geschehen, das dazu geführt hatte, dass sie in einer schäbigen Mansarde wohnen mussten und nicht genug zu essen hatten. Und Alteas Kleid an den Säumen verschlissen war. Das hatte ich bisher nur an Bettelkindern gesehen.

Na gut, nicht alle ihre Kleider waren so abgetragen wie dieses hier. Nachdenklich bürstete ich mein Fell. Ja, es war noch immer matt und verfilzt, aber manche Löcher verschwanden allmählich, jetzt, seitdem ich genug zu futtern bekam. Ich selbst war aus Sturheit in die Lage geraten, dass meine Kinder und ich Hunger leiden mussten und mein Pelz struppig wurde.

Altea hatte einen Gefährten verloren, aber das konnte nicht der Grund für ihre Armut sein. Die Gräfin war das Muttertier, und die schien irgendwas verkehrt gemacht zu haben.

Seltsam, sie kam mir vor wie eine sanfte, manchmal ein bisschen kindische Frau, die Altea mit großer Liebe zugetan war. Sie hatte Angst vor der unfreundlichen Wirtin, ließ sich aber von Männern gerne Schmeicheleien sagen, klagte nicht sehr viel, sondern hatte eine heitere Art, ihr Schicksal anzunehmen. Das mochte aber mit ihrem nachgiebigen Gemüt zusammenhängen, weshalb ja auch Altea die Aufgabe übernommen hatte, für ihr Futter zu sorgen.

Altea war stärker als Mama. Ganz gewiss war sie das. Aber sie trug so viel Unglück mit sich herum – und dieser steife Vincent machte es auch nicht besser. Es tat ihr noch immer weh, dass er ihre Zuneigung abgewiesen hatte. Romanow und ich hatten einander für eine Weile höchst anziehend gefunden, aber das verflog dann, nachdem ich meine Kinder empfangen hatte. Aber wir spielten uns nichts vor. Wir erkannten einander wieder, manchmal hielten wir sogar einen kleinen Schwatz an der Reviergrenze, und wenn mich im nächsten Jahr die Rolligkeit überkam, würde ich ohne Bedenken wieder ein paar wilde Nächte mit ihm verbringen.

Schlurfende Schritte näherten sich der Bank, auf der wir saßen. Doch diesmal verbeugte sich der Mensch nicht elegant vor uns. Ein beleibter Parkwächter blieb grimmen Blickes vor uns stehen.

»Verschwinde hier sofort, Lumpenpack!«, herrschte er Altea an.

Sie erwachte und sah ihn verwirrt an.

»Weg hier, Weib, oder ich hole die Polizei. Auf der Wandelbahn haben Bettler und Obdachlose nichts zu suchen!«

Vorsichtig setzte Altea mich auf den Boden, griff zu ihrem Stock, erhob sich dann und maß den kleineren Offiziellen mit einem Blick, der wie eine Kralle durch Butter fuhr.

Hoppla, da steckte aber Haltung und Würde in ihr.

»Sie, Kerl, mäßigen Sie Ihre Worte. Es steht jedem Kurgast frei, auf diesen Bänken auszuruhen.«

»Kurgast«, schnaubte er verächtlich.

»Kurgast, Sie Flegel. Aber wenn Sie eine Beschwerde vorbringen wollen, dann richten Sie dem Kurkommissar doch aus, dass Sie es der Komtess von Lilienstern untersagt haben, sich mit ihrer wertvollen Rassekatze auf einer öffentlichen Parkbank auszuruhen. Wenn Sie weitere Auskünfte benötigen, sprechen Sie bitte im *Haus Germania* vor. Meine Mutter, die Gräfin von Lilienstern, wird Ihnen gewiss aufmerksam zuhören.«

Er roch nach tödlicher Verlegenheit, und trotz der kühlen Brise stand dem kleinen, dicken Parkwächter der Schweiß auf der Stirn. Er stammelte Entschuldigungen und kam aus seinen demütigen Verbeugungen gar nicht mehr heraus.

Wieder brachte Altea das Kunststück fertig, an ihrem Stock humpelnd an ihm vorbeizurauschen. Ich folgte selbstredend mit aufgerichteten Ohren und hochgerecktem Schwanz.

Auch ich kann Haltung und Würde.

Aber als wir uns dem Garten näherten, wurden Alteas Schritte langsamer und langsamer, und am Zaun blieb sie mit hängenden Schultern stehen.

»Lumpenpack«, murmelte sie. »Lumpenpack.« Und dann fauchte sie plötzlich: »Das hat uns mein Vater eingebrockt.«

Und mit einer Wut, deren Funken wie Blitze ringsum einschlugen, griff sie in die Streben des hölzernen Gartentörchens und zerbrach sie.

»Oh Gott«, entfuhr es ihr, als sie auf die Splitter sah.

Ich huschte durch den Salat und maunzte ihr zu.

Sie trat über die Trümmer und sah sich um.

»Das glaubt mir keiner.«

Nein, das würde ihr keiner glauben.

Bouchons Wissen

Ich war so erschöpft von der aufregenden Nacht, dass ich tief und fest schlief und weder bemerkte, wie meine Kinder ihr Futter bekamen, noch von ihren wilden Spielen geweckt wurde. Erst das Gezeter der Wirtin holte mich wieder aus meinen Träumen. Sie schimpfte über die Trunkenbolde, die nächtens umherzogen und die Gartentörchen rechtschaffener Leute zerstörten. Weder von Altea und Mama noch von Olga war eine Spur wahrzunehmen. Aber das Schälchen mit Futter – Bratwurststückchen – hatte sich eingefunden und war bis auf ein paar Wurstzipfel von meinen Kleinen geleert worden. Ich machte den Resten den Garaus und fing mir dann noch eine fette Hausmaus. An ihr zeigte ich den Kindern den Tötungsbiss und forderte sie auf, ihn an den restlichen Mäusen in dem Nest zu üben.

Ich war zwar immer noch ein wenig müde, aber der Sonnenstand zeigte mir, dass es Zeit war, wieder zur Promenade zu ziehen, denn dort würde sich Bouchon – vermutlich ebenfalls mit Neuigkeiten gefüttert – einfinden.

Ich erwischte ihn knapp, und in seinen Augen lag ein milder Vorwurf.

»Ich dachte schon, du hättest mich vergessen«, sagte er. Ich hielt ihm meine Nase hin.

Er stupste dran, und alles war wieder gut.

»Wir waren schon zum Wasserschlabbern, der Freiherr und ich, und deine Altea und ihre Mama haben die Bäder aufgesucht.«

»Und der Neffe?«

»Der ist ins Kaffeehaus gegangen, um Zeitungen zu lesen.«

Wir wandelten hinter dem Freiherrn her, der sich dem Kurhotel näherte. Am Eingang blieb er stehen, drückte dem Lakaien eine Münze in die Hand und meinte mit einem kleinen Lächeln zu Bouchon: »Offensichtlich möchtest du deiner Freundin heute unsere Suite zeigen.«

»Mau!«

»Nun, dann kommt. Dieser junge Mann hier drückt nämlich gerade eben ein Auge zu.«

Ich folgte Bouchon sehr vorsichtig. Nicht, dass Häuser mich schreckten, aber dieses war wirklich groß, die Gänge entsetzlich lang und verwirrend. Ich verstand, warum Bouchon sich anfangs verlaufen hatte. Hier musste man an jeder Ecke eine Marke setzen, um sich zurechtzufinden. Außerdem gab es misstrauische Blicke, und ich glaube, wenn der Freiherr nicht mit einer derart gesetzten, würdevollen Miene neben uns hergegangen wäre, hätte man uns sehr schnell wieder hinausexpediert.

Eine breite, sehr glatte Marmortreppe hoch, vorbei an einigen Kübelpflanzen, auf einem roten Läufer um zwei Ecken, und dann standen wir vor einer Zimmertür, die der Freiherr für uns aufschloss.

»Nun, dann tritt ein, Madame Sina.«

Ich trat über die Schwelle und sah mich um. Ein großes Zimmer mit bodentiefen Fenstertüren, feine weiße Gardinen bauschten sich in der Zugluft, die von einem kleinen Balkon hereinwehte, in weichen bunten Teppichen versanken meine Pfoten, schwere Möbel standen darauf, Polster lockten zum Draufspringen und Ruhen.

»Nein, da darf man nicht draufspringen«, flüsterte Bouchon. Er hatte meinen Blick gesehen. »Ich habe einen

Korb hier und einen im Schlafzimmer. Komm, ich zeige ihn dir.«

Auch das Schlafzimmer war groß, aber reichlich vollgestellt mit schweren Schränken und Kommoden, aber so etwas hatte auch seine Vorteile. Möbel und Vorhänge, Kübelpflanzen und Paravents boten wunderbare Verstecke.

Bouchon hatte es sehr gemütlich. Eine karierte Decke lag in einem runden Korb, eine mit Blümchen bemalte Schüssel roch noch etwas nach Sahne, ein paar Mäuse – unechte, wie mir schnell klar wurde – dienten ihm zur Unterhaltung.

Im Nebenzimmer sprach der Freiherr mit einem der Hoteldiener und bestellte eine Portion Ragout fin.

»Ohhh! Lecker!«, schnurrte Bouchon und leckte sich die Lippen.

»Ist das was zu essen?«

»Mhm.«

»Hattest du heute noch nichts?«

Der dicke Stopfen betrachtete seine linke Pfote.

»Ähm – doch.«

»Ich hatte auch schon drei kleine Wurstzipfel.«

Man wollte ja nicht gierig erscheinen.

Aber dann war ich es doch.

Große Bastet, was roch das Zeug gut. Und der Freiherr verteilte es auf zwei Teller. Auf einen mehr, auf den anderen weniger.

»Bouchon, du wirst ganz Kavalier sein und deinem Gast die größere Portion gönnen. Madame Sina sieht ein bisschen mager um die Rippen aus.«

Er stellte den wohlgefüllten Teller vor mich. Der Geifer sammelte sich in meinem Maul.

»Ich brauch nicht viel«, gelang es mir gerade noch zu nuscheln, dann stürzte ich mich drauf.

Als ich ihn halb leer gefuttert hatte, zog ich mich ein bisschen zurück. Bouchon hatte von seinem Anteil nur die Soße abgeleckt und putzte sich bereits den Bart.

»Iss auf. Ich bin satt.«

Wer war ich, dass ich eine solche Einladung hätte ausschlagen können?

Die Teller würden den Küchenmädchen keine Arbeit mehr machen.

Genüsslich wusch ich mir Gesicht und Pfoten. So wunderbar satt war ich schon lange nicht mehr gewesen. Immerhin hatte ich bisher unser Futter immer mit den Kindern geteilt.

»Ich gehe für eine Weile aus, Bouchon. Wollt ihr mitkommen?«, fragte der Freiherr und setzte sich seinen Hut auf.

»Nein, wir bleiben hier, Sina. Die Gelegenheit ist günstig.«

Wir blieben also auf dem Teppich sitzen, und als die Tür zufiel, berichtete ich Bouchon von meiner Begegnung mit Vincent und Olga in der Nacht.

»Ja, Vincent geht abends immer noch eine Weile nach draußen. Er braucht ja nicht so früh aufzustehen wie der Freiherr. Weil – der muss ja sein Wasser trinken und dann wandeln.«

»Was ist mit dieser Olga?«

»Keine Ahnung. Aber – Sina, Vincent war schon die ganze Zeit hinter diesem Bisconti her, das habe ich inzwischen herausgefunden.«

»Aha. Deshalb also hat ihn sein Tod so interessiert.«

»Richtig. Und darum vermutet er, dass man ihn umgebracht hat, denn der hat nämlich etwas ganz Unrechtes getan. Der Freiherr wurde richtig böse, als Vincent ihm endlich erzählt hat, warum er wirklich in Bad Ems ist.«

»Was hat Bisconti getan?«

»Seraphina, du kennst dich mit dem Leben aus.«

Das tat ich wohl.

»Und ich habe in dem Freiherrn einen Menschen, der sich mit dem Leben auskennt. Er hat ihre Historie studiert, und mit mir spricht er oft darüber.«

»Red nicht so um den Brei herum. Wenn ich etwas nicht verstehe, frage ich.«

»Also gut. In diesem Krieg, der vor zwei Jahren begann, gab es Spione – Menschen, die den Feinden Informationen über das Vorgehen ihrer eigenen Leute weitergaben, sodass die anderen wussten, wo Angriffe erfolgten, oder wo schlecht gesicherte Stellungen waren. Bisconti war so ein Spion. Er hat an die Franzosen Nachrichten verkauft, die dazu führten, dass eine große Anzahl Menschen starben.«

»Ein Verräter.«

Verräter gab es unter Katzen selten. Aber auch das kam vor. Menschen betrieben Verrat jedoch häufiger – sie lockten sich gegenseitig in Fallen, um einen Vorteil davon zu haben, wenn ein anderer sich darin fing.

»Ein Verräter. Du verstehst das richtig.«

»Natürlich. Welchen Nutzen hatte Bisconti von dem Verrat?«

»Das Wesen des Geldes ist dir auch vertraut?«

»Sicher.«

Auch das brauchten wir Katzen nicht, aber Menschen waren ja auch nicht so autark und vielseitig wie wir Katzen, also mussten sie immer das, was sie selbst nicht konnten, aber brauchten, mit denjenigen tauschen, die in der Lage waren, es herzustellen oder zu leisten. Sie hatten als Tauschmittel das Geld erfunden. Eigentlich keine ganz schlechte Leistung von ihnen.

»Er hat die Nachrichten für Geld weitergegeben«, sagte Bouchon nun.

»Und Vincent hat das damals herausgefunden.«

»So ist es. Soweit ich es verstanden habe, war das seine Aufgabe. Aber dann ist Bisconti ihm entwischt.«

»Und hier hat er ihn wieder aufgestöbert und belauert.«

»Ganz genau. Er hat darauf gewartet, dass er eine falsche Bewegung macht. Aber dann hat ihm ein anderer die Beute abgejagt und ihn getötet. Darum will er jetzt wissen, wer und warum, und ob derjenige etwas mit dem Verrat von damals zu tun hatte.«

»Was verständlich macht, warum er sich den Anschein gibt, alles vergessen zu haben. Klug, dein steifer Vincent.«

Jagdgeschick wissen wir Katzen immer zu würdigen.

»Aber da ist ein Problem, Sina.«

»Eins? Ich habe den Eindruck, dass es unzählige gibt.«

»Schon, aber dieses eine betrifft deine Altea.«

»Oh. Erzähl!«

»Bisconti hat einst Unterlagen entwendet, die einem General Rothmaler gehörten. Die hatten etwas mit der Angriffstaktik der Preußen zu tun. Und deshalb konnten sie einen Zug überfallen und viel Schaden und Unglück anrichten.«

»General Rothmaler kommt heute hierher«, sagte ich, denn ich erinnerte mich, dass Altea von ihm gesprochen hatte.

»Tatsächlich? Warum? Auch wegen Bisconti?«

»Nein. Oder besser, ich weiß es nicht. Altea glaubt, er will ihre Mama besuchen.«

»Da steckt mehr dahinter. Weil – Vincent sagt, dass Altea vielleicht in diese Angelegenheit verstrickt war. Zusammen mit Bisconti. Sie sei mit dem Sohn des Generals verlobt gewesen und hätte so bestimmt Zugang zu den Unterlagen gehabt.«

Ich musste mich kräftig hinter den Ohren kratzen. Die Schlussfolgerung war nicht ohne Logik. Zumindest in den Augen des steifen Vincent.

»Ja, sie war mit Levin, dem Sohn des Generals, verlobt. Und Bisconti kannte sie auch. Aber dieser Levin war Arzt, und sie hat ihn in den Krieg begleitet, um den Verletzten zu helfen. Würde sie dann wirklich den Feinden verraten, wo man sie angreifen kann?«

Jetzt kratzte Bouchon sich mächtig hinter den Ohren.

»Nein. Wohl nicht. Und so ähnlich hat der Freiherr de Poncet auch argumentiert.«

»Menschen denken sich viel mit ihrem Verstand aus und achten nicht auf die anderen Anzeichen, nicht wahr? Und wenn man sich ein Bild nur aus dem macht, was man hört und sieht, und das auch noch mit schlechten Augen und schlechten Ohren, dann bekommt man keinen Gesamteindruck.«

»So ist es. Aber er sagt auch, das sei nur so eine Theorie. Weil nämlich Altea Bisconti nicht mochte. Aber vielleicht hätten die sich damals gestritten, oder er hat ihr das Geld nicht gegeben, das er für die Pläne bekommen hat, oder so.«

Was wieder ein anderes Licht auf Alteas Armut warf. Dennoch, ich konnte es nicht glauben. Darum gab ich den Vermutungen eine andere Wendung.

»Ich glaube, Vincent war nicht nur hinter Bisconti her, sondern auch hinter einem Luigi.«

Ich berichtete Bouchon von der Frau, die in die Lahn springen wollte, und fragte ihn nach diesen Lichtbildern aus.

»Oh ja, davon hat er einige.«

»Können wir uns die ansehen?«

»Die sind in seinem Zimmer.«

»Und wo ist das?«

»Nebenan. Aber da kommen wir nicht rein. Der Freiherr hat doch die Tür zugemacht.«

In manchen Dingen war Bouchon zwar wirklich bewandert. Das Menschenleben kannte er gut, aber da er noch nie so recht auf sich gestellt war, entgingen ihm so einige Möglichkeiten.

Ich schlenderte zum Wohnraum, wo noch immer ein leichter Luftzug die Gardine blähte. Wir waren hier recht weit oben, und als ich durch die Fenstertür trat, hatte ich einen unerwartet schönen Blick über die Lahn, die Brücke zur anderen Seite, Kathys Revier im Haus *Panorama* und all die Menschen, die unten flanierten. Vor allem aber hatte ich einen Blick auf die beiden anderen Balkone, die sich rechts und links von mir befanden. Zwischen ihnen neigte sich schwach das graue Schieferdach. Ein Katzenkinderspiel, über das Geländer, über die Schindeln und dann auf den anderen Balkon zu kommen.

Bouchon stand hinter mir.

»Was willst du machen, Sina?«

»In Vincents Zimmer gehen. Rechts oder links?«

»Ähm – das kannst du nicht.«

»Doch. Zwei Hüpfer. Überhaupt kein Problem.«

»A… aber das ist so tief, d… da unten.«

»Bouchon!«

»Mir … mir wird ganz schwummerig! Nur so beim Gucken.«

Kater mit Höhenangst! Oh Mann.

»Brauchst ja nicht mitzukommen. Welche Seite?«

»L… links.«

Ich schlappte ihm über die samtig schwarze Nase, die beinahe grün geworden war.

»Geh zurück in deinen Korb, und mach dir keine Sorgen. Ich komme schon zurecht.«

»Aber wenn du runterfällst?«

»Ich falle nicht. Geh rein.«

Aber er blieb auf dem Balkon sitzen und sah mir zu, wie ich mich vom Geländer über die Dachtraufe auf den anderen Balkon begab. Netterweise war auch dieses Fenster offen, und ich schlüpfte in ein ähnlich vollgestelltes Zimmer wie das des Freiherrn, nur dass hier das Bett mit drinstand. Das lockte zwar einladend zum Schlummern, aber wichtiger waren mir die Dinge, die auf dem Tisch an der Wand lagen. Papiere hatten sich hier aufgestapelt, und ich machte mich daran, sie durchzuwühlen. Eine flinke Kralle hatte ich, und schon bald lag alles ausgebreitet auf dem Boden, und ich konnte es mir in Muße ansehen. Viel war nur mit unterschiedlichen Handschriften bedeckt. Zu ihrer Lautsprache hatten die Menschen auch eine Krakelsprache entwickelt, die rudimentär unseren Markierungen entsprach. Mit der verständigten sie sich über einige Entfernung hin. Diese Blätter interessierten mich nicht. Ich suchte Bilder. Abbilder von Menschen.

Er hatte einige davon. Heiligenbildchen waren aber nicht dabei.

Eines zeigte ihn selbst, jünger, aufgeputzt mit Tressen

und Klimbim auf einem Pferd. Sehr stattlich! Ein anderes zeigte ihn mit einer älteren Dame. Sie sah ihm verblüffend ähnlich um die Nase. Ich wühlte noch etwas weiter und fand tatsächlich eines mit Biscontis Gesicht. Mit allen Sinnen begutachtete ich es. Meine Nase brachte mich drauf – dieser feine Geruch von Tabakrauch und Vincent selbst verstärkten meine Vermutung, dass er es noch vor Kurzem an seinem Körper getragen hatte. Sollte es dasjenige sein, das er in der Nacht der Frau auf der Brücke gezeigt hatte?

Zur Kontrolle beschnüffelte ich auch die anderen. Sie rochen jedoch lediglich nach Papier.

So war das also – Bisconti war auch als Luigi bekannt.

Ich hüpfte noch einmal auf den Sekretär, um weitere Nachforschungen anzustellen. Bisher hatte ich nur die losen Blätter nach unten geworfen, aber es lag auch noch eine Ledermappe dort. Es bereitete mir nur geringe Mühe, sie aufzuklappen.

Auch hier bekrakeltes Papier, das ein ganz klein wenig nach welken Blumen duftete. Ich schob die oberen Blätter zur Seite und stieß auf ein blaues Seidenband, das um wenige Blätter gebunden war. Nicht nur Blätter, sondern auch eine vertrocknete Rose. Daher ein Teil des Blumenduftes. Aber nicht Rosenduft war es, der diesem Papier entströmte. Ich sog die Luft durch den Mund ein, flehmte, um auch noch den allerletzten Hauch aufzunehmen und zu identifizieren. Flieder. Maiblumen. Altea.

Ganz, ganz vorsichtig schob ich die Kralle unter das Papier und hob es an. Unten drunter war wieder ein Bild. Es gelang mir, einen Blick darauf zu werfen, ohne es umzudrehen. Denn das hätte die trockene Blume zerstört.

Nichts, was Altea betraf, wollte ich kaputt machen.

Auf dem Bild war sie.

So jung, so hübsch, in einem duftigen Kleid, Rosen im Haar. Ohne Stock, die Haare locker um ihr Gesicht gebauscht.

Ich ließ den dünnen Packen sacht zurückgleiten.

Er hatte sie nicht vergessen, der steifnackige Vincent.

Ich sah mich in dem Raum um – pfui, was hatte ich für eine Unordnung hinterlassen. Besser, ich verdrückte mich, bevor Vincent zurückkam und mich als Verursacherin entdeckte. Nachsinnen konnte ich später noch. Also wieder aus dem Fenster, über den Balkon, das Dach zu den Räumen des Freiherrn.

Bouchon saß noch immer dort, wo ich ihn verlassen hatte, und schaute auf die Straße. Er zuckte zusammen, als ich neben ihm auf den Boden plumpste.

»Ich versuche mich dran zu gewöhnen«, murmelte er. »Jetzt ist mir nicht mehr ganz so schwindelig.«

»Ja, man kann es üben. Ich bringe meinen Kindern in den nächsten Tagen auch das Klettern bei. Das hat deine Mama wohl verabsäumt.«

»Wir durften nicht. Meine Schwester ist mal die Gardinen hochgeklettert. Da hat die Frau sie gescholten und ins nasse Wasser gesteckt.«

»Pfui, wie gemein.«

»Ja, Wasser ist fies. Also habe ich es gar nicht erst probiert, das mit dem Klettern. War vielleicht ein Fehler. Ob ich mal hier an den Portieren …«

»Bouchon, tu es nicht. Versuch es lieber an einem Baum. Ich zeig dir bei Gelegenheit einen.«

»Oh, das würdest du tun?«

»Natürlich.«

»Fein. Hast du was gefunden?«

»Oh ja. Ein Abbild von Bisconti besitzt Vincent wirklich. Und es ist das, was er gestern bei sich trug. Ich glaube, der ist derselbe Mann wie dieser Luigi Ciabattino. Er hat das Bild nämlich bei sich getragen, es roch noch nach ihm.«

»Ah, ich weiß, welches du meinst. Ein Mann mit dunklen Haaren, ein bisschen speckig nach hinten gekämmt, an den Schläfen grau, ein feiner Anzug, ein kleines goldenes Hufeisen in der Krawatte.«

»Das ist es.«

»Ja, das trägt er manchmal mit sich. Er zeigt es Leuten und fragt, ob sie den Mann gesehen haben. Aber einen Namen hat er nie genannt.«

»Dann sucht er ihn wirklich. Aber ich habe noch etwas gefunden, Bouchon. Ein Bild von Altea, mit einem Brief und einer vertrockneten Rose.«

Bouchons goldene Augen leuchteten auf.

»Er denkt an sie, nicht wahr?«

»Ja, er denkt an sie.«

»Und er glaubt nicht, dass sie mit Bisconti den Verrat begangen hat.«

»Eigentlich glaubt er es wohl nicht – und er ist unglücklich darüber, dass sein Verstand ihm sagt, dass es so sein könnte.«

Bouchon brummelte vor sich hin.

Der Kater war ja so was von sentimental.

»Sie war vorhin da unten.«

Ich starrte durch das Gitter.

»Nein, jetzt ist sie schon lange wieder weg. Sie spazierte mit einem sehr distinguierten Herrn an der Römerquelle vorbei. Dort unterhielt sich Vincent mit zwei Damen, und als sie vorbeiging, grüßte er sie mit einer sehr kleinen Verbeugung. Aber er sah ihr lange nach.«

Im Nachbarzimmer klappte die Tür zu. Und eine laute Verwünschung drang zu uns auf den Balkon.

»Mäusemist, ich glaube, ich sollte verschwinden!«

»Sina!«

Schon war ich über die Brüstung, in der Regenrinne.

»Siiina!«

»Später, Bouchon«, maunzte ich zurück und sprang. Auf dem unteren Balkon kam ich glatt auf dem Boden auf. Auch da auf die Brüstung und einen kühnen Satz an der Markise vorbei. Ein kleines Mädchen quietschte erstaunt auf. Ich schenkte ihm keine Beachtung, sondern flutschte zwischen Röcken und Stiefeln hindurch, bis ich die Straße erreicht hatte. Ein kurzes Verharren, damit mich nicht ein unbedachter Pferdehuf oder ein Kutschenrad erfasste, dann war ich auf der anderen Seite und flüchtete mich in unseren Garten.

War ein bisschen feige von mir, denn vermutlich würde Vincent Bouchon für die Unordnung verantwortlich machen, die ich hinterlassen hatte.

Im Garten tollten meine Kinder herum. Sie haschten einen Schmetterling, hatten ein Stiefmütterchen fachgerecht zerlegt, die Krallen an der morschen Schuppenwand geschärft und berichteten mir, dass sie sich in der Hecke hatten verstecken müssen, weil jemand das Gartentörchen gerichtet und dabei ziemlich viel Krach gemacht hatte.

Ich beschäftigte mich eine Weile mit ihnen, erteilte ihnen Lektionen im ordentlichen Putzen – nur so der Form halber, sie bekamen es schon ganz gut selbst hin –, und dann sah ich Altea mit ihrer Mama in den Garten kommen. Frisch und hübsch sahen sie beide aus. Ihre Haare glänzten, ihre Kleider wehten beschwingt um ihre Körper, und Altea roch so schön nach Flieder und Maiblumen.

Menschen bekommt Baden.

Das ist für sie wie Putzen und Bürsten.

Trotz ihrer feinen Aufmachung brachte Altea uns ein Schälchen Futter. Ich überließ es den Kleinen, denn ich war noch gut gesättigt von dem Ragout fin. Dennoch schloss ich mich Altea und Mama an, denn sie schlenderten zur *Goldenen Traube* hinüber, wo der Freiherr sie mit großer Geste zu einem weiß gedeckten Tisch führte. Mich sah er ein wenig kritisch an.

»Ich möchte mal wissen, Sina, wie du vorhin aus meinen Zimmern gekommen bist. Bouchon war ganz verwirrt.«

»Haben Sie sie etwa in das vornehme Kurhotel mitgenommen?«

»Es ergab sich so. Ich vermute, die sprichwörtliche kätzische Neugier trieb sie dazu. Ich finde es erheiternd, dass mein dicker, bequemer Stopfen eine solche Freundin gefunden hat. Er war immer ein sehr vorsichtiger Kater, aber hier entwickelt er geradezu Abenteuerlust.«

»Sie setzen sehr viel Vertrauen in ihn, Herr de Poncet«, meinte Mama. »Er könnte beschließen, ein Streuner zu werden.«

»Er hat es gut bei mir. Zu Hause darf er ebenfalls das Haus verlassen und hält sich immer in Rufweite auf.«

»Ich glaube auch, dass er bei Ihnen bleibt. Streunerkatzen haben ein hartes Leben. Sina hat sich zwar tapfer durchgeschlagen, aber eines ihrer Kinder hat sie verloren. Verhungert ist es, das arme Wurm.«

Altea langte unter den Tisch und fand zielgenau meinen Kopf. Sie kraulte mich, zog ihre Hand aber zurück, als der Kellner kam. Ich verzog mich unter die Volants ihrer Röcke.

Einbruch bei Olga

Man machte Konversation – kurz, man schwatzte belangloses Zeug über das Wetter, das Futter, das heilsame Wasser. Ich blendete es aus. Das Schöne an unseren Katzenohren ist, dass wir sie in jede beliebige Richtung drehen können – unabhängig voneinander. Und so belauschte ich die Gespräche der anderen Gäste, die sich um uns herum an den Tischen versammelt hatten. Und das war lehrreich.

So erregten sich vier Damen am Nachbartisch leise, aber genüsslich über den jüngsten Skandal. Da hatte eine junge Witwe hinter vorgehaltener Hand eine Warnung vor einem Heiratsschwindler verbreitet, der wohlhabenden, alleinstehenden Frauen die Ehe versprochen hatte, um sie um ihr Vermögen zu erleichtern. Dem betretenen Schweigen einer der Damen entnahm ich, dass sie ihm ebenfalls auf den Leim gegangen war. Die anderen echauffierten sich auf das Begeistertste. Und sie kamen auch recht hurtig zu dem Ergebnis, dass besagter Luigi der Tote in der Badewanne gewesen sein musste.

Erstaunlich, wie schnell sich Nachrichten auch unter Menschen verbreiteten.

Und erstaunlich, wie schnell sie mit weiteren Vermutungen bei der Hand waren. Keine von ihnen glaubte nun noch, dass Bisconti-Luigi eines natürlichen Todes gestorben sei. Wilde Spekulationen über Mörderin und Methode wurden erörtert. Vornehme Damen können eine ganz schön gewalttätige Phantasie entwickeln.

Herren eine ziemlich lüsterne. Die körperlichen Vorzüge etwa von Bette wurden an einem anderen Tisch eingehend diskutiert, und sie hatten wenig mit der heiligen Darstellung der Schönen zu tun. Sie schien mit ihren Reizen nicht zu geizen, sondern bot sie weiterhin freizügig an. Aber die Männer schienen ein wenig skeptisch zu sein, ob sie die Angebote wirklich annehmen sollten. Es war wohl so, dass unverheiratete Damen sich gerne in ein Kurbad begaben, um einen Versorger zu suchen, den sie dann auf hinterhältige Weise einfingen und lebenslang an sich fesselten.

Beziehungen zwischen Männchen und Weibchen bei der Menschenrasse gaben mir immer wieder Anlass zu erheiternden Betrachtungen. Sie haben selbstverständlich dieselben Bedürfnisse wie wir Katzen – sie begehrten einander, um Nachwuchs zu zeugen. Doch anders als bei uns, die wir ein-, zweimal im Jahr von der Rolligkeit überwältigt werden, leiden sie jahrelang darunter. Wahrscheinlich hatten sie deshalb so starre Verhaltensregeln aufgestellt, damit sie nicht ständig übereinander herfielen und sich in größerem Maße fortpflanzten, als Futter für alle da war. Jedenfalls hatten sie eine offizielle Form der Vermehrung eingeführt, die sie Ehe nannten. Damit waren dann zwei von ihnen auf immer aneinander gebunden, bis einer von ihnen starb. Und beide mussten dafür Sorge tragen, dass der Nachwuchs auch über die Runden kam.

Wenn auch der Grundgedanke sicher nützlich war, so widerstrebte es recht vielen Menschen aber auch, sich an diese Regeln zu halten. Allerdings trauten sich die wenigsten, sie öffentlich zu übertreten. Heimlich aber taten es viele. Männer wie Frauen. Aber wenn es herauskam, dann straften sie die Sünder, wie sie es nannten, mit Verachtung.

Aber sie tuschelten ungeheuer gerne darüber. Sozusagen lustvoll.

Die Sünder und Sünderinnen litten in unterschiedlichem Grad darunter. Bette augenscheinlich gar nicht. Aber die junge Frau, die Vincent davon abgehalten hatte, von der Brücke zu springen, war verzweifelt genug darüber, gegen diese Regeln verstoßen zu haben, dass sie sogar ihr Leben beenden wollte.

Und Luigi-Bisconti hatte andererseits diese Regeln für sich ausgenutzt, indem er jenen Frauen, die nach einem Versorger Ausschau hielten, seine Dienstleistung angeboten hatte, sich dafür bezahlen ließ und offensichtlich mit dem Geld in der Hand dann spurlos verschwand. Da die Damen über diese Peinlichkeit nicht miteinander sprachen, hatte er ein leichtes Spiel.

Das leuchtete mir jetzt ein.

Und dass eine Frau, die er so getäuscht hatte, so viel Wut aufbringen konnte, um ihn umzubringen, lag auch nicht außerhalb jeder Möglichkeit.

Wie mörderisch weibliche Wut sich auswirkte, das hatte Altea mir am Beispiel Gartentörchen bewiesen.

Aber sie war nicht auf Bisconti wütend, sondern auf ihren Vater.

War der möglicherweise auch so ein Schelm gewesen?

Alteas Hand näherte sich meiner Nase, und mit meiner unvergleichlichen Fähigkeit erschnupperte ich gebratenen Fisch.

Mhmmm.

Und noch ein Häppchen.

Das leise Lachen des Freiherrn ignorierte ich. Auch die Bemerkung über die zwei sauber geleckten Teller in seiner Suite. Allerdings erfuhr ich bei näherem Hinhören, dass er dem Zimmermädchen die Schuld an meinem magischen Verschwinden gegeben hatte. Und auch an der Unordnung auf Vincents Sekretär, über die sein steifer Neffe sich so aufgeregt hatte.

Recht so!

Zimmermädchen aber war eine überlegenswerte Option, um in einen Raum zu gelangen. Sie kamen anscheinend jederzeit in die Räume, um dort sauber zu machen.

Die Wohnungen über eine waghalsige Balkonspringerei zu verlassen war das eine, an den Röcken dieser dienstbaren Mädchen vorbeizuschlüpfen durchaus eine bessere. Ich merkte es mir und nahm mir vor, auch Bouchon von dieser Möglichkeit zu berichten.

Dann nahm mein rechtes Ohr wahr, wie Mama die heisere Olga höflich, aber distanziert begrüßte. Die erwiderte den Gruß nicht eben herzlich und entzog sich mit zwei anderen Damen meiner Lauschweite.

Immerhin, das war eine gute Gelegenheit, einige Nachforschungen anzustellen.

Ich verabschiedete mich von Altea, indem ich ihr sacht um die Beine strich und mich spornstreichs auf den Weg zur *Germania* machte.

Bisher hatte ich es vermieden, das Haus zu betreten – die Wirtin war mir ja denkbar unsympathisch. Aber um die Mittagszeit hatte sie damit zu tun, die Gäste – viele waren es ja nicht – zu bekochen und ihnen ihre kargen Mahlzeiten meist im Garten zu servieren. Auch heute saßen der hagere, bleichgesichtige Mann, ein Oberlehrer, wie Altea einmal erwähnte, und zwei füllige Matronen ordinärer Machart speisend auf der Terrasse. Dank des sehr warmen Wetters waren alle Fenster des Hauses geöffnet, und so war es mir ein Leichtes, um das Gemäuer zu schnüffeln und das Zimmer zu finden, aus dem Olgas Geruch wehte. Die

Heisere verbreitete ein nicht ganz unangenehmes Odeur, wenngleich eine leicht animalische Essenz den Duft nach Jasmin und Hölzern untermalte. Das Animalische stammte nicht von ihr, sondern von brünstigen Hirschen. Menschen mögen ja so was. Sie nannten es Moschus.

Kurzum, ich fand den Raum sehr schnell, sprang auf den Fenstersims, stupste mit der Pfote gegen das Glas und stieß es auf. Es war durch eine Kette gesichert, aber für mich reichte es.

Madame Olga war verschwenderisch mit Kleidern ausgestattet. Sie hingen auf Bügeln am Schrank oder lagen über den beiden Sesseln. Allen entströmte ihr spezieller Duft. Mir wurde fast duselig davon, hier in diesem warmen Raum. Aber dann riss ich mich zusammen. Nach einer Weile würde meine Nase diesen alles überlagernden Geruch ignorieren, und ich würde wieder der anderen Komponenten gewahr. Bis dahin untersuchte ich ihre Habseligkeiten. Auch sie besaß eine Mappe mit Krakelpapier, die ich nur flüchtig aufklappte. Keine Bilder drin. Eine Modezeitschrift interessierte mich ebenfalls nicht, auch nicht ihre Hüte, Pantoffeln und Stiefelchen. Obwohl ich die lange, gekräuselte Feder gerne mal gezaust hätte. Ach, das wäre ein herrliches Spielzeug für meine Kinder gewesen.

Nicht ablenken lassen, Seraphina, mahnte ich mich selbst und sah mich weiter um. Eine Rolle aus Leder machte mich neugierig. Sie lag unter dem Volant der Portieren zusammen mit etlichen Wollmäusen. Der Jagdeifer der Wirtin schien sich auf dieses Gebiet nicht zu erstrecken. Das Leder aber roch noch ein bisschen nach Olga, also hatte sie es einige Zeit bei sich getragen. Es war schwer, woraus ich schloss, dass die Rolle mit etwas gefüllt sein musste. Ich knispelte ein bisschen an den Verschlüssen, aber ich bekam sie nicht auf. Darum merkte ich mir nur, dass die Heisere etwas zu verbergen hatte, und widmete mich der Frisierkommode.

Sie war ergiebig. Nicht nur, dass Tiegelchen und geschliffene Flakons, Töpfchen und Döschen sich darauf versammelten, es roch auch nach allen möglichen und unmöglichen Dingen. Außerdem war es farbenprächtig und glitzerte.

Mir fiel das emaillierte Döschen nicht gleich auf, erst als ich Puderquasten und Wattebäuschchen etwas umdekoriert hatte, trat es in mein Gesichtsfeld.

Biscontis Pillendöschen.

Sie hatte es mitgenommen, damals, als er in der Wanne lag.

Das war mir inzwischen gänzlich entfallen.

Was wollte Olga von der Wolga mit Biscontis Pastillen?

Ich schubste es an den Rand der Kommode, um es besser untersuchen zu können. Puderstaub lag darüber, süßlich duftend. Ich musste niesen.

Mit der Pfote wischte ich darüber.

Pfui, das Zeug blieb an meinem Ballen hängen. Besser, ich brachte das Ding hier raus und wälzte es ein paar Mal in sauberem Gras.

Gesagt, getan. Doch wieder wunderte es mich, dass ein so kleines Döschen so schwer sein konnte. Fast so schwer wie eins meiner Kinder. Ich packte es zwischen die Zähne und zwängte mich mit meiner Beute durch den Fensterspalt.

Niemand zu sehen. Gut so. Ich trabte an der Hecke vorbei, und im Schutz des Schuppens wusch ich das Döschen in Gras und Erde. Dann betrachtete ich es noch einmal genau. Es war nun ein bisschen schmutzig, aber die roten und blauen Farbtöne leuchteten kräftig in dem Messing. Ich hätte es gerne aufgemacht, um diese Pastillen genauer zu untersuchen. Aber dieses kleine Riegelchen wehrte sich gegen meine spitze Kralle. Also musste ich wieder meine anderen Sinne einsetzen. Dass etwas darin herumkullerte, konnte man hören, wenn man es bewegte. Ich drehte es hin und her und schnüffelte dann. Und schnüffelte und schnüffelte, bis ich den Pudergeruch nicht mehr wahrnahm und darunter den Geruch von trockenem Salz, ein wenig Minze und Zucker erkannte. Und dann traf mich beim Flehmen schließlich wieder dieser andere, der gefährliche Geruch.

Bittersüß.

Gift.

Nicht viel, aber er war vorhanden.

Eiligst nahm ich das Döschen wieder zwischen die Zähne und trug es unter den Rosenstrauch, wo Altea mein totes Kind vergraben hatte. Eilig scharrte ich daneben eine Kuhle, rollte das gefährliche Döschen hinein und scharrte das Loch gründlich wieder zu.

Hier war es am sichersten versteckt, hier würde keines meiner Kleinen den Boden aufwühlen.

Nachdem ich mein Werk vollbracht hatte, gesellte ich mich zu ihnen. Sie hatten ein paar Blätter vom Efeu gerissen und versucht, an den Ranken hochzuklettern. Ich lobte sie dafür. Dann putzte ich sie ein bisschen, nur so zum gegenseitigen Vergnügen. Anschließend rollten wir uns zusammen. Sie schliefen, ich grübelte.

Warum hatte Olga das Döschen mitgenommen? Wusste sie, dass darin etwas Giftiges war? Oder war ich wieder einem Irrtum aufgesessen, und diese Pastillen rochen alle so und waren, ähnlich wie der Mandelkuchen, für Menschen eben nicht giftig, sondern nur für Tiere?

Olga mochte schöne Dinge und Glitzerkram? Hatte sie die Dose nur mitgenommen, weil sie ihr gefiel? Oder barg sie auch ein Geheimnis?

So viele Möglichkeiten!

Ach, ich kam zu keinem Ende.

Unruhig stromerte ich durch den Garten und schärfte dann meine Krallen an dem Birnbaum. Man wusste ja nie, wofür es gut war, nicht wahr?

Dann aber hörte ich von oben Alteas aufgebrachte Stimme.

Ich kletterte den Stamm hoch und erklomm einen Ast, der mich näher an das Dach brachte.

»Ich kann das nicht glauben, Mama.«

»Mach mir keine Vorwürfe, Kind. Ich bin schließlich deine Mutter!«

»Das ist richtig, und ich liebe dich, Mama. Aber mir ist unverständlich, wie du in dieser Situation hingehen und mir ein solches Kleid kaufen kannst. Wir haben unser Budget genau eingeteilt.«

»Ja, ja. Aber ich habe ein bisschen was gespart. Und du sollst doch hübsch aussehen auf den Photographien.«

»Sie sind keine bunten Gemälde. Ich brauche dazu kein gelbes Kleid.«

»Doch, das brauchst du.«

»Was ich brauche oder nicht, bestimme ich selbst. Und verrat mir doch bitte mal, wovon du eine solche Summe zusammengespart hast. Ich weiß zufällig, was Kleider dieser Qualität kosten.«

»Ich hab es eben gespart.«

Mama klang ungemein trotzig. Ich war überrascht. Bisher hatte ich sie für eine sanftmütige, nachgiebige Dame gehalten.

»Mama, wir haben nichts, wovon wir etwas abknapsen könnten. Hast du das Kleid auf Kredit gekauft?«

»Nein, nein, nein. Ich mache keine Schulden. Das weißt du doch.«

»Woher hast du das Geld dafür? Hast du dich etwa an den idiotischen Wetten unten an der Promenade beteiligt?«

»Bei Lord Jamie? Halt mich nicht für blöde, Altea.«

»Woher dann?«

»Das brauchst du nicht …«

»Oh doch, Mama. Das brauche ich sehr wohl. Von wem hast du Geld angenommen?«

»Von niemandem. Ich … ich hab es ehrlich gewonnen.«

Alteas Stimme wurde ganz leise und sehr, sehr böse.

»Ehrlich gewonnen«, zischte sie. »Wo gewinnt man denn hier in diesem Nest etwas ehrlich?«

»In einem sehr respektablen Kreis, Altea. Mach mir *bitte* keine Vorwürfe. Ich habe es für uns getan. Du sitzt ja auch für Geld Modell, oder?«

Einen Moment herrschte Schweigen. Dann war Alteas Stimme wieder ganz sanft.

»Ich verstehe. Ja, Mama, ich versuche ebenfalls, unsere magere Apanage aufzubessern. Aber – verstehe ich das richtig, dass du dich an einem Glücksspiel beteiligt hast?«

»Nicht richtig Glücksspiel. Nur ein bisschen Karten …«

»Kartenspiel in einem vornehmen Kreis. Aha.«

»Sei nicht so misstrauisch. Ich habe ganz vorsichtig gespielt. Und jedes Mal gewonnen.«

»Wie nützlich.«

»Ich bin nicht wie dein Papa. Ich habe nur kleine Beträge gesetzt. Aber ich hatte immer gute Karten.«

»Und wo fanden diese erfolgreichen Spiele statt, Mama? Und warum hast du mir nie davon erzählt? Oh … ja, ich verstehe. Deine Besuche bei der Kommerzienrätin, nicht wahr?«

Mama gab einige unartikulierte Laute von sich, die mir andeuteten, dass sie ein entsetzlich schlechtes Gewissen hatte. Mir fiel ein, dass ich sie am Abend zuvor im Hinterzimmer der *Goldenen Traube* hatte sitzen sehen. Zusammen mit einigen Damen und Herren. Darum kletterte ich noch etwas weiter auf dem Ast nach vorn und spitzte die Ohren. Würde sie das gestehen?

»Also nicht nur die Besuche bei der Kommerzienrätin«, stellte Altea trocken fest.

»Nnnaja. Weißt du, es ist eben wirklich so warm hier in meinem Zimmer.«

»Weshalb du dich rausgeschlichen hast.«

»Ja, habe ich getan. Und ich habe eine sehr höfliche Einladung angenommen. Und ich habe gewonnen!«

»Wann und wo und wessen Einladung? Mama, wir können uns keine solchen Geheimnisse leisten.«

»Ja, du hast ja recht. Es war aber die Kommerzienrätin, die mich darauf gebracht hat. Und deshalb bin ich nebenan zur *Traube* gegangen. Dort hat der Chevalier de Mort ein kleines Spielchen organisiert.«

»Seit wann besuchst du diese Runde?«

»Seit wir hier sind. Nicht jeden Abend. Ich war nur dreimal da. Und jedes Mal habe ich gewonnen. Und darum habe ich dir das Kleid gekauft. So. Und nun ist Schluss mit den Vorwürfen.«

»Der Chevalier de Mort… Mama, der französischen Sprache bist du mächtig.«

»Er ist ein ehrenwerter Herr.«

Schneidend kam es von Altea: »Kein Mann, der sich selbst als der Ritter des Todes bezeichnet und illegale Glücksspiele organisiert, ist ein ehrenwerter Mann.«

»Aber ich habe gewonnen.«

»Um welchen Preis, Mama?«

Mama schluchzte.

Altea schwieg. Dann sagte sie: »Ist schon gut. Schon gut, Mama. Ich weiß, wie schwer es für dich ist. Versprich mir nur, dass du nicht mehr dort hingehst, ja?«

»Ja, Altea. Verspreche ich.«

»Danke für das schöne Kleid. Und nun hilf mir, es anzuziehen.«

Geraschel folgte und kleine Ausrufe des Entzückens.

Ich kletterte den Birnbaum hinunter und wich eben noch einem Tritt der grässlichen Wirtin aus, um mich hinter den Schuppen zu verziehen und nachzudenken.

Darüber musste ich wohl eingenickt sein.

Modellsitzen

»Sina, süße Sina!«

»Mhm?«

Ein Auge auf.

Altea.

Noch ein Auge auf.

»Sina, darf ich eines deiner Kinder mit zu Tigerstroem mitnehmen? Du weißt doch, er hat mich gebeten, für seine Bilder mit einem Kätzchen Modell zu sitzen.«

Richtig, hatte er.

Ich stand auf, gähnte und streckte mich. Dann schubste ich den kleinen schwarzen Fürwitz mit der Nase an.

Er protestierte leise, stand aber auf und versuchte sich an einem Buckel. Ich gab ihm zu verstehen, dass er sich Altea anschließen sollte. Und wenn ich es recht betrachtete, sollte ich ihn auch begleiten. Ich setzte mich also auffordernd neben ihn und maunzte.

»Du auch?«

»Mau!«

»Mhm!« Altea sah mich kritisch an. »Wir müssen was für dein Fell tun. So sieht das nicht aus. Warte mal.«

Sie wühlte in dem Korb herum, den sie mitgebracht hatte, und förderte eine Bürste zutage.

Und dann begann sie, mein Fell zu bürsten.

Ich fiel in bodenlose Ekstase.

Ich war nur noch ein Schnurren.

Ich lag auf dem Rücken, alle viere von mir gestreckt, während sie vorsichtig mein lädiertes Bauchfell striegelte.

Heilige Bastet, war das schön.

»So, nun bist du richtig schön, Sina.«

Fellflusen flogen durch die warme Luft, als sie die Bürste reinigte.

Ich leckte probehalber über meine Flanken. Wie weich, wie seidig. Ganz ohne Kletten und Verfilzungen.

Ich wickelte mich zum Dank um ihre Beine, und sie lachte. Dann hob sie den kleinen Kater vorsichtig auf. Er zappelte zwar ein bisschen, aber sie hatte magische Finger und streichelte ihn, sodass er sich bald beruhigte. Er protestierte auch nicht, als sie ihn in den Korb steckte, aus dem es verführerisch nach Katzenminze roch, und eine Decke über ihn zog. Sie nahm Korb und Stock auf, und ich folgte ihr.

Fünf Häuser weiter betraten wir einen Garten, den ich noch nicht kannte. Er war tatsächlich sehr schön, schöner sogar als der vom *Germania*. Aber natürlich prüfte ich als Erstes, ob es hier Reviermarkierungen gab. Nicht dass wir gleich in ein Getümmel gerieten. Es gab einen Hinweis auf ein Nachtrevier, den konnte ich getrost ignorieren. Also gesellte ich mich zu Altea, die Tigerstroem herzlich begrüßt und zu einer Liege an einer Geißblattlaube geführt hatte. Die kleinen Blüten um sie herum dufteten köstlich, die weißen Polster wirkten einladend, und ihr duftiges Kleid bauschte sich über ihren Füßen.

»Sollte in diesem voluminösen Gepäckstück unser kleiner kätzischer Gast hausen, wertes Fräulein?«

»Ja, das schwarze Katerchen durfte ich mitbringen. Aber ich bin mir nicht ganz sicher, wie er sich benimmt, wenn wir ihn in die Freiheit entlassen.«

»Da Madame Sina mitgekommen ist, wird sie sich bestimmt um ihn kümmern. Lassen wir den beiden etwas Zeit, sich umzuschauen.«

»Sie verstehen viel von Katzen, Herr Tigerstroem.«

»Ich habe immer mit einigen von ihnen zusammengelebt. Bis vor dem Krieg. Danach ...« Er zuckte mit den Schultern und wirkte unglücklich. »Es hat sich viel geändert.«

»Ja, es hat sich viel geändert.«

Ich hörte es und traf meine Entscheidung.

Auch wenn sie wehtat – doch hier würde mein Kind ein Zuhause finden.

Altea zog die Decke von meinem Kleinen, und er streckte neugierig seinen Kopf über den Rand des Korbes. Ich ging zu ihm.

»Du übernimmst jetzt eine Aufgabe«, erklärte ich ihm, und seine runden Kinderaugen sahen mich erwartungsvoll und ein bisschen ängstlich an. »Du erhältst nun deinen zweiten Namen«, schnurrte ich ihm ins Ohr. »Hör gut zu, mein Kleiner. Du bist ein kluger Kopf und wirst schnell lernen, wie die Menschen leben. Ich habe schon bemerkt, dass du zu den Nachdenklichen gehörst.«

Er leckte mir über die Nase.

»Du liebst das Wissen. Dein Name sei Philosophus. Und nun versuche, ihn den Menschen verständlich zu machen.«

»Ja, Mama.«

Katzenkinder sind so was von gehorsam!

Er krabbelte aus dem Korb und schoss wie eine wild gewordene Hummel durch den Garten.

So was von ungehorsam!

Tigerstroem lachte.

Altea sah mich vorwurfsvoll an.

Nein, nein, nein, nicht mehr meine Aufgabe!

Ich putzte meinen Schwanz und zeigte Desinteresse.

»Lassen Sie den Kleinen sich erst einmal austoben, Fräulein von Lilienstern. Wir werden ihn gleich mit einem Leckerbissen locken. In der Zwischenzeit werde ich meine photographische Ausrüstung vorbereiten. Und ich möchte Ihnen meinen sehr guten Freund Rudolf Oppen vorstellen.«

Ein graugesichtiger Mann mit vorgebeugten Schultern trat zu der Liege und verbeugte sich höflich. Ein freundliches Lächeln lag auf seinem Gesicht und erfüllte seine müden Augen mit einem matten Glanz. Doch er atmete keuchend.

»Ich bin überaus glücklich, Ihre Bekanntschaft zu machen, gnädiges Fräulein.«

»Von der Sie mir einiges voraushaben, wie ich hörte.«

»Ja, ich bekenne mich schuldig, bereits vor Monaten

Nachforschungen über die tapfere Krankenpflegerin angestellt zu haben, die den Zug der Verwundeten begleitet hat. Ihr tragischer Verlust und Ihr selbstloser Einsatz, gnädiges Fräulein, haben viele Menschen beeindruckt. Und Dutzende von Männern verdanken Ihnen ihr Leben.«

Altea schüttelte abwehrend den Kopf.

»Es ist die Aufgabe von Ärzten und Krankenpflegern, den Verwundeten zu helfen.«

»Sie unter Feindbeschuss aus den Trümmern eines brennenden Zuges zu bergen, sehen nicht alle als gewöhnliche Aufgabe für eine junge Frau an. Aber es ist Ihnen unangenehm, daran erinnert zu werden, und darum werde ich schweigen. Erzählen Sie mir also, worum es heute bei der morgendlichen Wette ging, die Lord Jamie ausgelobt hat?«

Altea lachte auf.

»Ein selten verrückter Kerl, nicht wahr? Man setzte einiges an Geld darauf, ob die schöne Bette Schönemann heute mit einem blauen oder einem grünen Hut zur Tränke gehen würde.«

Oppen kicherte.

»Grün?«

»Grün!«

»Haben Sie gesetzt und gewonnen?«

»Ich enthalte mich der Glücksspiele, Herr Oppen.«

»Daran tun Sie wohl gut. Stattdessen werde ich Ihnen lieber ein kaltes Getränk bringen. Freund Tigerstroem hortet einen vorzüglichen Moselwein, den er nur zu seltenen Gelegenheiten opfert. Ich halte den heutigen Tag für angemessen, ihn zu entkorken.«

Der Mann entfernte sich, und ich ließ meinen Blick durch den Garten schweifen. Der Kater hatte sich ausgetobt und begutachtete die Geißblattlaube, in der unzählige Bienen um die süßen Blütenkelche summten. Ich hatte ihn gewarnt, dass wütende Bienen schmerzhaft stechen konnten. Ich würde es jetzt nicht wiederholen.

Tigerstroem kam mit seinem Gerät in den Garten, stellte es auf und erklärte Altea, welche Art Aufnahmen er sich vorstellte. Oppen brachte ein Tablett mit Gläsern, einer Weinflasche, an der sich Wasserperlen bildeten, und einer Schale in Milch verrührtem Eigelb mit. Den Wein schenkte er für Altea, Tigerstroem und sich aus, die Schale stellte er auf den Boden.

Ich probierte und fand es köstlich. Aber nach ein paar Schleckern hörte ich auf und legte mich unter die Liege. Der Kleine, der sich unter dem Blattwerk verkrochen hatte, bekam einen langen Hals. Seine Nase zog ihn förmlich zu der Schale. Und da sich die drei Menschen vollkommen ruhig verhielten, tapste er Schritt für Schritt zu ihr hin. Noch ein fragender Blick zu mir, den ich nicht erwiderte, und ich hörte es schlappen.

»Ich habe die allerneuesten Photomaterialien erworben«, erklärte Tigerstroem, während er ein gläsernes Auge auf Altea richtete. »Wir sind inzwischen dank der Erkenntnisse unserer Chemiker und Optiker in der Lage, Aufnahmen mit einer Belichtungszeit von nur wenigen Sekunden zu machen, also werde ich Sie nicht mit einer starren Haltung drangsalieren und Sie auch nicht mit einem verkrampften Lächeln abbilden. Wir können ganz natürliche Momentaufnahmen machen, die selbst einem unruhigen Kätzchen gerecht werden.«

Altea nickte und schaute in das gläserne Auge.

»Es wirkt dennoch beunruhigend, so starr fixiert zu werden«, sagte sie.

Wie recht sie hatte. Unbewegtes Anstarren ist eine Bedrohung.

»Ja, ich verstehe den Eindruck, gnädiges Fräulein«, warf Oppen ein. »Doch bedenken Sie, es liegt der lebendige Blick des Photographen hinter der Linse. Es ist *sein* Blick, der auf Ihnen ruht.«

»Dann kann ich nur hoffen, dass er wohlwollend ist.«

»Das, Fräulein von Lilienstern, ist das große Geheimnis der photographischen Aufnahmen – es sind keine seelenlosen Bilder, sondern sie können erstaunlich entlarvend sein.«

»Und Egmont hat einen verdammt entlarvenden Blick, gnädiges Fräulein. Wenn Sie noch etwas Zeit erübrigen mögen, führe ich Ihnen nachher eine kleine Kostprobe vor.«

»Pfui über dich, Rudolf. Ich bilde nur die Natur ab.«

»Die menschliche, in all ihren Facetten. Und nun scheint die Neugier über die Furcht zu siegen.«

Altea schnurrte.

Mutig erklomm der kleine Kater ihren Schoß. Sie umfasste seinen mageren Hintern und versank in seine Betrachtung.

Er betrachtete sie.

Das gläserne Auge betrachtete beide.

Tigerstroem bewegte sich bedächtig und leise, sein Freund ging ihm behände zur Hand. Altea schien ins Träumen versunken, und der Kater krabbelte zu ihrer Schulter hoch und blickte versonnen in die Welt.

»Er scheint von philosophischer Gelassenheit zu sein«, murmelte Tigerstroem. »Erstaunlich für einen solch jungen Kater.«

Aha, er hatte angefangen, ihnen seinen Namen zu übermitteln. Ich wusste doch, dass er ein gewitzter Kerl war.

»Hat er eigentlich einen Namen, gnädiges Fräulein?«, wollte Oppen dann auch schon wissen.

»Nein – oder besser –, er hat ganz gewiss einen, doch hat Sina ihn mir noch nicht mitgeteilt.«

Es wäre beinahe gut gegangen. Beinahe hätten sie sich um einen Namen für ihn bemüht, nur kam dämlicherweise die schwüle Bette samt Duftwolke, grünem Hut und Töle in den Garten. Der kleine Kläffer wurde beim Anblick des Katers hysterisch und wollte ihn anspringen. Damit zerrte er an der Leine, Bette machte einen Satz zu Tigerstroem, der stolperte und fiel auf Altea. Der Kater schoss die Geißblattlaube hoch, Oppen rettete die Weinflasche vor dem Umfallen, und Bette ließ die Leine los. Die Töle kam auf mich zu.

Ich blieb sitzen.

Starrte.

Der Köter verschluckte sich an seinem Gebell.

Ich starrte.

Er kam auf mich zu.

Ich holte aus.

Blut quoll aus seiner Nase.

Er jaulte.

Bette kreischte.

Tigerstroem entschuldigte sich.

Oppen lachte keuchend.

Altea kicherte.

Und oben in der Laube jammerte mein Katerchen: »Mama! Mama!«

Gut, ich war ja doch noch für ihn verantwortlich. Ich rief zu ihm hoch, dass er hinunterklettern sollte. Aber er blieb sitzen und beobachtete das Chaos um uns herum.

Bette hatte ihre Töle unter den Arm geklemmt und

schmollte. Tigerstroem hatte sich aufgerappelt und sein Barett wieder auf seinen oben kahlen Kopf gestülpt. Altea ergriff ihren Stock und stand auf. Sie musterte die schmollende Bette mit einem recht abschätzigen Blick. Die nölte rum: »Tigerstroem, das ist ja unmöglich bei euch. Da bin ich extra hergekommen, um Ihnen mitzuteilen, dass ich mich doch entschlossen habe, Ihnen Ihre Unhöflichkeit zu verzeihen und Ihnen weiter als Modell zur Verfügung zu stehen. Und dann wird mein armes Zuckerschnäuzchen von einer bösartigen Katze angefallen. Das müssen Sie jetzt aber wiedergutmachen.«

Tigerstroem zeigte eine sehr abweisende Miene.

»Bette, ich habe Ihnen schon mehrfach gesagt, ich verbitte mir Ihre Überfälle. Ich habe für Sie keine Verwendung. Verlassen Sie also den Garten, ich bin beschäftigt.«

»Was, mit dem Hinkebeinchen da?«

Oppen stand auf, ging auf sie zu, wies auf das Gartentor und fauchte einmal kurz: »Raus!«

»Aber, aber, aber ...!«

Jetzt machte sie auf schelmisch. Widerwärtig!

»Möchten Sie morgen einen Artikel über sich lesen, Madame? Über Ihre nächtlichen Umtriebe, Madame? Mit einer Photographie, die Sie in volltrunkenem Zustand zeigt?«

Mit jeder Frage war er einen Schritt weiter auf sie zugegangen, und sie war mit wutverzerrtem Mund zurückgewichen. Aus dem Mund quoll Unflat.

»Und das von den Lippen einer Heiligen«, murmelte Altea. Tigerstroem hörte es und gab einen leisen Grunzlaut von sich. »Seltsame Heilige.«

Immerhin, jetzt war sie fort, und die beiden Herren entschuldigten sich noch einmal bei Altea.

»Sie hatte einmal eine große Zeit, die schöne Schönemann, gnädiges Fräulein.«

»Schon gut, meine Herren. Wenden wir uns dem Wesentlichen zu – dort oben sitzt ein schwarzes Tier im Geißblatt und will gerettet werden.«

Tigerstroem trat an die Laube und schaute nach oben. Er gab einige lockende Laute von sich, aber der Kleine hangelte sich nur einen Ast weiter, und als der unter ihm zu wippen begann, maunzte er empört.

»Komm runter, Katerchen. Ich helfe dir!«

Die ausgestreckten Hände ignorierte er.

»Eine Leiter vielleicht? Sein Korb?«, schlug Altea vor.

Tigerstroem drehte sich zu ihr um und wollte antworten. In dem Augenblick nahm der Kleine seinen Mut zusammen und sprang.

Er landete weich.

Auf Tigerstroems Barett.

Altea gluckste.

»Ganz, ganz langsam in die Knie gehen, Herr Tigerstroem. Ja, und jetzt in diese Richtung schauen. Und lächeln!«

Sie betätigte die Kamera, just in dem Moment, in dem sich der Kater feixend die weiße Pfote leckte.

»Ich hatte vorhin schon fast vermutet, er sei ein kleiner Philosoph, doch ich muss meine Meinung revidieren«, meinte Tigerstroem und griff nach seiner Kopfbedeckung. Langsam nahm er sie ab und hielt den Kleinen vor sein Gesicht. »Philo ging mir als Name durch den Sinn. Aber ich denke, dazu wird noch einige Zeit ins Land gehen. Bleiben wir besser bei Filou, was?«

»Mau!«, quiekte Filou. Und grinste mich an.

So war das, wenn Kinder selbstständig wurden.

Man stieß auf die erfolgreiche Rettung und die Namensgebung an, dann baten die beiden Herren Altea ins Haus, um ihr die Photographien zu zeigen, die Tigerstroem bisher gemacht hatte. Ich folgte ihnen und sah mich ein wenig um. Filou hingegen hatte es sich auf dem Polster gemütlich gemacht und war nach der Aufregung eingenickt.

Die Menschen unterhielten sich über die Porträts und nannten Namen. Die meisten waren mir unvertraut, aber einmal erwähnte Altea: »Oh, Olga Petuchowa. Sie haben ihr aber eine berechnende Miene entlockt.«

»Sie ist ein berechnendes Weib, Fräulein Altea. Und ich bin mir ganz sicher, dass sie sich mit geübter Hand aus den Schminktöpfchen bedient.«

»Das wird für eine Dame, die auf der Bühne zu stehen pflegt, vielleicht zur Gewohnheit.«

»Ja, das wird es wohl. Und sie nutzt auch Bad Ems als ihre Bühne. Welche Rolle sie jedoch hier spielt, habe ich noch nicht durchschaut.«

»Sie kuriert ihre Stimme.«

»Unter anderem. Aber das sind müßige Spekulationen.«

Aha, noch einer, der Olgas Maskerade durchschaut hat. Der Tigerstroem hatte wirklich einen scharfen Blick.

Das Bild, das Altea dann zur Hand nahm, zeigte den Chevalier de Mort. Düster, gefährlich, hintergründig – und in einem weißen Anzug.

»Auch eine seltsame Gestalt, nicht wahr?«

»Ein Spieler, gnädiges Fräulein. Und hat großen Zulauf, wie man munkelt.«

»Der Name …«

»Man möchte ihn für gesucht halten, wenngleich er eine geradezu tödliche Ausstrahlung hat.«

»Woher stammt er?«

»Er hat sich mir nicht anvertraut. Und jene, die seine Gesellschaft suchen, fragen nicht viel.«

Altea hielt die nächste Photographie in der Hand und legte sie sehr schnell wieder weg.

»Der Major gefällt Ihnen nicht, Fräulein Altea?«

»Hübsche Uniform.«

»Ja, wieder gereinigt und auf Glanz poliert, der junge Herr de Poncet. Sie haben sicher gehört, dass er hervorragende Aussichten hat, nicht wahr?«

»Hat er die?«

»Der Kaiser selbst ist auf ihn aufmerksam geworden, sagt man. Sein herausragender Einsatz ist wohlwollend vermerkt worden. Seiner militärischen Karriere steht nichts mehr im Weg.«

»So er sich denn von seiner Kopfverletzung erholt hat.«

Tigerstroem hob eine Augenbraue.

»Hat er das noch nicht? Mir schien er vollkommen gesund und von schnellem Verstand.«

»Wie schön für ihn.«

Es kam knurztrocken. Man brauchte kein scharfsichtiger Photograph zu sein, um zu erkennen, wie verschnupft Altea war.

Tigerstroem wechselte geschickterweise das Thema.

»Kommen Sie mit in meine Hexenküche. Der Wirt hat es mir gestattet, im Keller eine Dunkelkammer einzurichten, in der ich meine magischen Künste wirke.«

»Das Entwickeln der Bilder? Ja, zeigen Sie es mir. Ich habe schon gehört, dass es ein erstaunlicher Vorgang ist.«

Wir gingen die Treppe hinunter in einen Raum, der äußerst streng nach allerlei unappetitlichen Sachen roch. Chemikalien nannte Tigerstroem das Zeug, was in braunen Flaschen auf einem Bord aufgereiht war. Wasserbehälter standen bereit, an zwei Leinen trockneten mit Klammern befestigte Bilder. Er erläuterte das Verfahren, wie man aus der Photoplatte das Lichtbild herauszauberte und dann auf Papier bannte.

Menschenkram.

Ich hingegen fand eine fette Spinne und jagte sie.

Und dann roch ich es.

Bittersüß.

Hier war es auch wieder.

»Sie verwenden aber allerlei gefährliche Stoffe, Herr Tigerstroem. Säuren und Laugen und – mein Gott, Zyankali! Gibt es Ratten hier im Keller?«

Altea stand vor dem Bord und las die Etiketten auf den Flaschen.

»Aber nein, nein. Zyankali ist eines der Mittel, die die Bilder auf Papier bannen. Ohne die Chemie geht es nun mal nicht, Fräulein Altea. Die Aufnahmen müssen entwickelt und fixiert werden. Aber glauben Sie mir, ich gehe äußerst vorsichtig mit den Chemikalien um, und außer mir hat nur Rudolf Zutritt zu dem Raum. Der Wirt hat mir einen Schlüssel ausgehändigt, sodass kein Gast hier eindringen und einen Schluck aus der Blausäureflasche nehmen kann. Und nun lassen Sie uns die Unterwelt wieder verlassen. Oben locken das Sonnenlicht und noch ein Glas Wein.«

Ich war froh, wieder ins Freie zu kommen, und warnte Filou noch einmal, ja nicht in diesen Keller zu gehen.

»Ich soll bei ihm bleiben, Mama?«

»Er ist ein Katzenfreund. Er wird für dich sorgen, und du wirst dich um ihn kümmern, Filou. Sein Freund dort, der ist sehr krank, und ich denke, er wird bald sterben. Dann wird Tigerstroem dich brauchen.«

»Bleibst du bei Altea im Garten?«

»Vorläufig ja.«

»Darf ich vorbeikommen?«

»Du musst erst dein Revier festlegen. Du bist jetzt ein Kater mit Verantwortung.«

»Ja, Mama.«

Ich sah ihm tief in die Augen, und was ich ihm dabei mitgab, hat Sie nicht zu interessieren. Anschließend schlappte ich ihm noch einmal über die Nase, dann schloss ich mich Altea an, um sie zurück zu ihrem Garten zu begleiten. Das Letzte, was ich von meinem Sohn sah, war, dass er auf Tigerstroems Arm saß und an seinem Barett zupfte.

Ich fühlte mich ein wenig leer.

Rattenfänger

Die Nacht hatte ich zusammengerollt mit meinen verbleibenden zwei Kindern verbracht, und irgendwie war mir nicht danach, in der Morgendämmerung meine Runde zu machen. Ich raffte mich erst auf, als es Zeit für Bouchons Promenade mit dem Freiherrn war, und schlenderte zum Kurpark. Hier wandelte der freundliche Herr auch, doch allein. Das verblüffte mich etwas. Aber er bemerkte mich und grüßte höflich.

»Wenn du Bouchon suchst, Madame Sina, dann musst du Richtung Brücke gehen. Er hat beschlossen, ein Abenteuer zu erleben.«

Autsch, das konnte schiefgehen. Kathy war zwar eine gutmütige Katze, aber unbefugtes Eindringen in ihr Revier ahndete sie mit scharfer Kralle. Noch mehr aber würde Romanow den armen Stopfen das Fürchten lehren.

Ich machte mich flugs auf den Weg, ihn zu retten.

Über die Brücke flanierten zu dieser Stunde viele Menschen. Gemächlich und mit großen Pausen. Auch sie ergötzten sich an dem träge dahinfließenden Wasser, beobachteten Ruderboote mit Ausflüglern, Nachen, die mit Packen und Fässern beladen waren, oder die drei arrogant dahingleitenden Schwäne.

Ich konnte mir einen derartig beschaulichen Halt nicht leisten. Ich huschte wieder einmal um Volants und Gamaschen und erreichte das andere Ufer unversehrt. Hier drückte ich mich an eine Mauer und witterte. Es war schwierig, zwischen all den menschlichen Ausdünstungen Katzenspuren zu finden. Romanows Markierungen waren sicher die deutlichsten – er war ja auch ein äußerst viriler Kater. Wo, verflixt, konnte der dicke Stopfen sich hinverirrt haben?

Weit war er sicher nicht gegangen, das war nicht seine Art. Vor mir ragte das *Haus Panorama* auf, Kathys Unterkunft, ein sehr großes Hotel. Um den Einschlupf in den Garten zu finden, musste man die Umgebung gut kennen. Aber das Ufer war hier flach und mit einigem Gesträuch bewachsen. Ich schlängelte mich weiter zwischen den Promenierenden hindurch.

Da hörte ich das Kreischen.

Kampfgeschrei.

Romanow!

Ich los wie ein Blitz.

Und da stand er auch schon. Groß, schwarz, stark. Das Nackenfell gesträubt, die Ohren angelegt, die Barthaare nach hinten gerichtet, blitzende Augen.

Und der graue Stopfen zusammengerollt, ängstlich, zitternd.

Ich stürzte mich in die Schlacht.

Romanow hatte nicht mit mir gerechnet. Mir gelang ein Anrempler von hinten.

»Weg, Bouchon!«, schrie ich und bekam eins über den Nacken gebraten.

Duckte mich, bereit für den nächsten Schlag.

Er kam, fetzte mir über die Ohren.

Es tat weh. Ich zielte auf Romanows Nase.

Ein winziger Kratzer.

Seine Augen funkelten.

»Neuer Liebhaber?«, knurrte er.

»Ein harmloser Dummkopf!«, murrte ich zurück. »Lohnt den Kampf nicht.«

»Nein, lohnt nicht. Ich scheuch ihn weg.«

Romanows Rückenfell glättete sich, aber bedrohlich sah er noch immer aus.

»Du bist etwas zu häufig in meinem Revier. Das nächste Mal setzt's richtig was!«

»Schon gut.«

Er stolzierte weg. Das konnte er gut, der Schwarze. Prima Vater für meine Kinder.

Bouchon saß noch immer, ein zitterndes Häuflein Elend, auf dem kiesigen Streifen am Wasser.

»Blödmann!«

»Ja, ich weiß. Du blutest.«

»Ja, ich weiß«, fauchte ich. »Machen wir, dass wir wegkommen.«

»Gleich. Muss dir was zeigen!«

»Bouchon!«

»Doch, da – siehst du?«

Er deutete mit der Nase auf ein braunes, großes Fellbündel.

Ich ging hin.

Eine Ratte!

»Hab ich erlegt!«

Ich roch dran. Bittersüß. Und mir ging ein Licht auf.

»Nichts wie weg hier!«, zischte ich den Grauen an und zeigte ihm die Kralle.

»Och, sei doch nicht so böse, Sina.«

Ich knallte ihm eine. Mit eingezogenen Krallen. Endlich kapierte er. Mit einigen höchst unfeinen Flüchen scheuchte ich ihn über die Brücke. Etwas atemlos erreichten wir den Kurpark, und ich hieß ihn, sich unter einem Busch niederzulassen. Er gehorchte, und ich setzte mich neben ihn, um meine Wunden zu lecken. Kam schlecht dran, oben am Ohr.

»Darf ich das ablecken?«, fragte Bouchon mit betretenem Gesicht.

»Ja, mach mal.«

Er tat es sehr vorsichtig mit dem weichen Rand der Zunge. Er schnurrte auch versöhnlich dabei, und mir ging es ein bisschen besser.

»War nicht klug von mir, oder?«

»Nein, war ausgesucht dämlich.«

»Ich dachte, ich könnte mal auf eigene Pfote was erleben. Weil – du bist immer so mutig.«

»Ich bin nicht mutig, Bouchon. Ich bin übervorsichtig und ziemlich feige. Es hat sich bewährt. Ich lebe noch.«

Große goldene Augen sahen mich an. Es lag eine Bewunderung darin, die mich verblüffte.

»Nein, Seraphina, du bist die Mutigste. Und ich ein Tropf. Verzeih mir, dass ich dich in Schwierigkeiten gebracht habe. Und danke, dass du mich gerettet hast. Der Kater wollte mich zur Bulette machen.«

»Romanow – ja, er kann ganz schön den Macho herauskehren. Er hätte dir ein paar ordentliche Schrammen versetzt, aber mehr auch nicht. Viel schlimmer wäre es gewesen, wenn du mit der Ratte aneinandergeraten wärst. Die Viecher wehren sich nämlich. Und ein Rattenbiss kann dich umbringen.«

»Die hat sich aber gar nicht gewehrt. Es war ziemlich einfach, sie zu jagen.«

»So, war es das? Ratten gehören zu der schwierigsten Jagdbeute. Kathy, meine Schwester, die dort drüben auch ihr Revier hat, ist darauf spezialisiert.«

»Sie hat sich aber nicht gewehrt, sie war ganz langsam. Und ich wollte unbedingt mal wissen, wie sie schmecken.«

Ich schloss vor Entsetzen die Augen.

»Bouchon ...«

»Darf man das nicht?«

»Bouchon, ich habe dir von diesem bittersüßen Geruch erzählt.«

»Ja, dem nach Mandelkuchen. Die Ratte roch auch so. Die hat bestimmt in dem Hotel so was gefressen.«

»Die – hat – Gift – gefressen!«

Bouchon zuckte zurück.

»Woher weißt du das?«

»Kathy hat letzthin erwähnt, dass der Gärtner Gift ausstreut, um der Rattenplage Herr zu werden.« Und ich hatte gestern in Tigerstroems Hexenküche dieses Gift ebenfalls gerochen. Altea hatte es Zyankali genannt. Meine Neugier schlug Kapriolen.

Bouchon legte das Kinn auf den Boden, die Schnurrhaare hingen ihm traurig nach unten, und seine Ohren zuckten jämmerlich.

»Ich geh nicht mehr aus dem Zimmer«, murmelte er. »Nie nicht mehr.«

»Bouchon, darum geht es nicht. Du kannst deine Ausflüge machen, aber du musst ein paar simple Regeln beachten. Die erste lautet: Man betritt nicht unaufgefordert ein markiertes Revier. Die zweite lautet: Man frisst nur Beute, die gesund riecht. Und drittens: Man merkt sich die Fluchtwege zurück.«

»Hat mir nie einer so erzählt.«

»Bouchon, wie alt bist du?«

»Vier. Vier Jahre.«

»Nein, das meinte ich nicht. An wie viel von vorher kannst du dich erinnern?«

Er senkte die Lider.

»Nicht viel, Seraphina. Nicht so wie du. Und … und ich war … ich habe immer … also, mit Menschen …«

»Wo, Bouchon?«

»In einem Kloster, bei Kartäusern und so …«

Ich hätte es mir denken können. Ein Klosterkater. Klug und erfahren im Umgang mit klugen und gebildeten Menschen.

»Hast du den edlen grauen Pelz und die goldenen Augen gewählt, damit du wieder ein solches Leben führen konntest?«

»Mhm.«

»Nun, es hat ja geklappt. Dein Freiherr ist ein sanfter Gelehrter.«

»Mhm. Aber ich … na ja, du hast mir vor Augen geführt, dass es mehr zu lernen gibt, Seraphina. Auf dem Weg zur Weisheit.«

»In der Tat. Aber er ist nicht ohne Gefahren und oft sehr dornig, Bouchon.«

»Hab's gemerkt.«

»Geh es langsam an. Weißt du was – ich nehme dich heute Nachmittag mit in den Wald. Aber jetzt kehrst du besser zu deinem Freiherrn zurück, damit er sich nicht um dich sorgt.«

Bouchon brummelte zustimmend, und ich begleitete ihn noch ein Stückchen zu seinem Hotel. Dann wanderte ich zu meiner Pension zurück, in der Hoffnung auf ein üppiges Frühstück.

Das bekam ich auch, und Altea, heiterer als sonst, flüsterte mir zu, dass sie und Filou für das Modellsitzen reichlich entlohnt worden waren.

»Es reicht für einige Wochen Futter, Sina. Für dich, deine Kinder, Mama und mich.«

Allerdings befanden sich zwei Neuankömmlinge im Revier, und statt eines gesunden Verdauungsschläfchens musste ich sie erst einmal begutachten.

General Rothmaler, so erlauschte ich, hatte seine Cousine Viola begleitet, die ihre diversen Maladien in einer sechswöchigen Kur lindern wollte.

Wie ein scheues Veilchen sah die Frau allerdings nicht aus, auch wenn sie ein blasslila Gewand trug. Ihr Gesicht war scharf geschnitten, ihre Augen von kühlem Blau. Mich übersah sie. Was mich etwas stutzig machte, denn sie roch leicht nach Katze.

Mama schien sich jedoch in der Gesellschaft beider wohl zu fühlen. Sie hörte sich gelassen die bitteren Klagen über die schreckliche Fahrt mit der Eisenbahn an, die Viola gar nicht behagt hatte. Sie beschwerte sich über Ruß und Staub in den Haaren und zugige Waggons und schwor, nie wieder einen solchen Teufelszug zu betreten. Als sie schließlich verstummte, las Mama ihnen mit Behagen die neueste Glosse von Aloisius Kattenvoet vor.

Ich schmiegte mich an Alteas Bein und hörte zu, wie eines der Eselchen über die Kurgäste herzog, die es herumziehen musste. Ich hatte die Esel oft genug die Wege entlangtraben sehen, um großes Verständnis für die bissigen Worte zu empfinden, die dieses Tier äußerte. Übergewichtige Matronen wälzten sich in die kleinen Kärrchen und beklagten sich, dass sie trotz der verschriebenen Diäten nicht schlanker wurden, obwohl sie zusätzlich zu ihren gewohnten Mahlzeiten auch diese kargen Portionen noch verschlingen mussten. Bleichgesichtige Jüngferchen verhüllten ihre Häupter mit breitkrempigen Hüten, Schleiern und Schirmchen, um ja keinen Sonnenstrahl an sich zu lassen. Herren in steifen schwarzen Fräcken und röhrenförmigen Hüten dünsteten wie feuchte Hammel vor sich hin, wenn der Schweiß die wollenen Schichten durchdrang, die sie um sich schnürten. Besonders lästig erschienen dem Esel jedoch jene jungen Fanten, die glaubten, ihren Pferdeverstand an ihnen ausprobieren zu müssen. Genussvoll berichtete er, dass er einen von ihnen in den Hintern gebissen und einen ordentlichen Fetzen Stoff aus seiner Hose gerissen habe.

Mama kicherte dabei und meinte, diese kleine Posse habe sie selbst beobachtet, und es sei dem grässlichen jungen Mann ganz recht geschehen.

Auch der Oberlehrer, der sich sonst sehr für sich hielt, hatte sich an den Tisch gesellt und richtete das Wort an die lila Viola.

»Ja, so ein Ausflug in die Umgebung ist recht unterhaltsam, meine Damen. Sie werden sehen, auch andere kleine Belustigungen bieten den Gästen allerlei Kurzweil. Wenn Ihre Anwendungen Ihnen Zeit lassen, können Sie das Kurkonzert besuchen oder eine Bootsfahrt unternehmen.«

»Oh ja, das Kurkonzert!«

Mama begeisterte sich milde.

Altea fragte den General: »Wie spät ist es?«

»Gleich halb elf.«

»Dann Mama, solltet ihr vielleicht umgehend in den Kurpark gehen. Wenn ich mich recht entsinne, soll es heute vor dem Mittag eine musikalische Darbietung geben.«

Der Oberlehrer machte sich erbötig, die Damen zu begleiten, der General grummelte, dass er keinen Gefallen an dem Geschrammel dilettantischer Hinterhofmusiker habe, und Altea entschuldigte sich mit Schmerzen in der Hüfte.

Als die drei die Runde verlassen hatten, hörte ich Altea fragen: »Und was, General Rothmaler, führt Sie denn nun wirklich in diesen mondänen Kurort, wenn Ihnen noch nicht einmal die künstlerischen Darbietungen zusagen?«

»Viola«, knurrte er.

»Pardon, Herr General, aber ich kann mich an Frau Viola bedauerlicherweise nicht erinnern. Auch Levin hat sie meines Wissens nie erwähnt.«

»Die Tochter einer Schwester der Großmutter meiner Gattin. Hat etliche Jahre ihre leidende Patin gepflegt, die nun vor anderthalb Jahren gestorben ist.«

»Ah, daher die blassviolette Halbtrauer.«

»Ist das Halbtrauer? Nun, Ihr Frauen kennt euch damit aus. Jedenfalls hat sie es nicht schlecht getroffen. Hat das Häuschen geerbt und ein nettes Einkommen.«

»Jedoch keinen Gatten.«

»Nein, das scheint sich nie ergeben zu haben. Aber sie

besitzt fünf Katzen. Ehrlich gesagt, auch ich habe Viola erst kurz vor dem Kriegsausbruch persönlich kennengelernt. Sie, Altea, waren damals mit Ihrer Ausbildung beschäftigt, und Levin hatte man ja bereits einberufen. Nun, sie hat keinen männlichen Beistand, und so hat sie sich an mich gewandt. Nach all den Jahren Fürsorge für ihre Patin wollte sie sich nun um ihre eigene Gesundheit kümmern, und ihr Arzt hatte ihr zu einer Trinkkur geraten.«

»Sie haben ihr also angeboten, Sie zu begleiten?«

»Einige Tage, bis ich sicher bin, dass sie hier gut untergebracht ist. Und ich mich vergewissert habe, Altea, wie es Ihnen und Ihrer Mutter geht.«

»Uns geht es gut, General Rothmaler.«

»Nein, tut es nicht, Altea. Ihr Vater ließ Sie unversorgt.«

»Das, Herr General, ist nicht Ihre Sorge.«

»Betrachten Sie es dennoch als meine. Sie wären mir eine willkommene Schwiegertochter gewesen, Kind.«

»Es hat nicht sein sollen. Lassen Sie es gut sein, General Rothmaler. Ich werde schon einen Weg aus dem Tal finden.«

»Sie sind störrisch, meine Liebe.«

»Stolz und störrisch. Ganz genau. Und warum sind Sie wirklich hier?«

»Und neugierig obendrein.«

»Zar Alexander und Kaiser Wilhelm halten sich derzeit in Bad Ems auf.«

»Sicher. Auch sie werden das hiesige Wasser und die klare Luft bekömmlich finden.«

Altea lachte leise.

»Dann verraten Sie mir doch wenigstens, warum Cousine Viola, wenn sie doch eine solche Katzenliebhaberin ist, die hiesige Pensionskatze so geflissentlich übersehen hat.«

»Hat sie das? Gibt es eine?«

»Sina?«

Ich schob meinen Kopf unter den Volants vor.

»Sina, komm da raus, ich möchte dir General Rothmaler vorstellen.«

Ob das so eine gute Idee war?

»Sina!«

Na gut. Ich kroch heraus und begutachtete die blank gewienerten Stiefel. Und die Uniform mit all ihrem goldenen Klimbim. Und den grauhaarigen Mann, der mich mit grauen, klaren Augen unter strengen Brauen musterte.

»Niedlich. Sie haben sich mit ihr angefreundet?«

»Sie kam vor einigen Tagen mit ihren Kindern hier in den Garten, und seither füttere ich sie – sehr zum Unwillen der Wirtin.«

»Maust sie?«

»Natürlich.«

»Dann sollte die Wirtin ihr dankbar sein.«

Im Haus erhob sich Gezänk zwischen ebendieser Wirtin und der heiseren Olga. Ich spitzte ein Ohr in die Richtung. Aha, Olga vermisste das Döschen und beschuldigte die Wirtin, es verräumt – vielleicht gar entwendet zu haben. Es musste ihr also etwas bedeuten.

Eine Tür knallte zu, das Gezeter ging lauthals weiter, jetzt sang Olga die Arie über die schlampige Führung der Pension und das ungenießbare Essen.

Altea erhob sich.

»Herr General, langes Sitzen ist mir ungemütlich. Begleiten Sie mich ein paar Schritte zur Lahnpromenade? Wir schlagen auch die entgegengesetzte Richtung zum Kurkonzert ein.«

»Aber selbstredend, meine Liebe.«

Da der General offensichtlich einiges über Altea wusste und sie mit ihm recht frei über ihre Angelegenheiten sprach, beschloss ich, mich ihnen anzuschließen. Sie gingen langsam, augenscheinlich hielt der General Altea für weit gebrechlicher, als sie war.

»Nicht eben die vornehmste Unterkunft«, bemerkte er nach einigen Schritten.

»Ach, es geht. Olga Petuchowa ist eine anspruchsvolle Dame, eine Opernsängerin aus Sankt Petersburg.«

»Sie hat am Marijnsky-Theater gesungen? Ich dachte, man pflege dort die höchste Kultur.«

»Sie ist wohl ihrer Stimme verlustig gegangen und hofft, sie hier wieder zu heilen.«

»Mag sein. Mag auch nicht sein.«

Wir schlenderten an der Römerquelle vorbei, und just hier kamen uns der Freiherr und der steife Vincent entgegen. Der Freiherr lüpfte grüßend den Hut und strahlte über das ganze Gesicht.

»Fräulein Altea. Einen schönen guten Morgen.«

Ich drängte mich ganz dicht an Alteas Bein und linste hoch. Das wurde jetzt interessant.

Vincent ließ prompt die Hacken knallen.

»Major de Poncet – ich erinnere mich. Königgrätz, nicht wahr? Steile Karriere gemacht, Major!«

»Der Major wird sich an Sie nicht erinnern«, hörte ich Altea sagen. »Er hat leider den Verstand verloren.«

Vincents Lippen wurden zu einem Strich, und der Freiherr lachte.

»Nein, nein, das Gedächtnis hat er verloren, den Verstand nicht. Aber davon hatte er sowieso nie viel.«

»Verwundet worden, Major?«

»Bei Metz, Herr General.«

»Das wird schon wieder.«

»Wir hoffen es alle«, säuselte Altea und hängte sich bei dem General ein. Der setzte sich wieder in Bewegung, und der Freiherr lüpfte noch einmal den Hut.

Einige Schritte lang schwiegen beide, dann fragte der General: »Was hat Ihnen der junge Major angetan, Altea? Solch scharfe Worte sind doch sonst nicht Ihre Art.«

»Ach wissen Sie, General, die Umstände und das Alter lassen die weichen Formen abschmelzen. Aus mir wird nach und nach eine knochige alte Jungfer, deren scharfe Zunge jungen Schnöseln das Fell gerbt.«

»Er hat Sie verletzt und beleidigt, nehme ich an. Leider kann ich ihn auf Grund meines höheren Ranges nicht zum Duell fordern.«

»Es ist lange her.«

»Wohl kaum.« Und nach einer Weile sagte der General: »Major Vincent de Poncet – als ich ihn kennenlernte, war er Leutnant. Ein mutiger, dennoch besonnener Mann. Er hat sich für einige herausragende Kommandos gemeldet.«

»Ich will seine militärischen Tugenden und Leistungen nicht in Abrede stellen.«

»Wohl aber seine gesellschaftlichen?«

»Ja, die schon.«

»Die Zieten-Husaren – allesamt haben sie den Ruf der Herzensbrecher.«

»Ich habe Ihren Sohn getroffen, General Rothmaler.«

Sie blieben stehen, und der General fasste Alteas Hand.

»Er hat dein Herz geheilt. Und dann ist er gefallen. Kind, in deinen Armen gestorben. Dein Herz muss bluten. Und wenn dieser junge Stoffel alte Wunden wieder aufreißt, dann hast du alles Recht, ihn zu geißeln. Aber bedenke eines, Altea – auch er war damals in einer äußerst prekären Lage. Nicht unähnlich der deinen heute. Sein älterer Bruder starb, als er sechzehn war, und er erbte nichts als dessen Schulden. Er musste das Hofgut verkaufen und sich mit seinem Offizierssold über Wasser halten. Soweit ich weiß, lebten seine Mutter und seine Schwester von einem kleinen Wittum.«

»Das … das wusste ich nicht.«

»Nein, das wusste kaum jemand. De Poncet galt als verschlossen. Aber ich als sein Vorgesetzter kannte natürlich die Verhältnisse.«

Altea blieb stumm. Doch sie drehte sich um, und beide gingen zurück zur *Germania*.

»Entschuldigen Sie mich, General. Die Hitze macht mir zu schaffen.«

»Natürlich. Ich verstehe. Darf ich dennoch hoffen, dass Sie und Ihre Frau Mutter heute mit mir zu Abend speisen?«

»Ja, gerne.«

Der General begleitete Altea noch bis zur Haustür, ich schlüpfte auf meinem eigenen Weg in den Garten.

Meine Kinder tollten an dem Schuppen herum und übten sich im Krallenwetzen. Es waren ausgeglichene, gesunde Kätzchen auf dem Weg zur Selbstständigkeit. Ich beobachtete sie eine Weile, dann beschloss ich, der Ruhe zu pflegen. Die Zeit war hektisch und mit allzu vielen Neuigkeiten angereichert gewesen, die es erst einmal zu verdauen galt.

So die Reaktion von Altea eben, als sie davon erfuhr, dass auch der steife Vincent seine Probleme gehabt hatte. Oder noch hatte. Auch er war – zumindest früher einmal – kurz vor dem Verhungern gewesen. Wobei Verhungern wohl übertrieben war, aber arm dran war er wohl schon.

Ich musste Bouchon danach fragen, in solchen Sachen kannte er sich ja aus.

Oberflächlich betrachtet konnte man an den Menschen ihren Stand an der Art und Weise erkennen, wie sie sich aufputzten. Je mehr Stoff und Glitzerkram sie an sich trugen, desto besser ging es ihnen. Aber bei den Uniformen war dieser Rückschluss nicht ohne Weiteres zu ziehen. Da konnte einer goldenen oder silbernen Klimbim tragen und dennoch um jede Mahlzeit bangen.

Hatte Altea plötzlich Mitleid mit Vincent?

Eine Frage, die ich durch geschicktes Umschmeicheln von ihr sicher beantwortet bekam.

Die andere Neuigkeit war beachtenswerter – in Kathys Revier wurden Ratten vergiftet. Und ich wusste nun, womit. Nämlich mit dem bittersüßen Zeug, das Tigerstroem für seine Photographien benötigte – Zyankali.

Altea kannte diesen Stoff und wusste um seine Gefährlichkeit.

Interessant.

Und es warf einen erhellenden Blick auf den Tod meines Kindes.

Sollte es etwa Rattengift zu sich genommen haben?

Auszuschließen war das nicht.

Ich würde meine Kinder noch deutlicher vor diesem Geruch warnen.

Ein weiterer Lichtstrahl fiel damit auch auf den toten Bisconti. Wenn er vergiftet worden war, dann vermutlich mit diesem Zyankali. Denn aus Alteas und Tigerstroems Reaktion ging auch hervor, dass es für Menschen gefährlich war. Jemand hatte den guten Bisconti – oder Luigi – für eine Ratte gehalten und ihm das Zeug verpasst.

Ratten waren schlaue Tiere, doch gemein und aggressiv. Sie lebten in Schlamm und Schmutz und schleppten Krankheiten mit sich herum.

Bisconti war ein Verräter, das hatte Vincent herausgefunden. Und zusätzlich war er ein Heiratsschwindler, der Frauen übel mitspielte. Ja, eine ganze Reihe von Menschen mochten ihn für eine Ratte halten.

Aber wer hatte ihm das Gift verabreicht?

Und wie? Freiwillig hatte er es bestimmt nicht zu sich genommen.

Und hier kam das Döschen ins Spiel!

Es musste ihm irgendeiner das Gift in die Pastillen gemischt haben. Menschen haben ja so stumpfe Nasen, er hat es gewiss nicht gerochen.

Das Döschen hatte Olga an sich genommen.

Warum? Hatte sie das Zyankali hineingetan?

Ich putzte mir heftig den Schwanz, um auf eine Erklärung zu warten.

Sie kam nicht.

Olga war eine undurchsichtige Gestalt. Sie spielte Opernsängerin, aber einige Leute bezweifelten das schon. Sie hatte das Auftreten einer vornehmen Dame, aber sie erging sich auch in Heimlichkeiten.

Vincent und sie kannten sich. Ja, sie gingen sogar recht vertraut miteinander um und spielten sich gegenseitig nichts vor.

Da sollte einer was draus machen.

Ich legte meinen Schwanz über die Nase und döste weg.

Waldeslust

Ein leises Brummeln drang an mein Ohr. Ein nettes Geräusch. Es vibrierte durch meinen ganzen Leib. Außerdem bürstete es zwischen meinen Ohren.

Als ich die Augen öffnete, war es grau um mich. Plüschig grau.

»Bouchon?«

»Mhrrr.«

Das Graue hob sich, und ich sah, dass die Schatten schon die Nachmittagslänge hatten. Eine zerteilte Frikadelle lag ganz in meiner Nähe. Ich stand auf und putzte sie weg. Dann putzte ich mich. Und dann sah ich den Stopfen an, der geduldig die kleine Kätzin putzte.

»Weiß dein Freiherr, dass du hier bist?«

»Glaub schon. Du, Sina …«

»Ja, Bouchon?«

»Du hast heute Morgen versprochen, mir den Wald zu zeigen.«

»Hatte ich das versprochen?«

»Na ja, zumindest hast du das erwähnt.«

Ich streckte meine Nase in den Wind – ein schwüler, gar träger Tag. Es würde bald anderes Wetter geben, die Luft wurde schwer von Feuchte. Die Gerüche verstärkten sich, und bald würde das Fell zu zucken beginnen.

Es war keine schlechte Idee, in den schattigen Wald zu gehen.

»Dann komm, Bouchon. Aber halte dich an die Regeln.«

»Ja, mach ich. Kein fremdes Revier betreten, nichts fressen, was nicht gesund riecht, und den Rückweg merken.«

»Genau.«

Immerhin hatte er es behalten.

Hinter dem Garten, gleich nach dem schmalen Weg, begann das Unterholz. Das Gelände ging ziemlich steil bergauf. Ich zeigte Bouchon einen Pfad, der von mir und anderen wild lebenden Tieren benutzt wurde. Menschen konnten ihn kaum erkennen. Er folgte mir sehr, sehr aufmerksam und drehte sich immer wieder um.

»Du kannst deinen Kopf an dem Stamm hier reiben, so als Erinnerungsmarke«, empfahl ich ihm. »Aber nicht gleich eine richtige Markierung setzen, das gibt nur Durcheinander.«

Er rubbelte seine Wangen an einem Ast und beschnüffelte ihn anschließend gründlich.

Weit wollte ich ihn aber zunächst nicht mitnehmen, also suchte ich die Baumhöhle auf, in der ich einige Zeit meine Kinder großgezogen hatte. Es war ein friedliches Plätzchen, das alte, vermoderte Holz bot eine weiche Unterlage und Schutz vor Regen und heißer Sonne.

Bouchon beschnüffelte auch diesen Raum gründlich und meinte dann: »Riecht nach dir!«

»Ja, noch immer. Du darfst es markieren und, wenn du willst, allein aufsuchen.«

»Oh, danke.«

Aber bevor er sich an die Arbeit machte, probierte er die Liegestatt aus.

»Gemütlich. Hätte ich nicht gedacht.«

Ich schubste ihn ein wenig zur Seite und legte mich neben ihn. Tief atmete ich die harzige Waldluft ein. Es war nicht die schlechteste Entscheidung, fern von den Menschen zu leben. Zumindest was die Gerüche anbelangte. Und die Geräusche. Hier waren sie leichter zu deuten.

Waldvögel sangen, Käfer raschelten in den abgestorbenen Blättern, ein halb heruntergebrochener Ast knarrte leise, das feine Fiepsen einer Mäusefamilie traf auf mein gespitztes Ohr. Mochten sie überleben und heranwachsen. Es gab andere, die hungriger waren als ich.

»Gibt es hier noch andere Katzen?«, wollte Bouchon wissen.

»Ja, aber nicht solche unserer Art. Waldkatzen. Wilder, scheuer und vor allem stärker als wir. Besser, man kommt ihnen nicht in die Quere. Achte auf Markierungen – sie kratzen auch gerne ihr Zeichen in die Borke der Stämme. Aber bis hier kommen sie selten. Es ist ihnen zu nahe an den Menschen.«

»Warum, Seraphina … ich meine, darf ich das fragen?«

Ich gurrte erheitert. Neugierig war der Stopfen natürlich auch. Eigentlich ging es ihn nichts an, welche Gründe eine Katze auf meiner Ebene des Seins bewogen, dieses oder jenes Leben zu wählen. Aber ich mochte ihn, den dicken Grauen. Er war klug auf seine Art und würde bald zu den Weisen aufsteigen.

»Es gibt unserer vier«, begann ich also. »Es sind Nimoue die Gütige, Ormuz der Weise, Scaramouche der Verständige und mich.«

Bouchon nickte bedächtig.

»Dich, Seraphina die Barmherzige.«

»So sagt man. Und der Beiname verpflichtet uns zum entsprechenden Handeln. Verpflichtung aber bedeutet Abhängigkeit, und Abhängigkeiten sind Fesseln.«

»Aber euch Ehrwürdigste fesselt doch nichts mehr, Sina.«

»Nein, uns fesselt nichts, außer unser eigener Wille.

Wir sind frei, frei zu leben, frei zu wandern, frei zu sterben, zu verweilen oder zu gehen. Wir sind zum eigentlichen Wesen der Katzen geworden. Und darum legen wir uns gegenseitig Prüfungen auf. Nicht, dass Bestehen oder Nichtbestehen Konsequenzen hätte. Es geht nur um die eigene Ehre, das Rechtfertigen vor sich selbst.«

»Schwierig.«

Verdutzt sah ich Bouchon an. Er war sehr einfühlsam.

»Ja, schwierig. Vor allem wenn man, wie ich, einen viel zu starken Willen hat.«

»Du hast also das Leben als Streunerkatze gewählt, um deiner eigenen Barmherzigkeit zu entfliehen.«

»Richtig. Ich wollte mich nur um mich selbst und meinen Nachwuchs kümmern. Ich wollte mir beweisen, dass ich ohne menschliche Hilfe ein langes, befriedigendes Leben führen kann.«

»Das kannst du gewiss.«

»Wie man sieht, kann ich es nicht. Wir wären fast verhungert, meine Kinder und ich, weil ich einen schlechten Platz für die Niederkunft gewählt hatte. Es mag hier ungestört und gemütlich sein, Bouchon. Aber als Jagdrevier für eine säugende Katze ist es nicht ergiebig genug. Ich hätte es bedenken sollen.«

Sein Grummeln hörte sich wie ein leises Lachen an.

Ich grollte.

»Seraphina – ist es denn so schlimm, dass du dich und deine Kinder gerettet hast?«

»Ich habe es getan und damit gegen meine Prinzipien verstoßen!«, fauchte ich. Es fuchste mich noch immer, dass ich den Versuchungen des Menschenfutters erlegen war. Das war so niedrig, so banal!

»Außer dir macht dir niemand einen Vorwurf daraus.

Am wenigsten ich.« Er drückte mir seine Nase in die Flanke. »Und Altea auch nicht.«

»Das ist es ja – schon wieder folge ich meinem Beinamen. Wollte ich aber nicht.«

»Du kannst einfach nicht unbarmherzig sein, was?«

»Doch, kann ich. Wenn ich wen verteidigen oder beschützen muss. Wir können alle auch das Un... Du kannst dir nicht vorstellen, wie ungnädig Nimoue werden kann, mit welcher Ungerechtigkeit Scaramouche seinen Willen durchsetzen und wie ausgesucht albern Ormuz der Weise sich aufführen kann.«

»Aber du kannst jenen, die deiner Hilfe bedürfen, nicht unbarmherzig den Rücken zukehren. Weshalb du mit dir haderst. Ich hätte das früher nicht verstanden, Sina. Aber inzwischen verstehe ich das ziemlich gut. Ich durfte mir ja in gewisser Weise mein Leben auch aussuchen, und ich Dummkopf habe immer das gleiche gewählt. Daraus entsteht Abhängigkeit, nicht wahr?«

»Du lernst nur auf einem begrenzten Gebiet dazu. Richtig. Als Streuner wärst du völlig ungeeignet.«

»Kann ja noch nicht mal auf Bäume klettern«, nuschelte er.

»Na ja, so ein dicker Eichenstamm wird schon nicht umfallen, wenn du es mal versuchst.«

»Soll ich?«

»Anlauf und rauf.«

Den dicken Stopfen laufen zu sehen war eine Pracht. Trockenes Laub wirbelte auf, als er sich zur Eiche pflügte und dann mit einem Satz eine halbe Katerlänge hochkam. Ja, ja, das leckere Ragout fin.

Aber er übte. Und beim zehnten oder zwölften Mal hing er dann zwei Katerlängen über dem Boden, umarmte mit Vorder- und Hinterpfoten den Stamm und keuchte: »Und jetzt?«

»Wofür hast du wohl Krallen?«

Ich sprang und kletterte den Stamm hoch. War eigentlich ganz einfach.

Wenn man schlank und rank war.

Bouchon fiel leider wie ein Käfer auf den Rücken. Er war noch nicht mal hoch genug gekommen, um sich auf die Pfoten zu drehen.

»Uh, ist das anstrengend!«

»Am Anfang.«

Ich hüpfte auf einen Ast und ließ mich dann fallen. Landete natürlich auf den Pfoten.

Ich weiß, war Angeberei.

»Komm, du hast dir eine Pause verdient.«

Ich schlappte ihm über den Nacken, um den Schmutz zu entfernen. Als er sich einmal kräftig geschüttelt hatte, sah er wieder ganz manierlich aus.

»Dieses graue Samtfell hat so seine Vorteile«, meinte ich.

»Ja, ist leicht sauber zu halten. Und dieser Farbton findet bei Menschen großen Gefallen. Erst vorhin hat mich eine fremde Dame darauf angesprochen.«

»Tja, Menschen lassen sich von so was beeindrucken. Mich nennen sie Kuh-Katze.«

»Wie hässlich.«

»Ich hab das Fell genommen, das übrig blieb. Gehörte auch zu meiner Entscheidung.«

»Nein, ich meine nicht, dass dein Fell hässlich ist, sondern die Bemerkung.«

»Schon gut. Hat sie dir was versprochen, die Dame? Leckerchen?«

»Nein. Nur … Sie sagt, sie hat auch so eine Graue. Eine Kätzin.«

»Oh, oh!«

»Nnnja. Ich meine … Weil, letztes Jahr, da durfte ich mal … War schon schön. Und der Freiherr hat gesagt, sie hat ganz niedliche graue Kinder …«

»Ah.«

»Hab ich aber nie gesehen.«

»Schade. Aber du wirst doch den Freiherrn nicht verlassen, nur weil eine fremde Dame eine Katzendame besitzt.«

»Nein, ganz bestimmt nicht. Aber vielleicht kann ich sie mal mit ihm bekannt machen. Die Mama deiner Altea kennt sie nämlich auch.«

»Ach was. Trug sie Blasslila?«

»Mhm – ja.«

»Madame Viola, sie besitzt fünf Katzen und kann mich nicht riechen.«

»Oh, dann will ich mit ihr auch nichts mehr zu tun haben!«

»Mach nicht solchen Wind darum.«

Ich ruckelte mich in der Kuhle zurecht, und der Stopfen stopfte sich neben mich.

»Ich habe etwas gehört heute, was Vincent betrifft. Der General, der Altea besucht, sagt, er ist arm dran. Der Freiherr ist aber ein reicher Mann.«

»Ja, ist er. Großes Haus, weiche Polster, schöne Teppiche, sehr gutes Futter.« Und dann sahen mich die goldenen Augen sinnend an. »Stimmt, er unterstützt seinen Neffen. Hat er so gesagt. Weil – der hatte einen älteren Bruder, der das Rittergut geerbt hat. Und dann hat er das heruntergewirtschaftet und ist bei einem Jagdunfall ums Leben gekommen. Und weil das Gut nichts mehr abwarf – so drückte sich der Freiherr aus –, musste Vincent es veräußern, um die Schulden seines Bruders zu tilgen.«

Ich dachte kurz nach und übersetzte das Gehörte ins Kätzische.

»Der Bruder hat also im Revier alles gejagt, was ihm vor die Nase kam, und wenn man den Mäusenachwuchs frisst und alle Fische aus dem Teich holt, dann gibt es bald keine Beute mehr, und man muss sich ein neues Revier suchen. Gute Reviere aber werden immer gut bewacht, also bedeutet das, dass man entweder kämpfen oder verhungern muss.«

»Der Bruder starb.«

»Und Vincent kämpft.«

»Der Freiherr hat gesagt, dass er ihn zu seinem Erben einsetzt.«

»Dann bekommt er ein reiches Revier, wenn der Freiherr stirbt.«

»Ja, und jetzt schon eine Apanage. Aber erst, seit der Freiherr das alles weiß. Und er weiß es erst, seit er wieder in Deutschland ist. Er war nämlich ein paar Jahre in England. Vor meiner Zeit.«

»Dann muss der steife Vincent also jetzt nicht mehr hungern.«

»Nein, aber … du, Sina, ihr beide seid euch da irgendwie ähnlich.«

»Wie meinst du das?« Mit dem stöckerigen Neffen wollte ich mich nicht gerne gleichgesetzt sehen.

»Es gefällt ihm nicht, dass er von dem Freiherrn abhängig ist, genau wie es dir nicht gefällt, von einem Menschen abhängig zu sein.«

Patsch, das saß!

Ich schloss die Augen, um anzuzeigen, dass nun Ruhe zu herrschen hatte, aber vom Schlummer war ich weit entfernt. Die Erkenntnis war zu erschütternd, die Bouchon mir verpasst hatte. Ich musste alles noch einmal neu bedenken.

Vincent, der sich so steif gab, der seine Gefühle hinter einer ausdruckslosen Miene versteckte, hatte an einem ziemlichen Brocken zu knabbern, wie es schien. Freiwillig spielte er seine Rolle also nicht. Es passte dazu, dass er beispielsweise der Frau auf der Brücke gegenüber sehr hilfsbereit und verständnisvoll gewesen war. Es passte auch sein liebevolles Verhalten Bouchon gegenüber dazu. Vielleicht passte sogar seine kumpelhafte Art mit Olga dazu.

Das Steife und Gefühllose waren gespielt, ebenso wie sein Gedächtnisverlust und seine Schweigsamkeit.

Wie aber passte dann seine Unhöflichkeit gegenüber Altea in dieses Bild?

Die trockenen Blumen, die Briefe und die Photographie kamen mir in den Sinn.

Sollte er – aus welchen verschrobenen Gründen – sich ebenso sehr nach ihr sehnen, wie sie sich nach ihm sehnte?

Er hatte sie damals zurückgewiesen, hatte sie gesagt. Obwohl sie vermutet hatte, dass er sie mochte – ein *tendre* nannte sie es. Also eine gewisse Zuneigung für sie empfand.

Auch da hatte er also anders gehandelt, als er fühlte.

Pah! Er fühlte auch heute noch für sie. Sonst hätte er die Rose und das Bild nicht aufgehoben. Sonst hätte er nicht nachts am Gartentörchen gestanden und sich eine Sehnsucht aus dem Gesicht gewischt.

Große Bastet, in was für Verwicklungen hatte ich mich hier begeben.

Ich lauschte in den Wald hinein. Ein Specht klopfte, ein Kuckuck rief, zwei äsende Rehe wanderten langsam an uns vorbei. Für mich allein würde das Revier ausreichen. Meine Kinder waren in der *Germania* gut aufgehoben und würden bald ihr eigenes Territorium erobern. Vielleicht sogar zu ihrem Bruder Filou ziehen. Nichts hinderte mich mehr, mein freies, ungebundenes Leben aufzunehmen. Den Tag mit Grenzgängen, Jagen und Dösen zu verbringen, um im Frühjahr vielleicht wieder einen Blick auf Romanow zu werfen, weitere Kinder zu bekommen – dafür sorgfältiger die Versorgungslage absichern. Ja, was ging mich das Liebesleid zweier Menschen, der Tod eines Verräters, die Geheimnisse einer Operndiva und ein dicker grauer Stopfen an?

Nichts, nicht wahr?

Mäusemist.

Ich konnte nicht gegen meine Natur.

Und meine Natur war Neugier.

Und Barmherzigkeit.

Rattenscheiße.

Menschenliebe.

Bouchon brummelte im Schlaf.

Ich kuschelte mich an ihn.

Mochte ihn. Mochte ihn so sehr, diesen dicken Stopfen. Weiß auch nicht, warum.

Bettes Umtriebe

Die lila Viola mochte ich nicht.

Als wir wieder aus dem Wald zurückkamen, saß sie wieder im Garten, und als sie Bouchon sah, säuselte sie sofort los, was für ein schöner Charmeur er sei. Mich übersah sie. Ich sie auch. Zumal sie mit Olga zusammensaß. Deren spitze Hacken waren zwar unter dem Tisch verborgen, aber das hatte nichts zu sagen. Sie waren da und konnten jederzeit auskeilen.

»Komm her, mein Hübscher. Du magst doch bestimmt ein Häppchen Buttercreme.«

»Mag ich leider sehr, Sina.«

»Dann geh. Lass dich beschleimen.«

Er leckte ihr die gelbe Masse von den Fingern und schnurrte dabei wie verrückt.

»Ein Rassekater, Frau Petuchowa. Ein blauer Kartäuser. Wissen Sie, zu wem er gehört?«

»Dem Freiherrn de Poncet, glaube ich. Zumindest begleitet er ihn dann und wann bei der morgendlichen Wasserkur. Kann aber auch Zufall sein.«

»Mein Gott, wer würde denn ein solches Schmuckstückchen einfach draußen herumlaufen lassen?«

»Ist er das? Nun, ganz nett sieht er aus. Besser als diese abgerissene Streunerin, die Fräulein von Lilienstern hier angefüttert hat.«

»Die da? Grässlich, nicht wahr? Kss, kss, weg hier!«

Lila Viola flatterte mit den Händen in meine Richtung.

Ich setzte mich auf meinen Hintern und starrte sie an.

Bouchon starrte sie ebenfalls an. Dann stand er auf, kam zu mir und setzte sich an meine Seite.

»Da kommt einem ja die Buttercreme wieder hoch«, knurrte er.

»Weg, weg, weg!«, zischte die Violette. »Schrecklich, wenn er sich mit einer solchen Gossenmischung paaren würde!«, erklärte sie Olga.

»Versuchen Sie es mit einem Fußtritt, das versteht das Streunerpack.«

»Charmant, die olle Olga!«, murmelte ich und spannte die Muskeln an. Liletta erhob sich tatsächlich und kam drohend auf mich zu.

Die Warnung in meinen Augen übersah sie.

Mein gesträubtes Fell übersah sie ebenfalls.

Mein Fauchen überhörte sie.

Die Kralle im Violetten konnte sie nicht ignorieren.

»Verdammtes Mistvieh!«, zeterte sie, als ich mit der Hälfte des hauchzarten Volants, die in meiner Tatze hängen geblieben war, das Weite suchte.

Bouchon an meiner Seite brummte vergnügt, als sie uns nachsetzte.

»Keine gute Näherin«, bemerkte er und sprang auf den langen Stoffstreifen. Er löste sich von meiner Pfote, Viola stolperte und schlug lang in die lila Stiefmütterchen – Violettas eben.

Mochte nun die Halbtrauer in Ganztrauer übergehen.

Wir verkrochen uns hinter dem Schuppen, wohin sie uns sicher nicht folgen würde.

»Das also meintest du mit unbarmherzig?«

Bouchon war immer noch auf das Höchste erheitert.

»So ungefähr. Pass ein bisschen auf, Bouchon. Sie hat einen gierigen Blick.«

»Hab ich kapiert. Keine Leckerchen mehr aus ihrer Hand.« Und dann betrachtete er seinen Latz und das

Bäuchlein, das sich darunter wölbte. »Bin sowieso zu dick. Muss das mit den Bäumen weiter üben.«

»Na, du weißt ja, wo du sie findest.«

»Mhm. Aber jetzt gehe ich zum Freiherrn zurück. Mal hören, was es Neues gibt.«

»Bis morgen dann.«

»Ja, bis morgen.«

Ich blieb hinter dem Schuppen, bis der Abend dämmerte. Während meines erholsamen Dösens hatten sich einige Wellen in mir geglättet, und ich war wieder einigermaßen mit mir im Reinen. Außerdem hatte ich eine vage Idee entwickelt, wie ich die Angelegenheiten der Menschen, die ich nun zu den meinen gemacht hatte, in Bewegung bringen konnte. Ein erster Schritt dazu war es, dass ich endlich einmal Alteas Räume aufsuchte. Sie war mit Mama und dem General zum Speisen gegangen, was ich als günstige Gelegenheit wertete. Nicht, dass Altea mir den Zutritt zu ihrer Wohnung verwehrt hätte. Aber ungestört stöbern konnte ich so bestimmt besser. Und mühelos auf Bäume klettern zu können war ebenfalls von Vorteil. Der knorrige Birnbaum bot sich geradezu an. Seine Äste reichten bis fast an die Dachtraufe, und von der Dachtraufe aus kam man recht einfach zu den Gauben, und in der Gaube standen die Fenster offen.

Nichts wie rauf also.

Ein Satz, und ich war auf dem Dach, ein wenig das Gleichgewicht aussteuern, und ich erreichte das Fensterbrett. Die Gardine – weiß und flatterig – mit der Nase zur Seite schieben, und schon hatte ich einen Überblick über das Zimmer.

Klein, mit schrägen Wänden, daran eine Blumentapete, die nach künstlerischen Gesichtspunkten vermutlich als kitschig durchgehen konnte, denn die kleinen Sträußchen waren so was von rosa. Der Rest war eher karg – also gemessen an den Räumen, die der Freiherr bewohnte, konnte man die Einrichtung tatsächlich nur ärmlich nennen. Ein Bett, dessen Holz zerkratzt war, ein wackeliges Tischchen, ein Schrank, dessen Türen altersmüde in den Angeln hingen, ein Paravent, dessen verblichener Bezug einst auch rosa gewesen war. Dahinter Waschgeschirr aus grobem Steinzeug. Aber es roch nach Flieder und Maiblumen und Lavendel. Über einem Stuhl lag das grau-weiße Kleid, zwei Paar Schuhe standen unter dem Bett – auch hier Wollmäuse, die die Wirtin wohl nicht zu jagen wagte –, und ein Umhang hing an einem Haken an der Wand. So weit alles unverdächtiges Menschenzeug, wie ich es von Altea erwartet hatte. Neugierig machte mich das Schreibzeug auf dem Tischchen. Hob sie auch Briefe auf?

Ich sprang auf den Hocker und besah mir das Papier. Es war das Heft, das Altea auch häufig im Garten bei sich hatte. Keine losen Seiten, sondern eingebundene. Sie waren eng beschriftet und hier und da mit kleinen Skizzen versehen. Hach, eine von mir und meinen Kindern. Eine von einem zornigen Eselchen. Und ein vertrocknetes vierblättriges Kleeblatt. Die sind selten, und wir Katzen wissen, dass es eine gewisse Bedeutung hat, wenn man sie findet.

Wusste Altea das auch?

Ich wollte eben weiter in dem Heft schnüffeln, als sich der Schlüssel in der Tür leise drehte.

Altea?

Nein – Rosen und brünstiger Hirsch! Olga.

Ich nichts wie rauf auf den Schrank. Platt hinter den staubigen Aufsatz gedrückt.

Was wollte die denn hier?

Stöbern, wie es aussah! Und zwar ausgesprochen gründlich. Ich war froh, dass sie nur in den Schrank und nicht obendrauf guckte. Als sie das Heft durchblätterte, lachte sie einmal spöttisch auf. Aber ansonsten wirkte sie konzentriert und einigermaßen enttäuscht. Sie verschwand, ohne besondere Spuren zu hinterlassen. Außer ihrem Geruch eben. Ich hörte sie nebenan die Tür öffnen. Offensichtlich durchstöberte sie auch Mamas Zimmer.

Ich konnte mir denken, was sie suchte!

Das Döschen.

Na, das würde sie nicht finden.

Aber warum, warum nur? Was wollte sie damit? Wenn das Gift darin gewesen war, dann sollte sie froh sein, dass sie es los war.

Oder ob sich etwas anderes darin befunden hatte?

Ich könnte es ausgraben.

Ach nein, besser nicht.

Wie auch immer, ich machte noch eine Runde durch den Raum, der Besuch hatte mir, außer Olgas Eindringen – keine weiteren Erkenntnisse über Altea vermittelt. Aber auch das war eine Erkenntnis: Sie hatte nichts zu verbergen.

Auf demselben Weg, den ich gekommen war, hüpfte ich wieder nach draußen.

Es war dunkel geworden, Zeit für die Kontrolle meines Reviers.

Es war alles in Ordnung – eine sehr junge, sehr engagierte Markierung fand ich am Gartenmäuerchen des Photographen Tigerstroem. Ich setzte einen kleinen Gruß daneben. Filou hatte seine Aufgabe in Angriff genommen. Dann runter zum Fluss, meine Parkbank – jetzt meine, da ich mich mit Bouchon hier schon öfter getroffen hatte – mit meinem Besitzanspruch gekennzeichnet und ein bisschen am Ufer entlanggetrödelt. Es fanden sich zwei unvorsichtige Mäuse. War auch wieder mal ganz lecker.

Der Himmel hatte sich bezogen, im Westen wetterleuchtete es.

Donner war noch nicht zu hören, wohl aber das lautstarke Lärmen einer Menschengruppe. Sie kamen über die Brücke. Bevor ich es noch sehen konnte, drängelte sich Bettes Duftwolke an meine Nase. Die nun schon wieder. Ich duckte mich in den Schatten und beobachtete, wie sie sich im Schein der Straßenlaternen näherten. Vier Männer, darunter der karierte Lord Jamie, Bette und eine weitere Frau. Die Männer hatten Flaschen in der Hand, die sie kreisen ließen. Es schäumte daraus.

Menschen tranken den Saft vergammelter Früchte und wurden duselig davon. Besonders gerne mochten sie das Zeug, wenn es sprudelte.

Die Frau kicherte ordinär, als ihr die Flüssigkeit in den Ausschnitt tropfte. Bette trank geschickter. Lord Jamie stellte sich in Pose und rief: »Ich liebe das deutsche Dichtern und Denkern. Ich habe gelernt eine Poem.« Und dann zitierte er:

»Bringt mir Blut der edlen Reben,
bringt mir Wein!
Wie ein Frühlingsvogel schweben
in den Lüften soll mein Leben
in dem Wein.«

Bette stieg auf eine Bank und reckte die Hände zum Himmel. Ihr Gesicht zeigte Flehen und Hingabe. Sie deklamierte voll Inbrunst:

»Bringt mir Efeu, bringt mir Rosen
zu dem Wein!
Mag Fortuna sich erbosen,
selbst will ich mein Glück mir losen
in dem Wein.«

Einer der Männer umfasste ihre Hüften und fuhr fort:

»Bringt mir Mägdlein hold und mundlich
zu dem Wein!
Rollt die Stunde glatt und rundlich,
greif ich mir die Lust sekundlich
in dem Wein.«

Bette quietschte. Ihre Stimme wurde schrill, als sie sich losmachte, leicht schwankend die Arme ausbreitete und fortfuhr:

»Klang dir Bacchus, Gott der Liebe
in dem Wein!
Sorgen fliehen fort wie Diebe,
und wie Helden glühn die Triebe
durch den Wein!«*

Eine weitere Gruppe Männer, junge Offiziere ihrer Kleidung nach, blieben stehen, und einer sagte laut und ver-

* Ernst Moritz Arndt

nehmlich: »Schaut, unsere Kitschkönigin gibt die trunkene Bacchantin.«

»Ja, ein deutlicher Aufstieg von der Maria lactans zur Zechkumpanin.«

Schnaubend vor Wut sprang Bette von der Bank, strauchelte und wollte sich auf die Männer stürzen. Einer ihrer Begleiter hielt sie fest.

»Sie schäumt wie eine gut geschüttelte Champagnerflasche«, höhnte ein anderer.

»Solche Laffen wie ihr haben keinen Stil, kein Gefühl. Ihr wisst gar nichts. Nichts wisst ihr. Ich war die Heilige Katharina, ich war die Jungfrau von Orleans, ich war Aphrodite und Venus, ich war – hicks – Iphigenie und Helena!«

»Eben – sie war«, sagte einer. »Göttin, Engel, Heilige …«

»Hure«, schloss ein dritter.

Zwei ihrer Begleiter mussten die Tobende festhalten. Sie kreischte Unflat. Doch plötzlich brach sie schluchzend zusammen.

Vincent, ich roch sein Zigarrillo, näherte sich. Die jungen Offiziere nahmen Haltung an, als sie ihn bemerkten.

»Was ist hier vorgefallen, Leutnant?«

»Eine Trunkene, Herr Major. Sie hat sich als Schauspielerin aufgeführt.«

»Die haben sie beleidigt!«, empörte sich Lord Jamie.

»Bringen Sie die Dame in ihre Unterkunft. Ich werde mich mit den Herren hier unterhalten. Sie werden sich entschuldigen!«

»I hope so. Komm, Bette. Zu Bette!«

Bette wurde abgeschleppt.

Ich schloss mich Vincent an.

Der besah sich die drei Uniformierten.

»Auch wenn eine Dame in Champagnerlaune ist, meine Herren, haben Sie sie mit Anstand zu behandeln.«

»Mit Verlaub, Herr Major – das ist keine Dame.«

»Das mag sein, wie es will. Sie zu beleidigen entspricht keinem Benehmen, das Ihnen und Ihrer Uniform angemessen ist. Man weiß nie, welche Umstände einen Menschen in eine derartige Situation gebracht haben.«

»Jawohl, Herr Major.«

Die jungen Männer sahen nicht besonders glücklich aus, und Vincent hatte wieder seine ausdruckslose Miene aufgesetzt. Das Zigarillo war unter seinem Stiefelabsatz erloschen.

»Wer war die Dame?«

»Bette Schönemann, Herr Major. Malermodell.«

»Malermodell.«

»Wohnt ohne Begleitung im *Haus Panorama,* Herr Major. Und treibt sich abends in den Gaststätten herum.«

»Auf der Suche nach ... ähm... männlicher Begleitung.«

Vincent schaute von einem zum anderen.

»So, so. Und Sie sind ihr auch schon in die Fänge geraten, nehme ich an.«

»Nein, Herr Major.«

»Doch, du Schwindler. Für dich hat sie den schönen Luigi sitzen lassen.«

Meine Ohren wurden spitz und spitzer.

Vincents vermutlich auch.

»Sie war in Begleitung von Luigi Ciabattino?«

Die drei Offiziere sahen sich verdutzt an, und Vincent zückte wieder einmal die Photographie aus seiner Brust. Man begutachtete sie und stimmte darin überein, dass man Bette mit jenem Mann zusammen gesehen hatte.

»Ich danke Ihnen, meine Herren, Sie haben mir trotz allem einen Dienst erwiesen.«

Mir auch, meine Herren!

Also war die schwüle Bette dem verräterischen Luigi-Bisconti auch auf den Leim gegangen. Oder umgekehrt.

Na, auf jeden Fall war das eine pikante Paarung. Sie, die große Gefühle vortäuschte, und er, der tiefe Gefühle ausnutzte. Wie weit hatten die beiden sich wohl gegenseitig durchschaut?

Vincent hatte die drei jungen Offiziere einigermaßen gnädig entlassen und schlenderte zur Brücke zurück. Ich ließ ihn gehen – Zeit, ein wenig auszuruhen.

Altea hatte einen Teller mit klein geschnittenem Geflügelfleisch hingestellt. Mit weißer Soße.

Reichlich.

Das bescherte mir schöne Träume von gebratenen Tauben, die mir direkt ins Maul flogen. Das Donnergrollen untermalte sie ebenso wie das Plätschern der Regentropfen auf dem Dach des Schuppens.

Heimliche Dokumente

Die Natur war feucht, die Luft kühler, doch der Himmel klar, als ich mich aus meinem Unterschlupf in den Garten begab. Ich leckte begierig einige Grashalme ab – Regenwasser schmeckt köstlich. Die jungen Gräser auch. Ich zeigte den Kleinen, welche die Verdauung förderten und welches Grünzeug unbekömmlich war. Dann mausten wir, und die Kätzin brachte eigenständig ihre erste Beute zustande.

Viola, in etwas dunklerem Violett, verließ mit Mama

das Haus, Altea folgte allein mit einem Korb in der Hand.

Ich folgte ihr. Sie bemerkte mich und grüßte mich mit einigen freundlichen Worten.

»Ich habe es eilig, Sina. Ich denke, es ist besser, du wartest auf Bouchon.«

Und dann schritt sie weit aus. Auch wenn sie dabei humpelte, kam sie gut voran. Wie anmutig musste sie sich bewegt haben, als ihre Hüfte noch gut gewesen war.

Ich sah ihr nach.

Dann zum Himmel hoch. Es war für Bouchon schon ein wenig spät. Komisch. Aber vielleicht nahm der Freiherr heute wieder ein Bad. Dass der Stopfen ihn dazu nicht begleitete, konnte ich verstehen. Also begab ich mich allein auf die Wandelbahn. Man kannte sich, man blieb stehen, das Glas Wasser in der Hand, nippte, wechselte Floskeln, musterte Kostüme und Hüte, wandelte weiter, nippte, lästerte über Kostüme und Hüte, bildete neue Grüppchen.

Vincent wandelte auch. Aber er blieb nicht stehen, und er nippte auch an keinem Glas. Aber er beobachtete.

Ich fasste einen Entschluss.

Alles, was ich mir so über ihn zusammengereimt hatte, musste einmal in der Praxis überprüft werden. Darum heftete ich mich an seine Fersen.

Er erkannte mich.

»Aha, Bouchons Freundin.«

»Mau!«

»Der Faulpelz hat verschlafen.«

Aha.

»Du möchtest mich begleiten?«

»Mau.«

»Nun gut.«

Er wanderte weiter, jedoch ohne mir größere Beachtung zu schenken. Nach irgendwas hielt er Ausschau. Wir waren fast bis ans Ende des Kurparks gekommen, als er innehielt und einen Schritt unter einen mit Kletterrosen bewachsenen Bogen tat. Ich spürte in die Richtung seines Blickes.

Altea!

Er beobachtete sie.

Sie sprach mit jenem distinguiert aussehenden Herrn, mit dem wir sie schon einmal von des Freiherrn Balkon aus hatten wandeln sehen. Jetzt holte sie aus dem Korb einen weißen Umschlag, reichte ihn ihm und erhielt einen kleineren zurück.

Ein Tauschgeschäft.

Neben mir spürte ich Anspannung. Die Angelegenheit schien Vincent nicht recht zu sein.

Altea verabschiedete sich von dem Herrn, der verbeugte sich höflich und entfernte sich in entgegengesetzter Richtung. Altea wandte sich zur Straße, die zu unserem Revier führte.

Vincent hingegen drehte sich auf dem Absatz um und eilte mit ziemlich großen Schritten dem Mann hinterher.

Mhm. Er hätte ja wohl auch Altea fragen können, was sie da eingetauscht hatte.

Ich wäre ihm gerne gefolgt, aber ich hatte mich schon viel zu weit aus meinem Bereich entfernt. Hier begann eine Welt, die ich noch nie erkundet hatte und zu dieser belebten Zeit auch nicht erkunden wollte.

Ich legte einen kurzen Sprint ein und erreichte Altea.

»Oh, du bist mir aber weit gefolgt, Sina!«

Ich wurde zärtlich gezauselt und schnurrte sie dafür dankbar an.

»Ich wollte eigentlich die Römerstraße entlanggehen. Ich weiß nicht, ob das für dich die richtige Umgebung ist. Dort sind Reiter und Kutschen unterwegs.«

Das war zwar gefährlich, aber in ihrer Begleitung traute ich mich das. Es würde meinen Horizont erweitern. Von dieser Menschenansiedlung hatte ich bisher hauptsächlich die Gärten, die Parks und die Promenade kennengelernt.

Ich schloss mich ihr also an, und sie ging langsamer, sodass ich ihren schwingenden Röcken – heute trug sie wieder das hübsche grauweiß gestreifte Kleid – folgen konnte.

Die Straße war breit und von einer weit anderen Art von Menschen belebt als die beschaulichen Wandelwege. Hier liefen Dienstleute, Gepäckträger, Haushälterinnen und Wäscherinnen lang, die eilig oder trödelig ihren Aufgaben nachgingen. Die Häuser standen dicht beieinander, die meisten hatten die bunten Markisen über ihren Eingängen vorgezogen, denn schon brannte die Sonne die Pfützen der Nacht leer. Nicht nur Kutschen oder Equipagen rollten vorbei, sondern auch Frachtkarren mit Fässern und Säcken beladen. Ich hielt mich sehr dicht an Alteas Röcke. Nicht alle Häuser waren Pensionen. Geschäfte zeigten ihre Auslagen, und hier und da blieb Altea stehen, um einen Blick in die Fenster zu werfen. Einmal zog sie aus ihrem Korb den Umschlag heraus und zählte, was darin war. Dann warf sie einen traurigen Blick auf den Hut, der hinter der Scheibe hellgelb schimmerte, und schüttelte den Kopf.

»Besser nicht, Sina. Wir brauchen es für Futter, nicht wahr?«

Damit war ich sehr einverstanden. Hüte konnte man

nicht essen. Aber vermutlich hätte sie ihn gerne aufgesetzt.

Eine Bäckerei hingegen betrat sie – ich machte mich so lange ganz klein an der Mauer, um ja nicht aufzufallen. Unsichtbarmachen war eine Kunst, die ich recht gut beherrschte, und hier kam mir mein scheckiges Fell auch zugute. Als sie herauskam, schaute die Ecke einer Tüte mit süß riechendem Zeug aus dem Korb.

»Wecken und Kekse. Und für dich holen wir gleich noch eine Wurst. Aber du bist schon wieder ganz gut beieinander, Sina. Und deine Kinder gedeihen auch.«

»Mau!«

Wenige Schritte weiter blieb Altea stehen, um in das Fenster eines Hauses zu schauen. Ich hüpfte auf den Sims, um ebenfalls zu gucken, was es hier gab. Es wurden Bilder gezeigt. Ablichtungen, wie ich gelernt hatte. Doch hier nicht von Menschen, sondern von – hah – genau dieser Straße. Und von der Brücke. Und dem Kurhaus. Und dem Park und allem.

Dann aber hörte ich Altea einen kleinen überraschten Laut ausstoßen.

»Unsere heisere Olga beim Optiker – lässt sie sich jetzt eine Brille anpassen?«

Ich schärfte meinen Blick. Nein, keine Brille. Sie hatte diese Lederrolle in der Hand, die ich unter ihrem Bett gesehen hatte. Sehr seltsam.

Aber schon setzte sich Altea auch wieder in Bewegung. Wir kamen zügig voran, noch einmal betrat Altea einen Laden, und an dieser Stelle kostete es mich schier übernatürliche Überwindung, ihr nicht zu folgen. Dieser Duft. Dieser atemberaubende Duft von Fleisch aller Art.

Die zweite Tüte war angenehm prall gefüllt.

Maus war ja ganz gut, aber Würstchen …

»Nachher, Sina, du kleiner Gierschlund.«

Och.

Wir kamen zügig zum *Haus Germania* voran, dann aber traten Tigerstroem und Oppen aus ihrer Pension und verwickelten Altea in ein Gespräch. Eine Kutsche rumpelte vorbei, ihre Räder spritzten das Wasser einer Pfütze auf. Es durchnässte mir den Pelz, und ich machte einen fluchtartigen Satz auf die andere Seite, wo mir die Blumenrabatten des Kurparks Schutz boten.

Igitt, Wasser. Und das auch noch schmutzig. Eine ganze Weile hatte ich damit zu tun, es mir weitgehend aus dem Fell zu putzen. Als ich fertig war, war Altea fort.

Ich trabte durch die Begonien, eigentlich auf dem Weg nach Hause, aber dann begegnete ich Alteas Mama mit der violetten Viola. Mama bemerkte mich ebenfalls und sprach mich vertraulich an. Sie war fast so nett wie Altea selbst, also schnurrte ich zurück.

»Streunerkatze! Unmögliche Fellzeichnung!«, bemerkte Viola verächtlich.

»Aber ein zutrauliches, liebes Tierchen und eine treu sorgende Mutter, Frau Viola.«

»Gossenkatzen mögen ja ihre Berechtigung haben, um der Mäuse- und Rattenplagen Herr zu werden, aber als Begleiter der Menschen sind sie doch gänzlich ungeeignet. Verlaust, verwurmt, von Parasiten verseucht. Sehen Sie sich nur dieses ungepflegte Fell an.«

Verdammt, das Schmutzwasser hatte ich doch nicht absichtlich reingeschmiert.

»Sie sieht aus, als wäre sie in eine Pfütze geraten. Normalerweise ist sie ein ganz sauberes Tierchen«, sprang die Gräfin für mich in die Bresche.

Als ob ich das nötig hätte. Ich könnte den dunkelvioletten Volant auch noch massakrieren, überlegte ich. Aber dann blieb mir die Kralle in der Pfote stecken.

»Natürlich sind Katzen saubere Tiere. Wenn man sie dazu anhält. Ich habe fünf von ihnen. Wunderschöne Tiere. Zwei weiße Perser, eine schlanke, sehr elegante Siam, einen vollendet schwarzen Kater und eine graue Kartäuserin. Ich bürste sie jeden Tag und setze ihnen selbst gekochte Mahlzeiten vor. So lässt es sich mit Katzen leben.«

»Ah ja?«

»Ja, das einzig Dumme ist, dass sie sich nicht davon abhalten lassen, sich willkürlich miteinander zu paaren. Jedes Mal, wenn es eine Kreuzung gibt, muss ich die Welpen ertränken.«

Mir entwich ein Fauchen, und Viola machte einen Satz zur Seite. Mama war blass geworden und fauchte ebenfalls: »Was tun Sie?«

»Ich achte darauf, dass die Rassen rein bleiben. Das ist doch wohl nur vernünftig.«

»Und dazu bringen Sie die Kinder um?«

Mörderin!

Kindsmörderin!

Hundsgemeine Mörderin!

Ich war geradezu starr vor Wut. Und Mitleid für die Mutterkatzen durchbebte mich. Was taten wir nicht alles, um unseren Nachwuchs zu schützen! Eine Katzenmutter kämpfte mit dem Einsatz ihres Lebens um jedes Kind.

Und die ertränkte sie.

Kaltherzige Mörderin!

Auch die Gräfin verströmte einen Eishauch, der selbst mich erzittern ließ. Und die widerliche Viola fing an zu stammeln. Mama ließ sie stehen und rauschte davon. Das konnte sie ebenso gut wie Altea.

Ich verzog mich unter eine Bank, um die Wut abdampfen zu lassen. Das brauchte eine Weile.

Allerdings erfuhr ich eine Linderung, denn kurz darauf schlenderte der Freiherr vorbei, bemerkte mich und setzte sich mit einem Schnaufen auf die Bank.

»Na, Sina, auf dem Bummel?«

Ich krabbelte hervor und setzte mich neben seine Füße. Er lächelte mich an. Für ihn war ich keine Schmutzkatze.

»Na, komm hoch, meine Liebe.«

Ist recht.

Ich hüpfte auf die Bank und rollte mich zusammen. Am Ufer stand wieder der karierte Lord Jamie in einer Menschentraube und wettete, dass es am Nachmittag regnen würde. Die Leute gingen mit Begeisterung darauf ein. Dummköpfe, die! Natürlich würde es trocken bleiben, das spürte man doch in den Schnurrhaaren.

Der Freiherr streichelte meinen Rücken.

»Du fragst dich gewiss, wo Bouchon heute bleibt, nicht wahr?«

»Mau.«

»Ich war ziemlich böse auf ihn, Sina. Er hat sich durch das geöffnete Fenster auf den Balkon gestohlen und ist über die Brüstung geklettert. Ich fand ihn in der Dachtraufe sitzen. Mir ist vor Angst beinahe das Herz stehen geblieben.«

Ach herrje, der Stopfen wollte es jetzt aber wirklich wissen.

»Ich habe viel Geduld gebraucht, um ihn wieder hineinzulocken.«

Vermutlich. Dem armen Kerl war es bestimmt wieder schwummerig geworden, so hoch oben.

»Darum hat er heute Ausgangssperre.«

Was allerdings Blödsinn war.

Ich sah den Freiherrn vorwurfsvoll an.

»Schon gut, schon gut. Heute Nachmittag darf er wieder raus.«

Na also. Ich rieb meinen Kopf an seinen Ärmel.

»Du verstehst uns Menschen ziemlich gut, was, Sina?«

Ein kluger Mann, der Freiherr.

Doch diesen Eindruck musste ich gleich darauf um einige Grade zurücknehmen. Er erhob sich höflich und lüpfte seinen Hut, als sich die mörderische Viola näherte, die ihre Runde diesmal allein gedreht hatte. Ich flutschte unter die Bank.

»Ah, Herr de Poncet. Ein wunderschöner klarer Morgen«, flötete sie. »Und einen prächtigen Ausblick hat man von hier, nicht wahr? Darf ich meine müden Füße ein wenig ausruhen und mich zu Ihnen auf die Bank setzen?«

»Aber natürlich, Gnädigste. Wenn Sina … Oh, sie ist weg. Nehmen Sie Platz, meine Liebe.«

Unsichtbarmachen, ich sagte es ja schon, ist eine meiner hervorragendsten Fähigkeiten. Und Lauschen auch. Welche schmutzigen Geheimnisse würde die lila Viola dem Freiherrn anvertrauen?

Zunächst keine, das übliche Wetter und Befinden – aber dann wurde das süßliche Gesäusel plötzlich gallig.

»Ja, ja, die Gräfin von Lilienstern – eine arme Figur, finden Sie nicht auch? Dieser Skandal hat uns damals alle tief erschüttert.«

»Ich weiß von keinem Skandal und will auch von keinem wissen, Madame.«

Der Freiherr wurde fast so steif wie sein Neffe. Was

die gallige Violette jedoch nicht daran hinderte weiterzuplappern.

»Nein, natürlich haben Sie nichts davon gehört. Man hat ja versucht, es zu vertuschen. Aber der Gräfin Tochter war ja mit dem Sohn meines Großonkels verlobt, und so haben wir es denn doch mitbekommen, dass der Graf sein Vermögen verspielt hat. Schrecklich für Mutter und Tochter, dass sie nun kaum mehr genug zum Leben haben.«

»Davon habe ich nichts bemerkt, gnädige Frau. Beide, die Gräfin und die Komtesse, beweisen tadellose Haltung.«

Noch steifer als der Neffe!

»Natürlich, natürlich. Das müssen sie ja auch. Nachdem der Graf sich die Pistole in den Mund gesteckt hat. Grauenvoll, nicht wahr? Man munkelt, dass die Komtesse ihn gefunden hat. Ich meine, sie ist ja Blut und Schmutz und Gedärm gewöhnt, so als Lazarettmäuschen. Aber der eigene Vater …«

»Die Damen, die sich im Feld der Verwundeten angenommen haben, verdienen unsere allerhöchste Wertschätzung, Frau Viola. Ich denke, auch Sie sollten daher die korrekte Bezeichnung für die Pflegerinnen wählen.«

»Ach, natürlich. Sicher gab es unter ihnen auch aufopferungsvolle Seelen. Ihr Neffe wird Ihnen sicher von solchen hochherzigen Damen berichtet haben.«

»Mein Neffe, Frau Viola, hat eine Kopfverletzung erlitten, die ihm bedauerlicherweise die Erinnerung an alles, was seine Leidenszeit anbelangt, genommen hat.«

»Ach ja, der arme Major. General Rothmaler, mein Großonkel, hielt große Stücke auf ihn. Aber nun wird er ja wohl aus dem aktiven Dienst ausscheiden.«

»Das bleibt abzuwarten. Madame, Sie entschuldigen mich. Ich habe noch eine Verabredung.«

»Aber natürlich. Es war erfrischend, sich mit Ihnen zu unterhalten, Herr de Poncet. Meine besten Grüße an den Herrn Neffen.«

Der Freiherr erhob sich, Viola stand ebenfalls auf und gab einen Juchzer von sich.

»Oh, ich sehe eben eine liebe Bekannte. Huhu, Bette!«

Die schwüle Heilige kam in einem Schwall wuchtiger Düfte auf uns zu. Der Freiherr lugte hinter die Bank.

»Mauauau!«

»Wie recht du hast, Sina. Nichts wie weg hier!«

Verhör

Am Nachmittag hatte die Sonne wie erwartet alle Wassertröpfchen von den Gräsern geschleckt, und darum hielten sich die Gäste auch wieder im Garten auf. Altea saß mit ihrer Mama und den beiden Matronen zusammen am Tisch und spielte Karten. Was mich etwas wunderte, denn eigentlich hatte Altea doch etwas gegen diese Spiele. Olga unterhielt sich gelangweilt mit Viola, die dann und wann giftige Blicke auf Mama abschoss.

Ich spielte mit den Kleinen Raufen, dann Putzen, und dann erklommen sie unter meiner Aufsicht die Birke, die hinter dem Schuppen stand. Rauf ging immer ganz hervorragend, aber das Hinabsteigen wollte geübt werden. Man brauchte Mut, zu springen und sich darauf zu verlassen, dass der Schwanz einen schon so steuern würde, dass man auf den Pfoten aufkam. Es gab ein paarmal jämmerliches Gemaunze, dann saß es.

Ich wollte anschließend etwas ruhen, aber wieder wurde ich durch eine erneute Unruhe daran gehindert. Ein amtlicher Mensch mit einem Gehilfen tauchte nämlich auf und verkündete mit martialischer Stimme, dass er Befragungen durchzuführen befugt sei.

Der Gehilfe zückte zackig einen Stift und schlug eine amtliche Kladde auf.

Ich schlich mich näher.

»Sie sind Hermine, Gräfin von Lilienstern?«

»Sehr wohl, Herr Kurkommissar.«

»Und Sie die Komtess Altea von Lilienstern?«

»Jawoll, Herr Kurkommissar!«

Es klang eine leise Erheiterung in Alteas Stimme mit. Unter dem Stuhl, unter dem ich mich verborgen hielt, schlug sie die Hacken zusammen.

»Vor vier Tagen hat Louis Fortunat de Bisconti den gewaltsamen Tod gefunden.«

Die Matronen gaben Entsetzensquiekser von sich. Ich hüpfte auf das Terrassenmäuerchen, um die Szene besser beobachten zu können. Man schenkte mir absolut keine Beachtung, viel zu wichtig schien den Menschen der Auftritt des Amtlichen zu sein.

»In der Tat?«, fragte Altea. »Uns sagte man, ein Herzversagen habe ihn dahingerafft.«

»Wie die Untersuchungen zeigten, ist er ermordet worden. Und wie weiterhin bekannt wurde, hat er sich einigen Damen in nicht statthafter Weise genähert. Ihre Namen, meine Damen, fielen dabei. Daher muss ich Sie auffordern, mir zu erklären, in welchem Verhältnis Sie zueinander standen.«

»Mama, dieser würdige Herr scheint uns zu verdächtigen, Bisconti in der Wanne ersäuft zu haben.«

»Fräulein von Lilienstern, die Angelegenheit ist ernst. Wenn Sie nicht unverzüglich Auskunft geben, sehe ich mich gezwungen, Sie in Gewahrsam zu nehmen.«

»Machen Sie sich doch nicht lächerlich, Kommissar.«

Die Erheiterung war aus Alteas Stimme gewichen. Sie hatte die Spielkarten ordentlich vor sich gelegt und sah den Mann von oben bis unten an. Der Gehilfe erschauderte.

»Wir stehen und standen in gar keinem Verhältnis zu dem armen Mann«, sagte die Gräfin. »Es sei denn, Sie betrachten die Tatsache, dass ich von ihm eine Emser Pastille angeboten bekommen habe, als Verhältnis.«

»Frau Gräfin, Sie täuschen sich. Die Obrigkeit verfügt über weiterreichende Kenntnisse.«

»Ach tatsächlich?«

»Sie kennen den Verblichenen bereits seit Jahren!«, schnauzte der Kommissar Mama an.

Viola am Nebentisch spielte ein hämisches Lächeln um die Lippen. Olga hingegen hob eine Braue. Interessant!

Altea straffte die Schultern und antwortete: »Ich, Herr Kurkommissar, bin ihm vor drei Jahren auf einer Gesellschaft begegnet. Nicht meine Mutter. Ich habe ein paar Belanglosigkeiten mit ihm gewechselt. Wie viele andere auch, die in unseren Kreisen verkehren.«

Mit feinen Nadeln konnte auch Altea stechen. Der Kommissar hingegen hatte ein dickes Fell. Und einen Biss wie ein Terrier, der eine Ratte gefangen hielt.

Er wollte jetzt genau wissen, was Altea und Mama an jenem Morgen unternommen hatten, als der Bisconti in der Wanne gestorben war. Ich sprang von meinem Platz, schlich wieder unter ihren Stuhl und rieb mich mit dem ganzen Körper an ihrer Wade, damit sie merkte, dass ich ihr beistand.

Sie blieb aber ungehalten.

»Sie würden uns weit kooperativer finden, Herr Kommissar, wenn Sie sich eines verbindlicheren Benehmens befleißigen würden«, fauchte Altea ihn an und stellte die Füße fest auf den Boden. Ich schob meine Nase unter dem Saum hervor. An dem Tropf perlte Alteas kühle Entgegnung ab. Er setzte zu einer amtlichen Rede mit Drohungen an und wurde plötzlich harsch unterbrochen.

»Was fällt Ihnen ein, Kommissar Runkel, die Damen zu belästigen?«

Vincent?

Vincent? Wirklich?

Ich schlüpfte gänzlich unter den Röcken hervor, um mir das ungewöhnliche Schauspiel nicht entgehen zu lassen.

Kurkommissar Runkel reckte das Kinn vor, als ob er damit durch eine Mauer rammen wollte.

Vincent stand sehr aufrecht und steif da, die Miene streng und kalt.

Zwei wütende Kater, die einander mit Blicken maßen.

»Ich habe die Pflicht, den gewaltsamen Tod …«

»Rhabarber!«, sagte Altea.

»Rhabarber?«

»Ja, Rhabarber, Rhabarber.«

Vincent biss sich auf die Unterlippe, aber sofort wurde seine Miene wieder streng.

»Dann untersuchen Sie gefälligst Biscontis Tod und lassen die Damen in Ruhe. Sie haben nichts damit zu tun.«

»Woher wollen Sie das wissen, Herr Major?«

»Weil ich selbst mit den Untersuchungen beauftragt bin.«

»Sie?«

»Ich, Runkel. Und wie es scheint, bin ich Ihnen um einige Schritte voraus!«

Ich trippelte auf allen vier Pfoten, so aufgeregt war ich!

»Major, Ihre Fürsorge den Damen gegenüber in allen Ehren, aber es sind wohl die Umstände, die Sie zu solchen Phantastereien verleiten.«

»Sie wollen damit andeuten, Runkel, dass ich nicht recht bei Verstand bin?«

Nun war es doch an dem Kurkommissar, einen kleinen Schweißausbruch zu bekommen, der nicht von der mittäglichen Sonne ausgelöst wurde. Er roch plötzlich ziemlich streng nach Kohlsuppe. Der Gehilfe übte sich in Unsichtbarkeit.

»Es ist allseits bekannt, Herr Major, dass Sie sich hier zur Kur Ihrer schweren Verletzung aufhalten.«

Vincent zog wieder einmal etwas aus seiner Brust hervor und reichte es dem Kommissar. Der wurde blass um die Nase, japste und stammelte: »Seine Majestät, der Kaiser …!«

»Ebender, Runkel. Und nun verlassen Sie uns bitte ohne weitere Kommentare.«

»Jawoll, Herr Major.«

Kurkommissar und Gehilfe ab.

Ich vor, Vincent anstaunen. Der hatte ein schiefes Lächeln im Gesicht.

»Sie haben augenscheinlich Ihren Verstand wiedergefunden, Major«, meinte Altea. »Oder suchten Sie ihn hier in unserer traulichen Runde?«

»Meinen Verstand hatte ich schon immer bei mir, ich suche hier einen Ausreißer. Mein Onkel macht sich große Sorgen. Sein Kater ist aus dem Hotel verschwunden.«

»War er mit dem Service nicht zufrieden?«

»Da sich Onkel Dorotheus zu seinem leibeigenen Kammerdiener erklärt hat, kann es daran nicht liegen. Ich vermute, dass der arme, gutmütige Bouchon von Ihrer wagemutigen Katze angestiftet worden ist, seine eigenen Abenteuer zu begehen. Er wurde heute Morgen auf dem Dach zwischen unseren Zimmern aufgegriffen, erhielt Stubenarrest und hat sich seit dem Mittag ohne Erlaubnis von der Truppe entfernt.«

»Wie empörend. Und nun werden wir verdächtigt, ihn in Banden geschlagen und seiner Freiheit beraubt zu haben?«

»Ich vermutete eher, dass er Ihrem Charme erlegen ist, Fräulein Altea. Oder dem Ihrer liebreizenden Gefährtin.«

»Mirr!«, sagte ich. Aber ich hatte schon eine Idee, wo sich der Stopfen aufhalten könnte. Aufmunternd sah ich zu Vincent hoch und trabte zum Gartentörchen. Ganz richtig, hier hatte der Kater eine Nachricht hinterlassen. Ich maunzte also lauthals. Immerhin, Vincent verstand. Er folgte mir, trat auf den Pfad und rief nach Bouchon.

Es dauerte nicht sehr lange, und es raschelte im Unterholz. Der Graue stürmte den Abhang hinunter, dass die Blätter nur so flogen.

»Hast gesagt, ich dürfe!«, keuchte er.

»Darfst du auch. Aber dein Freiherr macht sich wieder einmal Sorgen.«

»Bouchon, du alter Räuber«, sagte Vincent und hob ihn hoch. »Kerl, unerlaubtes Fernbleiben wird mit Sahneentzug nicht unter drei Stunden geahndet.«

»Mauamaumau …«, jammerte Bouchon und wand sich in den Armen des Neffen.

Altea betrachtete das Schauspiel und nickte dann.

»Ein Schlawiner, was? Warten Sie, ich hole meinen

Korb. In dem habe ich ihn schon einmal im Hotel abgeliefert.«

»Das wird das Beste sein.«

Ich gab in der Zwischenzeit dem Stopfen eine kleine Übersicht über das Geschehen, und er vertraute mir an, dass es sehr leicht gewesen sei, an dem Zimmermädchen vorbei ins Freie zu schlüpfen.

»Oben auf dem Dach, da hatte ich doch noch Angst. Aber im Wald war es schön.«

»Übertreib es nicht, Bouchon.«

»Ich wär doch am Abend wieder zurückgekommen.«

»Das weiß der Freiherr aber nicht.«

Altea brachte den Korb, der noch ein bisschen nach den Würsten roch, die sie morgens eingekauft hatte, und der Stopfen ließ sich hineinstopfen. Altea aber sagte sehr leise: »Danke, Major. Aber verzeihen Sie meine Neugier …«

»Ich verzeihe sie Ihnen nicht nur, ich werde sie auch befriedigen. Wenn ich diesen Ausreißer abgeliefert habe. Erlauben Sie mir, Sie und Ihre Frau Mutter zu einer Erfrischung einzuladen?«

»Sicher. Aber wir wollen jetzt um drei die kleine Ausstellung besuchen, die der Photograph Tigerstroem angekündigt hat.«

»Hat er? Wo?«

»In der *Kaiserkrone.*«

»Ich bringe meinen Onkel mit. Und danach sehen wir weiter. Hier sind zu viele neugierige Ohren.«

Vincent schleppte Bouchon ab, und Mama musste sich der bohrenden Fragen der anderen Gäste erwehren. Altea erlöste sie mit dem Hinweis, man müsse sich für die Vernissage umziehen.

Ich blieb also allein im Garten zurück, da auch die anderen plötzlich aufbrachen, um sich zu putzen.

Putzte mich auch.

Und beim Putzen bedachte ich die kleine Szene eben.

Vincent hatte sich recht vertraulich Altea gegenüber gezeigt. Gar nicht mehr so abweisend. Irgendetwas hatte sich geändert. Er hatte seine starre Maske fallen lassen und war auch nicht mehr ganz so steif. Er musste sich also Gedanken über Altea gemacht haben.

Und als ich an der Schwanzspitze angekommen war, fiel es mir ein: Er war heute Morgen dem Mann gefolgt, der den Umschlag mit ihr getauscht hatte. Offensichtlich hatte er etwas von ihm erfahren. Es hatte wohl sein Misstrauen ihr gegenüber beseitigt.

Ausstellung

Die Damen machten sich, adrett gekleidet, zu Tigerstroems Ausstellung auf – vorn rum über die Straße. Ich hinten rum über den kleinen Pfad hinter den Gärten. Am Zaun der *Kaiserkrone* fand ich eine deutliche Markierung und blieb leise maunzend davor sitzen.

Gleich darauf kam Filou angehoppelt.

»Mama! Hach, warum sitzt du denn vor dem Zaun?«

»Nun, mein Junge, hier ist ein Besitzanspruch angebracht, den ich nicht zu ignorieren wage.«

»Aber Mama …«

»Filou, du bist erwachsen. Ich werde dein Revier nur betreten, wenn ich dazu von dir aufgefordert werde.«

Schwanz hoch, die Schnurrhaare nach allen Seiten abstehend, blinzelte der kleine Kater mich an.

»Ich erlaube dir einzutreten.«

»Danke, mein Freund.«

Ich schlüpfte durch die Latten, und Filou streckte mir seine Nase entgegen. Ich pustete ihn an. Roch noch immer nach meinem Kind.

»Komm, ich zeige dir alles«, forderte er mich auf, und ich ließ mich durch den Garten führen. Er hatte allerlei verschwiegene Ecken und Winkel gefunden. Er berichtete mir auch von seinem Leben mit seinem Menschen, der sich als sehr großzügig erwiesen hatte.

»Aber sein Freund, der ist auch nett, aber immer sehr müde. Und er krakelt ständig Papier voll.«

»Macht Altea auch oft, das ist nicht weiter schlimm«, beruhigte ich ihn. »Was ist mit dieser Ausstellung, von der man gesprochen hat?«

»Oh, oh, die ist lustig. Da sind Bilder von mir. Und eins mit Egmont und mir. Wie ich auf seinem Hut sitze.«

»Dann will ich mir die mal anschauen.«

»Dazu musst du in den Salon gehen. Das ist das große Zimmer mit den weichen Polstern, wo ich nicht draufdarf.«

»Ich weiß, was ein Salon ist. Und dort darf man wirklich nicht auf die Polster. Das ist Menschenrevier.«

Wir stromerten also durch die weit geöffneten Fenstertüren ins Innere des Hauses. Hier wimmelte es von Röcken und Gamaschen. Ich fand Altea, die mit einem Glas Sprudelzeug in der Hand vor einer Staffelei stand und kicherte. Gerahmt und lebensgroß dort das Bild, genau wie ich es gesehen hatte. Filou, der von seinem Ausflug in die Laube auf Egmont Tigerstroems Barett gesprungen war. Richtig wie im Leben.

»Das ist hinreißend«, sagte Vincent, der mit dem Freiherrn dazutrat.

»Tigerstroem, kann man das käuflich erwerben?«, wollte der Freiherr wissen.

»Abzüge davon verkaufe ich selbstredend. Aber der Erlös geht an die begnadete Photographin, die im rechten Augenblick den Auslöser betätigt hat – Fräulein von Lilienstern.«

»Tigerstroem, das können Sie nicht machen.«

»Warum nicht?«

»Ich habe nur zufällig auf den Knopf gedrückt. Sie haben die ganze Arbeit mit dem Entwickeln und Abziehen der Aufnahmen.«

»Fräulein Altea, es ist die Kunst, nicht die Handarbeit, die honoriert wird.«

»Er hat völlig recht«, sagte nun auch der distinguierte Herr, mit dem Altea sich morgens getroffen hatte. »Ich will ebenfalls einen Abzug für meine Zeitung.« Und dann wandte er sich an den Photographen. »Tigerstroem, hat Ihr Freund Oppen Zeit, einen Artikel über diese Ausstellung zu verfassen?«

»Hat er bereits getan, Herr Goertz. Er fügt nur noch ein paar Sätze über die Stimmung ein. Sie können damit dann gleich in Druck gehen.«

»Die Stimmung, mein lieber Tigerstroem, scheint mir ausgezeichnet zu sein. Ihre Aufnahmen sind höchst – bemerkenswert!«

Und das waren sie auch. Denn nun hob mich Altea netterweise hoch, sodass ich mich auf Augenhöhe mit den Menschen umsehen konnte. Da war eine sehr hübsche Aufnahme von ihr selbst, im flirrenden Licht der Geißblattlaube, mein kleiner Filou vertrauensvoll an ihren Hals geschmiegt, eine andere zeigte nur ihr Gesicht, versonnen lächelnd.

»Die stille Schönheit der jungen Dame haben Sie sehr treffend eingefangen«, lobte der Herr im weißen Anzug den Photographen. Chevalier de Mort – dunkel, gefährlich, tödlich. Er verbeugte sich gewandt vor Altea und Mama, sagte aber kein Wort zu ihnen.

Vincent runzelte die Stirn, doch Tigerstroem meinte gelassen: »Das Modell zeigte sich ja auch sehr kooperativ«, und nickte dem Chevalier kurz zu.

»Doch hier …« Der Zeitungsmensch hüstelte.

Wir sahen uns die nächste Aufnahme an. Sie roch nicht, aber mir kam es vor, als dünstete selbst das Bild schwüle Düfte aus. Bette, in ein loses Tuch gewickelt, wallende Haare, darum ein schief sitzender Blätterkranz, eine Flöte an den Lippen, irgendwie buckelig auf eine Säule gestützt, kräftig schielend und den Mund zu einer grimmigen Fratze verzogen.

»Eine Mänade?«

»Oder Harpyie?«

»Zumindest etwas Klassisches.«

»Und sehr unfein von unserem Photographen dargestellt.«

Das fand Bette auch.

Es war nämlich nicht das Bild, das duftete, sondern die Königliche höchstselbst, die eben mit der Lila Lola in den Salon geweht kam. Mit allerlei Schleierkram geschmückt und einem glitzernden Haarband über den aufgelösten Silberlocken. Sie glitt majestätisch durch die Ausstellung, verharrte hier und da und bezog das unterdrückte Kichern nicht auf sich.

Bis sie die Photographie erblickte.

In diesem Moment verlor sich alle Majestät, und die Schöne wurde zur Harpyie.

Ich entzog mich dem darauffolgenden Tumult durch Flucht.

Das Kreischen und Zetern, Klirren und Scheppern folgte mir bis in den hintersten Winkel des Gartens, wo ich mich mit Filou in Sicherheit brachte.

Das also war die Rache des Photographen.

Böse. Sehr böse. Aber verständlich.

Ich grinste mir eins. Filou auch. Zufrieden putzten wir uns gegenseitig. Schön, dass der Kleine noch ein bisschen anhänglich war.

Irgendwann hörte ich sanft meinen Namen rufen.

»Sina, komm raus, wo immer du dich versteckt hältst. Sina, sie ist fort. Sina, Sina!«

Ich sah mich vorsichtig um, Filou folgte mir.

Altea stand in der Geißblattlaube und sah sich suchend um. Im Haus war Ruhe eingekehrt. Also schlenderte ich zu ihr hin, Filou hopste auf Tigerstroem zu.

»Alles in Ordnung, Sina?«

»Mau.«

»Dann lauf nach Hause. Die Vorstellung ist zu Ende.«

Mama tauchte ebenfalls neben Altea auf und schüttelte den Kopf.

»Was für eine unangenehme Person, diese Bette Schönemann.«

»Sie hat es sich selbst zuzuschreiben. Ich habe dir doch erzählt, wie sie sich neulich aufgeführt hat, als ich Tigerstroem besucht habe.«

Vincent kam ebenfalls dazu und murmelte: »Malermodell, etwas abgetakelt.«

»Aber wirklich! Sie scheint vergangenem Ruhm allzu heftig anzuhängen. Man sah sie einst auf Heiligenbildchen abgebildet.«

»Immerhin hat sich Frau Viola ihrer angenommen«, meinte Mama. »Sie scheinen sich gut zu verstehen.«

Vincent schnaubte leise. Dann fragte er: »Möchten die Damen sich bei einem Glas Wein von der Aufregung erholen?«

»Das möchten die Damen, und Sie werden dabei unsere Neugier befriedigen, wie Sie es versprochen haben, Herr Major.«

»Ich halte mein Wort, Fräulein Altea.«

Und ich wünschte ebenfalls nichts sehnlicher, als meine Neugier befriedigt zu bekommen. Also folgte ich den vieren – der Freiherr schloss sich uns an – in den Garten der *Goldenen Traube*, wo wir ein abgeschiedenes Eckchen fanden. Ein Tisch im Schatten einer alten Buche bot auch mir ein gemütliches Plätzchen zu Alteas Füßen. Es war so angenehm warm und lauschig, dass ich beinahe eingedöst wäre. Denn noch plauderten der Freiherr und Mama über die üblichen Belanglosigkeiten, Vincent und Altea schwiegen.

Dann aber zuckten meine Barthaare, denn Vincent rückte seinen Stuhl zurecht.

»Die Unannehmlichkeiten, Frau von Lilienstern, denen Sie heute durch den Kurkommissar ausgesetzt waren, fürchte ich, verdanken Sie der Nichte des Generals.«

»Frau Viola? Wie das?«

»Es scheint, dass Sie sie überaus verärgert haben. Sie hatte nichts Eiligeres zu tun, als zu Runkel zu laufen und ihren aus der Luft gegriffenen Verdacht zu äußern.«

»Ja, aber um Himmels willen, wie kommt sie darauf, wir hätten Beziehungen zu dem armen Bisconti gepflegt? Oder ihn gar umgebracht? Hat sie so schlechte Manieren, mich zu verleumden, nur weil ich mich empört habe, dass sie Katzenjunge ertränkt?«

Die Stimme des Freiherrn erklang.

»Sie hat ausgesucht schlechte Manieren, und ihr Hirn scheint die Konsistenz eines zu lange gekochten Kartoffelknödels zu haben. Hat mich heute bei meinem Wandelgang bereits mit lästigen Tratschereien belästigt, und als ich ihr eine Abfuhr erteilte, hat sie sich Bette Schönemann angeschlossen. Denkbar wäre es, dass bei ihr die Sticheleien auf fruchtbaren Boden gefallen sind.«

»Tja«, meinte Altea. »Die Königin des Kitsches schien nicht glücklich darüber gewesen zu sein, dass Tigerstroem mich und die Katzen als Modelle vorzog. Und dass sie von gehässiger Natur ist, hat die Szene eben ja deutlich genug gemacht.«

»Ich frage mich, woher die Damen sich kennen.«

»Möglicherweise weiß es General Rothmaler.«

»Wir fragen ihn, Mama. Aber wichtig scheint es mir nicht weiter zu sein, denn der Major hat den Kommissar ja in die Schranken gewiesen. Erzählen Sie! Wodurch?«

»Durch eine kaiserliche Order.«

»Die da lautet?«

»Den Louis Fortunat de Bisconti, auch bekannt als Luigi Ciabattino oder Lewis Cobbler, gebürtig jedoch ein schlichter Ludwig Schuster, ausfindig zu machen und vor Gericht zu bringen.«

»Ein Mann von großer Persönlichkeit, wenn er sich mit so vielen Namen schmücken kann. Tatsächlich stellte er sich meiner Mutter und mir als Bisconti vor.«

»Seine prachtvollste Identität. Hat er einen Beruf angegeben?«

»Nein, nicht, dass ich mich erinnern könnte. Aber ich habe auch nur wenige Sätze mit ihm gewechselt – damals, vor drei Jahren. Und du, Mama?«

»Er war mit der Kommerzienrätin Berger bekannt, mit der ich einige Male promeniert bin. Sie stellte uns einander vor, und er bot mir eine Emser Pastille an. Sie schmeckte mir nicht, also habe ich sie heimlich ausgespuckt.«

»Eine kluge Tat, die Dinger schmecken grauenvoll«, warf der Freiherr ein.

»Sollen aber gegen Halsbeschwerden helfen. Ich hoffe, die heisere Olga muss sie ständig lutschen.«

»Altea, du bist missgünstig.«

»Nein, sie tritt Katzen.«

»Dann soll sie zu lebenslangem Pastillenlutschen verurteilt werden.«

»Onkel Dorotheus, die Angelegenheit verlangt Ernst in der Sache.«

»Jawohl, Herr Major.«

»Ja, wir sind vom Thema abgekommen. Berichten Sie, welches Verbrechen jenem Bisconti oder Schuster vorgeworfen wird, und warum gerade Sie mit seiner Entlarvung beauftragt wurden.«

Sehr gut, Altea, das möchte ich auch wissen. Ich drückte mich an ihre Beine und bekam ein wenig Schlagsahne vor die Nase gehalten.

Abgeschleckt, Ohren gespitzt.

»Der Verdacht lautet auf Landesverrat. Es sind Angriffspläne an die Franzosen verkauft worden, die unter anderem dazu führten, dass ein Lazarettzug überfallen worden ist.«

Schrecklich tonlos klang Vincents Stimme.

»Im August 1870.«

»Ja, Altea. Ebendieser Zug, in dem Sie und Ihr Verlobter die verwundeten Soldaten von Metz zurückbegleiten sollten. Eine völlig sinnlose Attacke. Aber nachweislich aufgrund der von Bisconti zugetragenen Informationen geplant und durchgeführt.«

»Woher wissen Sie das?«

»Meine Aufgabe im Krieg war es, die Gefangenen zu verhören. Spionage aufzudecken, Verräter zu finden. In jenem Lazarett, Altea, in das Sie die Verwundeten dieses Überfalls brachten, waren auch einige blessierte Franzosen. Einer ihrer Offiziere gestand schließlich, dass sie Informationen von einem Deutschen erhalten hatten, der sie über die geplanten Truppenbewegungen in Kenntnis gesetzt hatte. Dass es sich um eine Fahrt handelte, um Verletzte zu evakuieren, wusste er nicht. Es hat ihn so sehr erschüttert, dass er sich das Leben nahm.«

»Wie viel Elend …«, murmelte Mama.

»Ja, unsäglich viel Elend.«

»Sie waren dort. In dem Lazarett. Ich habe Sie gesehen. Aber Sie haben weggeschaut«, sagte Altea.

Ich schnurrte und schnurrte, weil das so tieftraurig klang. Alteas Hand legte sich auf meinen Kopf. Ich drehte ihn hin und her.

»Ja, ich war dort. Ich … Sie hatten eben den Mann verloren, den Sie heiraten wollten. Ich …«

»Nehmen Sie es meinem Neffen nicht übel, Altea. Wir Männer sind gegenüber der Trauer der Frauen so erbärmlich hilflos.«

»Ja, Onkel Dorotheus. Vielleicht können wir es Feigheit nennen. Unverzeihlich sicher. Und schäbig.«

»Schon gut. Sie hatten Aufgaben.«

»Die hatte ich, Altea. Aber deren Erfüllung habe ich wissentlich vorgeschoben.« Vincent schwieg, holte dann tief Luft und fuhr mit festerer Stimme fort: »Jedenfalls fand ich dort den ersten Hinweis auf den Handelsvertreter Ludwig Schuster. Einige weitere Nachforschungen brachten zutage, dass er mit einem Angebot von optischen Geräten die Lande bereiste. So auch Frankreich vor dem Krieg. Das Militär hat überall Bedarf an guten Fernrohren. Daher kannte er also einige hochrangige Offiziere auf beiden Seiten.«

»Und besserte sein Gehalt durch den Verkauf militärischer Geheimnisse auf.«

»Was sich recht schnell herausfinden ließ. Unseligerweise, Altea, war er auch mit General Rothmaler in Kontakt. Ich nehme an, dort haben Sie ihn getroffen.«

»Bei einer Gesellschaft, zu der er auch eingeladen war. Es mochte ihm wohl gelungen sein, sich unbemerkt in das Arbeitszimmer des Generals zu begeben. Rothmaler hat sich oft Unterlagen mit nach Hause genommen, um spätabends daran zu arbeiten. Möglicherweise waren einige davon für Bisconti brauchbar.« Dann seufzte Altea. »Auf jeden Fall aber konnte er dort von dem Lazarettzug gehört haben, denn Levin und ich wollten ja mitfahren.«

»Ja, aus diesem Grund ist auch der General höchlichst an der Aufklärung dieses Falls interessiert.«

»Nur – Bisconti ist tot.«

»Ja, Bisconti ist tot. Und das wirft ein neues Licht auf die Angelegenheit.«

»Demnach stimmt es, dass er umgebracht wurde?«

»Ja. Der Kurarzt ist ein Trottel. Ich habe darauf gedrungen, dass ein weiterer Mediziner zurate gezogen wurde. Der Mann ist vergiftet worden.«

»Rache?«

»Könnte sein. Oder Angst vor Verrat, Erpressung, ein persönlicher Grund. Es gibt viele denkbare Szenarien. Ich bin noch nicht viel weitergekommen. Bisconti – nennen wir ihn hier so – wechselte nach dem Krieg seine Namen schneller als die Hemden. Er war vor etwas oder jemandem auf der Flucht. Immer wenn ich ihn gerade aufgespürt hatte, entwischte er mir in einem neuen Hemd. Bis ich im Juni die Nachricht erhielt, dass er sich als Bisconti nach Bad Ems zur Kur begeben habe. Freundlicherweise zwickte meinen Onkel die Galle, und so hatte ich einen hervorragenden Vorwand, ihn zu begleiten, ohne offizielles Aufsehen zu erregen.«

»Wobei Sie dann auch das Gedächtnis verloren.«

»Einem Hirnlosen traut man keine scharfen Beobachtungen zu.«

Pah, ich wenigstens hatte gleich gemerkt, dass er sehr genau beobachtete. Aber Katzensinne sind eben weit besser als Menschensinne.

»Kannte er Sie, Herr Major?«, fragte Mama.

»Ich weiß es nicht. Offiziell sind wir uns nie begegnet, aber er hat sicher auch seine Beobachtungen gemacht. Dass er mir ständig entwischen konnte, mag ein Zeichen dafür sein, dass er sich zumindest von jemandem beobachtet gefühlt hat – vielleicht von mir.«

»Hier aber hat er sich sicher gefühlt, scheint es.«

»Ja, das hat er. Aber sein Mörder war ihm auf den Fersen.«

»Womit bestritt er seinen Unterhalt? Als Handelsvertreter doch sicher nicht mehr.«

»Nein. Und hier stellen Sie eine gute Frage, Altea. Es hat mich einige Anstrengung gekostet herauszufinden, wie er sich finanziell über Wasser hielt. Natürlich haben wir zunächst sehr vorsichtig bei seinem einstigen Arbeitgeber nachgeforscht. Die Firma Duncker in Rathenow hatte er bereits vor dem Krieg verlassen. Sein Bruder hat eine eigene kleine Fertigung von optischen Linsen gegründet, für die er tätig war. Er nutzte dabei schamlos die Beziehungen, die er sich als Angestellter des großen Unternehmens geschaffen hatte. Aber hier bin ich dann auf eine ganz andere, äußerst pikante Tatsache gestoßen. Bisconti hatte auch schon früher seine Namen gewechselt. Und zwar, um jenen Damen zu entkommen, denen er Heiratsversprechen gemacht hatte.«

»Aber hoppla! Mama, gut, dass du dich nicht in ihn verguckt hast!«

»Er hat vor allem reiche, ledige oder verwitwete Damen umgarnt, sie um ihr Geld erleichtert und sich dann aus dem Staub gemacht. Auf diese Weise hat er auch in den letzten Monaten seinen Lebensstil gesichert.«

»Ein Heiratsschwindler. Na ja, da öffnet sich ja noch ein neues, weites Feld der Verdächtigungen.«

»Leider ja.«

Sie schwiegen jetzt, und ich hörte leises Gläserklirren.

Dann aber fragte Altea: »Und warum erzählen Sie uns das jetzt, Major? Warum die Kälte neulich, als wir uns begegneten?«

»So ist es recht, Fräulein Altea. Drücken Sie ihn unter den Stiefel und treten Sie ihn in den Dreck, das hat er verdient.«

»Mit dem Stiefelabsatz hast du schon dreimal auf meine Brust gestampft, Onkel Dorotheus.«

»Damenabsätze sind noch weit wirkungsvoller. Erklär es ihnen, sie haben ein Recht darauf.«

»Ja, haben sie. Ich war misstrauisch. Verzeihen Sie, Altea. Ich war misstrauisch. Ich sah Verbindungen, vermutete Bestechlichkeit. Und möglicherweise kalte Rachsucht.«

»Weil ich die Unterlagen von General Rothmaler an ihn weitergegeben haben könnte.«

»Ja, deswegen.«

»Na gut, wenigstens unterstellen Sie mir keine heimliche Affäre mit ihm.«

»Nein, die unterstelle ich Ihnen nicht.«

»… mehr …?«

Vincent stöhnte schmerzlich auf.

»Er ist ein Idiot, mein Neffe«, knurrte der Freiherr.

In Mamas Stimme schwang eine unerwartete Strenge mit, als sie wissen wollte: »Und was bewirkte Ihren Sinneswandel, Herr Major?«

»Ich habe … Erkundigungen über Altea eingezogen.«

»Oweh.«

»Verzeihen Sie, es war notwendig.«

Es herrschte ein langes Schweigen. Schließlich fragte Altea: »Und wie geht es jetzt weiter?«

»Ich versuche herauszufinden, wer Bisconti umgebracht hat. Es gibt mehrere Fährten.« Dann seufzte er wieder. »Sie sind alle recht nebulös.«

»Können wir Ihnen behilflich sein?«

»Ich glaube kaum. Es sei denn, Sie hören irgendetwas, das mit Bisconti oder seinen Machenschaften in Verbindung stehen könnte. Dann würde ich Sie bitten, es mir zu sagen.«

»Wir denken darüber nach, Mama, nicht wahr?«

»Ja, Altea, das tun wir. Und nun, meine Herren, ist es für mich an der Zeit, mein Wasser zu schlürfen. Wenngleich dieser Wein weit besser mundet.«

Man erhob sich und verließ den Garten. Ich schlich mich wieder hintenherum raus und kehrte zu meinem Revier zurück.

Mausen

Ich hatte viel zum Nachdenken in dieser Nacht. Es erschöpfte mich so sehr, dass ich bis in die Morgenstunden verschlief und nicht dazu kam, meinen Reviergang zu machen. Daher war ich zur Frühstückszeit noch im Garten und bekam mit, wie sich Viola, wieder in hellerem Violett, bei Olga beschwerte, dass ihr das Emser Wasser nicht bekam.

Nöle!

Olga war aber nicht sonderlich interessiert daran. Also zog die Violette bald allein ab.

Ich machte mich ebenfalls auf zur Promenade, in der Hoffnung, Bouchon zu treffen. Ich hatte einiges mit ihm zu bereden, nach dem, was ich alles am Vortag erfahren hatte. Aber er begleitete den Freiherrn nicht bei seinem Verdauungswandeln.

»Er geht seiner Wege, Sina. Und ich mag ihn nicht wieder seiner Freiheit berauben. Man muss Vertrauen zu seinen Freunden haben, nicht wahr?«

»Mau!«

Aber ein bisschen wunderte ich mich dennoch. Schon gestern hatte ich keine Gelegenheit gehabt, meine Erfahrungen mit dem Stopfen auszutauschen. Er fehlte mir. Also beendete ich recht hurtig meine Revierrunde und kehrte zur *Germania* zurück, in der Hoffnung, ihn hier anzutreffen. Und wirklich, er war da gewesen, eine kleine Nachricht fand ich wieder am Zaun. Aber im Garten weilte er nicht. Meine Kinder hatten sich ebenfalls auf Exkursion begeben. Sie waren in den Wald gelaufen, zu unserem alten Lagerplatz. Ich folgte ihnen, fand eine ältere

Spur von Bouchon, aber nichts, was darauf schließen ließ, dass er vor Kurzem hier gewesen war. Mein kleiner Kater hingegen tobte wie wild im Laub herum, hatte eine Maus gefangen und auf korrekte Weise getötet. Er legte sie mir vor die Nase. Ich erlaubte ihm, sie selbst zu verzehren.

»Mama, kann ich hierbleiben?«, fragte er, als er sich geputzt hatte.

Ich betrachtete ihn. Schwarz, mit weißen Pfoten, kräftig im Nacken, gesund blitzende Augen, scharfe Krallen und Zähne. Er hatte viel von Romanow. Er würde eine stattliche Figur bekommen.

Es war an der Zeit.

Mit leiser Trauer im Herzen ging ich auf ihn zu und flüsterte ihm seinen Namen ins Ohr. Der braucht Sie nicht zu interessieren. Er aber richtete sich stolz auf und stieß ein lautes Brummen aus.

Ja, er würde sich sein Revier erobern, hier im Wald. Es war nicht schlecht für einen jungen Kater. Und sollte es dennoch Probleme geben, wusste er, wo die Menschen lebten, bei denen man Futter bekam. Das Klauen hatte ich ihnen ja beigebracht.

Ich leckte ihm also noch einmal über die Nase, bat ihn, Bouchon freundlich zu begegnen und ihm, sollte er sich im Wald einfinden, auszurichten, dass ich mit ihm zu konferieren habe.

»Aber der darf nicht sein Revier hier einrichten.«

»Nein, aber er hat Zugangsrecht. Regelt das unter euch.«

»Mal sehen.«

»Junior!«

»Ist jetzt meins.«

»Nein, das ist es noch nicht. Und ich habe euch gelehrt, dass man Wegerechte und Zeiten verhandelt. Bouchon mag träge und dick sein, aber ich fürchte, er kann noch immer einen Jungkater vermöbeln, dass die Fetzen fliegen. Also befleißige dich der üblichen Höflichkeit.«

»Mal sehen.«

So ganz anders als Filou war dieser Sprössling. Als Mutter war ich jetzt abgeschrieben. Aber so geht das im Leben.

Die Kätzin hatte sich mit einem Tannenzapfen vergnügt und trottete gutmütig auf ihren Bruder zu. Der fauchte sie an.

Sie jaulte und kam zu mir gelaufen.

»Lass ihn, er hat sein Leben gewählt. Und du wirst es auch bald tun.«

»Ja, Mama.«

Weiß, der Schwanz geringelt, einen kleinen schwarzen Fleck auf der Nase, wunderschöne schwarz umrandete grüne Augen. Sie war die hübschere Ausgabe von mir. Keine Kuh-Katze. Und von einer erstaunlichen Sanftmut.

Wir kehrten zurück, ich schnüffelte hier und da, aber von Bouchon keine Spur.

Ich machte mir ein wenig Sorgen.

Er hatte offensichtlich mit Billigung des Freiherrn das Hotel verlassen, war aber weder im Park noch im Garten oder im Wald zu finden. Hoffentlich war er nicht wieder über die Brücke gelaufen, um vergiftete Ratten zu jagen.

Am Schuppen fanden wir eine Portion Schabefleisch vor, auf der Terrasse saß Mama mit Altea und General Rothmaler. Ich hockte mich gesättigt auf das Mäuerchen und leistete ihnen Gesellschaft, um mich von diesem kleinen Verlustschmerz abzulenken, den mir der Weggang des Katerchens verursachte. Mama hatte die Zeitung aufgeschlagen und las einen Artikel vor, der die Ausstellung bei Tigerstroem beschrieb. Ihre Stimme klang ganz gerührt, als sie von den Lobeshymnen sprach, die darin auf Alteas Konterfei gesungen wurden. Und natürlich wurde auch der Eklat beschrieben, den das ehemalige Malermodell Bette Schönemann ausgelöst hatte. Hier schwang eine leise Boshaftigkeit in ihrer Stimme mit.

»Sie ist eine traurige Gestalt, die schöne Bette«, meinte Altea. »Es muss ihr zu Kopf gestiegen sein, dass sie einst Göttinnen und Heilige verkörpert hat.«

Der General brummte.

»Was meinten Sie, General?«

»Nichts. Ach, nichts.«

»Ah, da fällt mir eben ein, dass wir uns gestern gefragt haben, woher Ihre Großnichte wohl Bette kennt. Sie scheinen gute Freundinnen zu sein.«

Wieder brummte der General, und seine Wangen röteten sich. Das passierte bei Menschen oft, wenn ihnen etwas sehr unangenehm war. Immerhin, auch Altea bemerkte es.

»Wenn ich Ihre Antwort richtig verstehe, Herr General, ist auch Ihnen die schöne Bette keine Unbekannte?«

Dunkelrotes Gesicht.

Alteas Augen aber funkelten.

»Vertrauen Sie sich uns an. Sie hatten eine stürmische Affäre mit Aphrodite? Helena? Iphigenie?«

»Kind, ein wenig Delikatesse bitte. Herr General, Viola hat dem Kurkommissar eine hässliche Verleumdung vorgetragen, die uns in eine recht peinliche Situation gebracht hat. Wir vermuten, dass sie zusammen mit jener Bette diese Posse ausgeheckt hat.«

Der General entrötete und wurde wieder zackig.

»Viola hat *was* dem Kurkommissar weitergetragen?«

»Den Verdacht, dass Mama und ich den Bisconti umgebracht haben könnten, weil wir eine enge Beziehung zu ihm pflegten.«

Jetzt brummte er nicht mehr, jetzt knurrte er wie ein Kater in Kampflaune.

»Ich werde sie mir zur Brust nehmen. Sie ist ein grässliches Gackerhuhn und geht mir beträchtlich auf den Geist. Mit nichts ist sie zufrieden. Das Wasser bekommt ihr nicht, die Matratze ist zu hart, das Essen versalzen, die Bedienung schleppend. Sie trägt sich mit dem Gedanken, die Kur abzubrechen.«

»Nun, das sollte sie dann auch recht zügig tun, bevor sie hier noch mehr Gift versprüht.«

»Muss ich den Kurkommissar in seine Schranken weisen, Gnädigste?«

»Das hat äußerst erfolgreich Major de Poncet bereits getan.«

»Ah, guter Mann. Der weiß, wie man mit solchen Tröpfen umgeht.«

»Ja, das scheint mir auch so. Wir unterhielten uns daraufhin gestern über einige Aspekte seiner Aufgaben hier, Herr General«, sagte Altea. »Und just bei diesem Gespräch tauchte eben auch die Frage auf, wo Viola Bette Schönemann kennengelernt haben könnte.«

Der General straffte seine Schultern und errötete wieder.

»In meinem Haus, Fräulein Altea. Unseligerweise in meinem Haus. Und das, weil auch ich ein unbeschreiblicher Dämlack war.«

»Aha, eine stürmische Affäre.«

»Mehr als stürmisch«, grollte er. »Kurz, aber mit einem

unwetterähnlichen Ende.« Er schnaufte tief durch. »Gnädigste, ich bin Witwer seit zehn Jahren. Ich … nun … ich …«

»Sie sind ein Mann in den besten Jahren und ansehnlich obendrein. Sie sollten wieder heiraten, General Rothmaler.«

Unverständliches Brummeln.

Altea lachte leise.

»Kommen Sie, General. Levin hat sich einmal auf die gleiche Weise geäußert. Er meinte, dass eine ganze Reihe junger Damen ihre Netze nach Ihnen auswürfen. Und nicht nur die jüngeren, auch elegante Witwen zeigten unverhohlenes Interesse an Ihnen. Verständlich, dass Sie dann und wann der Versuchung erliegen.«

Ja, er war ein strammer Kater, der General. Wenn ich ihn mir so mit Fell und Krallen vorstellte, würde er eine verdammt gute Figur machen. Nicht so wild wie Romanow, aber durchaus von gezähmter Leidenschaftlichkeit, die durch geschickten Einsatz weiblicher Finesse wohl aus ihren Schranken brechen konnte.

Warum Mama nur errötete …

Heia, was für Verwicklungen.

»Ich bin ein knurriger alter Hund«, murmelte der General nun und scharrte verlegen mit den Stiefeln. »Mich wird so schnell kein Weib mit Verstand nehmen.«

»Dann suchen Sie eines ohne Verstand. Aber mit Herz. Und jetzt erzählen Sie endlich von Bette Schönemann und Ihrer Großnichte.«

»Fräulein Altea, hat Ihnen schon mal jemand gesagt, dass Sie ein freches Mundwerk haben?«

»Das habe ich noch nicht so lange, und deshalb ist es bisher wohl niemandem unangenehm aufgefallen. Aber ich fange an, Gefallen daran zu finden. Und nun lenken Sie nicht ab. Was ist mit Bette und Viola?«

»Gott, nicht viel. Meine ... mhm ... Verbindung zu Bette dauerte ein halbes Jahr und endete vor Kriegsbeginn im Sommer achtzehnsiebzig. Ich behandelte die Angelegenheit sehr diskret, weshalb Sie und Levin wohl nichts davon bemerkten.«

»Wie haben Sie sie kennengelernt?«

»Wie wohl? Bei einer Ausstellung. Salonmalerei, zu der mich irgendwer mitgeschleppt hatte. Pompöse Gemälde antiker Sujets. Darunter natürlich auch diverse Göttinnen in ... mhm ...«

»Deshabillée?«

»Im leichten Hemd, könnte man so sagen.«

»Und das bekleidete Modell weckte entsprechende Wünsche. Verständlich.«

»Sie kann reizend sein.«

»Vermutlich.«

»Und sie tat mir ein wenig leid. Den Maler, ihren Gönner, hatte sie vor wenigen Monaten unter traurigen Umständen verloren. In den ersten Kreisen verkehrten sie nicht, mehr in der Bohème. Ich bekenne mich schuldig, die Affäre unter dem Gesichtspunkt einer gewissen Unverbindlichkeit begonnen zu haben.«

»Sie hingegen hätte es lieber verbindlich gehabt.«

»So zeigte es sich dann nach wenigen Monaten.«

»Weshalb Sie sich von ihr trennten.«

»Nein, Fräulein Altea. Ich hätte ihr durchaus den Status einer Mätresse gewährt. Ich bin nicht unvermögend, und ein kleines verschwiegenes Häuschen hatte ich schon für sie im Auge. Es waren mehr ihre zunehmenden Ansprüche, die mich davon Abstand nehmen ließen. Nicht nur materieller Art. Sie verlangte eine Art von Huldigung, die mir … ähm … auf die Nerven ging.«

»Ja, sie wirkt sehr besitzergreifend.«

»Das auch, und vor allem wurde die politische Situation so angespannt, dass ich nur noch wenig Zeit für sie fand.«

Der General war etwas lockerer geworden. Vermutlich tat es ihm ganz gut, dass er Altea und ihrer Mama all das erzählen konnte. Meine Altea hatte eine wunderbare Art zuzuhören. Mich verstand sie ja auch.

»Bettes Vater hat sein Dasein mit Auftragsmalerei gefristet. Sie wissen schon – Postkarten, Plakate …«

»Heiligenbildchen. Wir fanden eines, auf dem die holde Bette als Maria abgebildet war.«

»Ja, derartige Produkte hat er in großer Zahl hergestellt. Mäßig gut bezahlt, vermute ich. Und Bette diente ihm schon als Kind als Modell. Zu ihren Gunsten muss ich gestehen, sie war ein wunderhübsches Mädchen, und als Engelchen und Elfe war sie ihm getreues Vorbild.«

»Und ihre Mutter?«

»Verstarb früh, erwähnte sie. Zu den Bekannten ihres Vaters gehörten auch andere Maler, und so wurde sie von einigen hofiert. Auch von mehr und mehr angesehenen Künstlern, die sich an ihrem exaltierten Benehmen wohl nicht gestört haben.«

»Und Viola?«

»Ach ja, Viola. Sie kam in jenem Frühjahr mit ihrer kränkelnden Patin nach Berlin, um irgendwelche medizinischen Koryphäen aufzusuchen, und sprach auch bei mir vor. Es ergab sich, dass sie Bette in meiner Gesellschaft antraf. Die zeigte sich damals noch ganz von ihrer gewinnenden Seite und nahm Viola mit zu kleinen gesellschaftlichen Veranstaltungen. Ich hatte nichts dagegen.

Warum sollte ich auch. Viola äußerte sich mehrmals bewundernd über Bette. Mag sein, dass sie weiter in Kontakt geblieben sind.«

»Und dass Bette, nach einer unfreundlichen Trennung von Ihnen, sich bestimmt bei ihrer Freundin ausgeweint hat.«

»Darüber möchte ich lieber nicht spekulieren.«

»Dann lassen wir das.«

»Sie sind zwei sehr verständige Damen«, murmelte der General. »Wenn Sie jetzt noch so großzügig wären, meine Hilfe anzunehmen, wäre ich Ihnen bis ans Ende meiner Tage dankbar.«

»Dieses Thema, General Rothmaler, wollten wir doch nicht wieder aufs Tapet bringen.«

»Warum nicht?«

»Weil Sie nicht die Schuld eines anderen abtragen können«, sagte Mama. »Mein Gatte hat uns ruiniert, das ist richtig. Aber wir kommen zurecht. Ich habe ein kleines Einkommen aus dem Erbe meiner Mutter, das uns vor dem Verhungern retten wird. Und Altea ist eine kluge junge Frau, die hoffentlich bald einen Gatten finden wird, der sie versorgt.«

»Mama, auch das Thema wollten wir nicht schon wieder erörtern.«

»Sie glaubt, ihr Hüftleiden macht sie für einen anständigen und vernünftigen Mann unattraktiv.«

»Ich will nicht heiraten, Mama.«

»Wollen Sie wieder in Ihren Beruf zurück, Fräulein Altea? Ich könnte mir vorstellen, dass es für erfahrene Pflegerinnen immer eine Stelle gibt. Ich könnte mich in Berlin umhören.«

»Ich kann nicht mehr als Pflegerin arbeiten, General.

Dazu braucht man zwei Hände. Ich aber benötige meine Krücke.«

Es klang trotzig, und dennoch sah ich die Betrübnis in ihren Augen.

»Dann, Fräulein Altea, sollten Sie andere junge Damen ausbilden. Ihr werdet ja immer mutiger und selbstständiger, ihr Frauen.«

Altea gab ihren Trotz plötzlich auf.

»Ja, das wäre eine Möglichkeit«, sagte sie gedankenverloren vor sich hin.

»Dann werde ich mich in diesem Sinn umhören. Und wehe, Sie lehnen das jetzt ab.«

Der General erhob sich und verabschiedete sich mit der Entschuldigung, dass er noch eine Verabredung einzuhalten habe.

Altea und Mama saßen schweigend an dem Tisch. Ich sprang von der Mauer und strich um Alteas Beine.

»Er ist ein guter Mann, Mama. Und einsam. Tröste ihn.«

Mama fuhr auf, knallrot im Gesicht.

»Ich?«

»Du. Du schaust ihn mit Wohlgefallen an. Vielleicht gibt es das kleine verschwiegene Häuschen noch, das er für seine Mätresse kaufen wollte.«

»Altea«, keuchte Mama.

»Siehst du, so ist das, wenn man ständig verkuppelt werden soll.«

Auch Altea stand auf und verkündete, sie brauche etwas Bewegung für ihre lahmen Knochen.

Ich hingegen brauchte etwas Ruhe für die meinen und schlenderte zu meinem Schlafplatz am Schuppen.

Entführung

Bouchon war auch am Nachmittag nicht aufgetaucht, und ich begann, mir wirklich Sorgen zu machen. Mochte ja sein, dass er zu dem Freiherrn ins Hotel zurückgekehrt war, aber er hätte doch bestimmt noch einmal hier vorbeigeschaut. Neugierig war er ja auch, und die Entwicklungen überschlugen sich in der letzten Zeit förmlich. Ich kontrollierte noch einmal Zaun und Gartentörchen und machte mich dann auf, den Freiherrn zu suchen. Wie man in das Hotel hineinkam, wusste ich ja, und wo sein Zimmer war, ebenfalls.

Etwas abenteuerlich war es schon, ich lief nicht gerne mitten am Tag die Straßen entlang. Und ich musste auch einen passenden Augenblick abwarten, bis es mir gelang, an dem Türsteher vorbeizuschlüpfen. Wieder verdankte ich es einer Dame, die einen voluminösen Rock trug, der mich verdeckte. Sie sagte auch nicht »Huch«, als ich sie streifte, sondern raffte nur die Volants. Ich fand also Schutz hinter Portieren, Blumenkübeln, Kommödchen und anderem Krimskrams, bis ich die obere Etage erreicht hatte. Dann den langen Gang hinunter, an den Türen schnuppern, einem Zimmermädchen ausweichen, und schließlich hatte ich die Tür erreicht, unter deren Ritze der Duft von Vincents Zigarillo herausdrang. Der Freiherr wohnte nebenan, und dort maunzte ich. Erst leise, dann immer vernehmlicher. Ich bekam keine Antwort.

Weder von Mensch noch von Tier.

Wo war der dicke Stopfen abgeblieben?

Wieder flog mich das ungute Gefühl an, er könne sich zu Kathys Seite der Lahn aufgemacht haben.

Ich flutschte aus dem Hotel – was leichter war, als hineinzukommen, denn ich fand einen großen Raum voller Tische, dessen Fenster zur Kolonnade geöffnet waren. Die Promenade hoch zur Brücke – auch das ging ohne Probleme –, über die Brücke, ein kritischer Blick in die Umgebung, ob Romanow hier irgendwo lauerte. Aber seine Markierung gab mir zu verstehen, dass er erst gegen Abend hier kontrollieren würde. Runter zum Lahnufer, Witterung suchen.

Nichts von Bouchon.

Immerhin hatte er sich das mit den Ratten wohl gemerkt.

Also nahm ich mein nächstes Ziel in Angriff. Kathys geheimen Einschlupf in den Garten des großen Hotels, das sich *Panorama* nannte, kannte ich. Er lag ein wenig versteckt, und wieder musste ich eine Straße überqueren. Kathys Revierkennzeichnung war deutlich – sie war erst vor ganz kurzer Zeit vorbeigekommen. Also nichts wie rein und Ausschau halten.

»Hatte ich dich eingeladen?«, fauchte es mir von einer Gartenbank entgegen.

»Nein, hattest du nicht. Aber ich bin in Sorge, Kathy. In großer.«

»Ist ja nichts Neues bei dir.«

Ich knurrte leise. Um Hilfe bitten war nicht immer leicht, und Kathy hatte so eine spöttische Art. Aber egal.

»Ich suche Bouchon, so einen dicken grauen Stopfen.«

»Oh! Sicher?«

»Kater, Kathy, Kater!«

»Mhm. Grau, Samtpelz, goldene Augen. Riecht nach Mensch.«

»Genau.«

»Der hat jetzt einen neuen Menschen.«

»Waas?«

»Eine Frau. Ziemliche Zicke. Sie hat ihn in ihr Tuch eingewickelt hergetragen. Es schien ihm zu gefallen.«

Mir schwante Böses.

»Lila Kleider?«

»Ja, ständig. Und eine Nörglerin.«

»Wo ist sie?«

»Vorn raus.«

»Danke!« Und weg war ich.

Vorn raus hieß Menscheneingang. Und richtig, dort stand eine Kutsche, die eben mit allerlei Gepäckstücken beladen wurde. Eines davon maunzte kläglich.

Ich hin.

Ein Korb, fest verschlossen. Roch nach Baldrian.

»Bouchon!«

»Sina. Sina, die will mich mitnehmen«, jammerte er.

»Rattenscheiße!« Ich überlegte kurz. »Schrei. Schrei, so laut du kannst. Und so lange du kannst. Hau sie! Zieh Blut! Beiß sie! Ich versuche zu helfen.«

Bouchon hob ein Geheul an, das den Kutscher erstarren ließ.

Ich raste los. Altea!, war mein erster Gedanke. Aber dann sah ich am anderen Ende der Brücke Vincent und den Freiherrn.

Noch einen Zahn zulegen.

Riesensprint.

Sprung.

Hoch!

An der Uniform festkrallen.

Schreien. SCHREIEN! *SCHREIEN!!!*

»Sina, spinnst du?«

Vincent hielt mich fest an seine Schulter gedrückt. Ich zappelte. Schrie und schrie und schrie. Er ließ mich los.

Kam auf die Pfoten.

Und schrie.

»Verdammt, was ist los mit dir?«

Ich machte ein paar Schritte auf die Brücke zu.

»Da ist etwas passiert. Folge ihr, mein Junge.«

Große Bastet, der Freiherr verstand. Vincent folgte mir.

Ich raste los.

Er mit langen Schritten hinter mir her.

Die Kutsche.

Sie rollte schon.

Ich blieb auf dem Trottoir liegen. Hustend, keuchend. Konnte nicht mehr.

»Sina, Kleine, was ist los?«

»Du lieber Gott, noch so eine verrückte Katze«, sagte jemand.

»Was heißt, noch so eine?«, wollte Vincent barsch wissen.

»Na, die, die die Dame da mitgeschleppt hat, die kreischte auch zum Gotterbarmen. Warum müssen diese blöden Weiber nur ihre Schoßtierchen mit auf Reisen nehmen.«

Ich kroch mit letzter Kraft an die Hauswand und rollte mich neben einem vorstehenden Stein zusammen. Mein Atem wollte noch immer nicht normal werden. Ich hustete und keuchte mir die halbe Lunge aus dem Leib. Darum fehlte mir ein Stück der Handlung. Erst als ich Vincent aus dem Hotel kommen sah, wurde ich wieder aufnahmefähig. Auch der Freiherr war inzwischen am Hotel angelangt.

»Was ist los, mein Junge?«

»Viola hat Bouchon entführt.«

»Was bitte? Ist die besoffen?«

»Augenscheinlich nicht. Sie hat eine Privatkutsche nach Koblenz genommen.«

Der Freiherr war blass geworden und zitterte. Ich schlich zu ihm. Drückte meinen Kopf an sein Hosenbein. Er nahm mich hoch.

»Was tun wir?«

»Ich folge ihr. Ich bringe dir deinen Stopfen zurück, Onkel Dorotheus. Und wenn ich die lila Schnepfe an den Haaren zurückzerren muss.«

Vincent sah sich um. Ein anderer Offizier ritt auf einem ungebärdig tänzelnden Ross die Straße hinunter. Er trat ihm in den Weg und hielt ihn an.

»Leutnant, Ihr Pferd. Ein Notfall!«

»Herr Major?«

»Husarenregiment von Zieten.«

Der Mann stieg ab.

»Dann werden Sie mit diesem Teufel fertig. Leutnant von Wrede. Melden Sie sich bei mir.«

»Danke, Leutnant.«

Und schon war Vincent auf dem Pferd.

Alles, was je steif an ihm gewesen sein mochte, war verschwunden. Er und das Tier wurden eins. Und dann raste er los.

»Was für ein Teufelskerl!«, sagte der Leutnant.

»Ja, zu Pferde ein wahrer Teufel«, meinte der Freiherr und schaute der Staubwolke nach. »Ich bürge für ihn. Ich bin sein Onkel. Gestatten, Freiherr de Poncet.«

»Hier meine Karte. Es muss ein dringlicher Fall sein.«

»Eine Entführung.«

»Verdammt!«

»Wohl wahr. Wo haben Sie Ihr Quartier?«

Ich zappelte mich frei und wurde wieder auf die Pfoten gestellt, während die Herren Formalitäten austauschten.

Dann schritt der Freiherr langsam, sodass ich ihm bequem folgen konnte, über die Brücke zurück zur *Germania*.

Altea und Mama waren ausgeflogen, Olga ruhte auf einem Liegestuhl und schien zu träumen. Meine kleine Kätzin lauerte in ihrer Nähe und beobachtete sie.

Ich beobachtete das Arrangement ebenfalls kritisch. Olga mit den spitzen Hacken war mir nicht geheuer. Aber entweder bemerkte sie die Kleine nicht, oder es war ihr egal.

Ich schlich etwas näher.

Olga träumte mit offenen Augen.

Müde sah sie aus, anders als sonst, wenn sie die Operndiva gab. Leicht flog mich der Gedanke an, dass sie möglicherweise auch einen tief sitzenden Schmerz versteckte. Sehr tief unten, unter sehr vielen Schichten.

Mistkram, ich hatte nun mal eine Witterung für so etwas.

Olga hatte mich getreten.

Und beleidigt.

Nein, ich wollte nichts von ihrem Kummer wissen.

Ich trottete zum Schuppen und leckte den Rest Sahne aus dem Töpfchen und rollte mich zusammen. War alles schon ziemlich anstrengend gewesen.

Ein warmer Atem an meiner Nase weckte mich. Der überwältigende Geruch von Baldrian und darunter Bouchon.

Ich schnurrte und öffnete die Augen. Die Dämmerung war bereits in den Garten gekrochen, und die Abendvögel flöteten ihren Nachtgesang.

»Er hat dich gefunden.«

»Ja. Der großen Bastet sei Dank, er hat mich gefunden.«

»Und warum bist du jetzt hier und nicht bei dem Freiherrn?«

»War ich ja schon, aber der meinte, du würdest auch gerne wissen, dass ich wieder da bin, und darum sind wir noch mal hierhingekommen. Er erzählt es deiner Altea gerade.«

»Dann berichte auch!«

»Mhm. Ja, tu ich. Ich war ein bisschen blöd, Sina.«

»Glaubst du, damit sagst du mir was Neues?«

»Nein, nicht?«

Ich brummelte ihn an und drückte meine Nase in seine samtige Flanke.

»Jeder benimmt sich mal blöd. Was hast du gemacht?«

»Ich wollte dich heute Morgen fragen, ob du mit in den Wald hochkommst, aber es war niemand hier. Also habe ich mich alleine etwas umgesehen und einen hübschen Platz am Wegesrand zum Ruhen gefunden. Es war so schön warm und sonnig und roch so schön nach Blumen und so.«

»Auch eine Regel, die man beachten sollte, Bouchon – man ist nirgendwo sicher. Ein Ohr muss immer wach bleiben, wenn man an einem unbekannten Ort ruhen will.«

»Ja, hab ich kapiert. Weil – da war nämlich plötzlich so eine Decke über mir. Und ich wurde hochgehoben. Ich wollte ja raus, aber ich war so gefangen in dem Stoff, dass ich noch nicht mal zappeln konnte. Und als ich endlich frei kam, war ich in einem fremden Zimmer, und diese lila Frau gurrte und schnurrte mich an. Sie hätte eine wunderhübsche Kätzin, die ganz begierig darauf sei, mich kennenzulernen. Und dass wir einen klitzekleinen Ausflug machen würden.«

»Und das klang so verführerisch, dass du alles andere vergessen hast?«

»Nnnja. Sie hatte auch leckeres Futter für mich. Und dann dieser Duft.«

»Baldrian macht Kater an. Ich weiß.«

»Ja, und dann kam sie mit dem Korb, und ich bekam mit, wie sie ihr Gepäck aus dem Zimmer schaffen ließ, und irgendwas von der Kutsche, die draußen wartete. Und da wurde mir irgendwie ungemütlich. Weil – das konnte doch kein Ausflug sein, oder? Der Freiherr braucht auch immer viel Gepäck und eine Kutsche, wenn er auf eine größere Reise geht. Also hab ich mich gewehrt, als sie mich in den Korb stecken wollte. Aber – du, die Frau hat einen gemeinen Griff. Die hat mich so fies gepackt, dass ich mich gar nicht rühren konnte.«

»Fünf zahme Katzen hat sie, die sie offensichtlich alle im Griff hat.«

»Grausig, ja, das ist mir auch klar geworden. Jedenfalls war ich heilfroh, dass du mich gefunden hast. Und dann habe ich genau das getan, was du gesagt hast. Ich hab mir die Lunge aus dem Leib geschrien. Das hat ihr gar nicht gefallen. Und dem Kutscher auch nicht. Aber sie konnte nichts machen. Immer wenn sie durch die Löcher im Flechtwerk gefasst hat, habe ich ihr eins mit der Kralle übergezogen. Und dann hat sie auch geschrien.«

»Gut gemacht!«

»Ja, aber es war scheußlich. Und dauerte auch ziemlich lange. Und ich hatte schon bald keine Stimme mehr und auch keine Hoffnung. Aber dann wurde die Kutsche auf einmal langsamer, und dann kam Hufschlag ganz nahe. Und die Tür wurde aufgerissen. Und dann habe ich wieder geschrien. Und Viola hat geschrien. Und Vincent hat gebrüllt. Und Viola hat gekreischt. Und Vincent hat den Korb aus der Kutsche gehoben. Und dann ist Viola ausgestiegen und mit den Krallen auf ihn los. Und er hat sie bei den Schultern gepackt und gerüttelt und geschüttelt, dass ihre ganzen Haarnadeln rechts und links von mir auf den Boden fielen. Und dann hat er dem Kutscher befohlen, das Gepäck der Dame abzuladen, sie würde in der Poststation bleiben. Der hat ein bisschen gemuckt, aber Vincent hat ihn angeblafft, er würde die Fuhre zurück bezahlen, und die Dame sei durchaus in der Lage, für ihren Weitertransport selbst zu sorgen. Die hat weitergezetert, und Vincent hat ihr gedroht, wenn sie nicht bald den Schnabel hielte, würde er sie wegen Diebstahls der Polizei übergeben. Das wirkte dann.

Ich durfte den Rückweg ganz allein in der Kutsche fahren. Mit offenem Korb. Und der Freiherr hat mich in den Arm genommen und ganz dolle gedrückt und kein bisschen mit mir geschümpft …«

»Ich schümpf dich auch nicht, Bouchon«, brummelte ich und leckte ihm das Gesicht. »Ich bin froh, dass du wieder hier bist und die Lilalotte endlich fort ist.«

Er kuschelte sich ganz dicht an mich, und sein Schnurren durchbebte den ganzen dicken Kater. Eine Weile genossen wir das Beisammensein, dann gab ich ihm eine Zusammenfassung der Ereignisse während seiner Abwesenheit. Er lauschte angespannt. Und dann erhellte er ein mir noch nicht ganz durchsichtiges Ereignis.

»Diese Sache mit den Umschlägen, die Altea mit dem Mann getauscht hat – davon hat Vincent dem Freiherrn erzählt. Der ist dem Mann nämlich gefolgt und hat ihn zur Rede gestellt.«

»Aha.«

»Er hatte Angst, dass Altea vielleicht irgendwelche wichtigen Unterlagen verkauft. Hat sie auch, aber es ist das Zeug, das sie auf Papier kritzelt. Und der Mann ist der Redakteur der Zeitung. Vincent sagt, er musste erst ziemlich direkt werden, bis der Auskunft gab, denn er sei ein Herr von großer Diskretion. Und dann haben der Freiherr und er schrecklich gelacht, weil nämlich deine Altea die Geschichten von Aloisius Kattenvoet schreibt, die sehr, sehr despektierlich das Kurgeschehen darstellen, sodass alle Welt sich darüber amüsiert. Als sie wieder ernst wurden, meinte Vincent, dass Altea wohl das Geld braucht, um ihren Lebensunterhalt zu bestreiten.«

»Ja, sie gibt es für Futter aus. Für das ihrer Mama und unsers.«

»Sie ist großzügig, nicht wahr?«

»Mhm.«

»Du, Sina, da kommt der Freiherr. Ich muss jetzt nach Hause.«

»Lauf, Bouchon. Schön, dass du noch mal hier warst.«

Er trabte los, und ich reckte und streckte mich, so lang es ging. Dann noch eine kleine Runde durch das Revier, Nase in den Wind gestreckt – es würde kühler werden und vielleicht sogar regnen.

Das bestätigte sich, weshalb meine Runde in der Morgendämmerung kurz ausfiel. Die Menschen hingegen wandelten trotz des Nieselregens. Das mussten sie wohl wegen ihrer Verdauung und so. So eine Kur war schon hart für sie.

Immerhin waren Altea und Mama so klug, ihr Frühstück im Haus zu nehmen und nicht auf der feuchten Terrasse. Danach zogen sie sich in ihre Zimmer zurück, um sich für die Promenade umzuziehen, und ich wurde Zeuge, wie der Freiherr bei der bockigen Wirtin vorsprach.

»In Ihrem Garten, Frau Wennig, wohnt eine Katze namens Sina.«

»Ein Streunervieh, das die ehrenwerte Komtess leider angefüttert hat.«

»Die Katze Sina wird von Ihnen von nun an jeden Tag mit einer Schale Sahne und einem Teller Fleisch versorgt.«

»Aber ganz gewiss nicht, Euer Gnaden.«

»Aber ganz gewiss doch. Und der Gräfin und ihrer Tochter werden Sie von heute an jeden Tag drei Mahlzeiten von höchster Qualität und in ausreichender Menge vorsetzen.«

»Meine Mahlzeiten sind …«

»Fraß, Frau Wennig, übelster Fraß. Und nun plustern Sie sich gar nicht erst auf, das hier wird wohl ausreichen, um den Damen Hühnchen, frischen Fisch, knuspriges Gebäck und alle Getränke ihrer Wahl zu servieren.«

Ich hörte die Witwe Bolte einen Ausruf der Verwunderung von sich geben.

»Haben wir uns verstanden, gute Frau?«

»Ähm …«

»Und das Katzenfutter ist damit inbegriffen, klar?«

»Ja, ja natürlich.«

»Ich werde es kontrollieren, Frau Wennig. Sollte das Arrangement nicht meinen Wünschen entsprechen, werde ich der Kurverwaltung Mitteilung machen, dass Sie sich unrechtmäßig am Kostgeld bereichern.«

»Es wird alles nach Ihren Wünschen gehen, Euer Gnaden. Ganz nach Ihren Wünschen.«

Wie schleimig die Wirtin werden konnte. Igitt.

Aber wir bekamen einen Teller Ragout.

War kein Fraß. War gut.

Süßer Tod

Altea war mit Mama unter einem großen Schirm zur Promenade aufgebrochen, aber im Laufe des Vormittags ließ der Regen nach, und es brach auch wieder die Sonne zwischen den Wolken hervor. Als sie zurückgekehrt waren, schaute Altea bei mir hinter dem Schuppen vorbei.

»Na, hat dein Zweiter auch sein eigenes Revier gefunden?«

»Mau!«

»Und diese Süße hier wird bestimmt auch bald das Herz eines Menschen erobern.«

»Mau!«

»Ich glaube, du verstehst mich ganz hervorragend, Sina.«

»Mau!«

Sie streichelte mich, und die Kleine bekam auch eine ordentliche Portion ab. Sie konnte ganz schön schelmisch gucken. Und ihr Schnurren klang sehr einladend.

Vielleicht würde Altea sie ja mitnehmen. War so ein kleiner Wunsch von mir.

Doch bevor ich ihn ihr übermitteln konnte, hörte ich ein aufgeregtes Maunzen am Gartenzaun.

Filou.

Ich sprang auf und lief zu ihm hin.

»Mama, Mama!«

»Was ist los? Was regst du dich so auf?«

»Ist was ganz Schlimmes passiert. Musst du helfen, Mama. Mein Mensch, er ist ganz zappelig.«

»Warum denn?«

Aber der Antwort wurde Filou enthoben. Tigerstroem kam den Weg angelaufen und keuchte.

»Fräulein Altea! Fräulein Altea, ich brauche Hilfe.«

Altea war mir gefolgt und sah den Mann prüfend an.

»Wobei kann ich Ihnen helfen?«

»Sie sind Krankenschwester. Bitte kommen Sie.«

»Nun gut. Aber ich bin keine Ärztin.«

»Bitte!«

Ich schloss mich an, und Filou stürmte vorweg.

Tigerstroem führte Altea zu seinen Räumen, und dort saß sein Freund Rudof in einem Sessel. Eigentlich lag er mehr.

Ich schnüffelte.

Altea schnüffelte auch.

Filou sagte ganz leise: »Du hast gesagt, das ist ein gefährlicher Geruch.«

»Sehr gefährlich.«

Dann hieß ich ihn, sich im Hintergrund zu halten. Altea beugte sich über den Mann und legte ihren Finger an seinen Hals. Dann öffnete sie Weste und Hemd und befühlte auch seine Brust. Zuletzt kramte sie einen kleinen Spiegel aus ihrem Retikül und hielt ihn an seine Lippen.

Dann schnüffelte sie wieder.

Tigerstroem hielt sich an einer Tischkante fest, seine Fingerknöchel waren ganz weiß geworden. Sein Gesicht auch.

»Tigerstroem, es tut mir leid. Er ist von uns gegangen. Ich kann nicht mehr helfen.«

Tigerstroem atmete mit einem Schluchzen ein und zog ein Tuch aus der Tasche. Er drückte es sich an die Lippen. Altea fasste ihn am Arm und schob ihn zu einem Stuhl. Zitternd setzte er sich.

»Tigerstroem, schauen Sie mich an.«

Er hob den Kopf.

»Ihr Freund wusste, dass er sterben würde, nicht wahr?«

Der Photograph nickte.

»Hat er angedeutet, dass sein Leiden unerträglich wurde?«

Jetzt schüttelte er heftig den Kopf.

»Hat er in der letzten Zeit über seinen Tod gesprochen?«

»Nein. Doch. Aber nein. Altea, glauben Sie etwa, er habe sich umgebracht?«

»Das wäre angesichts seiner Lage doch nicht völlig unwahrscheinlich, oder?«

»Doch, doch. Er hat so am Leben gehangen. Er hatte doch noch Pläne. Er war glücklich hier. Es ging ihm besser. Warum sagen Sie so etwas?«

»Riechen Sie es nicht, Tigerstroem?«

»Was? Was soll ich riechen?«

»Den Bittermandelgeruch.«

»Er mochte Süßigkeiten … Oh Gott …«

»Wann waren Sie das letzte Mal in Ihrem Laboratorium?«

»Gestern!«

Tigerstroem schoss von seinem Stuhl hoch.

»Langsam, ganz langsam. Wir gehen jetzt gemeinsam nach unten und schauen, ob etwas verändert ist. Aber vorher werde ich jemanden beauftragen, den Kurarzt zu holen.«

»Ja, ja, natürlich.«

Altea verschwand, kam aber gleich darauf wieder.

»Und nun in den Keller.«

Ich schlich hinterher, wies aber Filou an, oben Wache zu halten.

Tigerstroem sah sich um, und Altea betrachtete eingehend die braune Flasche mit der Blausäure.

»Ist ihr etwas entnommen worden?«

Er betrachtete sie ebenfalls.

»Sie steht am selben Platz wie gestern, und sie ist ebenso voll.«

»Ist es die einzige Flasche?«

»Ja, das ist sie. Ich glaube es nicht, Fräulein Altea. Ich kann es nicht glauben. Er wollte leben.«

»Gut, Tigerstroem, dann müssen wir eine weit schrecklichere Möglichkeit ins Auge fassen.«

Der Photograph schwankte. Altea stützte ihn.

»Kommen Sie hoch. Aber schließen Sie wieder gut ab.«

Ich flitzte vor ihnen hoch.

Der Kurarzt ließ auf sich warten, aber Altea schickte den Laufburschen zum Kurhotel, um Vincent zu benachrichtigen. Währenddessen führte sie Tigerstroem in sein Schlafzimmer und nötigte ihn, ein Glas Wasser zu trinken. Vincent kam gleich mit dem Burschen zurück.

»Was ist vorgefallen?«, fragte er, als er in den Raum trat.

Altea flüsterte nur.

»Mord.«

Vincent musterte den Toten.

Und schnüffelte.

»Sieht so aus. Erzählen Sie.«

Sie kam nicht dazu, denn eben polterte auch der Kurarzt in den Raum.

Altea ging zu Tigerstroem zurück, und ich schubste den verstörten Filou an, er solle ihr folgen und sich um seinen Menschen kümmern.

Ich blieb bei Vincent, der sich sehr gründlich in dem Raum umsah, während der Arzt so ziemlich dasselbe machte wie Altea. Und zu dem nämlichen Schluss kam, dass Oppen tot sei.

»Schwache Lunge, nicht wahr? Kriegsverletzung, nicht wahr?«

»Möglich. Ich bin kein Arzt.«

Vincent machte wieder auf steifen Offizier.

»Nächste Angehörige?«

»Ich denke, sein Freund und Partner Egmont Tigerstroem. Sie finden ihn im Nebenzimmer.«

Der Arzt folgte Vincents Handbewegung, und kurz darauf erschien Altea.

»Lassen Sie uns gehen.«

Sie verließen die *Kaiserkrone*, ich hinterher.

Vincent ging langsam, Altea blieb einige Schritte lang in seinem Tempo, dann meinte sie: »Ich bin ein Krüppel, Herr Major, aber die Füße sollten mir beim Gehen nicht einschlafen.«

Darauf blieb Vincent vollends stehen.

»Sie sind kein Krüppel.«

»Dann führen Sie sich nicht so auf.«

»Gut. Trotzdem werden wir uns eine ruhige Stelle suchen und uns beraten. Kommen Sie. Nicht zum Trinkbrunnen, da ist zu viel Betrieb. Besser zum Ufer.«

Diesmal ging er schneller, und Altea schritt neben ihm aus.

Und ich musste mich wieder hetzen.

Aber dann setzten sie sich endlich auf eine Bank, und

ich konnte mich darunter zum gemütlichen Lauschen ausstrecken.

»Der Kurarzt ist ein Idiot.«

»Das fiel mir schon im Fall Bisconti auf. Danke, dass Sie mich informiert haben, Altea.«

»Sie erwähnten letzthin, dass Bisconti vergiftet worden sei.«

»Sehr richtig. Und Ihre Intuition scheint einen Zusammenhang zu erkennen?«

»Sie haben es dort in der *Kaiserkrone* ebenfalls gerochen, nicht wahr?«

»Bittermandel. Gott, woher weiß eine junge Dame wie Sie etwas über die Wirkung von Zyankali?«

»Ich war mit einem Arzt verlobt, Major. Und ich war in einem Lazarett an vorderster Front tätig. Ich habe Menschen an diesem Gift sterben sehen. Weshalb ich zunächst auch in diesem Fall einen Suizid vermutete.«

»Auch das haben Sie erleben müssen. Altea …«

»Schon gut. Auch Sie haben offensichtlich schon erlebt, wie dieses Gift wirkt.«

»Schnell und gründlich. So schnell, dass man keine Chance hat, den Menschen zu retten, der es eingenommen hat. Jener Offizier, der bei meiner Befragung gestand, dass Bisconti ihm die Pläne verkauft hatte, nahm in meiner Gegenwart eine Kapsel ein.«

»Es ist entsetzlich. Es ist alles entsetzlich. Und nun Rudolf Oppen. Ein freundlicher Mann, der tapfer sein Leiden trug.«

»Nein, Altea, kein freundlicher Mann. Kein Journalist ist freundlich. Dieser Menschenschlag neigt dazu, viel zu viel herauszufinden. Und es dann der Öffentlichkeit zu präsentieren. Rudolf Oppen war bekannt für seine scharfe Feder und sein gnadenloses Anprangern von Missständen. Die Zensur hat ihn mehrmals verwarnen müssen.«

»Er war also an Aufklärungen peinlicher Umstände beteiligt, schließe ich aus Ihren Worten.«

»Ja, insbesondere was die Kriegsführung anbelangte. Altea, er war Kriegsberichterstatter.«

»Woraus wir schließen könnten, dass es sich bei seinem Mörder um denselben handelt, der auch Bisconti umgebracht hat.«

»Es liegt nahe – auch das Mittel ist das gleiche.«

»Sie werden also den Fall auch untersuchen, Major?«

»Unbedingt. Aber, Altea, ich habe nicht nur einen Dienstgrad, ich habe auch einen Namen. Und vor langer Zeit einmal war ich Vincent für Sie.«

»Vor langer, sehr langer Zeit. Bevor Sie Ihr Gedächtnis verloren haben.«

»Ändert das etwas?«

»Hat sich nicht alles geändert?«

»Vieles, Altea. Nicht alles. Und es gibt Dinge, an die ich mich erinnere. Gerne.«

»Ich hingegen erinnere mich an manche Dinge nicht gerne. Aber hier mag Ihr Gedächtnis noch getrübt sein.«

»Ich wollte Ihnen nicht wehtun, damals in Metz.«

Er sagte das ganz leise und traurig, und ich kroch ein bisschen zur Seite, um die beiden besser sehen zu können. Er hatte den Kopf gesenkt. Altea starrte auf das Wasser hinaus. Ich dachte an die getrocknete Rose und die Briefe. Und die Sehnsucht in Vincents Gesicht. Am liebsten wäre ich zwischen die beiden gesprungen und hätte geschnurrt. Aber mein Instinkt sagte mir, dass sie das jetzt allein hinbekommen mussten.

»Altea, im Oktober, bei dem Angriff der *Francs-tireurs* auf das Lazarett … ich erinnere mich sehr wohl, was Sie dort geleistet haben. Sie waren selbst verwundet, ich habe erlebt, wie Sie blutend und weinend Männer aus der Schusslinie zogen. Und dann traf mich das Geschoss am Kopf. Ja, ich habe einige Tage nicht gewusst, was vorgefallen war. Aber ich habe Sie an meinem Bett gesehen. Heute weiß ich es, dass Sie es waren, damals erkannte ich Sie wirklich nicht.«

»Es ist gut, Vincent. Manchmal möchte auch ich das Gedächtnis verlieren.«

Er ergriff ihre Hand. Sie versuchte sie wegzuziehen, aber er hielt sie nur fester.

»Es gibt so viel, für das ich mich entschuldigen möchte, Altea. Und alle Gründe, die ich anführen könnte, klingen in meinen Ohren fadenscheinig.«

»Sie brauchen sich nicht zu entschuldigen.«

Sie machte energisch ihre Hand frei.

»Nun gut, kommen wir zu unserem jüngsten Problem zurück. Rudolf Oppen.«

»Ja, kehren wir zu ihm zurück. Sie haben recht, er könnte sich mit seinen Veröffentlichungen Feinde gemacht haben. Oder jemand befürchtet, dass er etwas veröffentlichen könnte, das ihm großen Schaden zufügen würde. Genau wie Bisconti auch etwas wusste, das nicht an die Öffentlichkeit dringen sollte. Wer Informationen kauft, kann auch zum Erpresser werden.«

»Eine verfolgenswerte Spur. Ich werde sehen, ob es Verbindungen zwischen Oppen und Bisconti gab.«

»Das wird sicher schwierig werden.«

»Ja, und deshalb müssen wir auch andere Fährten verfolgen. Was ist mit Tigerstroem? Oft sind es sehr nahe

Bekannte oder Verwandte des Opfers, die einen Mord verüben.«

»Ich glaube nicht an Tigerstroem als Täter.«

»Sie mögen den Photographen. Aber Sympathie darf nicht den nüchternen Blick verstellen. Er hatte Mittel und Möglichkeiten, nicht wahr?«

»Ja, die hat er. In seinem Labor verwendet er Blausäure zum Bearbeiten der Abzüge. Weshalb mein erster Gedanke Selbstmord war. Aber leider haben Sie recht. Dass er im Keller keine Veränderung feststellen konnte, reicht nicht aus, seine Unschuld zu beweisen. Aber sie waren Freunde ...«

»Eben, sie waren Freunde. Da gibt es zwei Möglichkeiten: Tigerstroem handelte aus Mitleid – er konnte es nicht mehr ertragen, wie sehr Oppen litt. Oder Eifersucht.«

»Eifersucht? Himmel, auf wen? Es war meines Erachtens keine Frau im Spiel, die beiden ...« Sie schüttelte den Kopf. »Oh, nun ja. Darauf hätte ich auch kommen können.«

»Sie sind eine sehr weltkluge Frau. Ich bewundere Sie, Altea. Aber diese Zusammenhänge zu ergründen, bedarf es sicher allergrößter Delikatesse.«

»Sehr richtig. Und, Vincent, wenn Sie mich schon für weltklug halten, dann gestehen Sie mir auch eine gewisse Menschenkenntnis zu. Tigerstroems Entsetzen, sein Kummer und seine Fassungslosigkeit waren nicht gespielt. Meinetwegen betrachten wir die Möglichkeit, dass er seinen Freund vergiftet hat, als eine Theorie, die aber sicher nicht erste Priorität hat.«

»Einverstanden. Suchen wir weiter. Ein Ansatz ist das Gift.«

»Zugegeben, Tigerstroem war im Besitz einer mehr als

ausreichenden Menge davon. Aber man kann es in jeder Apotheke kaufen.«

»Zu allerlei Zwecken.«

»Es wird vor allem als Rattengift ausgelegt.«

»Und wenn man weiß, wer und wo, dann kann man sehr schnell darüber verfügen.«

»Diese Fährte scheint mir eine sehr breite und ausgetretene zu sein.«

»Zweifellos. Zumindest aber kann man einen gewissen Personenkreis identifizieren. Ich werde die hiesigen Apotheker befragen, wer in der letzten Zeit Blausäure erstanden hat. Wer weiß, vielleicht fällt ein interessanter Name dabei.«

»So die Herren Apotheker auskunftswillig sind.«

»Ach, dieses kleine Papier, das Unsere Majestät der Kaiser ausgestellt hat, wird ihnen den Mund schon öffnen.«

»Gut, dann befragen Sie unsere Quacksalber. Aber wir sollten uns auch Gedanken darüber machen, wie den beiden Opfern das Gift verabreicht wurde.«

»Unproblematisch, Altea. Sie wissen, man kann es einfach schlucken. Es riecht nicht unangenehm, es schmeckt offensichtlich auch nicht besonders auffällig. Ich habe mich in dem Raum umgesehen, in dem Oppen verstarb. Er hatte gerade sein Frühstück zu sich genommen.«

»Stimmt. Die Kaffeekanne stand auf dem Tisch, Zucker, Sahnetöpfchen, ein Korb mit Brötchen, Marmelade, Butter, ein paar Süßigkeiten. Wer immer etwas davon mit Blausäure versetzt hat, musste sicher sein, dass er eine ausreichende Menge davon zu sich nahm. Ich kann mir nicht vorstellen, dass sich das Gift in der Zuckerdose, im Sahnekännchen oder in der Butterdose befand, denn davon hätte sich auch ein anderer bedienen können.«

»Tigerstroem zum Beispiel. Aber wer sagt uns, dass nicht auch er Ziel dieses Anschlags gewesen sein könnte?«

»Hilfreich ist Ihre Überlegung nicht, Vincent.«

»Nein, das stimmt. Auch eine Theorie geringerer Priorität.«

»Bleiben die Süßigkeiten. Bonbons, Kekse und Pralinés standen auf dem Tisch.«

»Und der Bittermandelgeruch wird von Marzipan schnell überdeckt.«

»Tigerstroem sagte, Oppen liebte Süßes. Wer immer das wusste, könnte ihm vergiftete Pralinen oder Mandelgebäck gereicht haben.«

Ich bestaunte die beiden. Sie kamen ziemlich schnell zu dem Schluss, für den ich einige Tage benötigt hatte. Manche Menschen sind recht schnell im Denken. Ich aber auch, und ich überlegte schon angestrengt, wie ich sie auf meine Erkenntnisse aufmerksam machen konnte. Aber erst einmal musste ich hier weiter zuhören.

»Wenn wir diesen Ansatz weiterverfolgen, Altea, dann muss es jemanden gegeben haben, der ihm ganz gezielt derartiges Naschwerk überreicht hat. Wer würde einem Mann Süßigkeiten schenken?«

»Jemand, der seine Neigung kennt.«

»Also sollten wir herausfinden, wer ihn in den vergangenen Tagen besucht hat.«

Altea lachte trocken auf.

»Dutzende. Die Ausstellung lockte viele Besucher an.«

»Und unser Mörder verschwindet in der Menge. Sie sind enervierend, Altea.«

»Ja. Störrisch, trotzig, frech und enervierend. Ich sammle solche Komplimente in der letzten Zeit.«

»Gewitzt, klar blickend, hilfsbereit und sehr schön.«

»Nun übertreiben Sie mal nicht, Herr Major.«

»Die schlichte Wahrheit ist keine Übertreibung. Aber wenn Sie lieber störrisch genannt werden wollen, kann ich damit auch dienen.«

Sie lächelte, und mir gefiel das. Vincent machte das schon richtig. Altea litt, auch wenn sie es bestimmt nie zugeben würde, unter ihrer kaputten Hüfte. Nicht nur, weil sie ihr manchmal wehtat, vermutete ich. Es machte sie wohl bitter, dass sie sich nicht mehr so graziös bewegen konnte wie einst. Gerade jetzt schaute sie zwei jungen Mädchen nach, deren Röcke anmutig um ihre Beine schwangen. Dann aber fasste sie sich wieder.

»Aber, Vincent, das Problem mit den Pralinés bringt mich auf die nächste Frage. Sie wird vermutlich auch nicht leicht zu beantworten sein.«

»Stellen Sie sie. Ich bin gespannt.«

»Bisconti starb in der Badewanne. Zyankali wirkt sehr schnell. Wie lange lag er schon im Bad? Und wie hat er das Gift zu sich genommen?«

»Pfui über Sie, Altea.«

»Sagen Sie nur, Sie haben sich noch keine Gedanken darüber gemacht.«

»Nicht diese. Aber zu meiner Verteidigung muss ich anführen, dass es einige Zeit gebraucht hatte, bis wir überhaupt herausgefunden haben, dass Bisconti nicht eines natürlichen Todes gestorben ist. Und dann hat der Arzt, der den Leichnam untersucht hat, auch erst vorgestern den Verdacht auf Zyankali geäußert.«

»Der Kurarzt versteht sich offensichtlich nur auf gesellschaftlich akzeptable Wehwehchen.«

»Die er sich aber gut bezahlen lässt. Nun, dann schärfen Sie Ihren Witz doch auch mal an der Frage: Angeblich ist Bisconti um kurz nach sechs Uhr morgens ins Bad gegangen. Die Badefrau hat eine halbe Stunde später Alarm geschlagen. Der Kuraufseher hat kurz darauf Posten vor dem Badekabinett bezogen, der Arzt kam um sieben und hat den Tod durch Herzversagen festgestellt.«

»Hat Bisconti irgendwelche Nahrungsmittel mit in das Kabinett genommen?«

»Das ist untersagt.«

»Das Bad ist eine medizinische Anwendung. Könnte er Tropfen oder Pillen verordnet bekommen haben?«

»Ein guter Hinweis. Der Kurarzt wird wenigstens das beantworten können.«

»Oder ein anderer Arzt, der hier seine Dienste anbietet.«

»Ich werde herausfinden, wen er konsultiert hat.«

»Oder Apotheker«, sinnierte Altea.

»Oder Apotheker. Eine erste Spur, die zumindest einen kleinen Erfolg verspricht.«

Ich wurde ganz hibbelig. Ganz und gar. Das war eine Spur, ganz gewiss. Und wieso erwähnte Vincent nicht die heisere Olga, die im Bad aufgetaucht war und das Döschen mit den Pastillen mitgenommen hatte? Die war doch hineingeschlüpft, als die Badefrau weg und der Kuraufseher noch nicht da war. Hatte der das Vincent nicht gesagt?

»Also haben Sie jetzt ein reiches Arbeitspensum vor sich, Vincent. Ich für meinen Teil werde mich um Tigerstroem kümmern. Er braucht Trost und Beistand. Und jemand, der sich ein wenig umsieht und sich nach Besuchern mit Pralinés erkundigt.«

»Keine schlechte Idee. Sie schauen genau hin und wissen spitzfindige Fragen zu stellen. Außerdem sind Sie genauso neugierig wie diese Katze da, die uns die ganze Zeit aufmerksam beobachtet.«

»Oh, Sina! Ja, sie ist ein selten intelligentes Tierchen. Ich mag sie sehr.« Altea drehte sich lächelnd zu mir um. »Und ich werde auf dem Rückweg auch noch mal an der Metzgerei vorbeigehen. Es gibt heute frische Leberwurst.«

»Sie wird bald so rundlich sein wie Bouchon. Mein Onkel hat nämlich Ihrer Wirtin unter Androhung von Höllenstrafen das Versprechen abgerungen, diese Katze und all ihre Anverwandten fürderhin reichlich zu füttern.«

»Das wird sie nicht tun. Sie verabscheut Tiere.«

»Sie wird es tun. Sie ist raffgierig.«

»Also nicht nur Höllenstrafen.«

»Nein, auch das Lockmittel Geld. Immerhin verdanken wir es Madame Sina ja, dass Bouchon wieder bei uns ist.«

Sie erhoben sich, und ich begleitete sie zur *Germania* zurück. Und es gab ein Stückchen Leberwurst.

Heiratsantrag

Filou kam am Abend zu mir und berichtete, dass Altea den ganzen Nachmittag bei Tigerstroem zugebracht hatte, um ihn zu trösten. Er selbst hatte auch getan, was ein kleiner Kater so konnte.

»Meinst du, ich sollte heute Nacht in sein Bett kriechen?«

»Versuch es, Filou. Schnurren tut den Menschen gut und hilft ihnen einzuschlafen.«

»Dann mach ich das. Betten sind schön.«

Ja, Betten und Polster, Kissen und flauschige Decken

waren Erfindungen der Menschen, die sehr katzengerecht waren. Leider konnten manche Leute eifersüchtig über ihre Schlafstätten wachen. Aber Tigerstroem war so wund und elend, er würde sicher dankbar für Filous Gegenwart sein.

Altea kam später noch mal in den Garten, um nach mir zu sehen. Sie wirkte auch müde und verabschiedete sich bald. Das Licht in ihrem Zimmer brannte nicht lange.

Ich drehte meine Runde, fand keine besonderen Vorkommnisse und begab mich auch zur Ruhe. Die kleine Kätzin und ich kuschelten uns zusammen. Das war genauso gut wie ein Bett und Polster.

Als ich in der Morgendämmerung aufwachte, war die Kleine fort. Ja, sie wurde immer selbstständiger. Ich hielt dennoch Ausschau nach ihr und fand sie auf dem Fenstersims von Olgas Zimmer. Mein Rundgang brachte auch – außer zwei Mäusen – keine sonderliche Aufregung, aber der Vormittag begann mit einer kleinen Überraschung. Da es bedeckt war, nahmen die Gäste ihren Morgenkaffee im Haus ein, und ich durfte, wenn auch missgünstig von Frau Wirtin beäugt, in das Frühstückszimmer eintreten. Mir gefiel der Raum nicht besonders gut. Der Teppich war abgetreten und ziemlich schmuddelig, unter der mächtigen Anrichte, die sich mit hölzernen Tatzenfüßen in diesen Teppich krallte, flusten die Wollmäuse vor sich hin, es roch muffig und nach abgestandener Milch. Altea duftete nach Flieder, Maiblumen und Lavendel, Mama nach Geranien, Olga nach Kräutern und nur ganz wenig brünstigem Hirsch, der Oberlehrer roch nach Käse, die fetten Matronen nach Mottenkugeln.

Aber das war alles in allem nicht ungewöhnlich. Aufmerksamkeit erregte der Bote, der Altea ein Billet brachte. Ich merkte auf, als sie leise zu Mama sagte: »Der General wünscht, mir seine Aufwartung zu machen. Wie ungewöhnlich.«

»Warum, Kind? Vielleicht hat er eine Stelle für dich gefunden. Er sprach doch gestern davon, dass er seine Beziehungen spielen lassen wolle.«

»Ach so. Na, ich habe heute Vormittag sowieso nichts anderes vor, und du wirst sicher jemand Nettes finden, mit dem du im Park wandeln kannst.«

Die Herrschaften beendeten ihr Mahl – es schien mir ziemlich kärglich, aber die Schale Sahne für mich fiel dabei ab. Man verließ den Raum, die Wirtin und ein trampeliges Mädchen räumten die Tische ab, und Altea bat, den General in diesem Raum empfangen zu dürfen. Ich begutachtete einen chintzbezogenen Sessel, aber ein giftiger Blick der Wirtin hielt mich davon ab draufzuspringen.

»Tu es nicht, Sina. Die ist doch angegrätzt genug, weil sie dich überhaupt hier drinnen dulden muss.«

Ja, hast ja recht, Altea.

Ich setzte mich also zu ihren Füßen, während sie sich mit der Zeitung vergnügte.

Kurz darauf kündigte die Wirtin den General Rothmaler an, und der kam, straff und mit allem goldenen Klimbim verziert, hereinmarschiert. Der Rosenstrauß in seiner Hand verwunderte mich allerdings. Altea auch.

Sie ergriff ihren Stock und wollte sich erheben, aber der General sagte: »Behalten Sie doch Platz. Bitte, Fräulein Altea.« Mit einer verlegenen Verbeugung reichte er ihr die Blumen.

Sie ergriff den Strauß und senkte ihre Nase hinein. Verständlich, Rosen rochen gut. Ich schnupperte auch gerne daran, deswegen rückte ich näher an sie heran.

»Was verschafft mir die Ehre, mit Rosen bedacht zu werden, General?«

»Meine – ähm – höchste Bewunderung für Sie, Fräulein Altea.«

»Vielen Dank. Nehmen Sie doch Platz.«

Er setzte sich auf den Sessel ihr gegenüber, sehr aufrecht und förmlich.

»Ich habe lange über unser Gespräch gestern Vormittag nachgedacht, Fräulein Altea. Und ich – ähm – bin zu einer – ähm – Erkenntnis von – ähm – einiger Bedeutung gekommen.«

»Tatsächlich, General Rothmaler?«

Alteas Stimme schwankte ein wenig, und ich äugte zu ihr hoch. Wenn mich nicht alles täuschte, kämpfte sie mit einer gewissen Belustigung.

»Ja, in der Tat. Vieles, was Sie gesagt haben, hat mich nachdenken lassen. Bitte, ich hoffe, ich trete Ihnen nicht zu nahe, wenn ich Ihnen gestehe, dass mich Ihre Worte zutiefst getroffen und bewegt haben.«

»Ich wollte Ihnen kein Unbehagen verursachen, General.«

»Das haben Sie nicht, mein liebes Fräulein. Meine liebe Altea. Ganz im Gegenteil. Ich – ähm – bin einige Jahre älter als Sie. Aber ich bin gesund und Herr meiner Sinne. Und ich verfüge über ein nettes Vermögen, liebe, sehr liebe Altea. Ich weiß – ähm –, Sie waren meinem Sohn überaus zugetan …«

»Herr General, nicht …«

»Doch, Altea, lassen Sie mich aussprechen. Ich bitte Sie.«

Die Belustigung in Alteas Stimme war verschwunden, sie war sehr ernst geworden.

»Nun, dann sprechen Sie.«

»Ich – ähm –, liebstes Fräulein Altea, ich bin seit langen Jahren Witwer, wie Sie wissen, und – ähm …« Er schien zu merken, dass er sich in Räuspern und Stammeln zu verirren drohte, und ging zum Angriff über. »Kurzum, ich möchte Sie fragen, ob Sie gewillt wären, mir Ihre Hand zur Ehe zu reichen.«

Alteas Bein neben mir zuckte. Auch sie setzte sich sehr aufrecht hin.

»Sie erweisen mir eine große Ehre, General Rothmaler. Eine sehr große Ehre. Doch kommt Ihr Antrag mehr als überraschend für mich.«

»Ja, ja, natürlich. Und ich erwarte auch nicht sogleich eine Antwort, liebe Altea. Nehmen Sie sich Bedenkzeit. Ich werde geduldig Ihrer Entscheidung harren. Aber seien Sie gewiss, meine Bitte entspringt tiefer Zuneigung und Bewunderung. Besprechen Sie sich mit Ihrer Frau Mutter und bedenken Sie meinen Antrag selbst.«

Er stand auf, verbeugte sich und küsste ihr die Hand.

»Ähm – danke, Herr General.«

Jetzt war Altea wirklich verwirrt. Er verließ uns, und sie starrte die Tür an, die er hinter sich geschlossen hatte.

Ich machte mich durch leises Maunzen bemerkbar.

»Du liebe Zeit, Sina, was soll ich denn davon halten?«

Dass der General ein strammer Kater war.

Sie legte die Blumen auf den Tisch und rieb sich die Schläfen.

»Er ist ein ansehnlicher Mann, Sina, aber er ist älter, als mein eigener Vater es war. Oh Mann, ich war mit seinem Sohn verlobt. Jetzt bietet er mir die Ehe an. Und Mama errötet wie ein Mädchen, wenn er sich mit ihr unterhält. Ist denn die Welt verrückt geworden?«

Tja, Menschen und ihre komische Form des Zusammenlebens. Ich konnte ihr da nun auch nicht weiterhelfen.

Mama trat in den Raum und strahlte Neugier aus.

»Rosen?«

»Ja, Rosen. Du bist noch nicht ausgegangen, Mama?«

»Nein, ich musste noch einen abgerissenen Volant befestigen. Was wollte der General?«

»Mir Rosen bringen.«

»Kind!«

»Und mir einen sehr ehrenwerten Antrag machen.«

»Oh.«

»Du siehst mich noch immer um Fassung ringen, Mama.«

»Aber da gibt es doch gar keine Frage. Er ist eine wunderbare Partie. Er wird dich auf Händen tragen.«

»Pfff. Er ist dreißig Jahre älter als ich und wird bald eine willige Pflegerin benötigen.«

»Kind, du bist entsetzlich.«

»Entsetzlich realistisch. Ja, Mama, es würde uns aus unserer prekären Lage befreien, aber – ehrlich gesagt – mir steht nicht der Sinn nach einer solchen Heirat.«

»Aber du schätzt ihn. Das hast du damals schon immer gesagt.«

»Ja, ich schätze General Rothmaler. Aber als Freund, als Schwiegervater, als Berater. Für eine Ehe …«

»Liebe, Altea, ist Luxus.«

»Wer wüsste das besser als ich«, kam es leise.

Mama umarmte Altea und schniefte ein bisschen. Altea machte sich sanft los und stand auf.

»Ich mache einen langen Spaziergang. Ich brauche etwas Zeit, um meine Gedanken zu ordnen.«

Sie ließ Mama allein mit mir im Zimmer. Die setzte sich in den Sessel und kraulte mich.

»Bist hübsch und gepflegt geworden, Sina.«

»Mau.«

Dann seufzte sie.

»Ich weiß nicht, warum sie so stur ist, Sina. Es wäre so eine gute Lösung. Es ist nicht recht, dass sie unter den Dummheiten ihres Vaters leiden muss.« Sie seufzte noch mal. »Ob es was mit dem jungen Major zu tun hat?«

»Mau, mau!«

Ich rieb meinen Kopf an Mamas Bein. Hoffentlich verstand sie.

Zumindest kraulte sie weiter. Und dann sah ich einen kleinen Funken in ihren Augen aufglühen.

»Ich denke, ich werde heute mit dem Freiherrn promenieren.«

»Mau!«

Begegnung mit dem Tod

Ich begleitete sie noch bis an die Tür, aber dann beschloss ich doch, mich meinen eigenen Angelegenheiten zu widmen. Was immer Mama mit dem Freiherrn beriet, würde mir Bouchon sicher berichten können. Aber neben den Herzensangelegenheiten gab es schließlich noch zwei Mordfälle, über die es nachzudenken galt.

Wie mir Filou berichtet hatte, hatte Tigerstroem Altea recht viele Leute aufgezählt, die vorgestern zur Vernissage gekommen waren, und sie hatte eine lange Liste angefertigt. Dann hatte sie nach denen gefragt, die gestern zu Besuch gekommen waren, und vor allem jene notiert, die irgendwelche Mitbringsel dabeigehabt hatten. Das waren nicht wenige, vor allem Damen, die dem kranken Herrn, Rudolf Oppen, Gebäck in hübschen Körbchen oder Pralinen in kleinen Kästchen übergeben hatten. Darunter auch die lila Viola und die heisere Olga. Altea hatte, wie Filou aufmerksam beobachtet hatte, bei der Erwähnung dieser Namen eine Augenbraue hochgezogen. Viola hatte sich für das exaltierte Auftreten ihrer Freundin Bette entschuldigt, Olga dagegen hatte Tigerstroem in eine Fachsimpelei über Kameras und Linsen verwickelt. Allerdings konnte sich der Photograph nicht daran erinnern, wer die Marzipanpralinen oder die Mandelplätzchen mitgebracht hatte, die in den silbernen Körbchen auf dem Frühstückstisch standen, und von denen Oppen genascht hatte. Altea hatte beides in eine Tüte getan und mitgenommen. Um sie einem Apotheker zur Prüfung zu übergeben, hatte sie gesagt.

Ob so ein Apotheker wohl herausfinden konnte, ob Gift darin enthalten war? Vermutlich schon. Ich würde ja nur daran schnüffeln müssen.

Was mich wieder auf das Pillendöschen brachte, das ich Olga geklaut und unter den Rosen verscharrt hatte. Ich erwog, es wieder auszubuddeln, aber dazu musste ich einen passenden Augenblick abwarten, sodass man meinen Verdacht auch ernst nahm.

Warum hatte Olga das Döschen geklaut?

Das war mir immer noch nicht ganz klar.

Ich putzte mir die Flanken, um besser denken zu können. Das Fell war wieder richtig schön geworden, weiß, da, wo es weiß sein sollte, die braunen und roten Flecken glänzten unverfilzt, der Schwanz mit seinen grauen und schwarzen Ringeln war ohne Löcher und Kletten. Schön war ich vielleicht nicht, aber wenigstens wieder eine gepflegte Katze.

Während des Putzens fiel mir wieder etwas ein: Olga gehörte, ähnlich wie Vincent, zu den Nachtwandlern. Sie war in der Nacht nach Biscontis Tod durch den Garten zur *Traube* gehuscht, hatte dort die verschlossenen Türen geöffnet und war ins Haus geschlüpft. Kurz danach war sie wieder zurückgekommen.

Was hatte sie dort zu suchen gehabt?

Damals dachte ich nur, dass es eines der üblichen menschlichen Geheimnisse war, aber inzwischen betrachtete ich ihr Verhalten in einem anderen Licht. In der *Traube* hatte Bisconti gewohnt. Im Bad hatte sie ihm das Pastillendöschen gemaust. Hatte sie danach auch noch etwas aus seinem Zimmer geklaut? Und wenn, was?

Vielleicht diese Lederrolle, die sie unter ihrem Bett versteckt hielt?

Sie war vertraut mit Vincent. Ob er wusste, wonach sie gesucht hatte? Und hatte sie deswegen den Bisconti umgebracht, um an das Wasweißich zu kommen?

Und wieso verdächtigte er sie nicht?

Hatte sie auch etwas mit Rudolf Oppen zu tun?

Ob ich ihr noch mal einen Besuch abstatten sollte? Nur so, um mal rumzuschnüffeln?

Ich trottete zum Haus, aber heute standen die Fenster nicht so einladend offen. Missmutig machte ich kehrt und kletterte auf das Schuppendach, um einen besseren Überblick zu haben. Die Kätzin belauerte gekonnt ein Mauseloch. Ihr Schwanz zuckte aufgeregt hin und her. Der Wind raschelte in den Zweigen, ein Sonnenstrahl stahl sich durch die Wolken.

Mir wurde dösig.

Nach einem erholsamen Nickerchen prüfte ich die Lage erneut.

Die Fenster waren noch immer geschlossen, weder Altea noch ihre Mama waren zurückgekehrt, der Oberlehrer schlug mit seinem Spazierstock einigen Blumen die Köpfe ab, während er durch den Garten schlenderte – Blödmann! –, nebenan in der *Traube* war Tellergeklapper zu hören, und leckere Essensdüfte durchzogen die Hecke. Fast wäre ich versucht gewesen, auf einen kleinen Raubzug zu gehen. Aber dann besann ich mich auf meine Manieren. Ich war jetzt ja eine Katze mit Mensch.

Apropos Mensch.

Ich sollte vielleicht doch mal nachsehen, wo sich Altea herumtrieb. Sie wollte ja allein sein, und ich würde mich auch nicht an ihren Rockzipfel hängen, aber es schien mir besser, ein Auge auf sie zu haben. Nicht dass jemand auf die Idee kommen würde, ihr giftige Pralinen anzubieten.

Es war nicht sehr schwer, sie zu finden. Sie hatte dort in den Wandelhallen so ihre Lieblingsplätze, und ganz richtig, sie saß auf der Bank, auf der sie neulich auch mal in der Nacht eingeschlafen war. Auf ihren Knien hielt sie das Heft und schrieb eilig etwas hinein.

Was, das wusste ich ja nun. Aloisius Kattenvoet beobachtete wieder den Kurbetrieb und würde etliche spitze Bemerkungen machen. Vielleicht über den karierten Lord Jamie, der eben die Wettgelder an die belustigten Damen und Herren auszahlte.

»Na, Sina, ein Kontrollgang?«

»Mau.«

Ich setzte mich unauffällig neben die Bank und knabberte angelegentlich an einem Grasbüschel.

Sie kritzelte und krakelte weiter, warf hin und wieder einen Blick auf die Vorübergehenden und versenkte sich dann wieder in ihr Heft.

Der Schatten des Herrn im weißen Anzug fiel darauf, sie blickte hoch. Der Chevalier de Mort verbeugte sich. Sie bedachte ihn mit einem eisigen Blick. Er lächelte.

Dann lehnte er sich an einen Laternenpfahl und schaute ebenfalls den Wandelnden zu. Einen kleinen Augenblick ließ Altea verstreichen, dann klappte sie energisch das Heft zu und stand auf. Mit drei Schritten war sie zu ihm gehumpelt.

»Chevalier de Mort?«

»Votre serveur, Comtesse.«

»Lassen Sie die Comtesse.«

»Wie Sie wünschen, *mademoiselle.* Wie kann ich Ihnen zu Diensten sein?«

»Wie ich herausgefunden habe, ist es Ihnen gelungen, meine Mutter an Ihren Spieltisch zu locken.«

»Ich lockte sie nicht, *mademoiselle,* sie besuchte unsere kleine Runde aus freien Stücken. Und sie gewann, *mademoiselle.«*

»Das tut nichts zur Sache. Ihre kleinen Runden sind illegal.«

»Aber *mademoiselle* – ein harmloser Zeitvertreib an diesem Ort voller *ennui.«*

»Ein kostspieliger Zeitvertreib.«

»Sicher, doch die *chère maman* gewann.«

»Ich sagte bereits – das tut nichts zur Sache. Ich warne Sie, Chevalier. Glücksspiel ist verboten.«

»Doch Madame spielte mit glücklicher Hand. Ich hatte den Eindruck, der Gewinn sagte ihr zu.«

Altea funkelte den Chevalier an.

»Sie ist mit Karten nicht eben geschickt, Chevalier.«

»Dennoch gewann sie.«

Sein Lächeln wurde beinahe zärtlich.

»Warum?«

»Sagen wir, ich habe eine Schuld abzutragen, *mademoiselle*. Und nun, *mademoiselle*, ergreife ich feige die Flucht, denn der junge Husar, der sich Ihnen nähert, hat ein gefährliches Glitzern in den Augen.« Der Chevalier beugte sich über Alteas Hand und küsste sie. »Besuchen Sie bei Gelegenheit unsere kleine Runde und spielen Sie mit mir, *chère mademoiselle*.«

»Ich spiele nicht mit dem Tod.«

»Doch, Sie spielten – und er verlor. *Au revoir, mademoiselle*.«

Eine weitere elegante Verbeugung, und er schritt davon. Vincent erreichte just in diesem Moment Altea.

»Was wollte er von Ihnen, Altea?«

Hui, Vincent war kurz vor dem Angriff. Das hatte der Chevalier ganz gut erkannt.

»Nichts, Vincent. Ich wollte etwas von ihm.«

»Was könnten Sie von einer derart dubiosen Gestalt wollen?«

»Unterlassung. Sie kennen ihn?«

»Flüchtig. Setzen Sie sich wieder, Altea. Ich habe mit Ihnen zu reden.«

Er führte sie zur Bank zurück und ließ sich neben ihr nieder.

»Worüber wollten Sie reden?«

»Zum einen über den Chevalier. Achten Sie auf Ihren Ruf, Altea.«

Sie knurrte leise.

»Genau darüber versuchte ich mit ihm zu reden.«

»Ist er Ihnen zu nahegetreten.«

»Nicht mir, meiner Mutter.«

»Bitte?«

Altea schnaubte leise.

»Der Chevalier hält im Hinterzimmer der *Traube* Glücksspiele ab. Meine Mutter hat sich abends heimlich aus unserer Pension geschlichen, um daran teilzunehmen.«

»Bitte???«

»Ich habe es gerade erst erfahren, weil sie mir von dem Geld, das sie gewonnen hat, ein Kleid gekauft hat.«

»Großer Gott.« Das Geräusch, das Vincent machte, lag zwischen einem Lachen und einem Husten.

»Sie mögen das ja komisch finden, Vincent. Ich tue es nicht. Es mag sich vielleicht bis zu Ihnen herumgesprochen haben, dass mein Vater unser Vermögen verspielt hat …«

»Und sich dann das Leben nahm. Ja, ich hörte davon.«

»An Weihnachten achtzehnsiebzig. Und nun …« Alteas Stimme versagte, und sie hob die Hand an die Lippen. Dann fasste sie sich wieder. »Wir haben alles, buchstäblich alles verloren – Haus, Einrichtung, Schmuck. Sogar der Titel ist erloschen. Wir werden zwar nicht verhungern, Mama hat ein kleines Gedinge, von dem wir uns ein Häuschen am Rand von Rathenow leisten können. Aber … gesellschaftlich sind wir ruiniert. Dies hier ist unser letzter standesgemäßer Auftritt, Vincent. Und ich … wir haben beschlossen, solange wir hier sind, nicht an die Zukunft zu denken.«

Wieder drückte sie die Hand vor den Mund, diesmal zur Faust geballt. Und ihre Augen tropften.

»Altea.«

So sanft sprach er ihren Namen aus, so voll Wärme.

»Nicht, Vincent. Nicht. Ich ertrage Mitleid so schlecht.«

»Altea.«

Er reichte ihr ein blütenweißes Tuch, und sie verbarg ihr Gesicht darin.

Warum kuschelte der Stoffel sich nicht an sie. Das machte man doch so.

Ich sprang hoch, legte mich in ihren Schoß und schnurrte. Eine Hand umfasste meinen Rücken. Na also!

»Diese Katze ist aber auch überall dabei«, murmelte Vincent.

»Sie hat eine Zuneigung gefasst.«

»Und die erträgst du besser als menschliches Mitleid?«

»Sie hatte kein Mitleid, sie hatte Hunger.«

Altea, du Mäusehirn! Natürlich habe ich Mitleid. Ich leide mit dir, weil ich weiß, wie entsetzlich es ist, nicht für die Seinen sorgen zu können, am Rand des Hungertodes zu stehen, Löcher im Pelz zu haben und all das.

»Altea, du kannst es nicht verhindern, dass ich dein Leid verstehe. Vor noch nicht allzu langer Zeit stand ich in einer vergleichbar unseligen Situation.«

Altea gab ein unterdrücktes Schniefen von sich und ließ das Tuch sinken. Ihre Augen waren traurig und noch immer voll Wasser. Aber ihre Stimme wurde fester.

»Ich weiß, Ihr Bruder …«

»Nicht nur der. Auch mein Vater hatte keine glückliche Hand in der Verwaltung unserer Güter, mein Bruder noch weniger, und dann brach er sich bei einer Parforcejagd den Hals. Auch wir verloren unser Land und Heim.« Nun endlich nahm er wenigstens ihre Hand. »Damals, in Rathenow, Altea, war ich in einer entsetzlich schwierigen Lage. Ich musste ebenfalls für Mutter und Schwester sorgen und wusste nicht, wie. Aber Mathilde hatte Glück, ein Ostindienkaufmann bewarb sich um sie, und nun leben sie und Mutter in höchst angenehmen Verhältnissen.«

»Eine solch vorteilhafte Heirat erhofft sich meine Mutter auch von mir«, meinte Altea tonlos.

»Verständlich, oder?«

»Ja, sicher. Und sie schleicht sich aus dem Haus, um im Glücksspiel unsere Finanzen aufzubessern.«

»Ein Risiko. Du hast recht, darüber ungehalten zu sein. Hat sie viel verloren?«

»Im Gegenteil. Sie gewinnt offensichtlich. Dabei ist sie so ein Huhn, was Karten anbelangt.« Plötzlich straffte sich Altea, und ich wäre fast von ihrem Schoß gerutscht. Dummer Reflex – schon hatte ich die Krallen in ihr Bein geschlagen.

»Au, Sina!«

Schon gut, schon gut. Ich leckte ihr die Finger.

»Vincent – wer ist dieser Chevalier de Mort?«

»Ein Spieler, wie es aussieht.«

»Ein Falschspieler.«

»Vermutlich. Wenn er deine Mutter gewinnen lassen kann.«

»Ich habe ihn gefragt, warum, und er sagte, weil er eine Schuld abzutragen habe.«

»Das hört sich seltsam an. Stand er womöglich in Beziehung zu deinem Vater?«

»Diesen bösen Verdacht hatte ich auch schon. Und noch etwas, Vincent – er hält seine Spiele in der *Traube* ab. Auch Bisconti hat in der *Traube* gewohnt. Bei Spiel und Falschspiel kommt es manchmal zu – dramatischen Verwicklungen.«

»Klug gedacht, Altea. Wie oft war deine Mutter bei diesen Veranstaltungen anwesend?«

»Keine Ahnung. Wir sind jetzt seit drei Wochen hier. Ich werde sie befragen.«

»Wir werden es gemeinsam tun, dann kann sie dir nicht so böse sein.« Er lächelte sie an. »Ich habe einiges Geschick im Befragen von Zeugen.«

»Glühende Nadeln, oder was?«

»Schmeicheleien, Lob, Komplimente, Versprechen ...«

»Bestechung.«

»Wenn nötig auch die. Aber deine Mutter wird uns freiwillig antworten. Ich halte sie für eine vernünftige Frau.«

»Oft ist sie das, und sie hat es aus Liebe zu mir getan – das Spielen, meine ich.«

»Das dürfen wir nicht vergessen.«

Die ganze Zeit hatte Vincent ihre Hand gehalten, und nun hob er sie an seine Lippen.

»Heute scheint ein besonderer Tag zu sein, du bist schon der dritte Herr, der meine Hand küsst.«

»Den Chevalier habe ich dabei beobachtet, wer, meine Liebe, war der dritte? Gestehst du freiwillig, oder muss ich die glühenden Nadeln zücken?«

»Ich gestehe, es war General Rothmaler.«

»Oh. Ja, ein charmanter Mann, wenn er nicht im Dienst ist.«

»Und hatte ein Verhältnis mit der schwülen Bette Schönemann«, murmelte Altea.

»Ach, du lieber Gott. Und ich dachte, er sei ein Mann von Geschmack.«

»Er hat es wohl recht zügig beendet.«

Altea streichelte mich und meinte: »Sina, ich würde jetzt gerne aufstehen und mich ein bisschen bewegen.«

Ehrlich? Ich finde es aber schön auf deinem Schoß.

Ich machte mich schwer und unbeweglich.

»Sina, du hast einiges an Gewicht zugelegt.«

Ach, tatsächlich?

Schwer und träge wie ein Lehmklumpen.

»Sina, meine Hüfte tut mir weh!«, flüsterte sie mir ins Ohr.

Ich auf, hoch und leicht wie eine Feder.

»Danke.«

»Mau.«

Altea nahm das Heft auf, steckte es in ihre Tasche, ergriff ihren Stock und stand auf. Vincent reichte ihr den Stift, der zu Boden gefallen war.

»Hat Aloisius Kattenvoet wieder einige respektlose Beobachtungen niedergeschrieben?«

»Du weißt davon?«

»Ich weiß viel, liebe Altea. Allerdings habe ich den ehrenwerten Zeitungsverleger beinahe wirklich mit glühenden Nadeln bearbeiten müssen, bis er mir die Wahrheit gestand.«

»Du hättest mich fragen können.«

»Hätte ich. Aber wenn sich in dem Umschlag, den du ihm vorgestern gegeben hast, geheime Aufzeichnungen befunden hätten, hättest du mir nicht die Wahrheit gesagt.«

»So verdanke ich dem edlen Herrn Goertz die Bescheinigung meiner Unschuld?«

»Die Bestätigung, Altea. Die Bestätigung, nicht die Bescheinigung. Das Unangenehme an Untersuchungen, wie ich sie durchzuführen habe, liegt darin, dass ich verdächtige Fakten prüfen muss. Auch wenn sie mir widerstreben.«

Sie schritten einen Moment schweigend nebeneinanderher, ich folgte ihnen auf leisen Pfoten. Dann sagte Altea: »Gut. Theorien eben. Wie weit bist du mit deinen Untersuchungen gekommen?«

»Nicht hier. Nach dem Essen unterhalten wir uns mit deiner Mutter, dann muss ich mich noch um eine Handvoll anderer Sachen kümmern. Treffen wir uns heute Abend zu einem Dämmerschoppen?«

»Ist recht.«

»Dann komme ich um zwei Uhr vorbei, um mit deiner Mutter zu reden. Heute Abend hole ich dich um neun Uhr ab. Aber wir sollten Diskretion wahren.«

»Ich werde mich verschleiern.«

Vincent lachte leise auf.

»Das wird sicher hilfreich sein. Sollte ich die Uniform gegen eine karierte Jacke und eine geblümte Weste tauschen?«

»Wetten, dass dich damit niemand erkennt?«

Mamas Geständnis

Mama war zurückgekommen und saß bereits am Tisch unter der Laube. Die Wirtin servierte das Essen, und Altea setzte sich zu ihr. Ich suchte meinen Ruheplatz auf und fand die Kleine, die von einem Teller futterte. Sie hörte sofort auf, als ich hinzutrat.

»Schmeckt es?«

»Mhm. Meine Maus war leckerer. Ich bin satt, Ma.«

Ich war hungrig. Und die Portion sehr reichlich. Die Hälfte ging gut weg, dann brach die Verdauungsmüdigkeit über mich herein.

Ich erwachte von einem Schnüffeln. Träge die Augen auf.

Bouchon saß vor dem Teller mit Gulasch.

»Nicht schlecht«, meinte er.

»Magst du?«

»Mhm.«

»Na, komm schon. Ich hab genug. Aber so fein wie das Ragout fin bei euch ist es nicht.«

»Mal sehen.«

Er schlappte die nächste Hälfte.

»Geht aber. Rest für dich.«

Ging gut.

Dann sah ich ihn mir an.

»Chic!«

»Findest du?«

Er trug ein goldgelbes Halsband aus weichem Leder mit einem goldenen geprägten Schild darauf.

»Passt gut zu deinen Augen.«

»Ja, hat der Freiherr auch gesagt. Und ich soll das jetzt immer tragen. Weil – ich lauf doch so viel draußen rum. Und da sollen die Leute wissen, zu wem ich gehöre. Und mich nicht wieder entführen.«

»Guter Gedanke. Und was gibt's Neues?«, fragte ich und begann mit dem Putzen.

»Mein Freiherr und die Mama deiner Altea haben im Café zusammengesessen.«

»Ja, sie hatte vor, ihn aufzusuchen.«

»Sie war ganz aufgeregt. Darum hat der Freiherr ihr eine heiße Schokolade bestellt. Danach ging's ihr wieder besser. Sie macht sich Sorgen um deine Altea. Weil – der General hat doch um sie angehalten. Und sie will ihn nicht heiraten. Und für Menschen ist das doch wichtig.«

»Nicht für alle. Aber Mama will ihr Kind gut versorgt

haben. Ich meine, das ist für uns Katzenmütter auch wichtig. Hat er sie beruhigt?«

»Ja, hat er. Und sie mit allerlei Geschichten abgelenkt. Und dann hat er sie herbegleitet. Und dann kam Vincent. Und dann wurde es lustig.«

»Wieso das?«

»Weil, der Freiherr hat ihm erzählt, dass der General Altea heiraten will. Und da ist der Vincent ganz steif geworden und hat gesagt, sie will aber bestimmt nicht. Und da hat der Freiherr gesagt, das träfe sich gut, denn dann könnte er nämlich der Altea einen Antrag machen. Und da ist der Vincent noch viel steifer geworden. Und hat ihm sein Alter vor Augen geführt.«

»Oije.«

»Mhm. Sag ich doch, es wurde lustig. Weil – darauf hat der Freiherr nämlich gesagt, dass es eine gute Lösung wäre, weil die Altea sich doch mit Krankenpflege auskennt. Und er froh wäre, wenn er auf seine alten Tage eine kundige junge Frau an seiner Seite hätte. Und dass sie eine reiche Witwe wäre, wenn er dann ins Gras gebissen habe. Und dann könne sich Vincent ja hinten anstellen.«

»Oijeojeoje!«

Bouchon kicherte. Ich auch.

»Vincent kommt gleich her, um Mama auszufragen. Die hat nämlich Unfug angestellt. Er wird ziemlich grummelig sein, nehme ich an.«

»Glaube ich nicht. Er kann sich gut beherrschen. Aber steif wird er sich geben. Können wir lauschen?«

»Müssen wir probieren.«

Es erwies sich als schwierig. Zumindest für Bouchon. Denn da im Garten die Matronen saßen und Olga mit zwei anderen Frauen im Salon schwatzte, nahmen Altea und Mama Vincent mit nach oben in die Mansarde. Ich also den Birnbaum hoch und aufs Dach. Bouchon nahm Anlauf und schaffte den halben Stamm.

»Meinen Ruf lassen wir jetzt mal außen vor, Vincent. Wir können dieses Gespräch nicht vor Zeugen führen.«

»Mein Gott, Altea, Major, was ist geschehen?«

Mama klang ängstlich.

Bouchon nahm erneut Anlauf. Kam auf halbe Höhe, stürzte ab.

»Geschehen ist nichts, gnädige Frau, aber wir brauchen Ihre Mithilfe in einer äußerst delikaten Angelegenheit.«

»Ich bin in keine delikaten Angelegenheiten verwickelt.«

Ah, störrisch konnte Mama auch sein.

Bouchon stürmte von dem anderen Ende des Gartens auf den Birnbaum zu.

Schaffte es fast bis zum ersten Ast.

Plumps!

»Doch, Mama, du bist in derartige Dinge verwickelt. Ich habe heute mit dem Chevalier de Mort eine kleine Unterhaltung geführt. Nein, nein, ich mache dir keinen Vorwurf. Ich weiß, dass du es nur gut gemeint hast.«

»Ich tue es ja auch nicht wieder. Ich schäme mich ja dafür.«

»Das brauchen Sie nicht, gnädige Frau. Aber Sie können uns helfen. Sagen Sie, hat Bisconti an diesen Runden teilgenommen? Er wohnte ja in der *Traube.*«

Bouchon raste auf den Stamm zu, schaffte es bis zum ersten Ast und baumelte an den Vorderpfoten daran.

»Hochziehen!«, zischte ich ihm zu. Er ächzte.

»Ja, Herr de Bisconti war auch zweimal dabei, Herr Major.«

»Wie war sein Verhältnis zu dem Chevalier de Mort? Fanden Sie die beiden befreundet?«

»Nein, das nicht. Oweh, ich fürchte … Ich habe es nicht bedacht. Gottogott, ich komm in Teufels Küche!«

»Warum, Mama? Hast du ihm einen Schuldschein ausgestellt?«

»Nein, nein. Ich würde doch nie Schulden machen, Altea. Nie. Das habe ich gründlich gelernt.«

Bouchon saß auf einem schwankenden Ast neben mir und keuchte. Ich beachtete ihn nicht weiter. Was da drinnen geschah, war viel zu aufregend.

»Was haben Sie uns verschwiegen, gnädige Frau?«

»Es war, es war zwei Tage, bevor der arme Bisconti starb. Da hat der Chevalier ihn des Falschspielens bezichtigt.«

»Der Chevalier?«

Altea hüstelte.

»Ja, er hat ihm nachgewiesen, dass er zwei Asse zu viel hatte. Oder so was. Und dann hat er ihn gefordert.«

»Er hat ihn gefordert?«

Vincents Stimme klang fassungslos.

»Es ist aber nicht zum Duell gekommen. Das wollten sie am Sonntag in der Frühe austragen.«

»Und zwischendurch hat ein anderer den Bisconti freundlicherweise aus dem Weg geräumt. Der Chevalier wird mir Rede und Antwort stehen müssen.«

»Glauben Sie, er tut es?«

»Ich habe den Verdacht, dass er es schon aus Eigennutz tut. Gnädige Frau, diese Geschichte hätten Sie mir schon früher anvertrauen müssen. Sie hätte mir viel Arbeit erspart.«

»Ja, hätte ich. Aber, ich wollte doch nicht, dass jemand erfährt … Und die Kommerzienrätin …«

»Wer, liebe Mama, hat denn noch so an den lukrativen Runden des tödlichen Ritters teilgenommen?«

»Muss ich das sagen?«

»Ja, gnädige Freu, das müssen Sie. Aber ich verspreche Ihnen, dass ich niemandem gegenüber meine Quelle nennen werde.«

»Oh, nun ja, dann …«

Es knarrte, es rauschte, es krachte – und ein gellender Schrei füllte die warme Sommerluft.

Ich hoch auf den First.

Das Fenster flog auf.

Unten strampelte sich Bouchon aus dem Blattgewirr des abgebrochenen Astes.

Tja, das viele Ragout fin!

»Bouchon?« Verdutzt kam es von Vincent. »Bouchon? Meine Damen, ich fürchte, ich muss mich um den havarierten Kater meines Onkels kümmern. Gnädige Frau, machen Sie mir eine Liste, wer wann bei den Spielen anwesend war.«

Kurz darauf war er unten, kämpfte gegen die aufgebrachte Wirtin und sammelte den verwirrten Bouchon auf.

Für mich gab es nun auch nichts mehr zu erlauschen, ich konnte nur hoffen, dass Vincent und Altea sich über die Liste von Mama austauschen würden. Vorsichtig machte ich mich an den Abstieg und fand unter der Laube ein unerwartetes Szenario vor.

Olga lag auf der Gartenliege, die sonst Altea gerne benutzte. Ein Blatt Papier hielt sie zerknüllt in der Faust, die Augen geschlossen, und auf ihrem Bauch hatte sich mein Kätzchen zusammengerollt. Gerade wollte ich ein warnendes Fauchen ausstoßen, da bewegte sich Olgas andere Hand und schmiegte sich um den kleinen Pelz.

Die Heisere seufzte leise. Offensichtlich stand auf dem zerknüllten Brief etwas, das sie traurig gemacht hatte.

Nun, das kam unerwartet.

Höchst unerwartet. Aber es sprach für die Kätzin, dass sie ihr Trost gespendet hatte.

Ich schlich mich zu meinem Schuppen und dachte über ihren Namen nach. Die Kleine war etwas Besonderes. Ich hatte es schon gleich nach ihrer Geburt gespürt. Aber wenn sie noch so jung sind, darf man ihnen das noch nicht sagen. Jetzt aber hatte sie ihre Wahl getroffen, und darum würde ich ihr noch eine weitere Unterweisung geben.

Und einen Namen.

Weiß war sie und von edlem Charakter. Möglicherweise würde sie der heiseren Olga helfen können. Auf jeden Fall hatte sie ihr schon mal die Abneigung gegen Katzen genommen. Eine große Leistung.

Ich grübelte noch eine Weile, dann wusste ich es. Und als Olga schließlich aufstand, kam mein letztes Kind zu mir und stupste mich an.

»Mama, darf ich zu Olga?«

»Ja, du darfst. Hüte sie gut. Und bring ihr deinen Namen bei.«

Den flüsterte ich ihr ins Ohr.

Sie schnurrte vor Freude und hopste zurück zu Olga, die das zerknüllte Papier glatt strich und in ihr Retikül steckte. Dann beugte sie sich zu der Katze nieder und streichelte sie.

»Du bist so zutraulich, kleine Weiße.«

Die plapperte munter drauflos.

Und dann passierte es.

Olga bückte sich, hob sie hoch und bettete sie an ihre Schulter. Heiser murmelte sie: »Alinuschka!«

Das war's also.

Mondscheinpartie

Da ich nun schon seit dem frühen Morgen auf den Pfoten war, verbrachte ich den späten Nachmittag und den frühen Abend schlummernd. Etwas Bratwurst wurde mir gereicht, für die ich einige Augenblicke wach wurde, aber richtig munter wurde ich erst wieder, als Altea durch den Garten zum Törchen ging. Ich also auf und hinterher.

Vincent wartete schon auf dem Weg.

»Mama hat die Liste erstellt. Hier ist sie. Es ist schon eine seltsame Runde, die sich da zusammengefunden hat.«

Er warf einen Blick drauf und nickte.

»Die Langeweile treibt solche Blüten. Und die Geschäftstüchtigkeit. Reiche Witwen, wie die Kommerzienrätin, eine Gräfin, eine italienische Contessa – Biscontis Klientel.«

»Heiratsschwindel. Ich verstehe.«

»Die anderen Herren dieser Runde sind mir bis auf den Oberst nicht bekannt. Und der war an dem Abend, als der Chevalier die Posse mit dem Falschspiel inszenierte, nicht anwesend, sonst hätte ich vermutlich doch davon erfahren.«

Die beiden gingen langsam den Pfad entlang, bis zu der Stelle, wo die schmale Gasse hinter der *Kaiserkrone* zur Straße führte.

»Was heißt Posse?«

»Ich habe mich mit de Mort unterhalten. Aber darüber

plaudern wir bei einer Mondscheinpartie. Altea, vertraust du meinen Fähigkeiten als Kapitän?«

»Hast du eine schnittige Yacht hier liegen?«

»Ein schnittiges Ruderboot.«

»Wie romantisch. Dann werde ich dich ja richtig arbeiten sehen!«

»Ach, ich dachte, wir lassen uns von der Strömung treiben, und du ruderst uns dann zurück.«

»Charmanter Vorschlag. Ist es das?«

Altea war an den Bootssteg getreten, an dem ein Nachen schaukelte.

»Der ist es.« Er sprang hinein und reichte ihr seine Hand. »Darf ich dir behilflich sein, an Bord zu kommen?«

»Das wirst du wohl müssen, Springen ist eine Disziplin, die ich nicht mehr beherrsche.«

Er half ihr vorsichtig in das Boot, und ich – ja, ich beherrschte die Disziplin des Springens ausgezeichnet.

»Himmel, schon wieder diese Katze!«

»Sina? Sina, du willst Boot fahren? Auf dem nassen Wasser?«

Glaub mal nicht, dass ich das gerne tue. Aber ich musste wissen, was los war. Verdammte Neugier. Man musste Opfer bringen. Ich setzte mich neben Altea auf die Bank – die war wenigstens trocken. Dem Boden traute ich nicht. Aber wir beide hatten einen netten Blick auf Vincent, der sich jetzt in die Riemen legte.

»Ist Bouchon ohne Blessuren bei seinem Absturz davongekommen?«

»Er ist gekonnt auf den Pfoten gelandet und schien mehr verdattert als verletzt zu sein. Seinen Appetit hat er jedenfalls nicht eingebüßt. Ich möchte allerdings wissen, was er in dem Baum zu suchen hatte.«

»Sina?«

Ich weiß von nix.

»Was wohl manchmal in den Köpfen dieser Katzen vorgeht?«, fragte Vincent.

»Das frage ich mich nicht, Vincent. Sie sind kluge, wissbegierige Tiere, sie werden ihre Gründe für ihre Handlungsweise haben. Einer davon dürfte unüberwindliche Neugier sein, nicht wahr, Sina?«

»Mau.«

»Na, wenigstens sind sie verschwiegen.«

»Sehr. Man kann ihnen alle Geheimnisse anvertrauen. Manchmal ist das sehr tröstlich.«

Kraulen und Streicheln. Mhrrrr.

»Und damit sind wir beim Thema, Vincent. Der Chevalier mit der dunklen Aura.«

»Ja, der Ritter des Todes. Einst Offizier, dann wurde er bei einem Duell verwundet und trat aus dem Dienst aus.«

»Ein Händelsucher?«

»Ich glaube nicht. Er war der Beleidigte.«

»Sein Gegner?«

»Tot.«

»Natürlich. Und dann wurde er zum Spieler?«

»Er hat es nicht nötig, seine Familie ist äußerst vermögend. Es ist ein Teil seiner Tarnung.«

»Offensichtlich hat er sich dir voll und ganz anvertraut.«

»Vermutlich hätte er es schon früher getan, wenn er von meinem Auftrag gewusst hätte. Ich muss den hirnlosen Major verdammt gut gespielt haben.«

»Och ja. Ich habe ihn dir abgenommen.«

»Und warst zu Recht empört über mein stoffeliges Verhalten. Ich werde versuchen, es wiedergutzumachen.«

»Ob dir das gelingt? Aber berichte weiter. Ihr habt euch also gegenseitig ins Vertrauen gezogen?«

»Nach einem vorsichtigen Umeinanderschleichen, ja. Aber einige Minuten nach unserer Begegnung fiel mir die Ähnlichkeit mit einem anderen Offizier auf, und ich wagte den Vorstoß und sprach ihn mit dem Namen des Mannes an, den ich in Metz zu den verräterischen Unterlagen befragt hatte. Chevalier de Montemart.«

»Jener Colonel, der sich mit Zyankali vergiftet hat.«

»Ebender.«

»Ich erlaube mir einen Verdacht.«

»Erlaubte ich mir auch. Und falsch, meine Liebe, liegen wir beide nicht. Nur ist es nicht die Art des Chevaliers, jemanden zu vergiften. Er hätte Pistolen vorgezogen. Er gab zu, Bisconti gezinkte Karten in die Hand gegeben zu haben, um ihn des Falschspiels zu bezichtigen und ihn dann zu fordern. Er wollte ihn umbringen.«

»Warum?«

»Weil Bisconti schuld am Tod seines Bruders ist. Und vieler anderer Menschen auch. Er kam ihm auf die Spur, genau wie ich. Und hier in Bad Ems hat er ihn stellen wollen.«

»Er hätte ihn wegen Verrats fordern können. Warum der Weg über das Falschspiel?«

»Ehre, de Montemarts Vorstellung von Ehre. Oder besser Unehre. Es gab französische Offiziere, die sehr angetan von Biscontis Diensten waren. Ihnen wollte er damit unter die Nase reiben, was für ein niedriger Charakter der war. Altea, wir verstehen so etwas wohl nicht ganz. De Montemart hat sich in seine Rache hineingesteigert, er wollte Vergeltung und auf seine Weise Gerechtigkeit. Daher auch die Gewinne deiner Mutter. Von deiner Rolle in Metz wusste er auch, und er ist ein gründlicher Rechercheur gewesen.«

»Seine Vergeltung hat er bekommen.«

»Ja, und damit ist sein Ehrgeiz erloschen.«

»Warum hält er sich dann hier noch auf?«

»Weil er wissen möchte, wer ihm zuvorgekommen ist. Und warum.«

»Forscht er auch nach?«

»Sehr unauffällig. Oppens Tod hat ihn jedoch völlig verwirrt. Er vermutete ein ähnliches Motiv wie das seine hinter dem Anschlag und hat vor allem Militärs im Auge gehabt. Unter anderem deinen General.«

»Ich habe keinen General.«

»Doch, und du tätest gut daran, seinen Antrag anzunehmen.«

»Herrgott, woher weißt du das denn nun schon wieder?«, knurrte Altea.

Vincent grinste.

»Aufklärungsarbeit.«

»Meine Mutter ist eine Tratsche!«

»Mein Onkel auch. Er erwägt übrigens ebenfalls, dir die Ehe anzubieten.«

Das Boot schaukelte, und ich musste mich an Alteas Rock festklammern.

»Sind denn alle Männer wahnsinnig geworden?«

»Scheint, dass du die Männer in den Wahnsinn treibst. Auch der Chevalier deutete an, dass er gerne bereit wäre, dir zur Seite zu stehen.«

»Das muss am Vollmond liegen«, stöhnte Altea.

»Ja, der macht sich gut hier über dem Wasser.«

Ich schielte nach oben. Die Dämmerung hatte den Himmel lavendelfarben gefärbt, und ein bleicher runder

Mond schwebte im Zenit über einigen feinen Federwölkchen. Wir hatten das mit Häusern bebaute Gebiet verlassen, das Ufer war hier von Bäumen bestanden, und Vincent ruderte nahe an eine Stelle, wo eine Weide ihre langen Äste in das Wasser tauchte. Er machte das Boot fest und zog die Ruder ein.

»Schon erschöpft, Major?«

»Vollends.«

Er sah nicht so aus.

Altea kraulte mich, und ihre Finger fühlten sich nervös an. Aber ihre Stimme war fest.

»Lassen wir mal das Geplänkel beiseite, Vincent. Chevalier de Mort – oder Montemart – war also am Tod Biscontis gelegen. Vermutlich aber nicht an Oppens. Also sind wir genau da, wo wir vorher auch standen.«

»Nicht ganz. Einerseits haben wir einen sehr klugen Mann auf unserer Seite, der sich bereit erklärt hat, mir seine Erkenntnisse weiterzugeben, zum anderen kennen wir den Namen des Sekundanten Biscontis.«

»Oh. Natürlich. Daran hätte ich denken können. Der muss zumindest einiges über Bisconti wissen. Wer ist es?«

»Rate!«

»Ich kenne ihn?«

»Ich denke schon.«

Altea rutschte hin und her. Ich überlegte ebenfalls. Sie kannte einige Männer.

»Oppen kann es nicht gewesen sein. Tigerstroem?«

»Kannst du dir den wirklich als Sekundanten vorstellen?«

»Nein, vor allem nicht als Biscontis Freund. Der Zeitungsverleger Goertz möglicherweise? Nein, der ist viel zu distinguiert. Einen Ehrenhändel heißt er sicher nicht gut.«

»Nein, Goertz ist es nicht – es hat mich, ehrlich gesagt, im ersten Moment auch überrascht, als de Montemart mir den Namen nannte. Lord Jamie Fitzmichael hat sich als Biscontis Sekundant gemeldet.«

»Der Wetten-Lord. Doch, ich hätte darauf kommen können. Er ist ein spleeniger junger Mann, sprunghaft, pathetisch, abenteuerlustig.«

»Und du eine überaus scharfe Beobachterin.«

»Hast du schon deine Befragungstechniken bei ihm angewandt?«

»Nein, ich werde ihn mir morgen vornehmen.«

»Und hat sich etwas bei den Apothekern ergeben?«

»Wenig, was konkret hilfreich wäre. Rattengift wurde von den Hausmeistern des *Panorama*, von der *Kaiserkrone* und vom Verwalter des Kursaals erstanden. Und Tigerstroem hat eine Flasche Blausäure für seine Photographien erstanden.«

»Womit jeder Bewohner der in Frage kommenden Hotels Gelegenheit hatte, an das Gift zu gelangen und es in Pralinés oder Keksen zu verarbeiten.«

»Was allerdings auf einen geübten Patissier schließen lässt.«

»Oder eine Frau.«

»Oder eine Frau.«

»Er war ein Heiratsschwindler.«

»Oppen nicht.«

»Wir drehen uns im Kreis.«

Ich beäugte den Boden des Bootes noch einmal aufmerksam. Konnte ich es wagen, ohne nasse Pfoten zu bekommen, dort hinunterzuspringen? Er sah trocken aus.

Es wurde Zeit, dass ich die Initiative ergriff. Ich glitt

von der Bank neben Altea, setzte mich vor Vincent und maunzte ihn an.

»Na, was hast du dazu beizutragen?«

Nix, du Dösbaddel. Aber da ist jetzt ein Platz frei geworden. Und der Mond scheint so schön. Ich könnte selbst Gefühle kriegen.

Rieb ich also meinen Kopf an seinem Hosenbein.

Er streichelte meinen Nacken.

»Erzähl mir, wie du zu diesem liebevollen Tierchen gekommen bist, Altea. Das ist doch nicht einfach eine Streunerkatze, die von dir gefüttert wird.«

»Ich weiß nicht, Vincent. Sie tauchte eines Mittags im Garten auf und mauste mir den Braten vom Brot. Und am nächsten Tag war sie mit vier Kindern hinter dem Schuppen eingezogen. Eines der Kätzchen starb. Vermutlich des Hungers. Sie waren alle nur Haut und Knochen, die Ärmsten. Ich habe mit Sina getrauert und das Kleine begraben. Seither folgt sie mir. Und ich stellte ihnen, sooft es ging, etwas zu essen hin.«

Das Boot wackelte, als er aufstand und sich neben sie setzte. Ich ertrug meine Todesangst heldenhaft. Ich jaunerte noch nicht mal.

Altea protestierte.

Aber nicht zu heftig.

Es war nämlich nicht viel Platz auf der Bank, und Vincent musste seinen Arm um ihre Schultern legen.

»Ich habe mich an Onkel Dorotheus' Bouchon auch schon gewöhnt, obwohl ich auf vergleichsweise undramatische Art mit ihm bekannt wurde. Er wurde mir vorgestellt, beschnüffelte meine Stiefel, dann meine Hand, und abends setzte er sich auf meinen Schoß.«

»Er hat dich als Verwandten akzeptiert, nehme ich an.«

»Du hast damals auch eine Katze gehabt, nicht wahr?«

Er fragte es sehr leise. Dicht an ihrem Ohr. Sie rückte ein bisschen ab. Aber nicht weit.

»Ja, meine Bella. Sie ist sehr alt geworden und hat es nicht mehr erlebt, dass wir unser Heim verlassen mussten. Für sie wahrscheinlich ein Glück. Sie lag so gerne im Garten unter dem Farn am Teich.« Altea schluckte. »Da habe ich sie dann auch gefunden. In einer warmen Sommernacht wie dieser heute. Dort habe ich sie auch begraben.«

Oijeoije.

Vincent machte das einzig Richtige. Er zog sie noch etwas enger an sich.

Das Mondlicht tanzte auf den Wellen. Eine Nachtigall flötete eine lange, schöne Melodie. Fische schnappten nach kleinen Insekten und hinterließen Kreise im Silberwasser.

Ich rollte mich zusammen.

Alles war gut.

Mandelgebäck

Auch morgens war noch alles gut. Irgendwann hatte Vincent mich aus dem Boot gehoben und mich auf festem, nicht schaukelndem Boden abgesetzt. Ich sauste auf meinem Weg in den Garten und war lange vor den beiden da.

Na ja, vermutlich mussten sie noch das Boot festmachen.

Jedenfalls lag in der Frühe ein leichtes Strahlen über Altea, und sie machte sich beschwingt auf den Weg, das Frühstück im Kurhotel einzunehmen.

Bouchon würde zu berichten wissen.

Ich drehte meine Runde, kehrte in den Garten zurück, wo Alinuschka Sahne schleckerte.

»Du bist noch hier?«

»Ja, Mama. Olga weiß noch nicht so richtig, was sie mit mir anfangen soll. Aber ich glaube, sie lernt schnell.«

»Du wirst wohl Geduld mit ihr haben müssen.«

»Hab ich. Immerhin hat sie schon nach mir Ausschau gehalten. Und jetzt sitzt sie mit Alteas Mama zusammen und isst so Zeug, das so riecht, wie du gesagt hast, dass es giftig ist.«

»Waas?«

»Ist aber wohl nicht schlimm. Passiert ist ihnen nichts.«

Dennoch war ich auf das Höchste alarmiert.

Ich schlich mich an den Tisch.

Es roch bittersüß, ganz genau. Und Mama nahm eben einen Keks vom Teller. Meine Gelegenheit! Bevor sie ihn in den Mund stecken konnte, sprang ich auf den Tisch und krallte ihn mir. Er flog auf den Boden. Ich das Ding zwischen die Zähne und los.

Mama quiekte, Olga schimpfte.

Aber ich witterte die Gunst der Stunde.

Dort unter dem Rosenbusch, wo Altea mein Kätzchen und ich das Döschen vergraben hatten, scharrte ich den Boden ein bisschen auf. Dann jaulte ich herzzerreißend.

Auf Mama war Verlass. Sie war aufgestanden und kam zu mir. Olga folgte.

»Was hast du, Sina? Hast du dir an dem Keks einen Zahn ausgebissen?«

Ich jammerte noch mal und scharrte wieder an der Oberfläche, dort, wo mein totes Kind lag. Dann schob ich den Keks dorthin.

»Ich versteh das nicht, Sina.«

»Soweit ich weiß, scharren Katzen, wenn sie … mhm … ihre Notdurft verrichten müssen«, kommentierte Olga. »Wir sollten ihr *privé* respektieren.«

Sie wandte sich ab.

Mir war es recht, denn nun konnte ich das Döschen ausgraben. Erde flog in alle Richtungen. Dann blinkte es unter meinen Pfoten.

Mama beugte sich nieder.

»Was ist denn das? Sina, das ist …«

Ich kratzte noch etwas tiefer, und Mama fasste in die Erde.

»Das Pastillendöschen!«

Olgas Schatten fiel über uns. Sie langte zu.

Mama entzog ihr die Hand und erhob sich.

»Nein, Frau Petuchowa.«

»Geben Sie her.«

Mit einem großen Schritt entfernte Mama sich von dem Rosenbusch. Olga funkelte sie wütend an.

»Ich vermisse ein Döschen dieser Art, Frau von Lilienstern. Man hat es mir gestohlen.«

»Unsinn. Wer stiehlt ein Pillendöschen und vergräbt es im Garten?«

»Ihre Tochter vielleicht? Sie legt oft ein höchst befremdliches Verhalten an den Tag.«

Wieder trat sie näher an Mama heran und versuchte, ihr das Döschen zu entwenden.

Ich heulte, um sie abzulenken. Klappte aber nicht.

Mama klopfte Olga auf die Finger.

»Lassen Sie das!«

»Geben Sie her!«

»Nein.«

Ich kreischte.

Alinuschka schoss vom Schuppendach und krallte sich in Olgas Rock.

Olga schüttelte sie ab, ging auf Mama los. Irrsinn verzerrte ihre Züge.

Mama haute sie.

Olga grapschte nach dem Döschen, Mama schrie.

Olga umklammerte ihre Beute, wollte damit weglaufen.

Prallte gegen den General.

Der krallte sich Olga in einem festen Griff und herrschte sie an: »Was ist denn das für ein Benehmen, Madame Petuchowa?«

Die zappelte.

»Sie hat mir das Döschen aus der Hand gerissen, Herr General.«

Er löste Olgas Finger, die sich um die Dose schlossen, und sie stöhnte. Offensichtlich war die Operation nicht ganz schmerzlos.

»Nehmen Sie, Gnädigste. Und Sie, Madame, beruhigen sich jetzt endlich. Himmel, müssen Künstlerinnen immer so exaltiert sein?«

»Ich bin nicht exaltiert. Ich will mein Eigentum zurück.«

»Das ist nicht Ihr Eigentum. Diese Dose gehörte Bisconti.«

»Frau von Lilienstern?«

»Ja. Er hat mir damals eine dieser scheußlichen Emser Pastillen daraus angeboten. Wir haben das Muster bewundert, und er nannte es orientalisch.«

»Ich habe das nämliche. Billige Bazar-Imitationen kursieren überall.«

»Dann kaufen Sie sich eine neue Bazar-Imitation, Madame!«, fauchte Mama. Sie war jetzt richtig wütend.

»Lassen Sie mich endlich los, General!«

»Nicht, solange Sie sich nicht wie eine Dame beherrschen.«

Olga atmete tief ein und straffte sich.

»Ja, natürlich. Verzeihen Sie meine Ungehörigkeit, Frau von Lilienstern. Ich habe überreagiert. Meine Nerven sind etwas angegriffen.«

Der General ließ die Arme sinken, und Olga trat einen Schritt von ihm weg.

»Und nun, meine Damen, wollen wir das Döschen einmal näher betrachten. Sie, Gnädigste, behaupten, es habe Bisconti gehört. Wie, so frage ich mich dann, ist es in Ihre Hand gelangt?«

»Die Katze hat es ausgegraben!«

»Wie bitte?«

Oh, könnte ich mit Menschenlauten sprechen!

Ich versuchte es, maunzte, raunzte, brummte und jaunerte.

Alle drei sahen mich an.

»Wo bleibt nur Altea? Sie würde sicher eine Erklärung für dieses seltsame Verhalten haben. Sie kennt sich mit Katzen so gut aus!«

Wohl wahr, Mama!

Kurhotel.

Ich los.

Kaum auf der Straße, sah ich sie schon kommen. Vincent an ihrer Seite. Spurt und Sprint und Jaul!

»Da ist etwas passiert, Vincent.«

Altea hinkte mit großen Schritten zum Haus, Vincent folgte.

»General!«

»Major!«

Zackige Grüße wurden ausgetauscht.

»Kann ich behilflich sein, Herr General?«

»Wie es aussieht, wurde ein Beweisstück im Fall Bisconti – äh – ausgegraben.«

Altea betrachtete das Döschen, und ich rieb mich aufmunternd an ihrem Bein.

»Eine Pillendose. Was enthält sie?«

»Emser Pastillen hat er mir daraus angeboten, Altea. Das habe ich doch schon damals erzählt. Er lutschte die Dinger ständig. Obwohl die so grässlich schmecken.«

Altea streckte die Hand aus, und Mama legte das Döschen hinein.

»Schwer für einen Pastillenbehälter.«

Olga versuchte, sich sehr unauffällig zu entfernen.

Ich setzte ihr nach und maunzte.

»Bleiben Sie bei uns, Madame!«, befahl der General und fasste sie am Ellenbogen.

»Öffne das Ding, Altea«, bat Vincent. »Wir sind neugierig.«

Sie klappte den Deckel auf und betrachtete den Inhalt.

»Vier Pastillen. Aber … irgendwas stimmt damit nicht. Es ist definitiv zu schwer.« Und dann ging ein Leuchten der Erkenntnis über Alteas Gesicht. »Wie habt ihr das Döschen gefunden, Mama?«

»Deine Katze hat es ausgegraben. Da, unter dem Rosenbusch.«

»Unter dem Rosenbusch. Sina, dort, wo wir dein Kind begraben haben?«

»Mau.«

»Und was hat der Keks hier zu suchen, Sina? Hast du den gemaust?«

Altea reichte Mama die Dose wieder und hob mit zwei spitzen Fingern den Keks hoch. Kluge Frau!

»Sie hat ihn mir aus der Hand geschlagen, gerade als ich hineinbeißen wollte.«

Altea sah zu mir hin, betrachtete den Keks. Hob ihn an die Nase. Schnüffelte. Sah zu Vincent. Reichte ihm den Keks. Der roch ebenfalls daran.

»Sinas Kätzchen ist an Rattengift gestorben«, sagte Altea ganz leise.

»Als Rattengift wird Zyankali verwendet«, ergänzte Vincent.

»Und Zyankali riecht nach Bittermandel«, erklärte Altea.

»Und dies hier ist ein Mandelkeks«, stellte Mama nüchtern fest. »Halten Sie Madame Olga fest, General!«

Er hatte sie schon in einem harten Griff gepackt.

»Ich habe damit nichts zu tun«, keuchte sie.

Vincent ging zu ihr.

Doch vor ihm war Alinuschka da. Sie setzte sich vor sie hin, schaute mit ihren schönen grünen Augen zu ihr auf und miaute leise.

»Lassen Sie sie los, Herr General. Sie ist keine Mörderin«, sagte Vincent.

»Herr Major?«

»Ich verbürge mich für sie.«

»Vincent?«

Altea wirkte überrascht und verletzt.

Der General ließ die Heisere los, und sie bückte sich zu Alinuschka, die an ihrem Saum zupfte. Sie nahm das Kätzchen hoch und drückte es an sich.

»Ich wusste nicht, dass eines von ihnen vergiftet wurde«, sagte sie.

»Am Tag bevor Bisconti starb«, antwortete Altea mit sehr kühler Stimme.

»Können wir uns wieder an den Tisch setzen?«

Mama wies mit der Hand auf den verwaisten Frühstückstisch, und die Gesellschaft zog sich in den Schatten der Laube zurück. Ich natürlich hinterher.

Eine Weile herrschte Schweigen. Altea rief die Wirtin und bat um weiteren Kaffee. Die brachte eine große bauchige Kanne und zusätzliche Tassen ohne Murren, und erst als er ausgeschenkt war, ergriff Vincent wieder das Wort.

»Darf ich das Corpus Delicti untersuchen?«

Mama reichte es ihm. Er öffnete es vorsichtig und ließ die vier Pastillen in eine Serviette rollen. Dann roch er an dem Metall, innen und außen.

»Meine Nase ist nicht sensibel genug, um festzustellen, ob es Blausäure enthalten hat. Aber bei den Pastillen wird uns ein Apotheker weiterhelfen. Aber Altea, du hast recht, die Dose ist zu schwer für ihre Größe.« Mit den Fingerspitzen fuhr er den Ornamenten nach. »Und eine billige Bazar-Imitation ist es auch nicht.«

Olga war blass und schweigsam, Alinuschka saß auf ihrem Schoß und schnurrte leise.

»Es wäre hilfreich, wenn einer von Ihnen hier wüsste, wie diese Dose dort unter den Rosenbusch gelangt ist.«

Vincent schaute in die Runde.

Alle schwiegen.

Dann hob Altea plötzlich den Kopf.

»General Rothmaler, erinnern Sie sich an den Tag, als Sie in Bad Ems eintrafen und mit mir, Frau Viola und Mama hier plaudernd im Garten saßen?«

»Ja, natürlich, meine Liebe.«

»Es hat ein Gezänk im Haus gegeben, recht lautstark. Madame Olga beschimpfte die Wirtin, etwas verräumt zu haben. Eine Pillendose oder so was, wenn ich mich recht erinnere.«

»Ach ja?«

Olga senkte den Kopf.

»Alle, die hier sitzen, möchte ich zum Schweigen verpflichten«, sagte Vincent. »Altea?«

»Wenn es denn notwendig ist.«

»Das ist es. Frau von Lilienstern?«

»Natürlich.«

»Herr General?«

»Wenn Sie es für sinnvoll erachten.«

»Überaus. Es hat mit einem … Auftrag zu tun. Nicht wahr, Olga?«

»Ja.«

»Marijinsky-Theater«, schnaubte der General.

»Nehmen Sie an. Bitte.«

»Nun gut.«

Vincent hatte das Döschen weiter betastet und drückte mit dem Finger an eine Stelle. Der Deckel sprang auf. Er holte etwas in Watte Gehülltes heraus. Ich musste auf einen leeren Stuhl springen, um es beäugen zu können. Es roch nach nichts.

»War es das, was du gesucht hast, Olga?«

»Das war es, was ich gefunden hatte!«, presste sie zwischen zusammengebissenen Zähnen heraus.

»Und was ist es?«

Altea beugte sich vor.

»Eine optische Linse.«

»Was wollten Sie denn damit?«

»Das werde ich Ihnen nicht sagen. Und wenn Sie mich der Folter unterziehen.«

»Folter gehört nicht zu meinen Methoden, Olga. Das

weißt du. Sei's drum. Aber wie bist du an Biscontis Pastillendöschen gekommen?«

»Ich habe es ihm fortgenommen. Ganz einfach.«

»Wann?«

Sie schien Alinuschka gezwickt zu haben, denn die schrie auf und sprang von ihrem Schoß. Ich hüpfte ebenfalls von meinem Sitz und putzte ihr zerrauftes Fell.

»Sie hat so Schmerzen«, maunzte die Kleine.

»Hat sie?«

»Sie tun ihr weh.«

»Sie hat etwas Unrechtes getan, Alina. Etwas, das sie nicht verraten will. Aber ich habe gesehen, wie sie das Döschen dem toten Mann gemaust hat. Es wäre besser, sie würde es sagen.«

»Dann versuch ich es noch mal.«

»Du bist tapfer, Kleine.«

Sie trottete wieder auf Olga zu und sprang erneut auf ihren Schoß.

Vertrauen.

Vertrauen war der Schlüssel zu Olgas Herz.

Sie sah Alinuschka an und streichelte sie sanft. Dann seufzte sie.

»Dieses Tierchen, ihm ist es gleichgültig, was ich getan habe.«

»Sie haben Ihre Gründe, wie ich inzwischen verstanden habe. Aber, Madame Olga, wir haben es mit zwei Morden zu tun, und jeder Hinweis hilft uns weiter. Wenn Sie ausschließlich mit dem Major de Poncet darüber sprechen wollen, dann respektieren wir das.«

»Einverstanden, Olga?«

»Ja.«

»Nun, dann werden wir uns jetzt zurückziehen. Olga,

möchtest du mich ins Hotel begleiten, oder wollen wir deine Wohnräume hier aufsuchen?«

»Bleiben wir hier.«

Vincent und Olga erhoben sich. Vincent reichte Altea die Serviette mit den Pastillen und bat sie, sie bei dem Apotheker vorbeizubringen, Mama und der General blieben am Tisch sitzen, und Mama schenkte noch einmal Kaffee nach.

Ich blieb auch. Alinuschka würde mir schon berichten, was Olga und Vincent nun besprechen würden. Sie war wirklich eine kleine Herzschmeichlerin.

Noch ein Heiratsantrag

»Sie ist eine bedauernswerte junge Frau«, sagte Mama mit einem Blick in Richtung Olgas Fenster.

»Bedauern Sie sie nicht zu sehr, sie besitzt einiges an Härte«, grummelte der General.

»Mag sein. Aber es ist ganz bestimmt schrecklich für eine gefeierte Opernsängerin, die Stimme zu verlieren.«

»Gnädigste, auch Sie sollten allmählich bemerkt haben, dass Madame Olga nie und nimmer eine Opernsängerin gewesen ist.«

Mama betrachtete nachdenklich ihre blau geblümte Kaffeetasse.

»Ist sie nicht? Nun ja, mich machte letzthin beim Kurkonzert auch ein wenig stutzig, dass sie gar so wenig zu den Stücken sagen konnte, die wir geboten bekamen. Ich dachte allerdings, sie schwiege aus Höflichkeit. Das Orchester ging nicht – mhm – besonders sensibel mit Herrn Mozart um.«

»Geschrammel verkrachter Straßenmusikanten.«

»So schlimm nun auch wieder nicht. Aber gelegentlich ein wenig schräg in der Treffsicherheit korrekter Töne. Aber was will man machen. Eine Kur dient vornehmlich der Gesundheit und nicht dem Vergnügen.«

»Dann hoffe ich, Ihre Gesundheit profitiert von dem hiesigen Wasser mehr als von der gebotenen Unterhaltung.«

»Ach, ein paar kleine Lichtblicke gibt es in der Unterhaltung schon. Haben Sie das heutige Sonntagsblatt gelesen, Herr General?«

»Natürlich, Gnädigste. Doch was bot Ihnen darin denn nun Unterhaltung? Die Einführung der Gewerbeordnung in Elsass-Lothringen durch unseren Kaiser Wilhelm? Der Handelsvertrag mit Portugal? Oder gar die Erteilung der Exequatur an Ben Campbell Jones als Vizekonsul der Vereinigten Staaten von Amerika für Berlin?«

»Gewerbeordnung? Ah, sicher. Und Portugal und der Vizekonsul sind bestimmt auch wichtig, aber amüsiert hat mich die Kur aus Sicht eines Schoßhündchens von Aloisius Kattenvoet.«

»Vermutlich weit bewegender als die politische Lage.«

»Sie spotten meiner, Herr General.«

»Nein, Gnädigste. Ich denke nur, dass unsere Interessen hier und da anders gelagert sind. Wie sieht das Schoßhündchen denn die Kurtreibenden? Achtet es auf die Knochen, die sie beim Essen übrig lassen?«

Mama kicherte.

»Es ist ein wohlgenährtes Hündchen und richtet seine Aufmerksamkeit auf andere Dinge als Futter. So hat es sich ausgiebig über sein Frauchen ausgelassen, das es als exaltierte Mimin bezeichnet. Leicht zu durchschauen, um wen es sich dabei handelt. Vor allem hat es ein überaus hündisches Verständnis für Gehorsam und beurteilt die Menschen danach, vor wem sie buckeln.«

»Autsch, dann sollen das Hündchen und sein Verfasser vor der Zensur auf der Hut sein. Ich werde mir umgehend diese Glosse zu Gemüte führen.«

»Aber nicht, um das der Obrigkeit zu melden.«

»Nein, zu meinem eigenen Vergnügen.«

Da hatte also Altea wieder eine spitze Feder gewetzt. Ihr Gekrakel schien sich zu lohnen, denn der Zeitungsverleger brachte jede Woche eine ihrer Glossen heraus. Ich putzte mir den Latz und wollte mich unter dem Tisch zum Dösen zusammenrollen, was mir auch fast gelang. Das Gespräch über mir verlief leise und in freundlichen Tönen, sodass ich meine Aufmerksamkeit verringern konnte.

Bis zu dem Augenblick, als Mama ihre Füße unter meinem Bauch zurückzog, was bedeutete, dass sie sich aufrechter hinsetzte.

»Ja, Herr General, natürlich habe ich mir Gedanken über Alteas Zukunft gemacht. Und auch über die meine. Und natürlich hat sie sich mir anvertraut und von Ihrem höchst ehrenwerten Antrag berichtet.«

»Sie ist nicht geneigt, ihn anzunehmen.«

»Ich fürchte, nein. Obwohl sie ... Nein, ich lege ihr nichts in den Mund.«

»Ein alter Knochen wie ich ist nicht der rechte Ehemann für eine schöne, lebensvolle junge Frau. Ein schneidiger Major könnte wohl größere Chancen haben, oder täusche ich mich da?«

Mama seufzte.

Ich schnurrte. Der Major hatte ziemlich große Chancen, so aus meiner Sicht.

»Major de Poncet ist ein ehrenwerter Mann.«

»Das ist er.«

»Sie – verzeihen Sie, wenn ich so freimütig frage –, Sie sind nicht in heißer Liebe zu Altea entbrannt?«

Der General gab einen seltsamen Laut von sich. Und räusperte sich. Und räusperte sich dann noch mal.

»Höflichkeit ist manchmal beschwerlich, Herr General, Aufrichtigkeit mag wehtun, hilft aber in manchen Fällen mehr als eine freundliche Umschreibung.«

»Ähm … ja, da haben Sie recht, Gnädigste. Ähm … nein, mein … ähm … Antrag entsprach in erster Linie dem Wunsch, Ihrer Tochter und Ihnen einen … ähm … angemessenen gesellschaftlichen Status zu gewährleisten. Aber es mangelt mir weder an Bewunderung noch an Respekt Fräulein Altea gegenüber. Und Ehen sind schon auf weniger guten Fundamenten geschlossen worden.«

»Sehr vernünftig und sehr pragmatisch, Herr General. Und sehr freundlich von Ihnen. Darum wage ich Ihnen einen Vorschlag zu machen. Herr General, ich stamme aus einer angesehenen Familie, Landjunker seit Generationen, doch mein Vater hatte sechs Töchter zu versorgen. Trotzdem haben meine Schwestern und ich eine ausgezeichnete Erziehung genossen, und ich habe dem Haushalt meines Mannes mit Sorgfalt vorgestanden. Ich bin verantwortliches Wirtschaften gewöhnt, ebenso wie ich mich in gehobenen gesellschaftlichen Kreisen zu bewegen weiß. Meine Tochter ist erwachsen, und auch wenn ich sehr an ihr hänge, wird sie ihren eigenen Weg gehen.«

Ich krabbelte unter dem Tisch hervor, um mir Mama genauer anzusehen. In ihrer Stimme schwang ein eigenartiger Ton mit. So hatte ich sie noch nie erlebt. Irgendwie entschlossen. Und zwar stählern entschlossen.

Doch ihre Miene war sanft, und sie lächelte den General liebevoll an.

»Meine Liebe, Sie haben völlig recht, Sie sind eine Dame, über jeden Tadel erhaben.«

»Danke, Herr General. Und nun, da Sie selbst offensichtlich darüber nachgedacht haben und einer neuerlichen Ehe nicht abgeneigt gegenüberstehen, wage ich … Nun, sehen Sie, ich habe nichts mehr zu verlieren, Herr General. Nicht einmal mehr meinen Stolz. Darum frage ich Sie, ob Sie mich heiraten würden.«

Ich glaube, der Aufprall einer Kanonenkugel mitten auf den Magen hätte den General nicht mehr aus dem Gleichgewicht bringen können. Er ließ die Hand mit der Kaffeetasse ganz langsam sinken.

»Ähm«, sagte er dann und lief dunkelrot an.

Mama saß kühl wie eine Morgenbrise auf ihrem Platz, doch ihre Finger waren miteinander so verknotet, dass sie fast weiß waren.

Ich musste den General bewundern.

Nach zwei weiteren Räusperern meinte er: »Ein Vorschlag, der nicht von der Hand zu weisen ist, Gnädigste.«

»Dennoch bitte ich um Aufrichtigkeit, Herr General. Wenn Sie eine Abneigung irgendeiner Art verspüren, sagen Sie es ehrlich. Dieses Gespräch wird ausschließlich unter uns bleiben, und ich werde es schlicht vergessen, wenn Sie jetzt einfach den Kopf schütteln.«

»Es ist … ungewöhnlich, Gnädigste, und soeben erschließt sich mir das Dilemma vieler unserer jungen Damen. Auf eine solche Überraschung zu reagieren, ohne jemanden zu verletzen, ist fast unmöglich. Mein Respekt für Euch Frauen wächst ins Unermessliche. Ihr erspart uns Männern einen Haufen schwieriger Situationen.«

»Und ich habe Sie jetzt in eine solche gebracht.«

Er lachte plötzlich auf.

»Ja, in der Tat. Allerdings haben Sie mich auch zum Nachdenken gebracht, Teuerste.« Dann ergriff er ihre Hand und führte sie an seine Lippen. »Ich bin ein Mann von schnellen Entscheidungen, meine Liebe. Das lernt man als Offizier. Ich nehme Ihren Antrag an. Er wird mich von solchen *bêtisen* wie die schöne Bette abhalten und erlaubt mir zudem, Ihrer störrischen Tochter, wenn auch nicht als Schwiegervater, so doch als Stiefvater meine Hilfe aufzudrängen. Und zusätzlich wird meinem Heim nun wieder eine elegante, gewandte Gattin Glanz verleihen.«

Nun errötete auch Mama zutiefst und schaute in die Kaffeetasse.

»Sie lachen nicht über mich?«

»Nein, Hermine, ich lache nicht über Sie. Aber wir beide sollten anderen gegenüber noch ein paar Tage über unsere Vereinbarung schweigen.«

»Oh ja, auf jeden Fall. Ich bin jetzt ganz zitterig!«

»Nun, das passiert uns allen, wenn wir schwerwiegende Entscheidungen treffen. Gestatten Sie, dass ich uns beiden nun einen Augenblick der Besinnung schaffe. Wir wollen uns wiedertreffen, wenn wir unsere Contenance zurückgewonnen haben.« Er stand auf, und bei seiner Verbeugung küsste er noch einmal Mamas Hand. »Heute Abend wollen wir gemeinsam dinieren. Ich hole Sie um sechs Uhr ab.«

»Ja. Ja, danke.«

»Madame, ich bewundere Sie.«

Ich sprang auf Mamas Schoß. Sie brauchte mich jetzt. Dringend.

Mein Schnurren beruhigte sie, ihre kalten Finger wurden in meinem Fell wärmer und wärmer, und als Altea zurückkam, war sie wieder ganz gelassen.

»Nun, was sagt der Apotheker?«

»Ich werde heute Nachmittag Ergebnisse haben. Ist Vincent noch bei Olga?«

»Ich weiß es nicht, Liebes. Ich werde jetzt einfach eine kleine Promenade machen. Alles war so aufregend heute.«

»Hat der General dich nicht beruhigen können?«

»Doch schon, aber … Lass mich einfach eine halbe Stunde nachdenken.«

»Natürlich. Ich habe auch noch etwas zu erledigen.«

Mama wollte offensichtlich nicht mit Altea plaudern. Die hingegen ging hoch in ihr Zimmer und kehrte mit ihrem Heft zurück. Sie setzte sich an den Tisch und krakelte wieder hinein. Dabei zwinkerte sie mir verschwörerisch zu.

»Diesmal, Sina, wird Kattenvoet das befremdliche Treiben der Kurgäste aus Sicht einer Streunerkatze schildern. Ich glaube, das wird sehr erhellend. Manchmal wünsche ich mir, ich könnte für ein paar Stunden in deinen Körper schlüpfen. Wer weiß, dann hätten wir vermutlich diese mörderische Geschichte bereits aufgeklärt.«

Na, auf jeden Fall wüsstet ihr schon ein paar Dinge mehr. Ich rieb mich an ihrem Bein, und sie krakelte munter weiter.

Also stellte ich die Schnurrhaare auf und inspirierte sie. Bei einigen Menschen klappt das hervorragend!

»Hat deine Katzenpfote wieder sinnreiche Beobachtungen auf Papier gekratzt?«, fragte Vincent und trat näher. Seine Hand lag auf ihrer Schulter und spielte mit einem Löckchen. Sehr vertraulich.

»Es ging mir beschwingt von der Hand. Bist du mit der schönen Olga fertig?«

»Ich bin in vielerlei Hinsicht mit ihr fertig, meine Liebe.«

»Was allerdings inkludiert, dass du eine Weile – mhm – unfertig –, mit ihr warst?«

»Ich schulde dir sicher einige Erklärungen. Aber nicht jetzt. Ich habe Hunger wie ein Wolf und werde dich zu diesem Zweck entführen.«

»Um mich aufzufressen?«

»Appetitlich genug siehst du aus. Aber ich denke, wir halten uns an ein gebratenes Hühnchen oder so etwas.«

»Hühnchen ist gut, nicht, Sina?«

»Mau!«

»Ich hole mein Retikül.« Altea stand auf, und Vincent nahm ihr Heft zur Hand. Schmunzelnd las er, was ich ihr diktiert hatte. Als sie wiederkam, legte er das Heft auf den Stuhl und sagte ihr hübsche Komplimente. Mich ignorierten sie einfach.

Aber ich sah es ihnen nach.

Die Mittagssonne war schön warm geworden, ich döste so vor mich hin. Irgendwann kam die Wirtin und räumte den Tisch ab. Die Gäste wollten, wie es schien, im Haus speisen. Alinuschka kam zu mir und drückte ihre Nase in meinen Pelz. Eine müde Neugier ließ mich fragen, was sie erfahren habe.

»Nicht viel, Mama. Ich bin einfach so eingeschlafen. Und nun bin ich hungrig.«

Das Küchenmädchen trabte dann auch gerade gehorsam zum Schuppen und stellte einen Teller mit Hühnerklein an unseren Futterplatz. Wir suchten ihn auf, putzten ihn leer und dösten weiter.

Plötzlich aber weckte mich meine Nase.

Durch die schwüle Luft waberte ein schwüler Duft.

Bette!

Was machte die denn hier im Garten?

»Nehmen Sie das Viechzeug mit, gnädige Frau. Das sind Streuner, die ein Gast hier angeschleppt hat. Ich bin froh, wenn sie weg sind.«

So viel zu Witwe Bolte. Es musste sie verdammt hart ankommen, dass sie uns auf des Freiherrn Wunsch zu füttern hatte.

»Immerhin niedliche Streuner, Frau Wennig, denn Tigerstroem hat hübsche Bilder von ihnen gemacht. Und im *Panorama* ist seit gestern ein Maler eingezogen, dem die Idee gefällt, mich mit einem Kätzchen abzubilden.«

Ich schubste Alinuschka hinter den Schuppen. Sie war viel zu niedlich. Ich war bloß eine Kuh-Katze und würde der Schwülen nicht gefallen. Außerdem hatte ich meine Krallen frisch geschärft.

»Die Tiere drücken sich da hinten am Schuppen rum. Sehen Sie zu, wie Sie sie eingefangen kriegen, gnädige Frau. Ich habe zu tun und kann Ihnen dabei nicht behilflich sein.«

»Schon recht, ich kümmere mich darum.«

Grün schillernde Seide rauschte auf uns zu, ein dunkles Tuch hatte Bette in den Händen, und ich dachte an Bouchon. Viola hatte ihn ebenfalls mit einem Tuch gefangen.

Ich stellte mich ihr in den Weg.

Sie starrte mich an.

Ich starrte zurück.

»Geh weg, du bist hässlich. Kss, kss!«

Nur über meine Leiche, du Moschusratte!

Sie wedelte mich mit dem Tuch an.

Ich schlug die Krallen rein.

Krrratsch, ein Dreieck rausgerissen. Keine besondere Qualität, dieses Kaschmirzeugs.

»Verdammtes Mistvieh!«

Ich gab ihr in gleicher Lautstärke Kontra. Sehen Sie es mir nach, wenn ich es nicht übersetze.

Auf dem Schuppendach quietschte Alinuschka.

Und Olga rauschte durch den Garten.

»Was machen Sie denn hier, Frau Schönemann?«

»Eine Katze fangen. Die Wirtin hat es mir ausdrücklich erlaubt.«

»Ich glaube nicht, dass Sie diese Katze hier fangen können.«

Nein, Olga, das glaubte ich auch nicht. Ich grinste ein Katzengrinsen, und siehe da, Olga grinste zurück.

»Die will ich nicht. Ich will so eine Kleine. Die da.« Bette deutete mit ihrem Finger auf Alinuschka oben auf dem Schuppendach. »Komm runter, miez, miez, miez.«

Bekloppte Schnepfe!

»Das dort oben, Frau Schönemann, ist meine Katze. Und mehr Katzen gibt es hier im Garten nicht.«

»Ihre? Ich kauf sie Ihnen ab. Wie viel wollen Sie dafür haben?«

Uiii, wenn Blicke Krallen wären, dann läge die schöne Bette als Ragout très fin vor uns.

»Es wäre besser, Sie würden das Grundstück jetzt verlassen, Frau Schönemann. Alinuschka!«

»Mau!«

Die Kleine flog vom Dach auf Olgas Schulter und krallte sich fest. Erstmals bewunderte ich die Heisere. Sie gab nicht den kleinsten Schmerzenslaut von sich. Obwohl Ali noch nicht richtig gelernt hatte, wann sie die Krallen einziehen musste.

Olga schritt, ohne Bette eines weiteren Blickes zu würdigen, davon.

Bette gab ein paar halblaute Flüche von sich und stöberte dann am Schuppen herum. Das brachte ihr aber keine neuen Erkenntnisse. Aber dann stöberte sie bedauerlicherweise auch in der Laube herum, und da fand sie Alteas Heft. Ich konnte nicht schnell genug eingreifen.

Mit einem Laut des Erstaunens erkannte sie offensichtlich, wer die Glossen von Kattenvoet wirklich schrieb.

Nicht gut. Nein, das war nicht gut.

Sie fegte von dannen, und ich hockte mich auf das Heft. Besser, es passte jemand darauf auf.

Aufklärung

Bouchon kam am frühen Nachmittag in den Garten getrabt. Er hatte eine Schramme über der Nase.

»Dieser Wildling oben im Wald hat mich gehauen«, nuschelte er.

Ich leckte ihm tröstend über den Kratzer.

»Ja, er ist sehr selbstbewusst, der Schwarze. Klärt das unter euch.«

»Ich mag mich aber nicht prügeln.«

»Dann verhandle, Bouchon.«

»Der zückt aber immer gleich die Tatze, Sina. Der hört gar nicht zu.«

»Er ist noch sehr jung, weise ihn in seine Schranken. Du bist älter, klüger und deutlich schwerer. Pluster dich auf und droh ihm.«

Bouchon schien nicht recht überzeugt.

»Mal sehen. Vielleicht das nächste Mal.«

»Wie du willst. Ich mische mich da nicht ein.«

»Mhm.«

Ich leckte ihm noch mal über die Nase. Er brummelte. So ein friedfertiger Stopfen!

»Was gibt es Neues?«, fragte er, und ich berichtete.

»Ah ja, Vincent! Er hat sich mit diesem Lord auf der Terrasse des Kurhotels unterhalten, nachdem deine Altea mit Mama zum Flanieren ging.«

»Interessant. Was hat er ihm entlockt?«

»Der ist ein komischer Kerl, der Mann mit der karierten Jacke. Ich glaube, der spinnt ein bisschen.«

»Das tun einige der Menschen. Und der ist ein besonderer Wichtigtuer, glaube ich.«

»Ist er. Er hat Bisconti bewundert. Weil – der hat doch so viel Erfolg bei den Damen gehabt. Und als der ihn gefragt hat, ob er sein Sekundant sein wollte, hat er sich geehrt gefühlt. Und er hat auch nicht geglaubt, dass Bisconti falschgespielt hat, hat er gesagt. Das Duell sollte am Sonntag im Morgengrauen stattfinden, draußen vor der Stadt. Aber da war Bisconti schon tot, und Lord Jamie glaubt, dass der Chevalier dafür gesorgt hat. Aber weil er den nicht zum Feind haben wollte, hat er niemandem was davon gesagt. Ich glaube, der hat Angst.«

»Feige. Wichtigtuer sind das oft.«

»Findest du mich feige?«

»Dich? Warum?«

»Weil ich mich mit deinem Sohn nicht hauen will.«

»Ach, Bouchon …« Ich schlappte ihm noch einmal über die Nase. »Bouchon, du bist weder ein Wichtigtuer noch bist du feige. Du bist du. Und sehr klug.«

Ich schnurrte ihn an.

Er schnurrte zurück. Eine Weile war das sehr, sehr schön. Dann erzählte er weiter.

»Der Vincent hat den Lord ziemlich ausgequetscht. Das kann er gut«, murmelte er, und es klang Bewunderung aus seinen Worten. »Vor allem wollte er wissen, wann und wo er mit dem zusammen war. Und ob Jamie auch mit bei den Kartenspielen dabei war. Aber das war der nicht. Aber den Abend, bevor Bisconti gestorben ist, haben die beiden zusammengesessen und das Duell besprochen, hat er gesagt. Und der Bisconti hat dem Jamie viel von sich erzählt. Und das wollte Vincent alles genau wissen.«

»Was denn?«

»Der Bisconti war der Sohn eines Brillenmachers, und er hat das auch gelernt. Und dann ist er mit den Brillen hausieren gegangen. Weil immer mehr Menschen die brauchen. Weil – die lesen doch so viel. Und damit ist er reich geworden.«

»Ja, sie stecken ihre Nase ständig in Zeitungen und Bücher. Das tut ihren Augen nicht gut. Aber ich glaube nicht, dass er damit reich geworden ist.«

»Du meinst, der Bisconti hat geschwindelt?«

»Er hat ja auch die Frauen immer beschwindelt und ihnen gesagt, dass er sie heiraten will.«

»Ja, das stimmt. Aber er hat Jamie auch erzählt, dass er einen Bruder hat, der optische Geräte erfindet, und der ist damit auch reich geworden. Und dann hat Vincent ganz viel nachgefragt, aber das habe ich dann nicht mehr so richtig verstanden.«

»Optische Geräte – das hat was mit diesen Glaslinsen zu tun, nicht wahr?«

»Ja, das sagt er.«

»Und Olga war hinter dieser Linse her, die Bisconti in seinem Pastillendöschen versteckt hatte. Da muss es also einen Zusammenhang geben. Den wird Vincent sicher herausfinden.«

»Ja, das wird er bestimmt. Aber mehr kann ich dir jetzt auch nicht sagen. Dieser Lord Jamie war jedenfalls furchtbar beeindruckt von dem Fernglas, das Bisconti ihm gezeigt hat, und er hat es sich ein paarmal ausgeliehen, um Leute zu beobachten, damit er hinterher daraus seine Wetten machen konnte.«

»Eben ein komischer Kauz.«

»Ja, und er riecht auch nicht gut. Er trinkt so scharfes Zeug. Du, Sina, gehst du noch mal mit mir in den Wald?«

Ich unterdrückte mein Grinsen.

»Nein, Bouchon. Du kannst das allein. Der gefährliche Kater, der dort oben haust, ist gerade mal drei Monate alt. Der hört noch darauf, wenn man ihn ordentlich anfaucht.«

Bouchon trampelte ein bisschen mit den Vorderpfoten im Gras herum, dann reckte er die Ohren und streckte den Schwanz hoch.

»Na gut. Ich versuch's.«

Er trottete davon, und ich wollte mich gerade wieder auf Alteas Heft ausstrecken, als sie selbst zu mir kam.

»Habe ich da gerade Bouchon abmarschieren sehen?«

»Mau!«

»Habt ihr über uns Menschen gelästert?«

»Mirr.«

»Doch, habt ihr. Aber du hast auf mein Heft aufgepasst, das ist lieb von dir, Sina. Es hätte leicht wegfliegen können. Und damit all die schönen Geschichtchen, die Kattenvoet so beobachtet hat.«

Ich erhob mich, leicht betreten, denn im entscheidenden Augenblick hatte ich nicht auf ihr Heft aufgepasst. Vielleicht roch sie ja, dass die schwüle Bette sich daran vergriffen hatte.

Nein, sie tat es nicht. Sie nahm es einfach an sich.

»Ich bringe es besser nach oben, und dann gehe ich zu Tigerstroem. Ich habe nämlich Neuigkeiten.«

Ich komme mit. Oh ja, ich komme mit!

Wir nahmen den kurzen Weg hinter den Gärten, und Filou begrüßte uns mit fröhlichem Gemaunze. Altea bückte sich, und er ließ sich von ihr kraulen. Mir streckte er die Nase entgegen.

»Es sind auch schon andere da«, verkündete er. »Alle im Salon. Und ich hab Tigerstroem getröstet. Sagt er wenigstens. Ich hab nämlich auf seinem Kopfkissen geschlafen. Und das hat ihm gefallen.«

»Gut gemacht. Aber jetzt will ich mit Altea in den Salon. Kommst du mit?«

»Nö, ich hab hier zu tun!«

Er hüpfte davon, hatte offensichtlich ein Vogelnest entdeckt, das er zu observieren wünschte. Ich stromerte hinter Altea her in den Salon.

Tigerstroem sah müde aus, seine Augen lagen unter geschwollenen Lidern. Doch er hielt sich aufrecht. Vincent stand an den Kamin gelehnt, Rothmaler saß auf der Chaiselongue. Altea setzte sich neben den Photographen auf einen Sessel. Ich sprang auf die Fensterbank und bildete die Dekoration zwischen einem unrasierten Kugelkaktus und einer staubigen Aspidistra.

»Danke, dass Sie sich hier eingefunden haben, meine Herren«, begann Altea und legte einige Seiten Papier auf den Tisch. »Der Apotheker hat seine Analysen dokumentiert, und die Ergebnisse sind eindeutig. Eine der Emser Pastillen beinhaltet mehr als genug Zyankali, um einen Menschen schnellstmöglich zum Tode zu befördern. Auch die beiden übrig gebliebenen Marzipanpralinen sind tödliche Naschereien. Die Mandelkekse hingegen sind giftfrei.«

»Mein Gott«, entfuhr es Tigerstroem.

»Ja, der Mörder verfuhr sehr großzügig mit dem Gift. Es hätte auch noch weit mehr Personen treffen können. Bisconti bot seine Pastillen gerne den Damen an.«

»Und jeder Besucher hätte eine der Pralinen essen können.«

»Sie ebenfalls, Tigerstroem.«

»Hätte ich. Aber Süßes schmeckt mir nicht besonders. Doch der kleine Sohn des Hausherrn ...«

»Eine entsetzliche Vorstellung. Ich frage mich, ob dem Giftmischer das bewusst war?«

»Und er es billigend in Kauf genommen hat, dass auch andere, völlig unbeteiligte Personen sterben konnten.«

»Oder ob er gedankenlos annahm, dass nur seine Opfer sich der Pastillen und Pralinés bedienten.«

»Also ist er entweder skrupellos oder dumm.«

»Das oder dies, nur hilft es uns nicht weiter, meine Herren. Tigerstroem, wer hat dieses hübsche Kästchen mit den vier Pralinen bei Ihnen abgegeben? Können Sie sich daran erinnern?«

Altea reichte dem Photographen ein weißes Pappschächtelchen, auf dem bunte Vögel zwischen bunten Blumen herumflatterten.

Er drehte es zwischen den Fingern hin und her. Begutachtete es von allen Seiten.

»Kitschig.«

»Stimmt.«

»So etwas bringt nur eine Dame mit, würde ich sagen.«

»Wann ist es Ihnen zum ersten Mal aufgefallen?«

Tigerstroem schloss die Augen. General Rothmaler nahm ihm die Schachtel aus der Hand und begutachtete sie ebenfalls.

»Konditor Weißmüller«, murmelte er dann. »Der Konditor verpackt seine Pralinés in solchen Kästchen.«

»Nanu, Sie sind ein Naschmäulchen, Herr General?«, fragte Vincent.

Rothmaler wurde rot.

»Aha, Sie haben einer Dame Pralinen geschenkt«, folgerte Altea mit einem Lächeln.

»Ja, habe ich. Und vielleicht hilft uns das ja weiter.«

Tigerstroem nahm die Schachtel wieder an sich und starrte sie an.

»Da war was … Irritierend … Ich erinnere mich an … Ich habe ein seltsames Gedächtnis, wenn es um visuelle Eindrücke geht«, murmelte er. »Da war etwas … etwas Violettes. Sah schrecklich zu diesem bunten Kitsch aus.«

Violett.

Hah!

Und Altea sagte: »Hah! Violett! Frau Viola trug die ganze Zeit über violette Halbtrauer.«

»Viola ist ein hirnloses Huhn, aber keine Mörderin.«

»Möglich, General, aber sie kam am Tag nach der Vernissage hier zu Besuch. Oppen empfing sie.«

»Und am selben Tag noch reiste sie ab, den Kater des Freiherrn im Gepäck.«

»Wir müssen sie zurückholen. Herr General, wo hält sich Frau Viola auf?«

»Die ist zurück nach Potsdam.«

»Ein Telegramm?«

»Alles zu langwierig. Und was wollen Sie sie fragen? Ob sie uns Giftpralinen vorbeigebracht hat?« Der Photograph klang verbittert.

»Er hat recht, man muss sie Auge in Auge befragen«, stimmte Vincent zu.

»Erst einmal müssen wir herausfinden, ob sie es wirklich war. Ihr Bildgedächtnis in Ehren, Tigerstroem, aber auf einen solch vagen Eindruck hin darf man wohl niemanden des Mordes verdächtigen. Ob sich wohl der Konditor erinnert, wer an dem Tag nach der Vernissage – am Donnerstag also – bei ihm vier Marzipanpralinen in diesem Kästchen erstanden hat?«

»Gute Idee, Altea. Ich werde ihn aufsuchen«, erklärte Vincent sich bereit und nahm das Schächtelchen an sich. »Und zwar sogleich.«

Vincent verließ den Raum, und Altea schüttelte den Kopf.

»Viola kann aber Bisconti nicht umgebracht haben. Zum Zeitpunkt seines Todes war sie noch nicht in Bad Ems.«

»Und vor allem – warum sollte sie Oppen umbringen? Sie hat ihn doch gerade erst kennengelernt.« Auch Tigerstroem schüttelte zweifelnd den Kopf. »Wenn er ihr früher schon einmal begegnet wäre, hätte er mir das bestimmt gesagt.«

Altea erhob sich und humpelte ein paar Schritte durch den Raum.

»Wenn wir nur herausfänden, woher die Emser Pastillen stammten, aber das wird wohl unmöglich sein. Aber es wäre gut, wenn wir wüssten, wie die vergifteten in Biscontis Pillendose gelangen konnten. Es muss sich jemand an diesem Behälter zu schaffen gemacht haben, während er ihn nicht bei sich hatte. Und ich vermute, das geschah erst, kurz bevor er starb. Ich will damit sagen, nicht tagelang vorher. Es ist Platz für ungefähr zehn oder zwölf Pastillen darin, und meine Mutter sagte, dass er etwa zwei Stück in der Stunde davon gelutscht hat.«

»Er starb in den Morgenstunden im Bad, da wird er zwei oder drei davon zu sich genommen haben«, sinnierte Tigerstroem, der inzwischen etwas lebhafter aussah. »Ich nehme an, in der Nacht hat er das Döschen in seinem Zimmer gehabt.«

»Sofern niemand in sein Schlafzimmer eingebrochen ist, müsste der Austausch also entweder vor seinem Gang ins Badehaus oder am Abend zuvor passiert sein.«

Ich hätte schon wieder trippeln können vor Ungeduld. Bisconti war mit dem karierten Jamie zusammen gewesen!

»Es stand ein Duell an«, grummelte der General. »Vermutlich hat er sich an dem Tag mit seinem Sekundanten besprochen.«

»Vincent – pardon, der Major – wird uns gleich Auskunft darüber geben, er wollte sich mit Lord Jamie treffen.«

Der General zog eine Augenbraue hoch.

»Sie scheinen mit Major de Poncet auf freundschaftlicherem Fuß zu stehen als neulich, Altea?«

»Sie ist verliebt, das sieht man doch«, sagte Tigerstroem und lächelte ganz leicht.

»Eine Diagnose von dem Mann, der in den Gesichtern liest«, meinte der General und sah Altea an, die mit geröteten Wangen auf ihre Finger schaute. Sie setzte sich neben den General, und der meinte ganz leise: »Passt auch besser.« Aber ich und Altea hörten es dennoch.

»Was halten Sie davon, wenn ich uns einen Tee servieren lasse?«, fragte Tigerstroem und erhob sich.

»Kalten Tee oder Limonade. Es ist so warm.«

Tigerstroem verschwand, und der General fragte: »Hat der Bursche sich Ihnen erklärt, oder muss ich nachhelfen?«

»Der Bursche wird sich schon noch erklären.« In Alteas Augen blitzte es. »Nachhelfen kann ich nötigenfalls selbst.«

»Ja, vermutlich. Ich stelle gerade fest, dass in Ihrer Familie die Damen gerne selbst das Heft in die Hand nehmen. Nun, dann machen Sie nur.«

»Sie sind mir nicht gram?«

»Nein, Liebste. Kein bisschen. Er hat Ihr Herz zwar einst gebrochen, aber seines scheint er auch an Sie verloren zu haben.«

Sie lächelte. Und sah so hübsch aus dabei. Ich musste zu ihr hin und mich an ihre Beine drücken.

»Sina, schon wieder eine heimliche Lauscherin?«

Heimlich, so'n Quatsch.

Tigerstroem kam zurück, im Gefolge eine junge Maid mit einem Tablett voller Gläser und einem Krug. Und ihr folgte Vincent. Seine Miene war ausdruckslos. Als das Mädchen verschwunden war, setzte er sich und nahm ein Glas in die Hand.

»Schlechte Nachrichten, Vincent?«

»Unangenehme.«

»Konnte sich der Konditor nicht erinnern?«

»Doch. Nur zu gut. Diese Art von Kästchen hat an besagtem Tag nur eine Dame gekauft – Bette Schönemann.«

»Die schwüle Königin des Kitsches!«, entfuhr es Altea.

»Die hat sich allerdings nach ihrem fulminanten Auftritt bei der Vernissage nicht mehr hier blicken lassen«, meinte Tigerstroem zweifelnd.

»Aber Sie haben sie mit Ihrer Photographie vermutlich tödlich beleidigt. Und Oppen ist in seinem Artikel auch nicht eben sanft mit ihr umgegangen.«

»Glauben Sie, dass sie deshalb zum Gift gegriffen hat? Mein Gott, ich bin bekannt dafür, entlarvende Aufnahmen zu machen, und Oppen hat schon mehr als einen mit seiner spitzen Feder karikiert. Wir haben Ärger mit der Zensur gehabt, aber umbringen wollte uns deshalb noch keiner.«

»Nun hat es aber jemand getan.«

Vincents Bemerkung war trocken wie Taubendreck auf einem Schieferdach.

»Bette Schönemann mag beleidigt gewesen sein, aber sie ist eine Dame.«

Altea schnaubte.

Ich knurrte.

»Sie glauben gar nicht, General, zu was Damen alles in der Lage sind. Dennoch – warum sollte sie Bisconti umbringen? Er hat doch keine Schmähartikel über sie geschrieben.«

»Möglicherweise haben wir es mit zwei Mördern zu tun?«, meinte Tigerstroem.

»Möglich.«

»Vincent, du hast dich mit Lord Jamie unterhalten. Gibt es daraus neue Erkenntnisse?«

»Ja, die gibt es. Er hatte sich ein wenig mit Bisconti angefreundet, wobei die Initiative von Lord Jamie ausging. Bisconti war nicht von der vertrauensvollen Sorte. Aber dieser junge Engländer hat eine überschäumende Art, der er sich wohl nicht entziehen konnte. Außerdem ist er recht trinkfest. So hat er Biscontis Zunge wohl einige Male gelöst.«

»Wir haben uns gefragt, wann der Mörder die Gift-Pastillen in das Döschen geschmuggelt haben könnte, Vincent. Es muss kurz vor seinem Tod gewesen sein.«

»Ich habe den Kurkommissar schon vorgestern gebeten herauszufinden, wo sich Bisconti am Vortag seines Todes aufgehalten hat. Der Mann ist zwar etwas träge im Geist, aber gründlich. Er hat Biscontis Tagesablauf gründlich dokumentiert und durch Zeugenaussagen belegt. Bisconti hat offenbar den ganz gewöhnlichen Tagesablauf eines Kurgastes eingehalten. Morgens das von seinem Arzt verschriebene Quantum Wasser der Römerquelle getrunken, sich zwei Stunden damit wandelnd im Park ergangen. Dann hat er ein frugales Frühstück in der *Traube* zu sich genommen und ist dann wieder zur Lahn hinuntergegangen. Dort hat Jamie am Vormittag eine seiner kuriosen Wetten angeboten, an der er sich als Zuschauer beteiligt hat. Danach haben die beiden zusammen zu Mittag gegessen, und Bisconti hat ihm von dem Glücksspiel und der Forderung von de Mort berichtet und den Lord gefragt, ob er ihm als Sekundant zur Verfügung stehen würde. Jamie erklärte sich bereit und suchte de Morts Sekundanten auf, einen Monsieur Legrand.«

»Was waren eigentlich Biscontis Beschwerden, die hier kuriert werden sollten?«

»Eine Fettleber!«

Vincent grinste.

»Und da hilft Wasser?«

»Mehr als Alkohol. Den hat er aber auch weiterhin getrunken. An jenem Mittag so reichlich, dass er sich anschließend in sein Zimmer zurückgezogen hat. Laut Wirt hat er es erst wieder zum abendlichen Wassertrinken verlassen, speiste dann allein in der *Traube* und traf sich anschließend wieder mit Lord Jamie im *Haus Panorama*. Hier besprachen sie das Duell und tranken einige Schoppen Wein. Bisconti vertraute Jamie verschiedene Einzelheiten seines Lebens an.«

»Er scheint sehr gelassen mit der Forderung umgegangen zu sein.«

»Er nahm an, dass es ein gegenseitiges In-die-Luft-Schießen werden würde. De Mort hatte in seinen Augen im Aufruhr der Gefühle Händel gesucht. Sein Sekundant hat Ähnliches angedeutet.«

»Und de Mort hätte ihn erschossen.«

»Vermutlich.«

»Kann sich Lord Jamie daran erinnern, ob Bisconti das Pastillendöschen an jenem Abend bei sich gehabt hatte?«

Vincent sah Altea an und nickte.

»Der wesentliche Punkt. Ich werde ihn darauf ansprechen.«

»Ja, und zwar genau dieses Döschen mit dem orientalischen Muster.«

»Richtig. Denn wenn nicht, dann hatte der Mörder Gelegenheit, es an diesem Abend mit den vergifteten Pastillen zu bestücken.«

Und ich wusste in diesem Moment, wer es getan hatte.

Und konnte es ihnen nicht sagen.

Mir musste etwas einfallen. Und zwar flugs!

Der General ergriff das Wort: »Gut, wir kommen im Augenblick also an dieser Stelle nicht weiter, bevor nicht neue Erkenntnisse vorliegen. Tigerstroem, Sie waren uns eine große Hilfe. Um Frau Viola werde ich mich kümmern. Major, auf ein paar Worte unter vier Augen.«

»Zu Befehl, Herr General.«

»Altea, wir begleiten Sie zu Ihrer Pension.«

»Zu Befehl, Herr General.«

Sie verabschiedeten sich von dem Photographen, der jetzt wieder erschöpft aussah. Ich stöberte Filou auf und bat ihn – nein, ich befahl nicht –, sich um ihn zu kümmern. Dann hetzte ich den drei Menschen hinterher. Ich musste unbedingt wissen, was sie vorhatten.

»Ist das, was Sie mit Vincent unter vier Augen zu besprechen haben, möglicherweise auch für ein weiteres Paar Ohren geeignet, General?«

Altea war ebenso wie ich mit der Gabe der Neugier gesegnet.

»Es betrifft ... ähm ... geheime Aufträge, meine Liebe.«

»Und wie wir unlängst feststellen durften, verfügt Altea über einen messerscharfen Verstand. Ich bitte um Erlaubnis, Fräulein von Lilienstern mit in die Unterhaltung einbeziehen zu dürfen, so sie denn mit diesem Fall zu tun hat.«

Der General grummelte ein bisschen. Dann schlug er den Weg hinter den Gärten ein.

»Na gut. Aber ich hatte vor, diesen Waldweg zu erklimmen.«

»Ich bin kein Krüppel, General. Ich hinke nur.«

»Ich meinte ...«

»Herr General, Fräulein von Lilienstern ist eine kluge Frau und weiß, wie weit sie sich belasten kann.«

Das grenzte ja schon fast an Insubordination. Ich trabte neben Vincent her, um ihm zu zeigen, dass ich sein Einstehen für Altea zu schätzen wusste. Er schielte zu mir runter, und wieder lächelte er. Er lächelte überhaupt viel häufiger, und so richtig steif war er auch nicht mehr.

Gefiel mir, der Mann.

»Nun gut, nun gut«, brummte der General, und Altea fragte: »Wie ist Olga denn nun an das Döschen gekommen?«

»Sie hat es aus dem Badekabinett entwendet. Sie war im Kurhaus, hatte Bisconti am Morgen bereits beschattet, weil ihr das Zusammentreffen mit Lord Jamie suspekt war. Als es plötzlich zu dem Aufruhr um den Toten in der Badewanne kam, beschloss sie sehr flink, sich zu vergewissern, um wen es sich handelte. Olga hat gute Instinkte.«

»Für eine Opernsängerin?«

»Sie arbeitet für einen russischen Agenten, Altea. Sie ist hinter der Neuentwicklung der Ferngläser her, die Biscontis Bruder entwickelt hat.«

»Oh.« Und dann lachte Altea plötzlich. »Und ich dachte, sie wollte sich eine Brille anfertigen lassen. Jetzt wird mir klar, warum sie sich neulich in dem Optikerladen aufgehalten hat. Bisconti hat vermutlich die Linse ausgebaut und getrennt von dem Fernglas aufgehoben, oder?«

»Sagte ich nicht, Herr General, dass Fräulein von Lilienstern sehr scharfe Schlussfolgerungen zieht?«

»Tut sie, tut sie. Was sollte aber Olga gehindert haben, am Vorabend die Gift-Pastillen in das Döschen zu stecken, wenn sie doch sowieso schon wusste, dass diese Dose eine gewisse Rolle spielt, Major?«

»Sie war nicht an seinem Tod, sondern an dem Fernglas interessiert.«

»Aber durch seinen Tod ist sie in Besitz dieser Linse gekommen«, warf Altea ein. »Und das Fernglas selbst?«

»Hat sie abends dann aus Biscontis Zimmer entwendet.«

»Einbruch.«

Vincent erklärte bedauernd: »Richtig. Das gehört leider gelegentlich zu unseren unfeinen Mitteln, wenn wir etwas aufklären müssen, Herr General.«

»Eine russische Spionin. Warum ist sie noch hier, Vincent?«

»Sie wartet auf den Mann, der ihr den Auftrag erteilt hat. Er wollte nach Bad Ems kommen.«

»Und traf bisher nicht ein.«

»Seine Frau bekam ein Kind.«

»Und darum lässt er seine Geliebte warten. Sie wirkte traurig in den letzten Tagen, die heisere Olga«, erklärte Altea.

Der General brummelte wieder etwas Unverständliches.

»Wenden wir uns von Olga ab. Bette Schönemann steht im Verdacht. Und Frau Viola. Wollten Sie mir dazu etwas mitteilen, Herr General?«

»Ja, das wollte ich. Setzen wir uns auf diese Bank dort.«

Die drei ließen sich auf der schmiedeeisernen Bank nieder, und als der General zu drucksen anfing, war mir klar, dass er Vincent seine Beziehung zu Bette beichten wollte. Kannte ich schon, darum schlug ich mich in die Büsche. Hier musste sich das neue Revier meines Juniors befinden, und natürlich fand ich sehr bald kleine Spuren von ihm. Eine ausgewachsene Markierung bekam er natürlich noch nicht hin, aber sein Geruch war deutlich wahrzunehmen.

Ach, das Durchstreifen des Laubes, der Duft der ersten Pilze, das geschäftige Kribbelkrabbel der Käfer, das Flimmern des Sonnenlichts durch das Blattgrün – war eine schöne Zeit hier in der Wildnis.

Ich hatte auch bald die alte Baumhöhle gefunden und schnüffelte daran. Ja, Bouchon war hier gewesen. Junior auch. Beide waren fort.

Ich folgte Bouchons Fährte, die mich in einem Bogen zurück zur Bank führte. Und hier fand ich den dicken Stopfen dann auch. Ein Stück hinter Vincent, unter einem Schlehdorn verborgen.

»Was machst du denn hier? Warum versteckst du dich?«, fragte ich ihn, und er guckte verschämt auf seine runden Tatzen. Dann roch ich es.

»Bouchon?«

»Ich hab mit ihm gehandelt. Wie du gesagt hast. Und ich hab auch die Baumkuhle gekriegt. Für nachmittags. Aber dann hat er sich heimlich angeschlichen und mich bepinkelt.«

Ich hatte sehr, sehr viel Mühe, Schwanz, Bart und Ohren unbeweglich zu halten.

»Das war sehr unfein«, gelang es mir zu sagen.

»Ja, und ich mag so nicht zu meinem Freiherrn zurückgehen.«

»Dann putz dich.«

»Geht nicht weg, bei dem Fell.«

»Dann musst du ins Wasser.«

»Echt?«

»Gibt genug Brunnen hier.«

»Igitt.«

Aber dann musste ich ihn anstupsen, denn gerade sagte Vincent: »Mit Verlaub, Herr General, aber wäre es nicht auch möglich, dass Bette die Papiere aus Ihrem Arbeitszimmer entwendet hat?«

»Das … ähm … daran habe ich noch nicht … ähm … also …«

»Und was damit gemacht, Vincent? An Bisconti weitergegeben?«

»Könnte sein. Zumindest hier in Bad Ems hat man sie zusammen gesehen.«

»Oha! Richtig, General, Bisconti gehörte doch auch zu Ihren Geschäftsbeziehungen – als Lieferant von Ferngläsern.«

»Verdammt! Verzeihung, Altea – aber, verdammt!«

»Ja, ein böser Verdacht. Umso wichtiger scheint es mir, dass Frau Viola dazu befragt wird, General. Sie ist doch Bettes Freundin.«

»Ich werde es umgehend in die Wege leiten. Herrgott, in was für eine degoutante Situation habe ich mich da gebracht.«

»Ich werde Lord Jamie gleich noch mal verhören. Unsere neuen Erkenntnisse müssen abgesichert werden.«

»Und ich muss mich um meinen Auftrag kümmern, meine Herren.«

»Sie haben auch einen Auftrag?«

»Ja, ich habe Dr. Goertz einen Artikel versprochen.«

»Sie schreiben für die Zeitung?«

»Kleinigkeiten nur, General. Aber sie stocken unser Budget auf.«

»Vielleicht, Herr General, haben Sie schon mal die spitzfindigen Beobachtungen der Kurgäste aus Sicht gewisser Vertreter aus dem Tierreich gelesen?«

»Kattenvoet? Sie sind dieser despektierliche Kattenvoet?«

»Schuldig, General, schuldig.«

Rothmaler lachte bellend auf.

»Das hätte mir Ihre Frau Mama aber verraten können, meine Liebe. Sie machte mich heute auf diese Glosse aufmerksam.«

»Sie weiß es nicht. Verraten Sie mich nicht, General.«

»Nein, wenn Sie es wünschen, halte ich den Mund.«

»Und wer wird uns morgen mit den Betrachtungen ergötzen, Altea?«

»Übermorgen. Die Sicht einer Streunerkatze. Sina hat mich sehr inspiriert.«

»Mau!«, bestätigte ich und setzte mich vor sie.

»Sie sehen doch. Sina ist immer dabei!«

»In der Tat.« Vincent sah sich um und entdeckte Bouchon unter seinem Strauch. »Und der abenteuerlustige Kater meines Onkels ebenfalls.«

Vincent stand auf und ging zu dem Stopfen, um ihn herauszulocken. Aber Bouchon zog sich ängstlich von ihm zurück.

»Na, na, mein Junge. Mich kennst du doch. Komm her, du bist weit von zu Hause weg.«

Er griff zu und hob den Dicken auf.

»Oh, mhm, du riechst etwas streng, Bouchon.«

Der zappelte und wand sich, und Vincent ließ ihn los. Auf dem Boden angekommen, schoss der Kater los und pflügte sich durch das trockene Laub talwärts.

»Was ist denn mit ihm los? Sina?«

Ich drehte Altea meinen Hintern zu, hob den Schwanz und ließ ihn leicht zittern.

»Ferkel!«

Nicht ich, nicht ich!

Ich schaute nach oben und maunzte. Auf dem hohen Ast der Eiche blitzten mir zwei grüne Augen aus dem Geäst entgegen. Altea folgte meinem Blick.

»Aha, Katerangelegenheiten!«

Sie hatte verstanden, ich jagte Bouchon hinterher.

An der Straße vor den Häusern holte ich ihn ein. Er schnaufte. Ich wies auf den Kurpark.

»Brunnen!«

»Bäh.«

»Entweder Wasser oder stinken.«

Also trabte er wieder an. Und dann bot er den Flanierenden ein erstaunliches Schauspiel. Er sprang in das Becken eines Zierbrunnens, dass eine Fontäne aufstob, wälzte sich darin, sprang wieder heraus und schüttelte sich. Zwei Damen quiekten, als sie die Wassertröpfchen trafen, ein Mädchenkind juchzte, riss sich von seiner Bonne los und sprang ebenfalls in den Brunnen. Ein Schäferhund zerrte einen kleinen Jungen dorthin und sprang ins Wasser. Geschimpfe wurde laut, Schreie und Gelächter.

Bouchon und ich verdrückten uns.

Katzenkonferenz

Die Nacht war warm, der Mond inzwischen ein wenig angeknabbert, aber die Sterne funkelten alle samt und sonders am klaren Himmelszelt. Ich war wieder auf das Dach geklettert und schaute eine Weile nach oben. Ich liebe das Firmament. Die Unendlichkeit, aus der die fernen Lichter leuchteten, rückte alles wieder in die richtige Beziehung zueinander. Menschen und Katzen und Menschen und Menschen. Katzen und Katzen und alles Leben dazwischen.

Seit gerade mal zehn Tagen lebte ich mit Menschen zusammen. Viel war geschehen. Meine Kinder hatten sich selbstständig gemacht, mit Bouchon hatte ich Freundschaft geschlossen, Altea hatte meine Hilfe angenommen, zwei Menschen waren gestorben.

Katzen und Menschen und andere Lebewesen starben – so war das nun mal. Und der Verlust meines Kindes machte mich noch immer traurig. Dennoch, wir Katzen kehren zurück. Wenn wir wollen. Ich wollte schon immer, mir gefiel es zu beobachten, wie sich die Welt entwickelte. Nicht immer zum Besten – ein paar Zeiten waren schon erbärmlich gewesen. Aber immer, immer hat es auch Menschen gegeben, die mich mit Respekt und Zuneigung behandelt hatten. An sie und ihre Liebe erinnerte ich mich. Sie hat mich zu der gemacht, die ich heute bin.

Seraphina, die Barmherzige.

Manchmal auch die Unbarmherzige.

Altea war ein besonderer Mensch. Ihr Verständnis für unsereins war groß, und ihr Herz war freundlich. Sie hatte Leid erfahren und es besiegt. Ich war inzwischen so weit gekommen, dass ich mir vorstellen konnte, bei ihr zu bleiben.

Nun aber war sie in Gefahr geraten. Sie wusste es noch gar nicht, aber mir sträubten sich bereits die Nackenhaare. Ich war nun auch noch dummerweise schuld daran, denn ich hatte sie zu dem neuen Artikel über die Streunerkatze inspiriert. Die Katze, die die Kurgäste nach ihrem Geruch beurteilte. Und es kamen einige Gestalten nun wirklich nicht gut dabei weg. Ich hätte mir die Schwanzhaare ausrupfen können, dass es dazu gekommen war. Aber nun hatte sie ihre Glosse bereits abgegeben, und das Schicksal würde seinen Lauf nehmen.

Da mir klar war, wer die Mörderin war und warum sie mordete, musste ich etwas tun, um sie zu warnen, auf die richtige Fährte zu bringen und vielleicht sogar zu schützen.

Ich hatte mich mit Bouchon beraten, der einige hilfreiche Gedanken beisteuern konnte, und nun würden wir uns gleich auf der Brücke treffen – Kathy, Romanow, Bouchon, wenn er es denn schaffte, noch mal aus dem Kurhotel zu entwischen – und ich. Am Abend hatte ich Botschaften hinterlassen, die Brücke war neutrales Gebiet.

Ich kletterte vom Dach und machte mich auf den Weg. Der Ort war ruhig, die Straßenlaternen warfen Lichtkreise auf die Straße und Schatten unter die Bäume. Die Brücke war schnell erreicht, und als ich in der Mitte angekommen war, warteten Kathy und Romanow bereits dort. Romanow hatte sich auf das Geländer gesetzt und funkelte mich von oben herab an. Klar, er fühlte sich als Chef hier, und das war auch sein gutes Recht. Kathy war genügsam – ihre und Romanows Kreise überlappten sich zwar, aber sie störten einander nicht.

Ich setzte mich neben sie an das Geländer und lauschte.

Ja, leise schnaufend kam nun auch Bouchon angetrabt.

»Bin mit Vincent raus«, sagte er und schielte beklommen zu Romanow hoch, der ihn mit angelegten Barthaaren anstarrte. Bouchon senkte seine Lider über die goldenen Augen und schnurrte: »Du hast einen tapferen Sohn, Romanow.«

Die Barthaare fächerten sich etwas nach vorn.

»Hab ich das?«

»Hast du«, bestätigte ich ihm. »Du kannst ja mal oben im Wald vorbeischauen, wenn du dir eine blutige Nase holen willst.«

»Aha.«

Er würde es tun, und es würde ein großes Raufen geben.

»Was willst du von uns?«, wollte Kathy wissen.

»Unterstützung. Es sind zwei Menschen und eines meiner Kinder an Rattengift gestorben, Bouchon ist entführt worden, und man hat das Gleiche mit einem anderen meiner Kinder versucht. Mein Mensch ist in Gefahr, ebenfalls vergiftet zu werden.«

»Was scheren dich Menschen?«

»Romanow, einige von uns schließen Freundschaft mit ihnen«, sagte Kathy leise.

»Weichlinge. Stubentiger. Futterverwerter.«

»Nicht alle wählen das Leben, das du führst«, meinte ich milde.

»Ich führe es gut. Und die sind mir egal. Was soll ich dann also hier?«

»Uns dreien freies Geleit gewähren.«

Er blitzte mich herausfordernd an.

»Und wenn ich es nicht tue?«

»Tja, dann werde ich dich wohl bitten müssen.«

»Und du meinst, das überzeugt mich?«

Nun gibt es Dinge, die manche Katzen wissen und andere nicht. Romanow war ein einflussreicher, starker Kater, aber manches musste er noch lernen. Ich hatte nicht mehr viel Zeit, sonst hätte ich es mit ihm auf die irdische Weise ausgefochten. So aber sah ich mich gezwungen, die mir eigene Macht zu zeigen. Ganz kurz nur. Ich konzentrierte mich auf das Strahlen in mir und wurde zu der, die ich bin.

Größer.

Weißer.

Gefährlicher.

Die Schneeleopardin in mir grollte leise.

Romanow fiel vom Geländer. Auf die Brücke, nicht in die Lahn.

Dann blieb er mit dem Bauch am Boden liegen.

»Ehrwürdigste«, hauchte er.

Ich ließ die Leopardin verblassen.

Kathy sah mich unter gesenkten Lidern an. Als mein Wurfgeschwister wusste sie davon. Als ich noch klein war, hatte ich es manchmal nicht unter Kontrolle gehabt. Bouchon betrachtete mich interessiert. Er war weise genug zu wissen, wer ich war.

Romanow war platt.

»Freies Geleit?«, fragte ich abermals sanft.

»Wie Ihr wünscht, Ehrwürdigste.«

»Gut. Dann hier mein Plan. Kathy, bei dir im Hotel wohnt die Frau, die das Rattengift verwendet hat. Wir müssen das den Menschen bekannt machen. Ich vermute, sie hat davon mehr in ihrem Zimmer. Und das möchte ich ihr stehlen, um es zu Altea zu bringen.«

»Ist aber ein gefährliches Zeug, Sina.«

»Weiß ich, Kathy. Und darum glaube ich auch, dass sie es gut verpackt hat.«

»Ja, möglich. Trotzdem will ich damit nicht in Berührung kommen.«

»Brauchst du auch nicht. Du musst mir helfen, unbeobachtet in das Hotel zu kommen und mir das Zimmer zeigen, das sie bewohnt.«

»Gut, das geht. Dürfte nicht schwer sein, so rollig, wie sie riecht. Wann willst du es machen?«

»Wenn sie nicht da ist und das Zimmermädchen aufräumen kommt.«

»Kurz vor dem Mittag. Bette steht spät auf.«

»Was wird Bouchons Rolle dabei sein?«

»Unten vor dem Hotel herumlungern. Ich werde das, worin immer sich das Gift befindet, nicht im Maul durch das ganze Hotel schleppen, das könnte Aufsehen erregen. Ich werde es, wenn möglich, aus dem Fenster werfen. Bouchon wird es aufklauben und verstecken.«

»Gute Idee.«

»Ich kann ebenfalls unten warten, Ehrwürdigste, wenn Ihr es wünscht.«

Ich betrachtete Romanow. Er hatte sich von dem Schock einigermaßen erholt und saß jetzt wieder aufrecht.

»Belass es bei Sina, Romanow. Und ja, es wäre gut, wenn noch jemand ein Auge drauf hat, was sich vor dem Hotel abspielt, und nötigenfalls für eine Ablenkung sorgt.«

Er grinste ein Katergrinsen, und seine Reißzähne blinkten im Mondlicht. Ein Prachtkater!

Wir gingen noch ein paar Einzelheiten durch, dann trollten wir uns, jeder in sein Revier. Bouchon blieb an meiner Seite.

»Willst du die Nacht draußen verbringen?«

»Wär mal schön. Aber da hinten ist Vincent. Ich rieche sein Zigarillo. Er wird mich mit nach Hause nehmen.«

»Gut, dann treffen wir uns morgen, wenn die Sonne hoch steht.«

Ich durchdachte in meiner Schlafkuhle noch ein paar Einzelheiten, dann schlummerte ich geruhsam bis zum Morgengrauen. Alinuschka tauchte nicht auf, aber als ich von meinem Reviergang zurückkam, schmatzte sie sich durch einen Teller Fisch.

»Von Olga«, nuschelte sie, während weiße Fischfasern um ihre Barthaare flogen. »Hab bei ihr geschlafen, Ma.«

»Das ist in Ordnung.«

Sie ließ mir den Rest der Portion, die mir sehr gut mundete. Ach, was war ich für ein Leckermäulchen geworden.

Altea kam von ihrem Morgenspaziergang zurück und brachte die Haarbürste mit. Eine lange Zeit war ich gar außer mir. Bei dieser wundervollen Striegelei erzählte sie mir, dass sie dem Zeitungsmenschen meine Geschichte verkauft habe und sich nun doch den hübschen gelben Hut kaufen würde. Später machte dann der General den Damen seine Aufwartung und nahm Altea kurz zur Seite, um ihr zu sagen, dass er gestern noch eine Depesche an einen Offizierskameraden in Potsdam geschickt habe, der Viola zurückbegleiten sollte.

Dann bot er Altea und Mama an, sie später abzuholen, um sie zu Oppens Beerdigung zu geleiten. Die beiden Damen zogen sich zurück und erschienen nach einer Weile wieder. Altea hatte das hübsche grauweiße Kleid an, aber einen schwarzen Spitzenumhang über Kopf und Schultern gelegt. Mama trug Dunkelgrau und einen schwarzen Hut mit einer einzelnen grauen Rose darauf. Beide wirkten sehr distinguiert und elegant.

Für mich aber wurde es allmählich Zeit, den großen Coup auszuführen.

Mit glänzendem Fell und wohlgesättigt machte ich mich auf die Pfoten. Unten an der Kurpromenade wartete schon Bouchon auf mich.

»Hübsch siehst du aus, Sina.«

Ich streckte mich und drehte mich. Ja, gepflegt sah ich aus.

»Vincent ist auf der Jagd nach Lord Jamie.«

»Hoffentlich findet er ihn. Und jetzt auf ins Abenteuer.«

»So ganz richtig ist das ja nicht, was wir vorhaben.«

»Warum nicht?«

»Man maust nichts von Menschen.«

»Uh …«

»Doch, hat der Freiherr mir heute noch mal eingeschärft. Ich hab nämlich geübt.«

»Mausen?«

»Ja. Sein Portemonnaie. Er hat mich aber erwischt.«

»Dann musst du eben mehr üben.«

»Aber ich darf doch nicht …«

»Uh …«

»Na, wenn du meinst.«

Wir trotteten nebeneinander über die Brücke, und einige der dort flanierenden Herrschaften warfen bewundernde Blicke auf den schönen grauen Stopfen. Gut, dass er sein Halsband trug. Kathy wartete am Ende der Brücke. Wir gaben uns kurz und freundschaftlich die Nase.

»Fisch zum Frühstück?«

»Mhm, und du hattest Sahne.«

»Mhm. Der neue Maler. Bestechung. Damit er Skizzen von mir über einem blauen Napf machen kann.«

»Kann man akzeptieren. Hast du was über Bette rausgefunden?«

»Ja, war wirklich nicht schwierig. Dritter Stock, zur Lahnseite hin, ganz hinten im Haus. Sie ist vor einer Weile davongesegelt, ganz in Rosa und Weiß.«

»Schön. Bouchon, siehst du das da oben?«

»Seh ich.«

»Die Zimmermädchen richten jetzt die Räume, dabei

machen sie die Fenster zum Lüften auf. Siehst du, die letzten sind noch zu.«

»Und wann schließen sie sie wieder?«

»Wenn sie den Gang durch sind. Du hast also ein bisschen Zeit.«

»Das ist gut. Ich werde gründlich suchen müssen.«

»Romanow streicht hier auch rum. Den hast du vielleicht beeindruckt!«

»Mach ich nicht gerne.«

»Ach was, er wird was draus gelernt haben. Willst du durch den Garten oder durch den Haupteingang?«

»Besser durch den Haupteingang, dann kenne ich wenigstens eine weitere Fluchtmöglichkeit.«

»Gut, ich wart dort drinnen auf dich.«

Romanow kam ebenfalls angeschwänzelt. Zwar gab er sich knurrig, war aber offensichtlich bereit für ein Abenteuer.

Wir beobachteten die Lage, und er meinte: »Ist um diese Zeit ruhig. Die Menschen sitzen an ihren Futternäpfen.«

»Dann will ich mal auf Beutezug gehen. Wenn ich kreische, macht Theater.«

»In Ordnung.«

Ich schlich also an der Hauswand entlang zum Eingang und belauerte ihn. Als eine Dame und ein Herr durch die Tür auf die Straße traten, huschte ich hinein. Direkt an die Wand hinter einen Pflanzkübel. Wittern. Ja, Kathy war da, nur wenige Schritte entfernt, halb hinter einer Portiere versteckt. Menschliche Einrichtungen waren ja so was von nützlich. Ein gewichtiger Mensch mit buntem Klimbim auf dem Anzug blätterte in einem gewichtigen Buch, das auf einer glänzenden Holztheke lag, zwei uniformierte

Jünglinge mit putzigen Kappen auf den Köpfen bemühten sich, unbeteiligt auszusehen. Sie waren gefährlicher als der Mann an dem Empfangstresen. Sie waren gelangweilt und würden sich einen Spaß daraus machen, uns zu jagen.

»Da hinten lang«, gab mir Kathy zu verstehen, und wir huschten zu einem kleinen Koffergebirge. Von dort aus erklommen wir eine Treppe. Einmal mussten wir uns sehr eilig verstecken, als zwei Frauen in weißen Schürzen und Häubchen den Gang entlangeilten. Dann sprang ich hinter Kathy die zweite Treppe hoch.

»Da hinten, letzte Tür links. Ich geh jetzt wieder runter. Du findest mich hinter den Portieren. Auch ich kann nötigenfalls für Ablenkung sorgen.«

»Die beiden Jungs?«

»Pagen. Sie haben schon mehrfach versucht, mich am Schwanz zu ziehen.«

»Was ihnen nicht gelungen ist.«

»Nö, haben Kratzer eingesteckt.«

Aus einem Raum traten zwei weiß beschürzte Frauen, eine ältere und eine sehr junge. Diese trug Besen, Mopp, Staubwedel, die andere warf Laken in einen großen Wäschekorb. Dann schlossen sie die nächste Zimmertür auf. Ich begab mich zu der letzten, unter deren Türritze mir schon der sattsam bekannte schwüle Duft entgegenquoll. Eine Bodenvase mit allerlei Staubfängern – verdorrte Gräser, Pfauenfedern, trockene Blätter und unechte Blumen – diente mir hervorragend als Deckung.

Geduld ist eine meiner Stärken.

Sie wurde belohnt. Die beiden Frauen stellten den Wäschekorb so geschickt vor der Tür ab, dass ich ungesehen in den Raum schlüpfen konnte. Und hier kam mir Bettes Hang zur menschlichen Unordnung sehr zupass. Das voluminöse Grünschillernde lag achtlos über einen Stuhl geworfen, ich huschte drunter. Der Duft erschlug mich allerdings fast. Ich streckte die Nase unter dem Volant heraus, um die Arbeiten der beiden Zimmermädchen zu verfolgen. Sie rissen als Erstes das Fenster auf. Genau wie der Stopfen gesagt hatte.

Dann machten sie das Bett, räumten hier und da Kleidungsstücke weg, wedelten Staub von einer Stelle zur anderen, kehrten den Teppich und moppten das Parkett. Die Jüngere stand vor der Frisierkommode und wischte mit spitzen Fingern Staub um allerlei Pöttchen und Töpfchen, die darauf verteilt waren. Dann hob sie den Deckel einer Pralinenschachtel und äugte hinein.

»Die wird sicher nicht merken, wenn ich eine davon nasche, Iris. Ich hab so einen Kohldampf.«

Mir stockte der Atem. Sie hatte schon eine Praline in den Fingern und führte sie zum Mund.

»Leg die wieder zurück, Janne. Die Madame wird zur Furie, wenn sie es bemerkt. Und du willst doch deine Stelle behalten, oder?«

»Mhm, ja.«

Puhhh. Das war knapp.

»Soll ich das Kleid da aufhängen?«

Äh – besser nicht.

»Nein, lass es liegen. Sonst tobt sie wieder herum, dass Knitter drin sind oder ein Rüschchen abgerissen ist.«

Kluge Frau, diese Zimmermaid.

Sie schüttelten die Kissen auf und legten eine große, mit rosa Rosen bedruckte Decke über das Bett. Dann fegten sie aus dem Raum mit der Bemerkung: »Fenster zumachen, von vorn im Gang an.«

Meine Stunde war gekommen.

Kaum war die Tür zugefallen, nieste ich gründlich, um Staub und Gestank aus der Nase zu kriegen. Sie fühlte sich halb betäubt an. Darum versuchte ich es mit Flehmen. Es galt, den bittersüßen Geruch zu wittern. Die Pralinenschachtel war mein erstes Ziel. Ich untersuchte sie gründlich, aber sie roch nur nach Schokolade und süßem Zeugs. Hätte die hungrige Jüngere also ruhig fressen können. Dann untersuchte ich sorgfältig alle Dosen und Tiegel auf der Kommode, fand aber auch hier nichts, außer dem überwältigend schwülen Parfümgeruch. Ein Blick unters Bett bewies mir, dass sich auch hier die Wollmäuse ein fröhliches Stelldichein lieferten. Die Schuhe rochen nach Schweißfüßen, die größere der Gobelintaschen nach Hund, die kleinere nach allem Möglichen, nur nicht nach Rattengift. Verflixt, wo hob das Weib das Gift auf? Unter der Bettdecke vielleicht? Man würde es merken, wenn ich sie aufwühlte, aber das konnte ich jetzt nicht ändern. Rauf auf die rosa Rosen und gegraben.

Nichts.

Dann fiel mir ein, dass manche dieser voluminösen Kleider Taschen hatten. Also hoch auf das Grünschillernde. Armes Zimmermädchen. Man würde ihm die Schuld an den Ziehfäden geben. Aber – hah, da war er, der verdächtige Geruch.

Unter das Kleid gewühlt.

Wieder nichts.

Draußen waren Stimmen zu hören.

Mist.

Kleid runterreißen.

Da.

Das Retikül.

Kurz mit der Pfote draufgetatzt.

War ein Döschen drin.

Ich schnappte das Seidentäschchen. War so groß und so schwer wie ein sechswöchiges Junges. Zum Fenster hechten. Raus damit.

Zurück, hinter die Tür.

Schon ging sie auf.

Ein Entsetzensquiekser.

»Das Kleid, Janne!«

Ich raus.

»Da, eine Katze!«

Nichts wie weg.

Raste den Gang runter, Janne hinter mir her.

Um die Kurve. Blumentopf.

Sie an mir vorbei.

Leises Hecheln. Dann weiter, Treppe runter.

Zwei Herren stießen eben mit Janne zusammen.

Prima Tumult.

Neben einer Konsole stand eine Porzellankatze. Weiß, ganz nach dem Leben. Ich setzte mich in selbiger Haltung auf die andere Seite des Tischchens.

Man ging an mir vorüber.

Tarnung ist eben alles.

Dann war die Luft rein. Ich also nächste Treppe runter, immer an der Wand lang.

Kathy stolzierte mit provozierend gehobenem Schwanz zum Tresen. Die beiden Pagen stießen sich an und wisperten sich etwas zu. Ich im Spurt durch den Eingangsbereich. Kathy kreischte. Die Tür ging auf, ich raus.

Gleich hinter mir Kathy mit gesträubtem Fell. Gemeinsam an der Außenmauer lang und in einen Lichtschacht zum Kellerfenster.

»Hat's geklappt?«

»Ja, danke.«

»Da nicht für, Ehrwürdigste. Hat Spaß gemacht.«

»Gut, dann werde ich mal sehen, ob unsere Jungs das Retikül gerettet haben.«

Eine Equipage rollte vorbei, dann hüpfte ich auf die Straße und lief zum Ufer.

Hier saßen Bouchon und Romanow friedlich beieinander. Als sie mich sahen, erhob der Stopfen sich, und unter seinem dicken Bauch schimmerte es grünlich.

»Hab das Ding aufgelesen und hergebracht. Und jetzt?«

»Jetzt müssen wir es zu Altea schaffen. Könnte schwierig werden, die Brücke ist schon wieder recht belebt.«

»In Staffeln?«

»Könnte gehen.«

»Ich bin schnell«, sagte Romanow.

»Ja, bist du. Aber Bouchon trägt ein Halsband. Ihm wird man nicht gleich unterstellen, dass er ein gemeiner Mauser ist, sondern dass er vielleicht seinem Menschen das Täschchen trägt.«

Ich grinste.

»Bin doch kein Schoßhündchen.«

»Nee, aber ein Schoßkater«, knurrte Romanow.

»Was derzeit nützlich ist. Bouchon, du vorweg, wir sind hinter dir. Sollte jemand auf dich aufmerksam werden, machen wir Krawall.«

Bouchon nahm den Beutel zwischen die Zähne und trabte los. Bis zur Brücke war es harmlos, da konnten wir am Ufer entlanglaufen. Er wartete einen Moment ab, bis einige Passanten vorübergegangen waren, und lief dann die Treppe hoch. Wir hinterher, Romanow zuerst, dann in einigem Abstand ich.

Auf der Brücke schlenderten etliche Leute in die eine wie die andere Richtung. Noch immer ging es gut, doch dann blieb eine Dame stehen und versperrte Bouchon den Weg.

»Was ist das denn? Diese Katze hat ein Retikül gestohlen«, blökte sie.

»Ist das Ihres?«, fragte ein Mann.

»Nein, aber eine Dame wird es vermissen. Nehmen Sie es ihr ab.«

Bouchon versuchte, sich zwischen ihnen durchzuschlängeln, aber der weite Rock hinderte ihn. Der Mann beugte sich zu ihm und versuchte, das Täschchen zu ergreifen.

Romanow stob los. Kreischend fuhr er dazwischen. Bouchon ließ das Retikül fallen. Ich schoss hinterher, ebenfalls mit gellendem Geschrei, und fuhr der Dame ins Gerüsch.

Die antwortete mit ähnlich gellendem Geschrei, und ein Tritt traf mich.

Immer an die gleiche Stelle, verdammt.

Ich schnappte nach Luft, Romanow sich das Retikül und Bouchon nach der Hand des Mannes.

Der brüllte auf.

Ein junger Leutnant zog ihn zur Seite.

»Lassen Sie den Kater, der gehört dem Freiherrn de Poncet.«

»Woher wissen Sie das?«, fauchte die Gerüschte.

»Das Halsband. Das trägt er, seit er neulich von einer wirrköpfigen Dame entführt worden ist.«

»Wollen Sie damit andeuten, dass diese Dame wirrköpfig ist, Herr Leutnant?«

Ich hinkte aus dem Ring, denn so, wie es aussah, würde es gleich eine Katzenbalgerei geben.

Bouchon ergriff ebenfalls die Gelegenheit und sprang auf das Geländer. Ein wenig wackelig kam er auf, und ich fürchtete schon, dass er in der Lahn landen würde, aber er schaffte es, das Gleichgewicht zu halten, und balancierte an den Streithähnen vorbei. Ich kam nicht gut voran, meine Hüfte schmerzte, und ich musste das rechte Bein anwinkeln. Jemand sagte: »Schau mal, das arme Kätzchen ist verletzt.«

»Fass das ja nicht an, Annemarie.«

Plumps – Bouchon landete vor der mageren Ziege und fauchte sie an.

»Iiih«, quiekte die und machte einen Schritt rückwärts.

Ich erreichte die Treppe abwärts und hinkte, so schnell es ging, unter die Brücke. Hier saß Romanow auf dem Retikül.

»Was ist dir passiert?«

»Mal wieder einen Tritt abbekommen.«

Er hob seinen schwarzen Hintern, drückte seine schwarze Nase in meinen Hals und schnurrrrrrrte.

Bouchon kam von der anderen Seite und schnurrrrrrrte auch.

Es tat so gut

Schnurren heilt, müssen Sie wissen. Oder Sie wissen es schon?

Kurzum, nach einer Weile waren die Schmerzen erträglich geworden, und wir setzten unseren Weg zur *Germania* fort. Wieder nahm Bouchon das Täschchen auf, Romanow als Nachhut hinter ihm, ich humpelte langsam hinterher. Wir erreichten meinen Garteneinschlupf ungehindert, und der Schwarze sah mich fragend an.

»Komm mit rein, wenn du magst. Bouchon, wir verstecken das Ding da erst mal hinter dem Schuppen.«

Nachdem das geschehen war, sah Romanow sich um.
»Ganz in Ordnung hier, kaum Menschen.«
»Heute nicht. Heute sind sie zu einer Beerdigung.«
»Beerdigung?«
»Sie verscharren einen Toten.«
»Ach so.«
»Und was machen wir, wenn sie zurück sind?«
»Das ergibt sich dann. Jetzt muss ich erst einmal einen Moment ausruhen. Romanow, Bouchon wird dir zeigen, wo du deinen Sohn findest. Verhau ihn nicht zu sehr, er ist noch so klein.«
»Wenn du den verhaust, verhau ich dich auch, Romanow. Ich mag den kleinen Scheißer nämlich.«
»Hu, dann hab ich aber Angst.«
Ganz unerwartet kam der Schwarze auf mich zu, schlappte sacht über meine Nase und brummelte: »Wer hat schon so eine Mutter wie dich, Ehrwürdigste?«
»Jemand, der einen Vater wie dich hat, Krieger!«
Nasenstups und ab.
Bouchon grollte leise und trottete hinter ihm her.
Sollte der Stopfen etwa eifersüchtig sein?

Ein Zeitungsbericht und seine Folgen

Ich betrachtete meine Beute ausgiebig und von allen Seiten. Es war aus der grün schillernden Seide gefertigt, aus der auch das furchtbare Kleid bestand, unter dem ich mich verborgen hatte. Oben war das Retikül mit einer Kordel verschlossen, die leider so verknotet war, dass ich sie nicht aufbekam. Kaputt machen wollte ich das Täschchen aber nicht, es wäre dem Öffnen der Büchse der Pandora gleichgekommen. Meine Ballen aber waren feinfühlig genug, um allerlei zu ertasten. Weiches war darin, vermutlich so ein Tränentüchlein, was die Damen gerne an ihre wässrigen Augen drückten, einige harte, runde Scheiben, die ich als Münzen erkannte, etwas, das raschelte und wohl Papier war, kleine, härtere Vierecke, die mir nichts sagten. Ein winziges Flakon, das den schwülen Duft enthielt. Und eben eine runde Dose, ähnlich wie der Pastillenbehälter von Bisconti. Von ihm ging der leicht bittersüße Geruch aus, der mir inzwischen so vertraut war.

Was nun?

Altea war noch nicht zurückgekommen, offensichtlich dauerte so eine Beerdigung recht lange. Weiter mit herumschleppen wollte ich dieses Beweisstück auch nicht. Es wäre nicht gut, wenn es verloren ginge. Also scharrte ich ein wenig lose Erde darüber und hoffte, dass die Wirtin jetzt nicht den Drang zur Gartenarbeit verspürte. Dann legte ich mich drauf und leckte besänftigend meine wehe Flanke.

Bouchon weckte mich mit einem Schnurren. Ein Auge auf. Er sah nur ein bisschen zerrauft aus. Auge wieder zu.

»Die haben gerauft, die beiden. Aber es hat ihnen Spaß gemacht. Romanow hat den Kleinen einen Baum hochgejagt. Bis ganz oben hin. Und dann hat er gehöhnt, er soll sehen, wie er wieder runterkommt. Du, der Junge ist vielleicht mutig. Der hat sich von ganz oben fallen lassen und ist dem Schwarzen im Genick gelandet. Dann haben sie geboxt.«

»Gut. Romanow wird ihm all die miesen Tricks beibringen, die er braucht.«

»Romanow ist ein guter Kämpfer, ja?«

»Ein Krieger. Hart, ausdauernd, geschickt.«

»Ich könnte dem Junior nichts beibringen.«

Beide Augen auf. Der Stopfen sah unglücklich aus.

»Nein, Bouchon. Einem solchen Jungkater kannst du nichts beibringen, er hat das Zuhören noch nicht gelernt. In zwei, drei Jahren aber würde er von deinem Wissen profitieren.«

»Dann bin ich nicht mehr hier.«

»Dann gibt es andere Jungkater.«

»Glaubst du, ich könnte überhaupt einem was beibringen?«

»Och, Bouchon, du bist bei Weitem zu bescheiden. Was ist mit deinen Kenntnissen über das Wesen der Menschen, ihre Weisheit, ihre Dummheit, ihre Gefühle?«

»Meinst du, das interessiert wen?«

»Wenn eine Katze sich entschließt, mit Menschen zusammenzuleben, muss sie sie verstehen. Kleine Katzen wollen spielen, raufen und schmusen, und das wiederum finden die Menschen erst mal niedlich. Das ändert sich sehr schnell, wenn sie größer und anspruchsvoller werden. Dann müssen auch wir auf die Menschen zugehen und unser Verständnis zeigen.«

»Mhm.«

Goldene Augen sahen nachdenklich in die Ferne.

Ich leckte ihm sacht den gezauselten Pelz zwischen den Ohren glatt. Er brummte zufrieden.

Dann zuckte ein Ohr hoch.

»Was ist mit dem Täschchen?«

»Hab ich versteckt. Altea ist noch nicht zurück.«

»Es wird schon spät«, sagte er mit einem Blick auf die länger werdenden Schatten. »Soll ich sie suchen?«

»Lass nur. Lieber würde ich wissen, wo Bette sich herumtreibt, und ob sie das Retikül vermisst. Aber ich möchte meine Hüfte noch eine Weile schonen.«

»Dann hör ich mich mal um.«

Er stromerte durch die Hecken, und ich döste weiter und schnurrte mir dabei eins.

Ich musste tiefer gedöst haben, als ich wollte, denn als Nächstes roch ich Maiblumen und Flieder und Sahne.

»Na, süße Sina. Einen faulen Nachmittag verbracht?«

Na ja, nicht ganz und gar.

Ich erhob mich mühsam – die Hüfte fühlte sich steif an – und schlappte die Sahne zur Hälfte aus. Den Rest ließ ich für Alinuschka. Alteas scharfe Augen allerdings erkannten meine Malesse.

»Du lahmst wieder, Sina. Hat dich jemand getreten? War das Olga?«

»Mirr.«

»Nein, nicht? Olga hat jetzt Katzenverstand. Also ein anderer. Und so faul warst du wohl auch gar nicht.«

Ich erwog, ihr das Täschchen zu zeigen, aber sie sah müde und wieder ein bisschen traurig aus. Also maunzte ich nur zustimmend.

»Ich wünschte, ich könnte dir helfen, Sina. Aber Schmerzmittel, die für Menschen geeignet sind, dürfen Katzen nicht einnehmen. Darf ich denn mal deine Hüfte abtasten?«

Ich drehte mich zur Seite. Sie hatte ganz sanfte Hände. Als sie die schlimme Stelle berührte, zuckte mein Fell, und ein winziger Jammer stahl sich aus meiner Kehle.

»Eine Kontusion, keine Wunde. Das wird bald wieder gut.« Sie streichelte meinen Kopf, und ich drehte ihn in ihrer Hand. »Weißt du was, Sina, ich nehme dich mit nach oben. Ein weiches Kissen ist zumindest gemütlicher als der Boden hier.«

»Mau?«

»Ich trage dich. Wenn du gestattest.«

Ich gestattete. Sie lehnte ihren Gehstock an die Schuppenwand und hob mich hoch. Sehr vorsichtig und sehr geschickt. Mit einem Arm stützte sie mein Hinterteil, ich legte ihr die Vorderpfoten um den Hals. Sie klaubte den Stock wieder auf und trug mich ins Haus.

Natürlich kreuzte die Wirtin unseren Weg.

»Bringen Sie das verflohte Tier nach draußen, gnädiges Fräulein. Das geht zu weit.«

»Sina wird die Mäuse in der Mansarde fangen, Frau Wennig. Es ist eine Schande, wie dieses Logierhaus geführt wird.«

Witwe Bolte schnappte nach Luft, aber Altea fegte einfach an ihr vorbei. Die Treppe allerdings erklomm sie mühsam. Aber wir schafften es, und behutsam setzte sie mich auf der Bettdecke, ein schäbiges Ding in verblasstem Grün, ab.

»Wollmäuse gibt es hier genug«, grummelte sie. »Um die brauchst du dich aber nicht zu kümmern.«

Mama kam aus dem Nachbarzimmer, schon in einem lose fallenden Morgenrock, die Haare gebürstet und zu einem langen Zopf geflochten.

»Magst du ein Betthupferl, Altea?«

Sie hielt eine Pralinenschachtel in der Hand. Weiß mit bunten Vögeln zwischen bunten Blumen.

Ich setzte mich alarmiert auf.

Altea verströmte ebenfalls Wachsamkeit.

»Woher hast du die Pralinen, Mama?«

»Oh, ich … äh … habe sie geschenkt bekommen.«

»Ein neuer Verehrer, Mama?«

»Nein, nein, einfach nur so.«

»Mama, wir haben heute einen würdigen Mann zu Grabe getragen, der mit solcherart Pralinen vergiftet wurde. Und du nimmst einfach so Geschenke an?«

»Na ja, ich meine, also ...«

Mama errötete.

Altea grinste.

»Der General hat gestern erstaunlich gute Kenntnisse in Pralinenschachteln bewiesen.«

Mama wurde noch röter und stammelte hilflos vor sich hin.

»Mama! Was ist zwischen General Rothmaler und dir vorgefallen?«

»Nichts, Altea, über das ich meiner Tochter Rechenschaft ablegen müsste!«

Sie konnte ganz schön energisch werden, die rosige Mama.

»Nun ja, der General hat seinen Antrag zurückgezogen. Dafür hat man euch gemeinsam dinieren sehen. Er schenkt dir Pralinen und ... ach, da fällt mir seine kryptische Bemerkung ein, dass wir beide die Dinge wohl gerne selbst in die Hand nähmen. Mama?«

»Geht dich nichts an!«

»Dass ich ihn zum Stiefpapa statt zum Schwiegervater bekomme? Mama, hast du ihm die Ehe angetragen?«

Die Geräusche, die Mama von sich gab, hörten sich an wie Badewasser, das durch einen Abfluss gurgelte. Plötzlich aber richtete sie sich auf, straffte die Schultern und sah Altea direkt ins Gesicht.

»Hast du doch selbst vorgeschlagen!«

»Stimmt. Finde ich ja auch gut. Herzlichen Glückwunsch, Mama.« Altea umarmte sie heftig und streichelte ihren Zopf. »Du bist eine hübsche Frau und wirst sein Haus mit Anstand führen. Und es wird dir leichter fallen als bei Papa.«

»Ja, ja, das glaube ich auch.«

»So, und nun husch zu Bett, damit du deinen Schönheitsschlaf bekommst.«

Als Mama den Raum verlassen hatte, setzte sich Altea neben mich und lachte leise vor sich hin.

»Hat sie gut gemacht, meine Mama, was?«

»Maumaumau!«

»So, und jetzt gehe ich auch zu Bett.«

Ich guckte zu, wie sie in ihr Nachthemd – wenig Rüschen, aber mit vielen kleinen Löchlein in dem feinen Stoff, die ein Blumenmuster ergaben – schlüpfte, sich die Haare ausbürstete und auch sonst putzte und dann das Licht ausblies. Ich machte ihr ein wenig Platz im Bett, und dann kuschelte sie sich in die Kissen und legte ihren Arm um mich.

»Schlaf gut, hübsche Sina.«

Ach, für Altea war ich hübsch, einfach so. Die Schneeleopardin schlich sich auf Samtpfoten in ihren Traum und entführte sie auf die Goldenen Steppen.

Wir fühlten uns beide erholt am Morgen, und meine Hüfte tat kaum noch weh. Ich konnte allein die Treppen hinunterlaufen und meinen Schuppen aufsuchen. War auch nötig.

Bouchon wartete schon auf mich und platzte heraus: »Sie hat einen Ausflug gemacht.«

»Wer?«

»Bette. Mit dem Chevalier. Und einem Esel.«

»Armer Esel.«

»Ja, der hatte anschließend sicher die Nase voll von ihr. Und abends ist sie wieder mit ein paar Männern rumgezogen und hat getrunken.«

»Gut, also nichts Ungewöhnliches.«

»Nein, vergiftet hat sie keinen. Hast du Altea ...«

Er wollte wissen, ob ich etwas wegen des Retiküls unternommen hatte.

»Hab ich noch nicht. Aber ich denke, heute wird sich eine Gelegenheit ergeben. Schau, da geht sie mit Mama zur Promenade.«

Wir folgten den beiden unauffällig, denn ich wollte gut auf sie aufpassen. Es war ein gemächlicher Bummel, und wir trafen auch den Freiherrn, Vincent und den General. Mama setzte sich mit den beiden Herren auf eine Bank, Altea schlenderte mit Vincent weiter. Ich bat Bouchon, ihnen zu folgen, und setzte mich zu den drei anderen auf die Bank. Musste mein lahmes Bein ja nicht über Gebühr belasten. Sie plauderten freundlich miteinander, und der General zog die Zeitung unter dem Arm hervor. Zu Mamas und des Freiherrn Belustigung las er mit sonorer Stimme Kattenvoets Beobachtungen einer Streunerkatze vor.

Oijoji. War das bissig.

Der nach Eau de Pommes de Cheval duftende Fabrikant ließ den General fast ersticken, die Moschusduftnoten gewisser rolliger Damen entlockten dem Freiherrn ein Glucksen, Mama kicherte haltlos über eine Schöne, die selbst Photographien von sich zum Ausdünsten schwüler Wolken veranlasste.

Und jene schwüle Schöne segelte nun auch noch gerade in Begleitung von Lord Jamie vorbei und bemerkte nicht nur das hinter Zeitung, Fächer und Taschentuch versteckte Grinsen meiner Begleiter, sondern hörte wohl auch das Getuschel anderer Flaneure. Sie ließ ihre mit dunklem Puder umflorten Augen hektisch über die Menschen streifen und fragte dann den Karierten etwas. Der zuckte mit den Schultern. Des Lesens war er wohl nicht mächtig. Des Riechens offensichtlich auch nicht. Er wollte weitergehen, aber sie blieb stehen und starrte die Promenierenden wütend an.

Und dann passierte es – Kindermund tat Wahrheit kund.

»Nanny, ist das die Tante, deren Bilder so komisch riechen«, fragte ein vorlautes Mädchen seine Bonne.

»Psst. Still, das hättest du gar nicht hören dürfen.«

»Aber Sie haben doch mit Mama darüber gelacht, als Sie es in der Zeitung gelesen haben.«

Nanny zerrte das Mädchen weiter.

Bette kochte. Sie zischte Jamie etwas zu und setzte Segel. Ihr Kleid – blassblau – bauschte sich hinter ihr, so eilig hatte sie es davonzukommen.

Das Schicksal, so fürchtete ich, nahm seinen Lauf.

Sie würde eine Zeitung und darin Kattenvoets Beschreibung sehr schnell finden. Und da sie wusste, dass Kattenvoet Altea war …

Ich erhob mich, um nach ihr Ausschau zu halten. Sie und Vincent waren am anderen Ende des Kurparks umgekehrt und kamen jetzt auf uns zu. Bouchon trabte getreulich hinter ihnen her. Als sie die Bank erreichten, meinte Altea: »Es wird ein entsetzlich heißer Tag heute. Ich werde mich jetzt mit einer eiskalten Limonade in den Schatten des Gartens verziehen. Was haben Sie von Frau Viola gehört, General? Werden wir in Kürze Nachrichten von ihr erhalten?«

»Oberst von Bodenstett begleitet sie hierher. Wenn die Eisenbahnen pünktlich sind, werden sie am Nachmittag eintreffen.«

»Sie haben sie zurückbeordert, Herr General?«

»Bodenstett hat depeschiert, dass sie auf dem Weg sind. Kooperativ scheint Viola jedoch nicht zu sein«, knurrte der General.

»Lord Jamie hat sich meiner Befragung bisher entzogen«, sagte Vincent.

»Er flanierte eben mit Bette Schönemann hier entlang. Dort hinten ...«

»Alsdann, entschuldige mich, Altea. Die Pflicht ruft.«

»Ja, folge ihr. Mich ruft die Limonade zurück zur *Germania*. Sina, kommst du mit?«

Aber klar.

Bouchon heftete sich ebenfalls an unsere Fersen.

Im Garten trafen wir drei uns kurz darauf wieder. Ich bat Bouchon, auf das Schuppendach zu klettern und Ausschau zu halten – Klettern und vor allem Herunterspringen waren Bewegungen, die ich derzeit besser vermied. Er grummelte ein bisschen, schaffte es aber nach dem zweiten Anlauf. Ich lobte ihn ob seiner Geschicklichkeit.

Altea legte sich mit einem Seufzer auf die gepolsterte Gartenliege unter der Laube und nippte an ihrem beschlagenen Glas.

»Unsere Witwe Bolte mag ja eine mürrische Wirtin sein, aber ihre Zitronenlimonade ist göttlich.«

Eine Weile war alles ruhig, und ich wäre in der steigenden Mittagshitze auch fast wieder eingeschlafen, aber Bouchons warnendes Fauchen weckte mich sofort wieder auf.

Meine Schnurrhaare vibrierten.

Meine Nase zuckte.

Bette!

Sie kam über den Gartenweg.

Ich zu Altea. Die war auch eingeschlafen. Ihre Hand hing schlaff nach unten, das leere Glas daneben umgekippt im Gras. Ich stupste sie an.

Bette öffnete dass Törchen.

Ich biss in Alteas Finger.

Sie zuckte zusammen.

Bette stürmte auf sie zu.

»Sie!«, fauchte sie und fuhr die Krallen aus.

Altea sprang auf, strauchelte. Bette schlug mit ihrem Retikül – blassblau heute – auf sie ein. Altea wollte sich an der Lehne der Liege abstützen, aber ihre kaputte Hüfte knickte ein. Sie fiel hin. Bette holte mit dem Fuß aus. Ich kreischte.

Altea wälzte sich zur Seite, wich dem Tritt aus. Bekam ihren Stock zu fassen.

Bette trat wieder. Traf Alteas Hüfte.

Die stöhnte.

Packte den Stock.

Rammte den Griff in Bettes Magen.

Die keuchte und knickte zusammen.

Altea kam mühsam auf die Füße. Machte einen Schritt auf Bette zu.

Die wich zurück. Richtung Schuppen.

Alteas Augen glühten vor Wut.

Bettes vor Irrsinn.

Sie griff nach dem Spaten. Hob ihn mit beiden Händen.

Altea hinkte weiter auf sie zu.

Ich sammelte die weiße Kraft in mir.

Ich wurde zu der, die ich bin.

Setzte zum Sprung an.

Die Zähne gefletscht.

Der Spaten fuhr durch die Luft.

Etwas Graues stürzte vom Dach.

Ich hielt mitten im Sprung inne.

Auf Bettes Kopf lag eine krallenbewehrte Pelzmütze und schrie.

Blut floss.

Altea fiel hin.

Ein Mann packte Bette.

Riss ihr den Spaten aus der Hand. Umklammerte sie.

Chevalier de Mort!

Bouchon sprang von Bettes Kopf, riss den Hut mit.

»Sie kommen mit!«, sagte der Ritter des Todes mit eisiger Stimme.

Beinahe willenlos folgte Bette ihm. Vincent kam in den Garten gestürmt. Nach ihm der General, dann der Freiherr.

Ich leckte Alteas Nase. Und ihre Wangen. Waren salzig. Sie zitterte.

Dann übernahm Vincent und tat, was zu tun war.

Ich hinkte zu meinem Versteck und kratzte den Boden auf. Bouchon half mir. Dann packte ich das Retikül und trug es zu der Gruppe Menschen, die Altea auf die Liege gebettet hatten.

»Großer Gott, was war das?«, fragte der General.

»Eine Irre«, schnaubte Altea. »Gut, dass ihr gekommen seid.«

»Der Chevalier warnte uns.«

»De Mort?«

»Er hat sie beschattet.«

»Warum das?«

Ich hüpfte hoch, legte Altea das grüne Ding in den Schoß und maunzte leise.

Sie sah mich an. Schaute mir in die Augen. Ich erwiderte ihren Blick, und was wir beide miteinander teilten, geht hier keinen etwas an.

Dann griff sie zu dem Retikül und betrachtete es. Auch die Aufmerksamkeit der Herren galt nun ihm. Ein bisschen schmuddelig war es geworden, aber Altea knotete mit geschickten Fingern die Kordel auf.

Die Büchse der Pandora öffnete sich.

»Parfümflakon, ein paar Münzen, Taschentuch, Visitenkarten von Bette Schönemann und ein Pillendöschen«, zählte sie leise auf.

»Hat sie das im Eifer des Gefechts hier verloren?«

»Sieht ganz so aus.«

Vorsichtig hob Altea das Döschen an die Nase und schnüffelte.

»Bringt es zum Apotheker. Aber ich denke, ich kann euch sagen, was es enthält.«

»Ich vermute, wir alle wissen es.«

Vincent nahm es ihr ab und reichte es dem Freiherrn.

»Onkel Dorotheus, tust du mir den Gefallen und bringst es in die Apotheke? Ich möchte bei Altea bleiben.«

»Natürlich. Ich bin schon unterwegs.«

»Wo ist Bette hin? Müsste man sie nicht festnehmen?«

»Sie ist in der Obhut des Chevaliers vermutlich gut aufgehoben. Wie geht es dir, Altea?«

»Ein paar blaue Flecken, die ich gerne mit Arnika behandeln würde.«

»Ich bringe dich in dein Zimmer.«

Er half ihr sehr fürsorglich ins Haus, und ich streckte mich auf dem Polster aus.

Keinem der Herren war aufgefallen, dass eine Dame gewiss kein grünes Retikül zu einem blauen Kleid tragen würde. Aber das blieb zwischen Altea und mir.

Bouchon stand vor der Liege und sah zu mir auf.

»Komm hoch.«

»Polster darf man nicht.«

»Das doch.«

»Sicher?«

»Nun komm!«

Plumps.

Und dann lobte ich ihn mit vielen Worten und Bürsten und Zungenschlapps.

Enthüllungen

Die Wirtin zickte natürlich wieder herum. Wir sollten von der Liege runter. Und auf wen die Herren denn warteten. Und überhaupt, die Moral und der gute Ruf ihres Hauses, und Damen, die Männer in ihr Zimmer mitnahmen.

Der General ließ sie sich austoben, dann faltete er sie zusammen, wie er es wohl mit einem aufsässigen Rekruten getan hätte. Von der Witwe Bolte blieb nur noch ein zerknülltes Schürzenbändel übrig. Sozusagen. Der General war meisterhaft.

Das Serviermädchen brachte anschließend Kaffee, kalte Getränke und eine Platte mit belegten Brötchen. War auch für uns was dabei.

Der Freiherr kam zurück, Mama in seiner Begleitung, und als Olga von ihrer Promenade eintraf, bat Vincent sie ebenfalls dazu. Altea hatte das Kleid gewechselt und roch nun nicht nur nach Maiblumen und Flieder, sondern auch nach Arnika. Etwas seltsam, aber wenn es ihr half …

»Lord Jamie gehört nicht eben zu den Menschen, die sich viele Gedanken machen«, hub Vincent an. »Er schwärmt für Bette Schönemann. Eine so reizende Dame.«

»Kann sie sein, wenn sie will«, brummte der General.

»Oder wenn sie etwas erreichen will, nehme ich an. Aber ich wollte vornehmlich von ihm wissen, was es mit dem Pastillendöschen auf sich hatte. Er konnte sich sehr gut an das orientalische erinnern. Aber Bisconti besaß auch noch ein silbernes und eines mit einem blauen Emaildeckel. Letzteres hatte er bei seinem letzten Treffen mit Lord Jamie dabei.«

»Somit hätte Bette an jenem Abend in der *Traube* die Pastillen austauschen können«, meinte Altea. Und dann lächelte sie Olga an. »Woher wussten Sie, dass die Linse in dem orientalischen Döschen war?«

»Ich habe ihn beobachtet, Fräulein von Lilienstern. Lange und gründlich. Ich wusste von dem neuartigen Fernglas schon weit vorher. Sein Bruder hat es entwickelt, und Bisconti wartete hier auf eine Gelegenheit, es Kaiser Wilhelm anzubieten. Ich sollte für einen Offizier des Zaren in Erfahrung bringen, welcher Art die Weiterentwicklung war.«

»Spionage.«

»Ja, Fräulein von Lilienstern. Und eine missglückte. So wie mir offenbar alles missglückt in meinem Leben.«

Alinuschka kam angeschlichen und zupfte an Olgas Kleidersaum. Ich maunzte. Sie bückte sich, setzte sich Ali auf den Schoß, und Altea klaubte ein Stückchen Lachs von ihrem Brötchen, um es der Kleinen zu reichen.

»Nicht alles, Madame Olga. Und manches wird besser.«

Sie seufzte und gab Alinuschka auch ein Häppchen von ihrem Schinkenbrot.

»Vielleicht. Ich wusste nicht, dass Katzen so liebevoll sein können.«

»Es ist eine Art Zauber, wissen Sie.«

Der General räusperte sich vernehmlich. Ihm schien der Gefühlsausbruch nicht zu behagen.

»Wie kann denn Bette die Pastillen ausgetauscht haben? Sie muss dazu doch Biscontis Räume betreten haben.«

»Das ist nicht so schwer, Herr General«, meinte Olga mit einem schiefen Lächeln. »Nachschlüssel sind leicht zu beschaffen.«

»Ähm!«

Wie immer, wenn der General Probleme hatte, sich etwas vorzustellen, räusperte er sich ausgiebig. Wahrscheinlich mochte er sich noch immer nicht Bette als Einbrecherin und Giftmörderin vorstellen.

Der Freiherr hatte damit offenbar weniger Probleme.

»In der *Traube* herrscht abends rege Geselligkeit. Ein Gast, der es geschickt anstellt, kann durchaus zwischendurch eines der Zimmer betreten. Fragt sich aber, warum Frau Schönemann den Bisconti vergiften wollte.«

»Vielleicht wird es uns der Chevalier erklären, oder Frau Viola gibt uns hierüber Auskunft, wenn sie eintrifft«, meinte Vincent. Bouchon lag auf seinem Stiefel und schaute begierig nach oben. Ja, ja, auch Vincent opferte ein Stückchen Lachs. Bouchon schmatzte leise.

»Bette und Bisconti kannten einander. Ich vermute, Herr General, weit länger, als wir ahnen. Und ich gebe zu bedenken, dass Bisconti neben seiner Vertretertätigkeit für optische Geräte und dem Verkauf militärischer Geheimnisse auch ein Heiratsschwindler war.«

»Sitzen gelassen zu werden, meine Herren, verträgt eine Frau wie Bette nicht.«

»Aber mein Gott, sie kann doch nicht gleich jeden ungetreuen Liebhaber vergiften.«

Schon wieder empörte sich der General.

»Man sollte sich die Frage stellen«, sagte Mama plötzlich leise, »wie ihr Vater und ihr Mäzen ums Leben kamen. Von beiden heißt es, es sei sehr plötzlich und unter dramatischen Umständen geschehen.«

Schweigen am Tisch.

»Das liegt Jahre zurück, gnädige Frau. Aber Ihr Einwurf ist berechtigt«, sagte der Freiherr schließlich.

Weitere diesbezügliche Gedanken konnten jedoch nicht weiterverfolgt werden, denn ein erschöpft aussehender Oberst schob eine wütende, staubige und zerknitterte Viola auf die Terrasse.

»Wie können Sie es wagen, mich hierherschleifen zu lassen, General? Wie eine Gefangene werde ich hier behandelt. Das ist unwürdig. Das ist eine Schande. Und mit dem da will ich überhaupt nicht reden!«

Sie stach mit dem Finger in Richtung Vincent.

»Zwei Stühle, Herr Major, bitte.«

»Sofort.«

Olga erhob sich und verabschiedete sich mit Ali im Arm aus dem Kreis. Vincent holte einen weiteren Gartenstuhl und rief das Serviermädchen.

Viola beruhigte sich etwas, als sie die kalte Limonade getrunken hatte, der Oberst verschlang hungrig zwei Brötchen.

Ich verzichtete darauf, ihn anzubetteln.

Und dann übernahm Vincent wieder die Befragung. Viola gab sich störrisch, trotzig, übellaunig. Er versuchte es erst mit Höflichkeit und ein wenig Schmeichelei, dann mit nachdrücklichen Fragen, aber die Violette blieb bockbeinig und wollte ihm nicht antworten.

»Frau Viola, Sie haben meinen Kater entführt«, sagte der Freiherr, als Vincent sich einen Kaffee eingoss. »Das war eine außerordentlich törichte Tat.«

Viola hatte den Anstand, verlegen mit den Füßen zu scharren und auf die Tischdecke zu schauen.

»Der Ärmste war vollkommen verstört«, grollte der Freiherr weiter.

»War ich nicht«, brummelte Bouchon. »War stolz auf mich.«

»Lass ihn, er macht sie mürbe«, zischte ich.

»Ich kann nicht verstehen, wie eine Dame wie Sie sich zu einer solchen Tat hat hinreißen lassen«, sagte Vincent.

»Ich wusste ja nicht, dass er Ihnen gehört«, nuschelte sie.

»Sie hätten sich denken können, dass ein so edles Tier kein Streuner ist«, sagte er streng. »Und warum sind Sie überhaupt an jenem Tag abgereist?«

»Es gefiel mir hier nicht. Und es gefällt mir noch immer nicht. Und jetzt schon ganz besonders nicht.«

»Das verstehe ich eigentlich gar nicht, liebe Frau Viola. Sie hatten doch so nette Gesellschaft hier. Sogar eine alte Freundin trafen Sie hier.«

»Ich weiß nicht, was Sie immer von Bette wollen? Himmel, Rothmaler, Sie haben sich doch ihr gegenüber so was von schäbig verhalten.«

»Habe ich das, Viola?«

Jetzt errötete die Lilalola, was ihr zu dem violetten Kleid nicht gut anstand.

»Wir sind über die Affäre in Kenntnis gesetzt worden, Frau Viola«, säuselte Mama. »Ich habe meinem zukünftigen Gatten diese *bêtise* gerne verziehen.«

Krawumm.

Mama war gut darin, Bomben platzen zu lassen.

»Sie … Sie heiraten den General?«

Viola war fassungslos. Hatte sie sich etwa selbst Hoffnungen gemacht?

»Frau von Lilienstern war so gütig, meiner Bitte stattzugeben, Viola.«

Alteas Augen hinter ihrem Fächer funkelten vor Lachen.

»Nun, meinen Glückwunsch, Herr General«, sagte Vincent höchst ernsthaft, der Freiherr und der Oberst schlossen sich an.

»Wir werden nachher gebührend eine Flasche Champagner köpfen. Aber nun, meine liebe Viola, solltest du uns doch noch ein paar Fragen beantworten.«

»Ich weiß von nichts.«

»Doch, Sie wissen recht viel, das wichtig für uns ist«, meinte Altea. »Den armen Kater, haben Sie den schon entführt, bevor Sie Tigerstroem aufsuchten oder erst danach?«

»Ist das denn so wichtig?«

»Ja, Frau Viola. Der Ärmste leidet immer noch an klaustrophobischen Anfällen. Er ist ein Rassekater, und Sie wissen doch, wie sensibel diese Tiere sind. Wir müssen einfach herausfinden, was Sie ihm angetan haben.«

»Was für ein Blödsinn«, sagte Bouchon.

»Und dafür haben Sie mich hergezerrt? Na gut. Ich

habe ihn nach dem Besuch hier auf dem Gartenweg gesehen.«

»Eine kurzfristige Entscheidung also?«

»Ja.«

»Sie wären auch ohne ihn abgereist?«

»Ich sagte doch, es gefällt mir hier nicht.«

»Haben Sie sich von Bette verabschiedet?«

»Natürlich – was haben Sie immer nur mit Bette? Oh … ist ihr was passiert? Sagen Sie mir, ist der lieben Bette etwas zugestoßen?«

»Allerdings.«

»Dann bringen Sie mich zu ihr, statt mich hier mit dummen Fragen zu dem Kater aufzuhalten.«

»Das geht nicht, Frau Viola, denn unseligerweise ist Frau Schönemann verschwunden. Seit ebenjenem Nachmittag …«

»Deine Altea lügt prima«, grummelte Bouchon.

»Mhm.«

»Wann haben Sie sie das letzte Mal gesehen, Frau Viola?«

»Oh, oh, an dem Nachmittag. Sie war so aufgeregt, so aufgelöst, weil sie sich so vergessen hatte, tags zuvor bei der Vernissage. Denn Tigerstroem hat auch ganz viele, sehr stimmungsvolle Aufnahmen von ihr gemacht. Und sie hat mir gestanden, dass das ausgestellte Bild nur eine seiner etwas derben Neckereien war. Sie war ihm nicht mehr böse. Aber sie war noch nicht bereit, ihm persönlich unter die Augen zu treten. Darum hat sie mich gebeten, ihn zu besuchen und ihm ein kleines Präsent zu übergeben.«

»Ein Präsent? Etwas Kostbares?«

»Nein, nein, nur ein Schächtelchen Pralinen. Ich fand

das eine sehr nette Geste von ihr. Und nun ist sie verschwunden? Ich kann es kaum glauben.«

»Sagen Sie, Frau Viola, kannte Frau Schönemann einen Herrn namens Luigi Ciabattino?«

Vincent ließ das ganz beiläufig einfließen.

»Äh … Luigi … Ja, sicher? Warum?«

»Weil er hier gesehen wurde, Frau Viola. Könnte es sein, dass sie mit ihm zusammengetroffen ist? Vielleicht hat sie ihn auf einen Ausflug begleitet?«

»Nein, nein, das glaube ich nicht. Er … sie waren nicht mehr … sie standen nicht mehr so freundschaftlich zueinander.«

»Hatte sie auch mit ihm eine Affäre?«

Viola druckste herum.

»Darf ich vermuten«, sagte Vincent, »dass Bette Schönemann mit Luigi Ciabattino bereits liiert war, bevor sie mit General Rothmaler zusammenkam?«

Viola nickte.

»Hat sie ihm deshalb den Laufpass gegeben?«

»Er hat sie schäbig behandelt. Alle Männer behandeln Bette schäbig. Sie ist so eine liebevolle, eine so schöne Frau. Und alle sehen nur ihr attraktives Äußeres und erkennen nicht ihr Bedürfnis nach Liebe und Verständnis«, fauchte Viola.

Ein giftiger Blick traf den General.

Der erwiderte ihn nicht.

»Und jetzt sagen Sie doch mal, meine Herren, was tun Sie denn, um Bette wiederzufinden? Sie sitzen hier rum und machen hässliche Andeutungen …«

»Wir kümmern uns schon darum, Frau Viola. Erholen Sie sich ein wenig von den Strapazen der Reise. Wir sprechen uns später noch mal. Oberst von Bodenstett, begleiten Sie Frau Viola zu ihrem Quartier. Ich habe ein Zimmer im Kurhotel für sie reservieren lassen.«

»Zu Befehl, Herr General. Gnädige Frau, folgen Sie mir bitte …«

Die beiden verließen uns, und Bouchon schnaufte erleichtert auf.

»Die hat mich schon wieder so angeguckt!«

Ich brummte beruhigend, dann lauschte ich weiter.

»Luigi ist Bisconti, richtig?«

»Richtig, Herr General.«

»Und Bisconti hat militärische Pläne an die Franzosen verkauft.«

»Richtig.«

»Unter anderem Pläne aus meinem Arbeitszimmer.«

»Richtig.«

»Die beiden haben zusammengearbeitet.«

»Vermutlich.«

Der General saß mit hängenden Schultern auf seinem Stuhl und verbreitete eine Wolke von Unglück. Mama stand auf und legte ihm die Hand auf den Arm.

»Mich beschäftigt die ganze Zeit etwas völlig anderes«, meinte Altea plötzlich. »Bette hat mich angegriffen. Und zwar ohne Vorwarnung. Und dann erschien wie aus dem Nichts der Chevalier. Was hat sich da abgespielt?«

»Den Angriff, meine Liebe, dürfte die spitzfindige Beobachtung dieser Streunerkatze ausgelöst haben, die sie, wie ich hörte, Kattenvoet diktiert hat«, meinte der Freiherr und streichelte mich.

»Aber …«

»Was ich herausfinden konnte, hat auch eine so gewitzte Frau wie Bette herausfinden können.«

»Wovon sprechen Sie?«, wollte Mama wissen.

»Von meinem Pseudonym, Mama. Ich bin Aloisius Kattenvoet.«

»Oh.« Mama schüttelte den Kopf. »Ich scheine alles andere als gewitzt zu sein.«

»Gut, kann sein, dass sie es herausgefunden hat und ebenso beleidigt-exaltiert darauf reagiert hat wie auf Oppens Artikel und Tigerstroems Lichtbild. Kann ich also froh sein, dass sie mir keine Zyankali-Praline in den Mund gestopft hat, sondern mich nur mit dem Spaten erschlagen wollte. Aber weshalb hat der Chevalier de Mort sie beschattet?«

»Weil er Verdacht geschöpft hat, nehme ich an«, sagte Vincent. »Ich beginne allmählich zu begreifen. Der Chevalier de Montemart hat seinen Bruder verloren, der ihm offenbar viel bedeutet hat. Der Colonel de Montemart hat sich das Leben genommen, als er erfuhr, dass sein Angriff nicht einem Truppentransport gegolten hat, sondern einem Zug, der Ärzte, Pflegerinnen und Lazarettmaterial nach Metz beförderte. Zivilisten, Helfer, die von der Gesellschaft des Roten Kreuzes ausgeschickt waren, um sich um die Verwundeten zu kümmern. Er hat von Bisconti die Route und den Fahrplan des Zuges erhalten, jedoch mit einer Falschangabe. Herr General Rothmaler, wir wissen nicht, ob es Bisconti klar gewesen ist, dass der Zug humanitäre Hilfe bringen sollte, und dass Ihr Sohn mit ihm an die Front fuhr. Was uns wieder zu Bette bringt.«

»Allmächtiger«, stöhnte der General. »Das wäre perfide!«

»Bette Schönemann *ist* perfide«, warf Altea ein. »Und sie ist wahnsinnig. Ich habe den Irrsinn in ihren Augen gesehen.«

»Was mag sie und Bisconti auseinandergebracht haben?«, sinnierte der Freiherr.

»Das wird uns Frau Viola schon noch erzählen. Ich vermute, dass er bemerkt hat, welch Geistes Kind sie ist, und hat sie verlassen. Er ist einem direkten Anschlag wohl nur deshalb entkommen, weil er ein Meister der Flucht und Täuschung war. Aber hier hat sie ihn schließlich aufgespürt.«

»Wir müssen ihrer habhaft werden, Major!«

»Ja, Herr General. Aber ich bin sicher, der Chevalier wird sie gebührend in Schach halten. Ich werde den Kurkommissar in Kenntnis setzen. Er wird ihre Festnahme in die Wege leiten.«

Die Herren erhoben sich, entschuldigten sich bei Altea und Mama und verließen den Garten.

Bouchon trabte gutmütig hinter seinem Freiherrn her.

Altea hob mich auf ihren Schoß, und wir drei schwiegen einträchtig.

Nach einer Weile kam Olga wieder hinaus und setzte sich zu uns. Alinuschka krabbelte auf ihren Schoß.

»Ich werde abreisen«, sagte Olga. »In Petersburg habe ich ein kleines Häuschen.«

»Ihre Stimme, meine Liebe …?«

»War noch nie anders, Frau von Lilienstern. Eine Besserung gibt es nicht.«

»Ihr Auftrag?«

»Gescheitert, Fräulein Altea. Dank des Majors.«

»Sie kennen ihn schon länger?«

»Königgrätz. Ich war mit einem Offizier … liiert.«

»Und mit ihm?«

»Ja, für eine kurze, leidenschaftliche Zeit.« Dann lächelte sie traurig. »Nehmen Sie ihn, er wird Ihnen ein unterhaltsamer Gatte sein.«

»Mal sehen.«

Ich schnurrte ein bisschen, und Ali antwortete mir. Dann zupfte ich an Alteas Ärmel. Sie verstand.

»Sie benötigen einen Deckelkorb, eine weiche Decke und ein Halsband, Madame Olga.«

»Was? Wieso?«

»Es ist eine lange Reise nach Sankt Petersburg. Sie sollten darauf achten, dass Alinuschka genug herumlaufen kann, aber Ihnen nicht verloren geht.«

»Ich kann doch keine Katze mitnehmen.«

»Hat Ihr Haus keinen Garten?«

»Doch, sogar einen schöneren als den hier, aber …«

»Also?«

Olga hielt Alinuschka an sich gedrückt, das Kätzchen strich ihr mit einem Samtpfötchen über die Wange.

»Können Sie wirklich dieses kleine Herz brechen, Olga?«

Ali leckte das Wasser weg, das Olga aus den Augen tropfte.

»Wo bekomme ich den Korb her?«

»Gehen wir gemeinsam einkaufen. Ich habe da einen Hut gesehen …«

Ich sprang von Alteas Schoß, und Olga setzte Alinuschka vorsichtig neben mir auf den Boden.

Ich stupste sie an.

»Komm, Ali, ich muss dir noch ein paar Dinge beibringen, die du zukünftig wissen musst«, sagte ich zu ihr, und sie folgte mir in unsere Ecke.

Alte Briefe

Lange unterrichtete ich mein Kind, das sich wie immer als gelehrig und folgsam erwies. Wir nahmen unser Abendessen zu uns und schliefen zusammengerollt, bis die Dämmerung in den Garten kroch. Dann machte sich Ali auf, um durch das offene Fenster in Olgas Zimmer zu hüpfen, und ich ging auf den Bummel.

Eine höfliche Marke von Romanow befand sich am Zaun, eine äußerst freche vom Junior daneben. Da es nun etwas kühler geworden war, schlenderten noch etliche Kurgäste unter den Laternen am Lahnufer entlang oder saßen auf den Terrassen der Hotels. Ich beschloss, das Kurhotel zu besuchen, um nach Bouchon Ausschau zu halten.

Aber als ich an der Brücke vorbeikam, sah ich Kathy mit Romanow auf dem Geländer sitzen. Ich änderte meine Route und ging zu ihnen.

Der Kater sprang nach unten, Kathy folgte.

»Und, hast du Erfolg gehabt?«, wollte sie wissen.

»Ja, ich habe das Retikül abgeliefert, und die Menschen wissen nun um die Gefahr.«

»Gut. Aber die Frau ist abgereist.«

»Tatsächlich?«

»Ja. Dieser Mann mit dem weißen Anzug kam zum Hotel. Ich saß zufällig unten am Eingang – na ja, nicht ganz zufällig, ich hatte die beiden jungen Pagen ein bisschen geärgert –, als er dem Portier sagte, sie würde mit ihm zusammen Bad Ems verlassen, da ein Notfall in ihrer Familie eingetreten sei. Er wolle das Zimmer bezahlen, und jemand solle ihre Sachen packen. Die Pagen haben dann das Gepäck nach unten gebracht – war ihres, denn das roch man.«

»Sie war nicht selbst da?«

»Nein, sie habe ich nicht gesehen. Du, Romanow?«

»Nein, und darüber bin ich auch sehr froh. Die kann einem vielleicht auf die Nase gehen!«

»Dabei hast du nur ganz kurz ihr Retikül getragen.«

»Hat mich Stunden gekostet, den Mief aus dem Fell zu kriegen!«, murrte er. Und dann grinste er sein gefährliches Grinsen: »Der Kleine oben im Wald gefällt mir aber, Sina. Der hat Pfeffer!«

»Achte ein bisschen auf ihn.«

»Mach ich. Aber jetzt muss ich los!«

»Ja, ich auch.«

Nasenküsschen und weg.

Ich trottete zurück zum Kurhotel und nahm Bouchons Witterung auf.

Ich fand ihn gemütlich zusammengerollt unter einem Tisch, auf dem ein Windlicht flackerte und in einer Karaffe goldener Wein schimmerte. Vincent und Altea saßen bei ihm. Altea hatte einen neuen Hut auf. Nicht so ganz mein Geschmack, aber Hüten hatte ich sowieso noch nie etwas abgewinnen können. Immerhin war er ein duftiges gelbes Gebilde, das gut zu ihrem Kleid passte.

»Na, Sina, auf deinem nächtlichen Kontrollgang?«, begrüßte sie mich.

»Mau.«

Bouchon rückte ein bisschen zur Seite.

»Turteln, die beiden«, merkte er an.

»Das ist gut.«

»Aber er redet ums Ragout rum.«

»Das ist weniger gut.«

Ich rieb meinen Kopf an Alteas Bein. Sie kraulte mich.

»Olga nimmt Sinas Tochter mit nach Hause«, sagte sie.

»Wirklich? Ich hätte nicht gedacht, dass eine Abenteuerin wie sie an einem Tier interessiert ist. Sie hat ein unstetes Leben geführt.«

»Ja, so sagte sie mir. Aber nun kehrt sie heim. Ich glaube, sie wird Ruhe finden.«

»Möge es ihr gelingen.«

»Ich habe sie anfangs nicht gemocht, aber heute … Das hier hat uns alle sehr verändert.«

»Ja, das hat es wohl. Wie lange werdet ihr noch bleiben, deine Mutter und du?«

»Zwei Wochen noch.«

»Und dann?«

»Hängt es wohl von dem General ab, vermute ich.«

»Er hat ein ansehnliches Anwesen.«

»Ich weiß. Aber ich werde in unser Häuschen zurückkehren. Er will sich erkundigen, ob es eine Möglichkeit für mich gibt, Damen in Krankenpflege auszubilden.«

»Möchtest du das tun?«

»Ja. Ein untätiges Leben kann ich mir nicht mehr vorstellen. Und was ist mit dir? Dein Auftrag ist doch jetzt erledigt, nicht wahr?«

»Ich werde zu meinem Regiment zurückkehren.« Er nahm sein Glas, trank aber nicht. »Wir könnten uns hin und wieder sehen.«

»Ja, das könnten wir.«

»Stoffel«, knurrte ich.

»So geht das schon die ganze Zeit«, maulte auch Bouchon.

»Wir müssen etwas unternehmen, sonst gehen die beiden auseinander und brechen sich das Herz.«

»Mhm.«

Bouchon stand auf und reckte sich.

»Ich weiß was.«

»Was?«

»Wirst sehen.«

Mit erhobenem Schwanz trottete er durch die offene Glastür in das Hotel.

Was hatte dieser Stopfen vor?

»Olga nimmt also das Kätzchen mit. Wirst du Sina mitnehmen, Altea?«

»Ich würde es gerne. – Sina?«

»Mau! Mau! Mauuuu!!!«

»Sieht so aus, als ob ich sie mitnehmen werde. Die Wirtin wird sie nicht vermissen.«

Und ich die Wirtin nicht, um das mal deutlich zu sagen.

»Sie könnte auch zu meinem Onkel und Bouchon ziehen. Ich habe den Eindruck, die beiden verstehen sich sehr gut.«

»Ja, das tun sie. Bouchon? Wo ist der Kater?«

»Eben lag er noch hier. Bouchon?«

Ich sagte nichts.

»Er ist sehr selbstständig geworden für einen Zimmertiger, nicht wahr?«

»Ja, er hat Gefallen am Abenteuer gefunden. Onkel Dorotheus wird sich umgewöhnen müssen. Er war so ein genügsamer Faulpelz.«

Beide schwiegen, und der Mond, schon wieder etwas mehr angeknabbert, erhob sich über den Bäumen am Ufer.

Es raschelte.

Bouchon kam angetrappelt, trug etwas im Maul.

Damit stellte er sich vor Altea.

Maunzte vollmundig.

»Was hast du denn da? Warst du mausen?«

Sie streckte die Hand nach dem aus, was er angeschleppt hatte.

Und ich wusste plötzlich, was es war.

»Briefe? Bouchon, du bist ein Dieb, ein Einbrecher, ein … Oh Gott.«

Trockene Rosenblätter rieselten zu Boden.

Altea starrte das Papier an.

»Was ist das?«, wollte Vincent wissen.

»Meine … meine Briefe an dich.«

»Verdammt, Bouchon, du warst das? Dieser verrückte Kater hat neulich mein Portefeuille durcheinandergebracht.«

»Wie schlimm. Aber – das sind Briefe, die ich dir …«

»Ja, Altea, das sind Briefe von dir. Ich … ich habe sie aufgehoben. Als Erinnerung. Hatte nie die Kraft, sie wegzuwerfen. Die Rose, die hast du auf einem Ball im Haar getragen.«

»Ja, ich erinnere mich.«

Endlich rührte er sich mal. Er legte seine Hand auf die ihre.

»Ich habe dich verletzt. Ich konnte damals nicht anders, Altea. Es hat mir leidgetan.«

»Vincent, es sind vier Jahre vergangen. Ich war noch so jung.«

»Und diese vier Jahre, sie haben uns älter werden lassen. Wir beide haben viel Leid gesehen.«

»Ja, das haben wir.«

»Wir haben beide unser Heim verloren.«

Wieder schwieg er, und Altea streichelte die Hand, die er auf die ihre gelegt hatte. Ich war kurz davor, ihm ins Bein zu beißen. Trantüte, der!

»Ich wünsche mir ein Heim, Altea. Ich möchte nach Hause kommen und vom Tag ausruhen. Ich möchte mein Essen nicht allein oder mit Kameraden einnehmen. Ich möchte am Kamin sitzen oder in einem Garten und mit jemandem plaudern, der mich versteht. Ich möchte nicht mehr allein schlafen. Ich möchte meinen Kindern Geschichten erzählen, mit ihnen herumtollen und ihnen das Reiten beibringen.«

»Dann solltest du dir alsbald eine Frau suchen, Vincent.«

»Ich habe eine gefunden, aber ich weiß nicht, ob ich mir je wieder Hoffnung machen kann.«

»Vielleicht solltest du mal fragen?«

Vincent beugte sich zu Bouchon hinunter.

»Wie macht ihr Kater das, Bouchon?«

Heilige Bastet, bloß nicht so!

Aber der träge, dicke Stopfen kannte die Menschen wirklich gut. Er sprang auf Alteas Schoß und sah sie an. Mit seinen großen, runden, goldenen Augen. Alles an ihm schnurrte.

Altea umfasste ihn und blickte ihm in diese großen, runden, goldenen Augen.

»Einem solchen Kater, Vincent, könnte ich nicht widerstehen«, flüsterte sie.

»Runter, Bouchon!«, zischte ich, und er schlug neben mir auf.

»Dieser Hut, Altea, ist wunderschön, aber sehr, sehr unpraktisch für einen Mann, der dich leidenschaftlich gerne küssen würde.«

Die Hutnadel klimperte neben mir auf den Boden.

Bouchon und ich drehten uns diskret weg.

Er brummelte: »Kommst du mit zum Freiherrn?«

»Und Altea?«

»Kann ja auch da einziehen. Ist ein großes Haus.«

»Mhm.«

»Ich hätte es gerne. Ich meine, weil, wenn du im nächsten Frühling vielleicht wieder einen Kater … oder so?«

Er sah mich mit seinen großen, runden, goldenen Augen an.

Wer konnte denen schon widerstehen.

Ich drückte ihm meine Nase in den Pelz.

Er roch so gut nach nichts.

Jemand hüstelte.

»Monsieurdame, entschuldigen Sie die Störung.«

»Chevalier de Mort?«

»Ich komme, um mich zu verabschieden. Und, wie es aussieht, darf man Ihnen Glück wünschen.«

»Danke, Chevalier de Montemart. Und gute Reise.«

Er verbeugte sich – der Chevalier de Mort. Ich hätte ihn fast nicht erkannt. Denn der weiße Anzug war verschwunden. Und seine schwarz gewandete Gestalt verschmolz mit der Dunkelheit der Nacht.

Der Ritter des Todes.

Bleibt anzumerken, dass Bette Schönemann nie wieder gesehen wurde.

Von Andrea Schacht bereits erschienen:

Die Beginen-Romane

Der dunkle Spiegel (36774)
Das Werk der Teufelin (36466)
Die Sünde aber gebiert den Tod (36628)
Die elfte Jungfrau (36780)
Das brennende Gewand (37029)

Die Alyss-Romane

Gebiete sanfte Herrin mir (37123)
Nehmt Herrin diesen Kranz (37124)
Der Sünde Lohn (37669)
Mit falschem Stolz (37847)
Das Lied des Falken (38078)

Katzenromane

Die Lauscherin im Beichtstuhl.
MacTiger – Ein Highlander auf Samtpfoten (36810)
Pantoufle – Ein Kater zur See (37054)
Der Ring der Jägerin (37783)

Rheines Gold (36262)
Kreuzblume (37145)
Göttertrank (37218)
Goldbrokat (37219)
Die Ungehorsame (37157)
Das Spiel des Sängers (37475)
Die Gefährtin des Vaganten (37474)
Die Blumen der Zeit (37753)
Triumph des Himmels (0113)

Fantasy-Romane

Jägermond. Im Reich der Katzenkönigin (26897)
Jägermond. Im Auftrag der Katzenkönigin (03104)
Jägermond. Die Tochter des Sphinx (6051)